有爱的青春陪伴者

炎炎夏日，他却因为一个人，吞下了一整个没有剥皮的酸苦青杏。

与我无关的戏剧性

Sansaga 著

江苏凤凰文艺出版社
JIANGSU PHOENIX LITERATURE AND ART PUBLISHING

图书在版编目（CIP）数据

与我无关的戏剧性 / Sansaga著. -- 南京 : 江苏凤凰文艺出版社, 2024.12. -- ISBN 978-7-5594-9022-3

Ⅰ. I247.5

中国国家版本馆CIP数据核字第20244Z3H58号

与我无关的戏剧性

Sansaga 著

责任编辑	王昕宁
特约编辑	周　贝
出版发行	江苏凤凰文艺出版社
	南京市中央路165号，邮编：210009
网　　址	http://www.jswenyi.com
印　　刷	长沙鸿发印务实业有限公司
开　　本	880mm×1230mm　1/32
印　　张	9.5
字　　数	311千字
版　　次	2024年12月第1版
印　　次	2024年12月第1次印刷
书　　号	ISBN 978-7-5594-9022-3
定　　价	42.80元

江苏凤凰文艺版图书凡印刷、装订错误，可向出版社调换，联系电话025-83280257

目录

CONTENTS

第一章 / 001
初 见

第二章 / 032
杏 树

第三章 / 067
生 日

第四章 / 095
还 伞

第五章 / 122
寒 假

第六章 / 147
旧 巷

目录
CONTENTS

第七章 / 205
月 色

第八章 / 248
烟 火

番外一 / 281
七 夕

番外二 / 289
徐见云日记

出版番外 / 293
如果在那一天

第一章 //
初见

01

徐见鹤最近睡得不太安稳,按道理讲,这个情况其实不应该出现在现在的他身上。

盛夏、阿尔加维、阳光、海滩、椰子树、远离工作环境、烦闷生活,视线范围内不存在半张熟脸,连"浪友"们都是酒吧里刚认识的两个马德里人。

处在国内的竞争氛围中,徐见鹤小时候不能免俗地被家里人塞进各种兴趣班,种类繁杂多样,什么上天的、入地的、动脑筋的都有,其中就包括西语。但最后,还是被他找了个"没兴趣"的借口放弃,直到高中时期,整个人才像突然觉悟了似的,重新捡起来,水平自然相当一般,不过,肢体语言全球通用。

对方一老一少,父子结伴,常年旅居在各大冲浪胜地,性格格外健谈,一杯啤酒、一场欧冠后就和他成了朋友。双方之间留了个联系方式,不见面就不用交际,要一起活动,就电话里说一声,带着冲浪板在沙滩边集合。

徐见鹤连着三天失眠,睡不好,用上酒精也最多只能维持几个小时的安稳,人不免有点烦躁,容易迁怒。他一个人在餐厅吃饭,切了两块牛排,吃完一根芦笋就没了胃口。

恰好母亲发来消息:什么时候回?

他没立刻回,她就直接打来视频电话。第一次,徐见鹤没接,喝完了一杯冰柠檬水,等对方打来第二次,才按了接通。

"喔,黑煤球啊你。"

.001.

视频对面,母亲敷着面膜、端着茶杯,看他晒黑的脸、晒黑的脖子、利落的平头,人显然很惊讶,但也只是惊讶。

姜女士一贯就是这样的脾气,心大。

徐见鹤去年一年没休假,非得把自己打造得跟个工作狂一样,忙得脚不沾地,老宅都没回几次,其他长辈都急了,她是没急也没劝。今年徐见鹤工作忙到一半,突发奇想,要用攒下来的两年假期休假,她也没拦。母子之间通电话,聊的也是姜女士最近看的一些剧和八卦,桩桩件件,很有条理。譬如她昨天被某品牌请去看珠宝,碰上珠宝品牌特意请的代言男明星来打招呼,她心里想的其实是小年轻不够敬业,没休息好,脸是肿的。

徐见鹤又要了一杯柠檬水,淡淡地听,左耳朵进右耳朵出。

聊到最后,母亲才像是顺口一样,慢慢地提:"听你姐姐说,嘉嘉从英国回来了?"

徐见鹤没问是哪个姐姐,回:"嗯。"

母亲又说:"她们姐妹几个本来今天就要聚,结果嘉嘉回国是直接飞的四川,说是最近网上流行的'熊猫热'挺有意思的,想去凑热闹看看,隔几天再回。"

姜女士很感叹:"小姑娘还跟小时候一样,很有主见。"

徐见鹤波澜不惊,又"嗯"一声。

母子谈心的电话结束,轮到两个西班牙"浪友"发来消息。

两杯冰水下肚,徐见鹤已经没了冲浪的心思,干脆婉拒,扛着板子回了酒店房间。

时间才过正午,他冲了个澡,人倒在落地窗前的床垫上,望着窗外的湛蓝海岸线,思绪放空,精神渐渐松懈,竟然久违地安稳睡了过去。

再醒来,已经是第二天凌晨。天没亮,泛着白光,幽幽的蓝。

他套上白T恤、运动裤,光脚踩在地毯上,盯着天花板发了会儿呆,才一手拉窗帘,一手拿手机,久违地看起朋友圈。看完没多想,直接订了最近一班回国的机票。

在度假胜地翻来覆去地失眠,反倒是在归国经里斯本转机的行程中睡了一路,大概只能归结成一句"人性本贱"。

机场口,徐见鹤戴着耳机等网约车时,有小姑娘大着胆子来问他要微信。徐见鹤拒绝得很干脆,因为没睡够,人有点烦躁,但终归没忘记向对方弯眼睛点了下头,以示友好。

他不笑的时候,脸是冷的,显得格外有压迫力,给人一种强烈的"别惹我"的距离感——这是有人曾经给出的评价。

徐见鹤虽然回国,但回的不是临南老家,目的地他不熟,但这些年,不熟的地方去得多了,也挺习惯。

到了酒店,两位姐姐中一位的电话也到了。

徐见云开门见山:"在?有没有空帮忙买点东西?"

徐见鹤正在订熊猫基地的门票,开免提回她:"我在四川。"

饶是风风火火如徐见云,听他答完,也愣了一下:"啊?不是说你在葡萄牙……"

徐见云忽然反应过来,惊道:"你什么意思啊?"

徐见鹤抬手开窗通风,淡淡地答:"没什么意思,跟风看看。"

他和徐见云一起长大,属于很典型的姐弟关系,和睦的时候是和睦的,吵架的时候也是互不给脸的。

他上初中那会儿,徐见云被卷入戏剧化的家庭争端,两个人之间的联系一度被对方单方面切断,但时过境迁,现在都成熟了,回想起当年,其实被卷进去的人,大多能平静地看待过往这么多年的曲折。

徐见云在电话对面又沉默了,大概是不知道说什么,头脑还陷在一时的冲击中。

四川盆地的夏天无风,又燥又热。

徐见鹤还是把窗关了,打开冷气,顺口问道:"你们那顿饭什么时候吃?"

"后天晚上。"

"行。"他答得很干脆,"我知道了。"

你知道什么了?徐见云习惯性地想呛他,但终究顿了顿,挂了电话。

年纪过了二十五以后,徐见鹤花在工作上的时间长了,为人处世也渐渐磨炼出自己的风格。亲切肯定不至于,毕竟叛逆也是叛逆过的,他缺少热情,但说得上容易接触,做事干脆,不喜欢拖泥带水,随性大方,在交际圈竟然比少年时期受欢迎。

说是后天,他就订了后天回临南的机票。

第二天,徐见鹤陷在看熊猫的游客排列中,耳边一会儿是大人的斗嘴吵架，一会儿是小孩儿刺耳的尖叫。他戴着黑色渔夫帽，搭配黑口罩，面无表情地排到队末，不慌不忙。保安喊话了，他也不跟着人一起往里冲，只是慢慢在队末等着，看满自己该看的时间，举着手机，放大屏幕，从容地拍下一张照片。

徐见鹤：挺可爱。［照片］

八百年不发朋友圈，一发就是圆滚滚的熊猫照。

公私分明的人，总是对于自己的人际关系网有一种近乎苛刻的划分。能看到他朋友圈照片的，也基本只是几个他认为应当看见的人。不过至于这几个人要如何评论，他暂时不表现出关心。

徐见鹤不太能吃辣，更喜欢食材的本味，仅有的几次吃辣经历，几乎都在天不怕地不怕的高中时期，但来这一趟，总要吃些本地的特色小馆。在老板的推荐下，他主动试了鱼腥草，凉拌的，放了红油和小米辣。徐见鹤辣得耳根通红，在老板期待的目光中，到底也没说出半个否定的字，只点了下头。

怪味和辛辣一直在口腔残留，直至他再次上了飞机，烧得胃隐隐作痛。

飞机在临南落地，眼前是熟悉的风景，谈不上久别未见。

聚会餐厅是临南一中附近的一家私房菜，徐见鹤直接问人要的地址。他没来得及回去取车，仍旧是打车到达目的地。

要说这些年，徐见鹤做事风格上最大的进步，大概就是他要做的事情、要达成的目标，总能很自然地完成。

这顿接风宴，并没有人主动邀请他来吃，但他总能为自己找到合理的借口。

比方说，徐见云刚刚从舞剧团辞职，转行做起了专职博主，事业上风生水起，总不会吝啬到一顿饭都不让他吃；而他的另外一位姐姐，对家族事业没有兴趣，一心要在救死扶伤的道路上前进，哪怕是经由以前的戏剧变故，和他成了家人，待人也始终有一层抹不去的客气。不过客气有客气的好，饭肯定不会不让吃。

徐见鹤记得这家店，当年他还在一中读书的时候，店面还没有被包装得这么精致。

老板是一个只会说本地方言的大叔，几十年专注在做饭上，从不用预制品，做的生滚粥尤其合他的胃口，加上价格便宜，成了他学生时期请客吃饭的常驻地。没想到毕业之后，这家店被短视频博主一拍，又被大叔儿子接手，摇身一变，就成了网红私房菜馆。

他到得晚，风尘仆仆，刚下飞机，一身的黑T黑裤，脚踩运动鞋，皮肤黑了，头发短了，标准的海岛归来度假人。

一进包间，里面的三个人都看过来。

徐见云早有准备，但装得丝毫不知情，瞪着眼睛问："你怎么蹭饭来了？"

她很快自然地找到其他关注点，挑剔起他的外形，又问："头发怎么剪这么短？"

"热。"

徐见鹤不慌不忙，两个问题先挑一个回答了，一边随手拉开靠近门的椅子，一边摘了口罩帽子，语调平静，动作散漫，说："这里难订，给老板打电话没要到位置。"

对面位置的人拧着眉毛，隔着镜片，也瞧他刺棱棱的发型。

他很从容地抬头，打声招呼："子欣姐。"

他和尚子欣其实眼睛长得很像，一双丹凤眼，都是薄薄的眼皮，大概是像徐父，但除此以外的五官和轮廓走势截然不同，大概是各像各的母亲。

尚子欣话少性子冷，没说什么，点了下头就算了。

一桌子三个人，只剩一个人还没有动静。不过徐见鹤也不急。

满桌的好菜，生滚粥被摆在圆桌最远端。

他夹了块金丝榴梿酥嚼了，试图压下胃里残留的涌动，然后伸出手，将生滚粥转至他和身侧人之间。先给自己添了一碗，放下汤勺，才要松手，又像是突然想起来，相当自然地侧目，掀眼皮看了眼旁边的人，很淡地问出声："尚嘉，你要吗？"

02

徐见鹤从小到大都没什么耐心，但能装得人模人样。他不喜欢徒劳无功，尤其讨厌长久反复地做无趣的事，但绝不会表露，只会直接行动改变。

比如当年，他被迫接触的各种兴趣班，大浪淘沙之后，剩下的基本都是他认为有乐趣的项目，像是马术、围棋一类。

姜女士发挥心大的特点，替其他长辈一并做主，只要他不全退了，也不多加勉强。

在这样宽松的要求下，他之所以能耐着性子，把大提琴坚持下来，完全是因为他曾在音乐学院任教的外婆不死心,亲自拿着戒尺,硬生生逼着他学下来,又一定要他选一样乐器。

说来也巧,徐见鹤那时刚好被读大学的表哥带去看过几次地下乐队的摇滚演唱,那群十几年前就开始在舞台上穿着垫肩西服,大唱抵抗与反叛的人,让他人生中第一次隐隐约约萌生出崇拜的情绪。

听说乐队主唱是拉大提琴出身,再加上外婆逼得急切,他就干脆选了大提琴,久而久之,竟然习惯成自然,也能坐得住了,更有助于他装得人模人样。

人模人样的人,大多有点以自我为中心的毛病。

姜女士和徐见鹤的爸爸徐启,属于晚婚。

成婚前,双方家庭都没遮掩,他们的婚姻有部分商业上合作的因素,老钱新钱,地产科技,两边长辈撮合得也就格外用心。

姜女士的中学和大学时期都在北美度过,天高皇帝远,过了很久自由自在的舒服日子,因此对什么都看得开,只要婚后生活互不干扰,也不介意对方有个早逝的前妻和女儿。

反倒是徐父,作为白手起家的年轻企业家,装模作样,见完一面后,一会儿说自己女儿年纪还小,一会儿说自己生意忙,启越的大众网购版图刚刚开始,正在快速上升期,还需要他深耕几年之类。

徐见鹤读三年级时,有多嘴的亲戚故意在他们姐弟面前说起当年的事情。

徐见云本性话痨,当时却全程默不作声。等人走了,她扭扭捏捏地喊他了,徐见鹤才反应过来,一边咬着冰棍,一边盯着屏幕上的比赛直播,若有所思地做出评价:"看来老头子也不怎么服众嘛,还有人背着他偷偷跟我俩聊这些。"

徐见云比他大几岁,时值青春期,小姑娘心思敏感细腻,正在自己满腹有关家庭的愁绪里打转呢,听他这么没心没肺地评价,反而有点无语。看了半天,见他吃完冰棍还要发表犀利评价,她赶紧眼睛一瞪,恢复如常,又用一个苹果堵上他的嘴。

读初二的那年,徐见鹤第一次见到尚嘉。

地点是在他家,姜女士难得严肃下令,让他出来见客。

他没有预言的本事,当然也不会提前知道后来家里的风波,心里一百万个不情愿,也不得不挂了和朋友的电话,停了屏幕上的《生化危机》,

扔了游戏手柄,出去见人。

客厅里,女孩个头不高不矮,身形不胖不瘦,唯独长了一双笑眼,没表情也像在笑。跟在她的小姑和姑父身边,乖乖巧巧,被姜女士点到名字,就冲他弯弯眼睛,不说话,很内敛地与他对视。

徐见鹤挑食,但饭量够大。家里请的厨师变着花样地给生长期的姐弟俩做饭,加上各种运动,平时上蹿下跳,让他横向不发展,竖向蹿得飞快。当时他低头看是个小姑娘,也是很自然地低头俯视,没什么表情。

姜女士喊她"小嘉",问她的年纪、学校、年级。

从女孩的回答里,姜女士了解到她比徐见鹤稍大一点,略作思索,干脆让他暂时先叫她一声"姐姐"。

徐见鹤本来就不太耐烦,当然更认为没这个道理。他们俩虽然年纪不一样,但上的却是同一个年级,按照他叛逆期的思路,一上来就叫"姐姐",有点丢了他的面子……

在和姜女士斗嘴的全程,他没再正眼瞧过对面的三个人,纯粹是因为懒,再者看不惯那对夫妻谄媚不安的脸色。

当然,后来他很快就知道,尚嘉的内敛乖巧其实是假象,她只是天生就有一种大事化小、小事化了的本事。这一点,在她成长过程中的任何时期都体现得很明显,现在也没变。

徐见鹤多次领略过她的这项本领,长久地和她做过所谓的亲戚,短暂地做过同班同学,见怪不怪,面无表情。

眼下,也是一样。

"不用,谢谢。"

尚嘉弯弯嘴角,笑了一下,右边的虎牙若隐若现,拒绝得很干脆。她的样子没什么变化,依旧是天生的笑眼。

徐见鹤也笑。

汤勺晃晃悠悠,被他随手一放,发出一声刺耳的脆响。

服务员上生鱼片时,尚子欣刚好起身接一通医院的电话,门一关,包间里变回三个人。

徐见云托着下巴,碗里的两勺粥,吃了三分钟,余光左右瞟,若有所思,但没多问,再张口,也是关心尚嘉在国外的学习生活。

"还行吧。"

对于别人的关心,尚嘉一贯态度很友好,答完又笑,眼神明亮,说:

"其实，我交流去的刚好是我导师以前的本科同学那儿，导师提前打了招呼，一起去的同学也挺照顾，这一年基本上都挺顺利的……"

"同学？"

尚嘉不介意话被打断，顿了顿，慢慢地顺着答："我们院好几个读博的同学都去的英国。"

"那是挺巧。"

尚嘉读的计算机，一向很少主动提起自己的学业生活。

徐见云突然来了兴趣，给她添了一杯水，八卦起来："那是男生多还是女生多？"

"都有。"

她们聊得火热，刚好徐见鹤喝完一碗生滚粥，胃里仍旧不舒服，干脆放下筷子，给人发去几条消息，又翻起最近的比赛战报。从足球看到高尔夫，自国内看到国外，再看看大洋彼岸的科技集团消息，他关注的新款车上市日期、X Games 资讯……

总之颇有事干，看起来没有参与对话的兴趣。

等尚子欣从门外回来，各归其位，餐桌上的情况也没什么大的变化。

统共就四人，两个不怎么说话的，两个你来我往慢慢聊的，大家互相之间认识这么多年，过往的故事太多，脾气再不对路，也磨合得差不多了，气氛算得上平和。

徐见鹤不能吃辣，尚嘉却很喜欢辣。

这场目的是为人接风洗尘的聚餐，上完生鱼片后，后续的菜肴两位姐姐估计早有安排，上的都是本店的特色川湘菜。

好在一顿饭快结束，徐见鹤昨天才受过折磨，没再动筷子，随便找了个借口离场。

离场也不是无事可做，他转个弯，去前台顺手把单买了。

路过的老板认出他的脸，熟稔地喊他小徐总。

徐见鹤不慌不忙，把头酷酷一点，自前台继续慢悠悠地往前走，径直到了餐厅大门口。

"徐总。"

助理早收到消息，等在大厅里，颇有条理地迎上来，跟他低声说话。

徐见鹤收下对方送来的车钥匙，顺着指示的方向，瞄了一眼车停的位置，才慢条斯理地转回包间，整个过程行云流水。

"我是想趁着还有一天假,先直接回小姑那儿看看。"

房门半掩,尚嘉的声音听起来不太清晰。

她爱笑,声音亮亮的:"主要是太久没见人,天天被她念叨,再不去看看,估计又要打电话唠叨我。"

徐见鹤旁若无人地进去,再坐下,目光自然地投到正在说话的人身上。

尚子欣洁癖严重,出去洗过手就没再动筷子,坐在座位上,用湿巾擦着手指,干脆道:"那我送你。"

徐见云眨了眨眼:"你刚不是说要赶着回医院?嘉嘉和我一起走吧,还顺路,叫个车的事儿。我这个人平时再不靠谱,送个人总不至于还能让你不放心。"

"我不是不放心……"话到一半,尚子欣微微皱眉,没有继续往下说。

气氛微微凝滞,徐见鹤喝了口茶,唇齿间微苦,忽然平稳出声:"可以坐我的车。"

他放下杯子,和身边的人四目相对一秒,还是对方主动移开眼。

他看向尚子欣,自落地后直到此刻,才终于有了点儿快意,慢慢呼出口气,说:"我送她们,子欣姐。"

徐见鹤很爱车,且从不掩饰这一点。

他属于很典型的眼缘派,只要对上眼缘,其他的所有不完美都能包容。网友和媒体偶尔还会戏称,虽然在一众集团的年轻一代中,徐见鹤的能力已经够顶尖,选车的品位却不顶尖,也不实用,偶尔还挺骚包,实在是还有很多进步的空间。

然而,今天这位眼缘派开的车却不骚包,通身黑色,不惹人注目。

徐见云坐在副驾驶座,低头看了会儿手机,又抬头瞥他一眼,再向后看。

后座的女生挂着耳机,默不作声地坐着,看起来昏昏欲睡,但仍强打着精神,看窗外闪过的霓虹路灯。

徐见云咳嗽了一声,后座的人看过来,她立刻自然地搭话,问起对方这趟四川之行,又问熊猫看得如何。

尚嘉再次笑起来。她真心笑的时候,总是很感染人。

"都很可爱。"尚嘉想了想,认真答话,"有的好动,有的喜静,但各有各的可爱,看得越久,越能认出它们每只的不同。"

她说有喜欢睡觉的,她看了多久,就睡了多久;也有全场巡逻的,一直吃吃吃，甚至连着打滚；还有主动上树，好奇地看大家的……

徐见云和她说话，一贯是听得仔细，回应也及时。

去往目的地的路程其实不远，也的确要经过徐见云住的公寓。快到公寓时，徐见云拿起包。车停下，她一边开了门，一边才像是突然想起什么，眨了眨眼，问驾驶座上的人："对了，想起来了，我看你朋友圈，你是不是刚好最近也去看了熊猫来着？"

她才问完，就被手机的振动吸引了注意力，语音回复合作方的消息，急匆匆地将门关上，连句再见也没来得及说，话题也遗留在车内。

两人的空间，徐见鹤没搭腔，只是抬眼，通过后视镜和后座的人对视片刻，又收回目光，安静得过分。

车最终停在一处稍显老旧的小区。

城建规划改造，要创建城市新形象，就把老区附近打造成老城特色商业街，连同小区一并沾光，旧是旧，但学区好，地段好，房价飙升，车位难找。

徐见鹤懒得询问后座人的意见，开着车慢悠悠地绕着街区，看了一圈附近保留的老式建筑、特色美食街……再回来时，刚好空出一处车位。

车停稳了，终于也有人跟着出声："谢谢。"

尚嘉总是这样，从小到大，无论情况如何，总不会缺了表面的礼貌，也不多问其他。路多绕了一圈，她不问；她要开门，车门仍旧锁着，也不问。

尚嘉静静地抬头，这次终于不通过后视镜与人对视。

徐见鹤从前不觉得有什么，但这会儿有种熟悉的感觉上涌，和前几天在阿尔加维时差不多，内心平静，人睡不着，纯粹是不太耐烦，不够安定。

他扶着方向盘，食指习惯性地敲击两下，停顿片刻，才淡淡出声："没什么想跟我说的？"

尚嘉没出声。她有些出神，人又困得很，以至于思绪不自觉地飘忽，目光落在对面人的脸上，想的却是十万八千里之外的事。

03
九岁以前，尚嘉一直跟着奶奶在老家生活。

老家的地理位置不好，地处西北省份，四周被山围绕，交通不便，气候也一般。

那个时候没通高铁，甚至网络都才通没几年，去临南光是坐火车，就要十几个小时，属于城镇中典型的经济不发达的代表，年轻人离乡打工，中老年人在家驻守，还有不少的儿童留守，没什么生机与活力。

尚嘉那时尚且不知道"留守儿童"这个概念，但已经乖乖接受了奶奶和邻居叔婶所持的说法——一个大男人顾不过来两个孩子，姐姐年纪大点儿，相对好照顾。

她一直认真用功地在镇中心小学读书，直到九岁，才被父亲接到身边，和姐姐一起在临南上学。

根据镇上老人的说法，尚父是个厨子，原本老老实实地在镇上守着家里的米粉店过日子，结果老婆离世后，一夜之间就像变了个人，大着胆子，一个人揣着几百块钱，坐上绿皮火车去了临南。他从酒店后厨最苦的帮工做起，认认真真，一步一步什么苦都吃尽了，才最终拜上了师父。有了师父引路学艺，也就渐渐有了属于自己的落脚地，最后有能力租房子后，立刻就将大女儿接了过去。

总之，他是个长辈们眼中不容易、很能吃苦的实在好人。

尚父能吃苦，性格上更沉默寡言，有什么话，几乎都习惯憋在心里，和孩子有最多话可说的时候，就是在饭桌上问及学习。工作闲暇时，他唯一的爱好就是在夜深人静的时候倒几杯白酒，弄一碟炒花生米，切一点自己做的酱牛肉，自娱自乐。同酒店后厨的人叫他去打几局麻将、玩玩扑克，他都不舍得。

比起尚子欣，尚嘉和父亲又要陌生得多，毕竟父女二人，要逢年过节时才能见。

尚父不懂小姑娘喜欢的东西，也对孩子的成长速度没什么概念，每年带回来的礼物都是标准老四样：一大包各种口味的饼干、薯片，一包临南特产牌子的糖果，一大包新疆的果干，最后，还有一只布偶或者盗版的芭比娃娃礼盒。千篇一律。

尚嘉也不介意这个。在她眼里，能见到许久未见的亲人，就已经是一件值得高兴的事情。父亲给什么，她都是真正地开心，笑着说"谢谢爸爸"，似乎对父亲稍显复杂的目光一无所觉，也不在乎尚子欣和她相处时偶尔流露出的一点微妙情绪，喊"姐姐"喊得亲热。

她其实知道原因。

说到底，镇子就这么大，熟人又那么多，就算是奶奶想尽办法，偷偷摸摸瞒得再好，总也有漏风的时候。

　　刚上小学时，奶奶忙于米粉店，尚嘉就按照两家人商量好的那样，去邻居婶婶家吃饭午睡。风扇转转停停，意识迷糊间，听见大人们低声说她可怜，又说尚家媳妇也可怜，远嫁到这里，年纪轻轻，第一次生娃的时候，碰上地震，被困在村里，这都算了，怎么第二次还能遇上羊水栓塞这种事，好端端的人没了……

　　尚嘉不知道羊水栓塞是什么，但已经通过其他零零碎碎的描述明白过来。这之后的好几天，她都迷迷糊糊地没听进去课，差点被老师点名罚站。

　　不过，她也没多做什么，本来也不是自怨自艾的性格，想解决办法也想得快。她索性直接问奶奶要了张母亲年轻时的照片，也看见曾经一家三口和美美的家庭合照。照相馆的老土背景墙前，姐姐扎着小辫，穿着白色纱裙，一手拉着一个大人。一男一女一小孩，衣着普通，三个人却都带着笑，仍能看出蓬勃的生命力与彼时的幸福场景。

　　这些都是在她的记忆里从没有出现过的。

　　尚嘉找了家里开打印店的同班同学，花了两块钱，让对方偷偷帮她把两张照片打印下来，长久地放在自己的枕头下面。每当睡不着，或者有时情绪低落了，就一个人摸出来看看，沉默一会儿，便立刻振作起来。其他的一切如常，过自己普通的生活。

　　普通，尚嘉一直认为这是个好词。它代表着平平淡淡，泯然众人，但也代表着没有风险和波澜，安安稳稳。

　　九岁前，她一直努力读书，认真地把成绩保持在班上的前列，又努力学着自己照顾自己，帮奶奶做家务，看米粉店，早早学会了做饭。来到临南后，才知道山外有山，人外有人。再往后，就越发明白"普通"的可贵。

　　徐见鹤则显然跟这个词完全不沾边。

　　初二时，尚嘉被长辈们带去他家，云里雾里的第一次见面，她默不作声，却已经敏锐地觉察到了自己和当下环境的不契合。

　　临南是南方的大城市，房价在当时虽然还不是天价，但也足够榨干一个普通的家庭。大城市的几层别墅内，明明是大夏天，冷气却像跌在大理石的地面上，不停地往衣服袖口、皮肤里窜，让她起了一身的鸡皮疙瘩。

　　少年踩着拖鞋下来，穿着T恤短裤，身材高挑，外形出众，表情不耐烦，无意扫过她和小姑、姑父的眼神，有一种一目了然的随意，似乎习以为常，因此漠视，连蔑视都算不上。他像笔挺青色的树，低头正眼看她都嫌麻烦。

"看看那装潢，那面积……啧啧，是咱附近那几家拆迁户加一块儿都比不上的吧？不，都不能说有钱了，这放古代，不得是有钱有势有权的官老爷才行？"

穿过新区回去的路上，夏日热气扑面，姑父骑着摩托车，载着她和小姑两个人，"嘿嘿"笑了两声，酸道："丫头，看来你姐是要抛下咱们，过好日子去喽！她是命好，你可咋办？你小姑也是，要知道今天去的是这种地方，还省那几个打车钱干什么，回来人家想用豪车送送也没办法……"

他还要继续往下说，还是小姑趁着红灯，恶狠狠地用胳膊肘捅他一拳，男人才悻悻闭了嘴。

…………

"想什么呢？"

尚嘉这几天就没怎么休息过，困得要命，思绪乱飘，一时间回忆起许多过往，问话的人当然不会知道。

好在，徐见鹤耐心耗尽了，脾气终究比十几岁时好了许多。

两个人所在的密闭空间，他现在很能沉得住气，被她这么拖着，也只是侧过头，微微皱眉，又提点她一句。他的目光似乎落在她的鼻唇之间，又微微上移。

尚嘉反应过来，摸了摸鼻子，下意识道："抱歉，我有点困。"

她一如既往，实话实说，又笑了一下，算是缓和气氛。

徐见鹤的表情却一下子变得更加微妙。

他当然长得很好，丹凤眼高鼻梁，剑眉薄唇，轮廓英挺俊朗，扛得住新闻镜头，也扛得住寸头，哪怕当作雕塑随便摆着都显眼。但"雕塑"不笑，就容易给人压迫感。比如现在，安安静静，动作没变，只有声音更冷，气势更沉。

车内再次静默几秒。

"我发现，从见面到现在，你除了抱歉和谢谢，跟我就没什么别的话可说了？"

几秒后，他这么问，看着她，也不拐弯抹角，十分直接。

尚嘉想了想，忽然记起刚刚和徐见云未尽的话题，沉思片刻，方认真道："你运气挺好的，能排到朋友圈发的那只熊猫，我去的时候，排了两个小时，结果碰上它在内场休息，刚好错过了。"

徐见鹤看着她，像看油盐不进的石头，恨铁不成钢，骨子里的那点儿浑不吝，当即一下子钻了出来，下意识就要开口讲什么。

徐见鹤慢慢呼出一口气。

"算了。"

片刻后，他重新变得游刃有余，扫了一眼手机，又看向窗外，平静地交代："你等我一下。"随后转身，扶着方向盘，直接开了门，利落地将冷气留给她一个人。

司机忽然下车，被留在车上的尚嘉除了茫然还是茫然，侧目望过去，只看见驾驶座上的人下了车，隔着窗子，最终停在一个明黄色的人影面前，像是某平台的外卖员。

男人背对她站着，度假归来，穿着随意，头发剪短，皮肤也晒黑了，和在网络媒体上常见的休闲西装或者衬衫西裤的形象不太一样，但肩宽腰细腿长，动作自在散漫，怎么看都是个衣架子。

一窗之隔，徐见鹤在街边停留了片刻，回来时，手里多了两个纸袋。

两个手提袋也没放下，被他递了过来。

尚嘉没第一时间去接，下意识目光一扫——水果多样，除开一大盒包装完好的车厘子，其他的都是常见的当季盛产，价格不高。

"行不行啊，尚嘉？"

她还陷在自己的思绪里，却被人再次出声打断。

徐见鹤此刻的模样，又有了点十几岁时候的味道。

他的眼睛长得出众，笑的时候，眼尾会微微上扬，整个人显得格外明朗。大概是无奈极了，他索性破罐子破摔，漫不经心地笑着，直直与她对视，说："你不是去长辈家里做客吗？这堆东西真挺重的，再不接，我胳膊断了你负责。"

尚嘉顿住。

徐见鹤是她这二十几年人生中，见过的活得最表里如一、心理行为自洽的人。

大概是人都有拧巴纠结的时候，尚嘉自认已经属于很能自我说服的一类人，有些时候，仍然会不可避免地低落，怀疑自己。这也叫普通人的表现之一。

她终究没能两手空空地下车，因为从认识开始，无论两个人再倔，徐见鹤总能比她多坚持一会儿。

04

尚嘉的确是很能坚持的人。

她大学读的是计算机,时至今日,也仍然坚持在同一个专业里打转。

高中时,尚嘉把填报志愿当作人生大事,在网络上搜集了各种各样的相关资料,又仔仔细细问了几个身边最亲近的家人,多方面加以考虑。

尚子欣当时已经如愿进了首都的医学院学医,不干涉她。小姑倒是有些意见,但都是些老一辈"读经济赚大钱"的思路,全然不知道时代变迁,世界变化。

当时她左思右想,考虑到找工作这一最为现实的经济因素,最终决定参考当时一个同校好友的思路,顺应时代,与代码为伍。

给她思路的好友高她一个年级,主攻的是硬件方面,因为能力够强,硕士毕业后收到国内外好几份不错的 Offer(录取通知),最后还是选择了国内的通信公司,被外派去了非洲驻扎。

反而是她,就这么一路读到现在,国外交换期结束,只等手里的项目和论文完成就能毕业。

姑父常年在外跑生意,儿子又只身去了东北读大学,小姑人到中年,整天没人聊天说话,精神就不怎么好,好不容易在家里等到一个可以说话的人,面色一下红润不少,也有力气谈论起邻里同乡的八卦。

"前几天我去串门,听说邢家那小子也快回来了。"

小姑一边给尚嘉削苹果,一边得意地扬起眉,和她分享心得体会:"你还记得他不?就同乡老邢叔叔家的儿子,高中跟你一个学校的。当年你俩读书的时候,你成绩是不是还不如他好?现在看看,要不怎么说风水轮流转呢,赚再多钱,哪能跟你留学的地方比……"

"记得的。"

尚嘉刚洗完碗,手还是湿的,被拉着在沙发上坐下,只是慢慢地擦手,笑着有耐心地听,并不解释什么。

周末的晚上,电视播放起各大电视台长盛不衰的相亲节目。

她没带电脑,也不打算在看望长辈的时候还要用功刻苦,为项目焦虑,索性陪小姑看电视。但很快,尚嘉就后悔起自己做了这一决定。

节目上的男嘉宾风度翩翩,介绍着自己的职业年龄,与十几个女嘉宾一一对话，整个人看似从容，实则不断偷摸地揉搓着自己的衣袖，紧张得很。

小姑一边看，一边点评，一边嫌弃，也不知道怎的，话题就绕到了她身上。

"身边没什么合适的人选？"

小姑边压低声音，边冲她挤了下眼睛，做暗示状。

尚嘉知道小姑指的是什么，犹豫了一下，答了个没有。答完一瞬间，又反应过来，暗暗心惊。但后悔已经来不及，小姑果然抓准时机，语重心长地与她谈论起恋爱与结婚的重要性。

"我知道，你从小就懂事，没让人操心过什么。读书用功上进，又对家里人上心……但人这辈子，怎么也还是要有个家庭才好。说得现实功利一点，哪怕为了年纪大了，能有个人彼此照顾，去医院看病，不至于一个人没人照看，你说是吧？"

小姑看的新闻多，引用起专家的话也是一套接一套："凡事要为自己的长远未来考虑，等以后年纪大了，要是想结婚、想有孩子了，又错过了最佳生育年龄。可气的地方也在这儿，男人就在这事儿上占便宜，女人还得为自己多考虑几分。"

"你母亲走得早，你爸把你接过来，结果也没陪你几年，我也到了现在这把年纪。"长辈谈到这些事，总是很走心，声音越压越低，"说句实在话，你哪个姐姐我都不担心，毕竟天塌下来，无论情分还是血缘，她们都有人靠着……我唯独就担心你。"

小姑捏着她的手，摩挲起她的手背，长久地叹了口气。

尚嘉笑了笑，也没表态，只是将另一只手也盖了上去。

夜深了，小姑把表弟的房间换上新的被单被套，一定要留她在家里过夜。

夏天的夜，窗外月明星稀。

尚嘉靠在床头，无事可做，就盯着手机，认认真真地看了会儿自己在四川拍下的熊猫照片和视频。半个小时后，又回了几条来自尚子欣和同学的信息。最后，才点开了外卖软件，照着自己拍下的那两袋水果照片，一样一样地比对价格，算出了个大体的数字。

她想着这串数字，望着天花板发了会儿呆，渐渐沉进梦里。

醒来时才五点，时差没彻底倒过来，人已经精神得出奇。

尚嘉没多打扰，小姑胃不好，睡眠也不好，她就在厨房将两人份的小米粥煮了，鸡蛋煎了，又留了张字条，走得无声无息。

她在同一所大学一路读到现在，对这座城市应该是熟悉得不能再熟悉，但今天却莫名有一种新奇的感受。

教研室的座位仍然是她离开前的样子，两面大屏幕占据了绝大多数空间。同门们陆陆续续地进来，大家彼此打了个招呼，又问了几句她的交换感受，闲聊一阵，就开始各做各的正事。写东西敲代码的间隙，才会多说几句最近的见闻。

"导师说他晚上和隔壁李老一起过来，他俩刚好在学校附近有个校内的饭局。"

"哟，大咖都去啊？什么饭局？"

"我知道。"有个话痨的师兄插嘴，"咱们院好像要跟启越谈AI的合作项目，说到AI，那咱老板肯定得去露个面呗。"

他们聊得你来我往，尚嘉心无旁骛。

她的课题不算难，但缺一手资料，需要阅读大量的英文文献。尚嘉从英国带她的老师那里，要到许多前沿文本，读到午饭时，仍然剩一大半。

邻桌的师姐马上要去墨尔本工作，平时酷爱收集各种专业书籍，一个人清理不过来，邀请她饭后去帮忙。说是帮忙，实际上就是清出来的书可以免费送她。尚嘉也没贪心，只拿了两本用得上的，最后，还是被师姐强塞了一本互联网业内大咖亲自签名的人物传记。

"徐启当时来咱们学校开讲座的时候，我想办法要的，反正我短时间内可能也不会回来了，就给你吧。"师姐的祝福非常真挚，"就当是我祝你能像他一样，白手起家，创业发大财。"

尚嘉很受用，同样真挚地答她："谢谢师姐。"

"谢什么……要是我们都能像他一样发大财，我也不至于还要想办法躲到这么远的地方去。"

师姐笑得苦涩，递给尚嘉一杯温水，半响，稍显怅然地开口："你说，人是不是到了一个坎儿，总要因为相不相亲，结不结婚这事儿跟家里闹矛盾，谁也说不通谁？"她顿了顿，话锋一转，重新变得平静，"可是就算这样，我也觉得人这一辈子，要是和不喜欢的人将就，才叫真的没什么希望可盼了。"

尚嘉抱着几本书，顶着烈日回到学校，脑海里仍是师姐稍显苦涩的笑，出了会儿神，才将平时要用的书放在座位上，只带了要带回住处的传记动身。

她坐上地铁，又转公交车，重新回到小姑住的小区附近。

这边的小餐馆开了许多年，至今仍然维持着老旧的装潢和亲民的价格，仿佛与时代的潮流脱节。从初中到高中，她在这里解决过许多顿饭，直到现在换了老板，味道也变了，依旧没改掉和朋友约在这里的习惯。

"我以为你会选最里面的位置。"

尚嘉推门进去，熟门熟路，捧着书在男人对面坐下。

邢严抬头看她，身形还是和记忆里一样清瘦，笑了："习惯了，在那边的时候哪里都要晒太阳。"

邢严皮肤是天生的白，在外工作久了，竟然也还维持着和以前一样的肤色，和高中一样，架着眼镜，穿着衬衣，端正坐着。

"这次回来待多久？"

"三个月，然后不回去了，直接去巴黎。"

邢严将菜单递给她，问："你呢？快毕业了吧，考虑过工作方向吗？"

尚嘉嗜辣，问老板要了红油，一边想，手顿了顿，一边说："还没确定，去公司也行，进研究所也行，各有各的优缺点，当然最重要的……其实还是赚多少的问题。"

邢严笑了："这是实话。"

他们俩的长辈是同乡，尚嘉被父亲接到临南后，两个人曾经在小学的时候短暂同班过，后来尚嘉因为一些事情留级，再在临南一中见面，邢严作为特招生，已经成了高她一级的学长，名字常年挂在红榜上。

邢严性格内敛，为人稳重，说话做事，一举一动总给人一种说服力。

她那会儿常以他的话为参考，到了事关毕业的现在，也禁不住琢磨了一下，主动提问："真有那么忙吗？"

老板端上一盘凉拌白肉，又上了羊肉汤锅。

邢严隔着层层的雾气，慢慢地答："是不怎么轻松，但暂时还没打算跳槽。"

他这个年纪的技术大牛，在行业领域内肯定不缺人挖角。

"既然做了选择，就不能既要又要。"他笑起来，"你知道我的情况，很多人把我的生活想得很难，但对我来说，其实自由居多。高中那会儿，我一直梦想彻底摆脱家里的束缚，环游世界，结果毕业刚到阿尔及尔，看同事用塑料袋子装几百万的当地货币都觉得新奇……没想到一年后去布依南，被歹徒拿枪指着要钱的时候，心跳其实都没怎么加速。现在想想，也算实现了从前的目标，只要知道自己要什么就好。"

他说得很平常，尚嘉却想起高中。那个时候，邢严也是这样，把他的重点笔记顺手送给她，随意地谈及未来要去哪儿，听起来像天方夜谭，却都一样一样地慢慢实现了。

她那时候就想成为这样的人。

一顿饭结束，邢严开车送她。

尚嘉原本住在学校宿舍，奈何运气不好，楼上住了一位热爱健身运动的师妹，常常噪声不断，多次沟通无果后，尚嘉收到跟师姐师兄接的项目外包收入，当即在学校附近租了一套一室一厅的房子。

"下次再约。"

夏天天黑得晚，天边还残留一点夕阳余晖。

她带着师姐送的传记下了车，伸手对车窗挥了挥，又静静目送着车辆远去。

走到单元门口时，刚巧她习惯性戴上耳机，手机响动，有人发来消息。

徐见鹤的头像不知道什么时候换成了海浪白云，大概是他亲自拍的。他发来消息，也是干干脆脆，不拖泥带水：你今天晚上不在学校？

尚嘉愣了愣，不明所以，但还是回：不在。

她继续往楼上走，摸出钥匙开了门。

对方等了几分钟才回她。

徐见鹤：哦。

尚嘉拉开窗帘，外面的天已经彻底黑了。

她放下书，开了风扇，在凉席上坐下，又观察起窗边水培的铜钱草。她摩挲了一会儿手机边缘，终于调出红包界面，将昨天在脑海里盘桓一夜的数字输进去，发了个红包过去。

这一回，对方消息回得很快。

徐见鹤发来一个问号。

他问号发完，大概是动作太快，没有多想，又迅速撤回。

.019.

尚嘉定定地看着，屏幕空白几秒，片刻后，终于跳出一张表情。

徐见鹤发了个熊猫的表情包。

熊猫举着牌子，牌子上有大大的两个字，上书：撤回。

05

启越是靠着服务第三方品牌和零售商在国内起的家，站稳脚跟后，一度试图顺着这条线往下，在本地生活领域进行大量投资，奈何业务效果并不理想，内部架构也逐渐混乱臃肿，直到徐见鹤开始接手，快刀斩乱麻，直接叫停了这方面的相关收购，启越才开始进军其他方向的互联网产业，力图在同一领域做精做细。

当然，关于这个决定，各方的看法观点都不大一致。

"感觉是在找死，互联网早不是蓝海时期了，这么突然转型，之前的钱不等于白投了？就算是徐启已经开始做甩手掌柜了，也看得下去他家公子这么胡来？"

"小徐总这是典型的愣头青，人是长得好，但想得也太美。其他产业早被巨头占领了，能容得下他去分一杯羹？别告诉我名校毕业就学了个这。"

"屁话说得再好听，能让我少开几个会员吗？"

"反正大少爷别想割我韭菜就行。"

…………

徐见鹤不可避免地看过这些评价，但并不怎么在乎。他一贯是无所谓什么包袱不包袱，毕竟人总想着包袱和面子，事情就不太容易做成。

作为被放养长大的典型代表，徐见鹤在自我决断方面从来都很有发言权。

从小到大，徐启忙成"空中飞人"，每天在各大新闻场合露面，没空管他，最多问两句最近有没有鬼混。姜女士抓大放小，对他保持着一种偶尔修剪枝叶就算了的态度，只要不触碰底线和不良行为，其他的随便他去玩。他从高中就开始学人家开账号炒股，徐见云抱着看笑话的态度，看他几天就赔得不得不研究从同学身上找赚钱的门路，结果等他一路坚持到去美国读大学，炒股赚得盆满钵满，连徐见云都开始尝试明里暗地要他传授点炒股技巧和消息。

这种放养模式，一定程度上让徐见鹤习惯了长期保持旺盛的精力。

比如现在，一天之内，他前脚去北京谈合作签合同，后脚又飞回临南，去跟人家重点大学研究所谈合作，再顺便吃顿饭。对别人来说要磨去一身的气力，对他只是平常。

至于怎么在饭桌上对待来自院校的资深技术大牛，徐见鹤也很有心得体会。

他拿出人模人样的态度，用以前读书时对待老师的方式和别人交流，尊重居多，也不过分亲近，一顿饭下来，都不用再多说什么，只是顺水推舟，自然而然地就被邀请去学校研究所参观。

这几年来，徐见鹤其实光路过这所大学门口都不止二十次，但依旧装得对地方很陌生。默不作声地一圈下来，老师、研究员、博士们见了个遍，却没看到预想中的熟脸。

他有所准备，心里也稍微有些底，慢慢跟着转悠完了，直接从后门离开。

助理和司机被他放回了家，空间清静了，他单独把车顺路朝大学侧门一拐，开到一处小区门口。

今天出门的车选得很低调，和夜色融为一体。

徐见鹤在驾驶座上眯了几分钟，又打了个哈欠。

十分钟后，一辆 SUV 缓缓停在大门处。车型有些眼熟，他都不用多抬眼，隔着窗随意扫过去，驾驶座上，半张男人的熟脸自然地映入眼帘。

后座门打开，白 T 恤、牛仔裤的女人飘下车。

夕阳余晖里，尚嘉抱着一本书，安静站着，笑盈盈地跟男人说"拜拜"，很像一幅画。

他面无表情地看了一会儿，摸出烟盒打开又合上，最终还是冷冷地扯了下嘴角，把烟盒塞了回去。

人倒霉的时候，喝凉水都塞牙。

盛夏的天气说变就变，回公寓的路上，天开始下雨。

路遇红灯，开了半公里，又遇上堵车。

隔壁车道的两辆车在雨中剐蹭，车主你骂一句，我骂一句，都要等交警来讨说法。徐见鹤在吵闹声中稳如泰山，半天心气不顺，终于想起来把领带松了，随手扯下来，往副驾驶座一扔，又松开衬衫领口的扣子。

做完这些，他开始发消息。收到消息的一方回得很快，跟以前一样，老实诚恳不说谎，人不在学校，回的就是不在。

.021.

徐见鹤没立刻回，跟人赌气似的，愣是等到这个路口过了，又遇上堵车，才慢慢地回：哦。

尚嘉收到他这个"哦"，更不解风情地发来一个红包。

他开始还没反应过来，盯着红包上面的"水果"两个字，读懂对方的意思后，后槽牙都快咬碎。

这会儿没别人，他也不用绷得没什么表情。

他回了个问号。

他回完不解气，又撤回，敲敲打打想骂几句，又不太舍得，倒不如直接从刚下的表情包里挑了个最合心意的，恶狠狠地发过去。

徐见鹤租的公寓离大学不远，就十几分钟车程。

从小到大，他的生活大多数时候都是顺遂的，在日常里更不知道忍字怎么写。衣食住行这方面有点挑剔的毛病。挑选公寓时，他亲自比对了好几个楼盘的信息，知道这里其实不算合他心意，白天阳光直晒，很不方便人偷懒睡觉。但因为离大学够近，徐见鹤仍然果断定了这里，其他的选择都抛在脑后。

刚从地下车库上到大厅，电话来了。

他想也不想，直接在一楼出了电梯，按下通话键。

"你是不是生气了？"

大厅铺天盖地的冷气里，女声犹疑着响起来，徐见鹤依旧面无表情，没有第一时间回答，周遭的空间沉默几秒。

"原来你感觉得出来？"

半晌，他才慢悠悠地问，低头看了眼表。

电话对面的人沉默片刻，冷静地出声："徐见鹤……"

她叫他的名字，组织了一下语言，才继续往下说："我是想，回国之前在伦敦酒吧那次就麻烦了你，总不能现在回来了，还要麻烦你多替我考虑。"

"我乐意。"徐见鹤终于没耐心了，"尚嘉，认识这么多年了，你有必要这么客气吗？"

他站在原地，凉凉地喊她，面色却柔和了不少。

这人没良心，回国以后，终于舍得第一次正儿八经地叫他的名字。

手掌捏着的领带被他揉皱又捏平，徐见鹤也终于开始摆架子，气势冷下来，跟她淡淡地开口："当时就是顺手，红包就不用了，要真想感谢我，也等之后找个时间再说吧。"

倒霉了一天，总算老天爷还有点良心。

当天晚上，徐见鹤翻出好久没听的唱片助眠，昏昏沉沉间，久违地梦到高中时代。

他是从初中部直升进的临南一中，那个时候，姜女士曾提前问过他，要不要考虑直接去国外念书，他几乎是想也不想地拒绝了。

原因很多，比如，想和那群一起长大的狐朋狗友在同一所学校再待几年；比如，家里出过大事后，好不容易暂时稳定下来——徐见云这人想不开，玩了一段时间的离家出走，终于老实地被人找回来。但除此以外，其他的结果也得接受，他又莫名其妙多了个血缘上的姐姐，要是就这么无视这堆烂摊子走人，也不符合他的个性。

他第二次见到尚嘉，也是在这个时候。

那个时候，徐、尚两家以一种戏剧性的偶然扯上了联系。尚嘉的姐姐尚子欣被发现是徐家的女儿，而徐见鹤的姐姐徐见云，才是她血缘上的亲生姐姐。事情错综复杂，又时隔多年，如果要用一句话来解释，都可以归结成"当年抱错孩子"几个字。

最开始，尚嘉也处在一种不知所措的状态，大脑一片空白，只知道事情说开的当天，来了好几辆轿车来接尚子欣。

认识的、不认识的大人们要么满面愁容，要么激动万分，来来去去，嘴里念叨的都是尚子欣的名字，讨论的都是谁是谁家的女儿，当年到底怎么把孩子给弄错的……

有人说，徐大老板真是倒霉，带着老婆回乡祭祖，遇上地震，被困在村子里不说，老婆落了病根，亲女儿还被人换了，真不知道是造了什么孽！

也有人说，天灾人祸，村里的大夫肯定要去现场抢救伤员，老稳婆年纪大了，那么多年没做过事，要人一下子重操旧业，帮忙接生好几个孕妇，能保证孩子们都活下来，已经是仁至义尽。

种种要素，故意还是无心，谁的错，谁的福气……光这些，就值得知道这桩八卦的人讨论千八百回。

徐家后来想办法把事情压了下来，但人的想象力和好奇心无穷无尽，只要事情不是编造，总会有知情者背地里不停地传来传去。

同样地，作为故事的组成部分之一，尚嘉当然不可避免地被不同的大人抓着问东问西,但她半个多余的字也没说,只是一个人偷偷看打印下来的两张照片的时候,还是会默默地发呆出神。

她被接到临南后,日子并没有如预想中的那样好过。

最开始的两年是好过的,出租屋两室一厅,尚父一间,姐妹俩一间,日常里各做各的事,虽然彼此之间没什么话,但尚父加班回家,会从酒店后厨打包各种各样的夜宵,周末三个人一起吃吃饭,看看电视,也算温馨,再多的隔阂与陌生,也在相处中一天天地消弭了。

直到尚嘉来临南读书的第三年,尚父大雨天去学校接她回家,父女俩在穿过斑马线时,路遇酒驾司机开的小轿车冲撞。

为了第一时间护住她,尚父当场就没了呼吸。尚嘉在鬼门关走了一遭回来,人是好不容易捡回了命,但也被迫躺在床上休养了半年多,不得不办理了留级手续,晚一年升学。

尚子欣当时正在上初三,家里遭遇这么大的变故,就算是性格再稳重早熟,也不可避免地陷入了崩溃。

奶奶远在老家,骤然得知这个消息,同样一夜之间病倒在床,全靠邻居婶婶帮忙照看才缓过了气。唯一值得庆幸的是,小姑当年追随尚父来了这里打工,后来又嫁给了本地人,留在了临南,姐妹俩也还勉强算有个长辈可以联系和依靠。

出院后,小姑又主动将尚嘉接到自己家里养病。

尚嘉偶尔还会被车祸后遗症折磨,一到雨天,腿骨就酸痛发麻,像有无数虫子在骨头里乱咬,但因为怕给人添麻烦,始终强忍着没有表露。

某一次夜里腿疼难耐时,她和天花板干巴巴地对视许久,实在忍不住,只能偷偷起身,打算摸去客厅喝水,转移注意力。

门才打开,主卧里,大人的争吵声穿过门缝。

"我当时同意让你侄女过来,又让她住到了现在,我到底有什么对不起你的?"

男人的情绪相当激动,动静不小,掷地有声。

小姑沉默了许久,说:"我是觉得,我哥这个人不容易,嫂嫂难产死了,他苦了一辈子,眼看要好起来了,结果……"

"苦什么苦,这世道谁不苦?尚小薇,你问问你自己,对你亲生的儿子有没有这么尽心尽力天天伺候过!别说伺候,咱们家就这么几十平方米的地儿,还得专门给那个丫头腾个房间……我妈今年七十了,你知道过年我大姨怎么敲打我的吗？说我不孝，不赡养老人，不想承担责任，不然怎么会明明家里有房子，还把人送去养老院！你现在养着那个克爹克妈的扫把星，又不许我动她姐妹俩的赔偿款，还要自己出钱给人治病。你是好心人，是活菩萨，等你老了，看那丫头管你吗！"

男人喝了酒，憋了一肚子的气，说的话断断续续，但道理分明，没有控制音量的意思。

女人没吭声，坐在床沿，门缝里，背影被灯光映成细细的线。

尚嘉站在原地，默然几秒，又将门偷偷关上。第二天，她就趁着姑父不在，主动提出住校的请求。

"姐姐不是也住校嘛，我本来也恢复得差不多了，您别不放心。"她笑着握住小姑的手，撒娇一样，轻轻松松就把事情说了。

尚子欣从崩溃和伤痛中缓过劲来，渐渐也理清思路振作起来。因为年纪要大一些，她考虑事情也就更加周全，没有遮遮掩掩，主动向小姑提起肇事者赔的那笔钱。姑侄三人沉默一会儿后，她第一个出声，主动提出拿出其中大半买下那间出租屋。

"我算了一下，离我正式上大学还有三年，三年之后，我会开始打工赚钱。爸那儿……也还留了点存款，加上剩下的钱一起存着，给小嘉当学费和生活费……"

当被问及为什么要急着买下那间房子，尚子欣愣了愣，好半天才慢慢开口，声音极低。

"我不想我和小嘉真的没家可回了。"

尚子欣说得冷静，尚嘉听得认真。姐妹对面的小姑却一下眼眶红了。

回到出租屋的那天，是个周末。

姐妹俩把家里的所有东西仔仔细细擦了一遍，从卧室到客厅，从冰箱到厨具……最后，两个人才手拉着手，在厨房里站定，半天没有说话。

尚父最常待的地方，最常用的案板，连常用的酒杯都还在原地摆着。

日光像藤蔓，顺着餐柜一路往上爬，照到了尽头的烟盒。

半响，尚子欣拿起半包躺着的中华，摩挲了一会儿，低低地开口："你别听别人乱说，车祸跟你没关系，是肇事方酒驾全责。"

"嗯。"

"我……"尚子欣哽咽了一下，"我以前心里是怪过你，但我知道，妈难产说到底也只是意外,不是任何人能控制的,我很不该……很不该迁怒于你。"

"嗯。"

"爸要我好好照顾你,他这个人,什么话都说不出口,再苦再累都一个人憋着,但其实都是为了我们两个好。他不是不关心你,妈走了以后,他就说,哪怕是为了我们能在好地方上学,也不能再在镇上待下去了。"

尚嘉抽了抽鼻子:"嗯。"

她转身,投进尚子欣的怀抱,没有让对方继续说下去。

"我知道的,我都知道的,姐姐,你们都是为我好。"

肩膀被泪水打湿了,尚子欣也一动不动,只是用手轻柔地拍打着痛哭的少女后背。

尚嘉那时候年纪小,还有些嘴笨,但已经打定主意,要遵从父亲的心愿,和自己姐姐努力过好这一辈子。

然而一辈子还不到一半,更大的变故袭来。

姐妹俩相依为命了几年后,初三那个暑假,尚嘉不得不第二次出现在临南的那栋别墅里。

别墅还是老样子,夏天的热气混合着淡淡的香薰味,压得人只能静坐在原地。

对面是衣着光鲜的一家三口,小姑、姑父领着她和尚子欣,两方面对面坐着。对面领头的男人西装革履,威严十足,拧着眉毛,冷冷地打量着他们。

平时自诩生意人的姑父在旁边低头哈腰,一会儿喊徐老板,一会儿又是徐夫人、徐小公子……谄媚地笑,奉承地说,热脸贴冷屁股,仍旧得不到半句回应。

大人们坐着,徐小公子微微蹙眉,环着手,想什么是什么,反而成了对方在场面上第一个开口说话的人。

"她是我姐。"

他看向尚子欣,若有所思,又波澜不惊地移过视线,与尚嘉对视。就像前一次一样,漫不经心,顺口一问:"那你到底怎么称呼?"

尚嘉没想到他会跟自己搭话,蒙了一秒,但很快反应过来,朗声答他:"都可以。"

所有大人的目光都跟着聚集过来,她弯了弯眼睛,下意识地挺直腰背,使自己表现得和想象中一样从容。

徐小公子今天穿的是T恤运动裤，注视了她片刻，指尖敲击着沙发扶手，没有继续话题，随意点了下头。

"行。"他挺不走心。

徐启是新闻上的人物，优秀青年企业家代表，和几个好友一起建立了属于自己的网购版图，面孔常年出现在各种大会重要场合，名头也随着启越业务的拓展越来越大。然而也是这样的人物，家里精心养育照顾的女儿其实和他并没有血缘关系，感情甚笃的发妻也因为那次生产落下病根，早早走了。阴错阳差，真正的女儿在丧父又丧母的家庭长大，不知道吃尽了多少苦头——

可能这就是人如果事业方面太过顺遂，生活中就得倒点什么大霉以做平衡。知道这事的好事者都这么幸灾乐祸地评价。

场面上一时间又陷入沉默。

领头的徐启还是微微蹙着眉，没有动静。他做事雷厉风行惯了，和其他人相比，目标就要直接得多，正眼看人，也只看正对面端正坐着的尚子欣。

尚嘉的姑父不敢和他搭话，又自觉要有脸面，担起所谓一家之主的重任，只得清了下嗓子，换个人打圆场道："徐夫人……"

"我姓姜，"姜女士微微笑着，但很直接地打断他，"叫我姜小姐就好。"

姑父卡了下壳，脖颈涨得发红，结巴道："姜小姐。"

尚嘉静静坐着，手心莫名冒了点汗，余光只落在身侧的尚子欣身上。

尚子欣长相确实和她不怎么像，脖颈修长，眼尾微微上挑，常年盛着碎冰，整个人透着冷。但世界上不像的姐妹多了去了，她以前没觉得有什么奇怪的，直到此刻，看到对面的徐家父子，才禁不住有些恍然。

她不由自主地去看徐小公子的眼睛，同样的眼尾，表面上仍是直直坐着，大大方方地看，没有掺杂更多的情绪。

徐见鹤再次抬起眼和她对视，这回倒是走心了点儿，微微蹙眉，但没动作。

尚子欣始终没有说话。

作为抱错孩子传闻中的主角之一，她没什么反应，几天下来，再波澜起伏的心情，也渐渐归于沉寂。

旁边的姑父自讨没趣，终于也顾着脸面，没敢再逞能吭声。另一侧小

.027.

姑沉默地坐着，眼里都是复杂的担忧，手却不安地不断抚摸着两个孩子的后背。

"您打算怎么办？"男人要看她，尚子欣就大大方方任由他看，半晌，终于镇定地问出口。

徐启没答话，但微微笑了，给人的威严感稍减，问："你想怎么办？"

尚子欣到底只是青春期的年纪，她波澜不惊地坐了许久，被这么问话，忍不住微微低头，看向自己的掌心，逐渐显露出一点茫然。

"我也不知道。"

她再抬头，看向对面的人，语气还是冷的，语调却已经没刚才开口时那么坚定："至少暂时不知道……我没想过自己身上会发生这种事。"

当天回家的路上，最激动的还是姑父。

"哎哟，我的傻姑娘！"

这次一行有四个人，骑不了摩托车，男人也不嫌出租车上还有司机师傅，回头不断地劝解着："那可是你亲爹，跟你有血缘关系的，你说要什么他能不给吗？走之前，你和你爹单独聊那会儿说了些啥？要不要说出来，让姑父给你参考参考？"

他"嘿嘿"笑了一声："就是不管你要什么，你也别忘了你小姑、你姑父我，还有……"

"周建平！"小姑平静了一整天，本来就心神不宁，这会儿火气终于爆发了，"你在这儿耍什么猴戏呢？想钱想疯了就赶紧给我滚出去做生意，今天你再多说一句，今天晚上别想消停！"

女人脾气好，鲜有这样认真发怒的时候。

男人被吼蒙了，眼见司机的目光，又一下子装起来了，讪讪地摸出身上的烟盒，说："小事儿、小事儿，大哥您别介意。"

吵闹声中，两个小姑娘在后座彼此倚靠着，却不说话。尚嘉侧目，看着尚子欣紧握自己的手，也看她绷直的嘴角、发白的唇线。

小姑领着她俩回到她们家，三个人一如之前每个团聚的周末一样，在厨房互相搭着手做完饭。

一顿饭吃得无声，到了最后，小姑也不要她们两个人动，一个人把餐具放回厨房里收好，才终于长长叹了口气，摸了摸尚子欣的头。

"子欣，你姑父那个人做人市侩，从来眼里只有钱，说的全都是没出息的话，你也不用当真，但唯有一点是对的……徐老板到底是你亲爹，你好好想想，想怎么做，那都是过好日子的。"

小姑微微沉吟，感叹着："哥哥嫂嫂没了以后，全靠你照顾你妹妹。也是小姑没本事，当年眼界也窄，自己没要工作，帮不了你们太多，谁知道让你吃了这么多白来的苦。这下好了，有人来照顾你，要是你爸知道，肯定也会更放心，更……"

尚子欣当时已经念高二，性格比之前更加稳重，但被长辈推心置腹地一说，眼眶还是微微红了。

"小姑，我没觉得苦。"

她忍住泪，又笑起来，声音微微发瓮："您真好。"

她握住对面大人的手，又去拉身边的尚嘉。

"我会想清楚怎么做的。"

尚子欣声音微微颤抖，尚嘉反应很快，即刻起身，顺着揽住自己姐姐的肩，把脸贴到她的脖颈处。

那个晚上的夜很长。

自从搬回这个房子以后，尚父尚母的照片一直被姐妹俩摆在客厅最显眼的地方。尚子欣读了高中以后，学业繁忙，大多数时间都在学校，相框由尚嘉每天经手擦过一遍。

如水一般的夏夜，风扇慢慢地转着，搅动着热气。

尚嘉拿了一张宽大的凉席铺在地上，地砖是冰冷的凉，但正好解热，和两只相框都离得不远。

姐妹两个人肩并肩躺着，都没有出声。

"姐。"好半天，尚嘉才下定了决心。

"嗯？"

"你别担心我，"尚嘉把思绪理得很清楚，"徐老板……徐叔叔如果让你回去，你回去就是了。"

尚子欣要说话，尚嘉就立刻侧身，抓住对方的手，认真地继续："你不用急着否认，我们俩一起长大，就像你总能知道我一样，我也知道你在想什么……当时从小姑那儿搬走，你当着小姑的面，说要把这里买下来，说之后的打算，我就在偷偷想，你怎么那么厉害啊，一下子就把我们俩以后的生活安排得井井有条，比一般的大人都厉害——反正至少比姑父厉害多了。"

尚子欣笑起来。

尚嘉听见她笑,想了想,靠住她的肩头,小声地继续:"所以我才希望,你的日子能轻松一点儿。"

而自己已经比那会儿要值得依靠多了。

尚嘉这次没有抽鼻子,弯了弯眼睛,认认真真地说:"无论如何,我们会是永远的亲人,这是不会变的。"

夜色里,尚子欣还在笑,但眼里的泪光化了,化成水珠,淌在凉席上。

尚嘉不傻,她从老家来到临南,见过辛苦工作满手老茧的尚父,认真生活的信念也从来没有变过。可临南很大,大到灯红酒绿,大厦高楼,能容纳各色的科技文化产品,时代变迁,人们的生活也被浪潮不断推动着向前。"普通"的确是个好词,但是在这样的城市,想做到人均线上的普通,对于寻常人来说已经很难。

尚子欣如果能回归到那样的家庭,那生活一定会简单很多。

送走尚子欣的那一天,天气很好。

尚嘉有了心理准备,这回再见到徐启的时候,终于没有像上次一样,非得要一言一行板板正正,怀的是不能给尚子欣丢脸的心思。

徐启日理万机,对她这样一个小姑娘倒是依然挺客气。

尚子欣没有拿完自己全部的行李,刻意留了些东西,又要尚嘉陪着自己一路搬到新家,他也没拒绝。司机静静地开车,他就在副驾驶座,平静地打自己的电话,把后座空间全部留给姐妹二人。

这次徐小公子不在,只有姜女士在别墅里等着她们,还是和印象中一样美丽大方。

家里暂时没有任何一个人提及徐小公子原本的姐姐,她们当然也不会问。

"你也不用急着回去。"

临近晚餐时分,尚子欣握住尚嘉的手,像是忍了一下,认真坚定地道:"再等等就行。"

尚嘉当时应是应了,但不知道这话的意思,只当是对方紧张,说的是以后再见。

直到回去后没几天,姜女士带着徐见鹤,到她们姐妹俩以前的住处登门,她身上是还没来得及摘的围裙,手中举着锅铲,听着对方的意思,有点发蒙。

"子欣说得有道理。"

姜女士扫视了一圈屋子,倒没有不屑或者其他情绪,只是里里外外看了一圈,若有所思。

她说话习惯慢条斯理,很有说服力,微笑着和尚嘉对话,也是很平等的态度:"不过我和你徐叔叔商量了一下,还是决定征求一下你本人的意见。"

徐见鹤在她身后,参观过后,很自觉地找了把椅子,趴在椅背上,百无聊赖地摆弄着手里的魔方,只是时不时抬头,若有似无地扫过一眼。

尚嘉看着面前的女人,一时间没反应过来,鼻息间都是淡淡的白茶香气。

姜女士开口,平平静静的:"嘉嘉,如果你愿意的话,也可以和你姐姐一起搬到我们那里。"

// 第二章
杏 树

01

日有所思，夜有所梦。

徐见鹤曾经对这句话嗤之以鼻，却没想到，他昨晚做了一夜连绵不断的梦，梦境里还没到高中，天已经变成讨人厌的亮。

飞回来之前，他勉强还能说服自己，是因为在外四处游荡，内心不安定才无法入眠。然而现在，回到熟悉的老地盘，香薰、老唱片、眼罩耳塞几件套全用上了，他的状态仍然是老样子。

徐见鹤人还怠懒着，有点不太想立刻看手机。

助理发来消息，公司里一堆文件等着他过目，更有老的少的、陌生的熟悉的一堆人要见，大概光面谈就要耗去不少时间。下午忙完了也没空，高中那堆狐朋狗友中的一个，在大洋彼岸浪够了跑回来，在群里发消息，请他们几个从小一起长大的好友去打保龄球，能去的都得去。

没空吃早饭，他从冰箱里翻出一袋黄油饼干就走人。

午饭也是没时间吃的。

徐见鹤嫌麻烦，刚好碰上有个会要开，懒得让助理订餐，有一下没一下地吃着这袋饼干，愣是吃到了约定的时间前。

徐见鹤习惯赴约时守时早到，没要司机跟着，一个人空着肚子开车到了俱乐部。

服务生一路引着他到了最里面的活动区。徐见鹤手腕活动做到第二轮的时候，说要请客的人才风尘仆仆地晚来一步。

做东的薛陶隔着一排座位站定，顶着夸张的墨镜和骚包的花衬衣，咋舌地看他。

"不是吧,徐帅,你搞这么正式呢,还要热身?"

徐见鹤在休息区坐着,眼皮子都不抬,把手表顺手取了放下,又端起杯子喝了口水,低头换上球鞋,淡淡地另起话题:"不想受伤的话,就把手上那堆乱七八糟的玩意儿都摘了。"

他是挺没耐心的,对熟人犯不着遮掩。

汤家兄妹紧随其后,只晚五分钟。

汤则明一进来,看他俩一坐一站,一个震惊,一个一脸不耐烦,立刻明了地笑,而且一边笑,一边非常主动地摘下戒指手表,说:"薛陶啊薛陶……你要约徐见鹤,又非要选打球,那还不知道他要跟人认真?要我说,你不如胆子大点儿,直接约他唱歌,还能顺便看看徐帅的五音不全程度有没有好转。"

一旁对着平板涂涂画画的汤小优没出声,但被逗得也笑起来。

徐见鹤没搭腔。

他们几个认识的时间很早,年龄差不多,家长们互相熟识,又有各种商业层面的合作,到了该上学的年纪,自然而然就被送进了同一所私立学校,之后慢慢一路念到高中,到大学才正式各奔东西,当然熟知彼此之间的脾气。

几个人中间,又数薛陶和徐见鹤认识最久,十几年的同班,对着他一路从"徐小帅"叫到"徐帅""小徐总"。

薛陶高中时就和现在一样骚包,人家穿校服,他非得在校服外面套件从亲爹衣柜里拿的西装外套;不让染头发,他就周末给自己弄一次性的在学校里晃悠,眼看老师忍无可忍要说他,又掐准时间在周一之前给弄掉,嬉皮笑脸地认错。这种做派高调是高调,但也挺招人眼球。加上家里搞影业,头上还有个万事能干继承家业的姐姐,他没人管束,自由自在,也活得跟电影一样,把设计专业一路从北美念到英国。

"见云姐今天没来?"

"她今天工作上好像有事。"

徐见鹤正在挑球,直截了当地淡淡道:"要想知道为什么,自己打电话去问,别在我这儿旁敲侧击。"

汤则明不慌不忙,笑道:"我又没说什么。"随即果真利落地起身,指了下手机,"我去打个电话。"

"老汤这神神道道的样子是改不了了,想见人家就直说嘛。"

薛陶偷偷摸摸在身后议论,终于把一身该摘的都摘完了,凑到一侧球道站定,跟人搭话:"葡萄牙好玩吗?跟英国比怎么样?"

徐见鹤心思都在选球上,回答很不走心:"比英国的东西好吃。"

汤小优刚好画完手里最后一笔,放下平板电脑,笑着接话:"哪个地方都比英国的东西好吃。"

薛陶翻了个白眼,又指了指自己,说:"这个也用不着你们说,我是伦敦常住人口好吧。"

明明是他约人打保龄球,他偏也不打,只是看,而且看了一会儿就没了耐心,开始低头看起手机,从屏幕里翻出各种八卦闲聊。

这种话题一向是薛陶和汤小优的主场,徐见鹤没兴趣,更不掺和,继续与保龄球为伍。

汤则明打完电话回来,同样不打算加入话题,选择和他一起与保龄球为伴。他也够上心,认认真真,一边尝试,一边请教击球的技巧方法,专注在运动上。

可惜,不专心的人偏偏坐不住。薛陶聊尽了八卦,刷着朋友圈,撞击声中,忽然不适时地在背后嚷嚷道:"对了,上次看朋友圈,尚嘉是不是回来了啊?"

"砰——"

话音落下,徐见鹤投出去的球没出球道,但路线偏了。

汤则明眉目带笑,扫了身侧的人一眼,慢慢接话:"你才知道?"

徐见鹤面无表情,额头出了一层薄汗,直起身,站定后退回休息区,话都吝啬多说一句,直接简短地赶人。

"你做东,你去打,我坐会儿。"

薛陶叫苦,这又不关他的事。

徐见鹤闭上眼睛,试图按捺住内心的不安定,再趁机眯一会儿,手机又响了。他看了片刻,回了消息,两秒后,又忽然起身,干脆道:"我先走了。"

"啊?"

其他三个人性格不一样,但此刻的反应一致。他却雷厉风行,球鞋也来不及换,径自点了下头,一口喝完了冰水,抓着脱下来的夹克利落地闪身。

坐上驾驶座,手机屏幕上,徐见云的消息还在振。

她发来一个探头的表情,又发"嘿嘿笑"的表情,得到徐见鹤一个无语的省略号,才终于不卖关子了,言简意赅地说明情况:嘉嘉回老宅了,来看姜姨。

后面她又说:来不来?你要是来,说不定还能赶上晚饭……哦对,姜姨说饭后还要留嘉嘉搓几局麻将,子欣在医院加班,三缺一呢。

徐见鹤读 MBA 的时候,人在波士顿,离家太远,他嫌来去旅途劳顿,所以常常不回家,一个人背着包全世界到处乱转。去约旦的时候,他印象最深的,不是只身穿过佩特拉古城,而是在安曼老城区逛到的一家首饰店。店主大概是看他有耳洞,非得抓着他推销,用蹩脚的英语一个劲儿地介绍一对高价耳钉。徐见鹤皱眉静静地看了一会儿,但最终决定还是不做冤大头,空着手出了门。

要想忘记一些东西,最好的办法就是找点事情做,到处闲逛。

他那时严格执行过这句话,但最后还是得出结论:自欺欺人的办法,不怎么奏效。

徐家的老别墅在城北边,依山傍水,地方清静。

到别墅大门时,天色还没彻底变黑,残存一点夏日晚霞。

徐见鹤停了车,不急着进门,而是一路拐到后院,慢悠悠地绕着后院的花草树木转了一圈,一边转,一边相当认真地观察。

姜女士曾经有一段时间很迷园艺,也很能下功夫研究,没少买各种各样的花卉植株。后来渐渐没那么热衷后,也舍不得这些花草,就雇了专人每天来打理。徐见鹤上大学假期回家的时候突发奇想,把靠近别墅一楼最大的那片空地要来,种了点儿乱七八糟的花,最后又亲自尝试,种下一棵杏树。

当下刚好六月末,杏树结了一树的果,沉甸甸的黄,杏子的酸甜果香扑面而来。

趁着天边的一点余晖,他仔细认真地检查过枝叶,又问管家要了把剪刀,剪下一枝果实累累的,就这么拿着,径直进了门。

徐见云正从玄关另一侧出来,看他抱根树枝的形象,即刻惊道:"你这是……仙女下凡?"

徐见鹤不理她,往厨房走,刚好撞上有人端着一盘水果磨磨蹭蹭地出来。

他绷着嘴角，没出声。端水果的人抬头一看，才跟恍然似的，主动出声："你回来了啊。"

尚嘉今天穿了条收腰的白色长裙。

她来见姜女士，终于舍得用心打扮一番，头发绾成一簇，露出光洁的额头和耳根。因为个头不算高，到他这儿被衬得更矮，只能仰头看人，自下而上，视线和性格一样认真，眼眸水洗过般的亮。

徐见鹤心中一动，微微扬眉，"嗯"了一声，多站了两秒，才侧身让出一条道。

杏子被他一个个洗干净，枝叶扔了，放进同样的果盘里。

饿了差不多一整天，加上心情尚可，坐上餐桌时，他的胃口变得尤其好。家里的阿姨不知道是不是未卜先知，做了他最喜欢的豆豉蒸排骨，又有一小碗腊味饭和一份红虾鱿鱼意面，最后，他连芝麻菜和小番茄都吃了个干干净净。

徐见云目瞪口呆："启越不管你的饭？"

"忙。"

他一边擦手，一边答得坦坦荡荡。

姜女士不多唠叨，只看他一眼，认真地交代："还是要小心胃。"

徐见鹤随意点头应了，瞥见一侧正仔仔细细地剥杏子吃的人，心情也跟着愉悦起来，慢悠悠地去帮阿姨打理麻将桌。

徐见鹤打牌的风格没什么定数，又是和家里人玩，所以连牌也懒得记，但比下午进步太多，还愿意偶尔掺和一下闲聊。

"今天留下来住吗？"

徐见云算是全场第二认真的，她手上认真，问得也认真，但紧接着就反了悔，找补道："算了算了，你当我没问。"

她眨了眨眼，选择换个更加直接的说法，邀请道："今天就留下来住嘛，我们两个人睡一起，刚好还能聊聊天。"她说得真心诚意。

尚嘉略略思索，弯着眼睛笑了。

"好。"

这人从来都很难拒绝别人。

徐见鹤心知肚明，肩膀仍旧松快了点儿，平静地接话："刚好，你的房间阿姨收拾过了。"

他很自然地把一楼她曾经住过的地方叫作她的房间。

尚嘉转头看他,顿了顿,才道:"谢谢。"

谢什么呢?

她确实有好几件事情该谢他的,但不是这件。徐见鹤听得有点烦了,没什么波动,扔出一张五筒。

姜女士到底是打麻将的老手,才打了一会儿,就开始嫌弃他们几个小辈无趣。

"尤其是你。"

她点名批评起徐见鹤,一针见血:"嘉嘉是不怎么擅长,你是在这儿专门给我们放水的?"

"那不挺好,"徐见云亲热地去挽姜女士的手,"就让他多输多垫底嘛。走,去看我给您带的东西呗,品牌方寄过来没上市的新品,还是您平时常用的几个牌子。"

话最多的两个人一走,房间里立刻跟着安静下来。

娱乐室在二楼,尚嘉端正地坐在原处,正对着透明的窗户,刚好能瞥见夜色里的后院,热风里飘摇的杏树枝叶。

她看得有点出神,半晌,主动出声:"这是什么时候种的?"

徐见鹤瞥了一眼,起身,将只拉了一半的窗帘顺手似的拉开,回忆了一下:"我们读大二那会儿吧。"

尚嘉"哦"了一声,思绪有点飘忽了。大概也是夜深人静,她的心绪不免跟着放松下来,笑道:"我小时候,奶奶家门口就种了两棵……外面这棵养得更好。"

西北城镇的土地贫瘠,只有杏树耐寒耐冻,不用打理就能种活。那会儿的水果价格贵,寻常人家很难吃到,一到六七月份,周围邻居家的孩子就拿着竹竿和用旧衣服剪的兜布,央求她放他们进去,用自己家种的菜或者鸡蛋做交换。

尚嘉很喜欢杏树。

她从徐见鹤手里接过水,又说谢谢。交接过程中,指尖不可避免地接触一秒,她心神微微一滞,但面上还是波澜不惊,将杯子捧到唇边,默默喝了一口。

徐见鹤随手抽过椅子,在她的一侧坐下,很漫不经心。

"我知道。"

他慢悠悠地答,又慢悠悠地将麻将牌推进桌面升降层,并不看她。

尚嘉疑惑的目光太过明显,徐见鹤也没打算装傻。直到推完最后一张牌,他才微微抬头,侧目瞧她,神色淡淡,指尖习惯性地敲击起桌沿。

"是我种的。"他说。

02

与尚嘉童年曾经生活过的老城相比,临南当然是多雨的。不仅多雨,就连最炎热的夏季也潮,气候湿热。只有深冬比老家好过,不用裹得一身严严实实。因为要帮忙做饭打扫,不间断地碰冷水,长一手红肿的冻疮。

临南这样的地方,说到底并不太适合栽种杏树——气候太过潮湿,光是养护就要白白多耗不少心思。

尚嘉本人也不算喜欢这样的天气。

她属于能忍绝不会往外吐露的性格,十几岁时,每到下雨天,运气不佳,碰上腿骨酸痛的老毛病发作,还是会在心里偷偷地恨上老天爷。

父女三人一起住过的屋子位于居民区的巷子内,地处老城区,基本上是一半本地人,一半外来人口。在城市没有改造以前,多余的空间都被自行车和电瓶车占领,仅剩的一点缝隙也被防护栏和各家各户的衣架子抢占得干干净净。狭长的窄道,头顶每层楼都晒着各色衣物,像大小不一的彩旗。轿车开不进去,一般就只能在巷子口临时停一会儿,停得越久,车标代表的牌子名气越大,也越容易吸引一群巷子内的小孩围观。

尚子欣认亲的那两天,轿车就在巷子外停了整整一排,远超巷子从前任何一次的热闹。

围观的小孩里三层外三层,玩玩具枪的不玩了,打弹珠的不打了,换卡片的也不换了,刺耳的尖叫声都停了,全盯着车子左看右看,两眼放光。

周围邻居议论纷纷,话题绕着尚家不停地转。好在来的人嘴够严,小姑又强行给家里两个男的下了封口令,姑父再贪财也读得懂徐家那边不想外露的意思,所以周遭了解得最明白的人,大概也只是知道尚家的那个大女儿莫名走了大运,被有钱人家带回去养了。

"那个小的呢?"

"小的?人家不要呗。"

"嚯,来的人真要像你们说的那么有钱,为啥只要一个?其实也挺可怜的，出了车祸没了爹，撞人那边非说是肇事的，牢也坐了，只肯给那么点儿钱，也就是欺负两个女孩，要换我家肯定是不干……"

"你们这群人就是傻！人家一起长大的，难道大的还能不管小的？咸吃萝卜淡操心，自个儿才挣多少。老尚还没走的时候人挺不错的，下一代走运，那也是人家积的福。"

"话是这么说，但是收没收养，至少手里头的钱就不一样。亲兄弟还明算账呢，条件天差地别的，落差感这么大，再要好的兄弟姐妹，时间久了，日子长了，你敢说不会嫉妒？"

…………

巷子里的小社会，居民大多喜欢热闹，而所谓的"热闹"，往往也只需要一个共同的话题。只要话题在，其中的真假道理可以尽情地发挥，其他的都不太重要，甚至聊到激动曲折的地方，当事人也可以暂时忽略。

尚嘉送走尚子欣以后，对这样的情境早有预想，无意间听见这些，也只是左耳朵进右耳朵出，听过也当没听过。

与之相比，姜女士会突然亲自登门，这件事才是的的确确远超她的预料。

尚嘉狼狈地拿着锅铲，因为图省事，一身蓝白校服没来得及换，直接罩的围裙，有点不伦不类。

外来的二人在餐桌椅上坐着，态度从容自若，反而更像是眼下这个小空间的主人。

姜女士看她一时半会儿缓不过神，也很善解人意，放缓语速，重复道："不用着急，这是我们和子欣共同的提议……你可以考虑几天，之后有任何决定，也可以随时联系你姐姐。不用太有压力，跟着自己的想法走就行。"

尚父去世后，家里常年只有姐妹两个人，除了偶尔周末会来看望她们的小姑，就再没有过其他的客人。

尚嘉心里乱糟糟的，随便找了个说法，转身进厨房，摘了带有油渍的围裙。找了半天，给客人倒水的杯子也没找到，只能回到客厅，硬着头皮从一旁的柜子里翻出不知道买了多久没拆封的纸杯，选了最干净的两个，灌好两杯凉白开，端给客人。

过去很长的一段时间里，尚嘉对于"母亲"这个身份，一直只拥有照片上的认知。她看周围邻居母女母子鸡飞狗跳的相处状态，并没什么感触，也最多把小姑和奶奶当成自己女性亲戚长辈上的精神依靠，更没有跟姜女士这样和母亲年龄相仿的女性有过直接的接触，所以也不知该和姜女士说些什么，只能姜女士问一句，她拘谨地答一句。

徐见鹤在旁边百无聊赖地玩魔方，对两个人的对话显不出一点兴趣。姜女士也不管他，但当她发现，徐见鹤全程没碰尚嘉给他们倒水的纸杯时，她狠狠地揪了一下他的耳朵。

少年的反应也很神奇，只是嘟囔了两下，立刻一口把水喝了，才抬头幽怨地出声："这位美女，有话好好说行不行啊……老祖宗都说君子动口不动手，何况你儿子马上就要高一了！"

姜女士没理他，他无所谓地耸耸肩，翻出手机继续给自己找乐子。

尚嘉在旁边立着没出声，有点想笑，又莫名有点羡慕。

说完要紧事，母子二人一同起身告辞。

两道身影一前一后出门，尚嘉留在原地多看了一会儿，又想了一会儿，把门口的鞋套收拾了，继续回去做一人份的饭。

时值暑假，有足够的时间供人乱七八糟地思考。

尚嘉心里装着事，晚饭没吃几口就饱了。傍晚时分，她对着电视柜上的照片坐下，听着《新闻联播》背景音，抱着膝盖，长长久久地出着神。

说不心动肯定是假的，但并不是因为钱。

她在铺在老地方的凉席上坐着，哪怕什么都不做，也会不断地想到和尚子欣手拉着手睡过去的那个夜晚——那个夜晚，自己反反复复地入眠，又反反复复地惊醒。每次睁开眼，看见身侧脸上挂着泪痕的少女，都有种无边无际的茫然和失落。

满屋子的灰黑色，睡过去的几分钟里，全是噩梦。一会儿是过年前老家的小院门口，她端了张板凳坐着，漫无目地眺望着沥青路尽头等着谁；一会儿是病床上满目天花板的白色，耳边的嘶哑痛哭声，永不停歇的男女刺耳的争执和对骂。

她又是一个人了，她一直是一个人。

尚嘉以为自己已经习惯了分别。

第二天一早，她在晨光里醒来，脖子是痛的，胃是痛的，胸口却热热地发胀。

她给小姑打去电话，特意询问了姑父有没有在家，确认没有后，才把事情慢慢地叙述了一遍。

小姑隔着听筒，原本情绪一下子因为这头提到的事情激动起来，但听着尚嘉平静的声音,也逐渐地沉默了。

"其实我不太在乎事实是什么。"尚嘉沉默良久,难得声音低沉,没什么力气,"如果可以,我的确不想离开姐姐。"

她听到对面的叹息声,很小声地说出心里话:"所以,我也不在乎我们有没有血缘关系。这是个机会,您说是吧?"

尚嘉问得很轻,像是自言自语。

尚嘉搬去徐家别墅的那天运气不佳,碰上夏日难遇的阴雨。

姜女士这次没有亲自登门,而是直接派的车和人过来。

阴雨连绵的天气,水珠连成铺天盖地的大网。在巷子外面玩耍的小孩纷纷躲回了家,巷子内只剩零星几把不同颜色的伞,还有忘记收衣服、不断吆喝着的住户,偶尔路过的人,投过来一两道好奇的目光。

"尚小姐。"

来的人西装革履,这么称呼尚嘉,又看向她身后稍显紧张的女人,友好地笑了笑:"尚女士。"

车程中,小姑全程握住尚嘉的手,一句话也没说,只有表情看得出来内心五味杂陈,既有高兴,又有担忧。

姜女士临时有事,比之前说的时间更晚到家,特意打来电话跟她说明情况。

"子欣被你徐叔叔带出去了……徐见鹤应该在。"电话对面的声音顿了顿,继续往下交代,"他要是不出来,你就让管家或者阿姨直接拿钥匙开门进他房间,他们知道该怎么办。你直接叫他的名字就行,不用讲究太多。"

对方考虑周到,尚嘉也没详细问,只乖巧地说"好"。

不知道第几次来到这座别墅,这次的心情又是完全不同。环境和印象中的一样,没什么变化,去的时候,正好碰见有人穿着雨衣,慢慢地打扫放干的游泳池。

尚嘉没什么行李,只带了些应季衣物,还有一直在穿的几件秋冬外套。家里常年摆着的那两只相框,被她仔仔细细地擦干净,用布包好压在最里面,所有东西满打满算,刚好塞满一个行李箱。

姜女士给她安排的房间在一楼,坐北朝南,光线极佳。从空调到电脑电视,所有青春期孩子该配备、看起来会用得上的东西一应俱全。

小姑依照之前两边大人说好的，坚持跟着她收拾了一会儿东西，目光在电器家具之间流连了一会儿，直到一切都差不多了，才默不作声地拉着她，到床边坐下。

"这些话本来不好说，可我想来想去，总该有人把道理给你点明白了。"小姑认认真真地看着她，"嘉嘉，小姑是个俗人，没什么大的觉悟。你上次说，这是个机会的时候，我就在想……这的确是个机会。"

她深吸了一口气，压低声音，苦笑着回忆道："我年轻的时候，跟着你爸来临南打工。因为两个人都只读到初中，去酒店帮工，师傅一开始都嫌弃不收我们。那会儿穷得连饭都吃不饱，住的地方也得死皮赖脸蹭有住处的同乡。当时人家明里暗里跟我翻白眼，问我要钱，我都只能装看不见……这是我们这些普通人的生活。"

女人抬头，艳羡地环视了一下四周，才继续说："这样的家庭不一样，但凡他们愿意帮扶谁，勾勾手指头就能做到。势利就势利吧，只要你能过得好，有些该做的事，该多拉关系的话，都可以拉下面子去说去做，多巴结巴结……话不好听，但该牢牢掌握的关系，就得想办法掌握好，这对你的未来只有好处……这是多少人求都求不来的机遇。"

小姑握着她的手捏了又捏，目光里都是关切。

尚嘉想了想，到底认真地"嗯"了一声。

姑侄俩又对坐了一分钟，依依不舍间，房间门被人突兀地敲响。敲门的人没什么顾忌，声音急促又震人。

两个人都被吓了一跳，大眼瞪小眼，反而是尚嘉先冷静下来。她迅速站起身，平复好心跳，慢慢走到房门处，也不问是谁，沉默地将门拉开。

门外的少年皱眉站着，通身的黑白色，肩宽平直，脖子上半挂着一只耳机，手上握着游戏掌机，气势也像凛冽的黑白，低头看人的眼神很冷。

"姜女士……我妈让我问你，中午想吃什么？"

他问得不太耐烦，比前几次都冷。

尚嘉冷静地想。

03

徐见鹤读书的时候，一起长大的朋友对他有个相同的评价：不太好伺候。

这当然不是指他的脾气有多差，或者这个人有多难打交道。相反，徐见鹤属于活得挺自在的一个人，思维活跃跳脱，行动力极强，很少有发脾气的时候，对如何装模作样也很有心得体会，不故意招惹他，就发现不了他稍显暴躁的一面。

"不好伺候"说的是，他在很多方面非常挑剔，但几乎不会说出口，只能靠人自己琢磨。但如果猜错了，对方也不会知道，因为他早已经在行动上把认为自己该做的做好，懒得吐露半个字。

他父亲徐启是白手起家，本科专业跟科技和计算机无关，读的是法律。和几个好友起家做网购，完全是因为受到大洋彼岸的成功案例启发，加上朋友里正好有学相关技术的，彼此之间一拍即合，说干就干。多年后，徐启获得成功接受采访，大多时候都会显得很谦虚，说他不过是站在了风口，碰上了好时机、好政策，过程中，也受到了不少好心人的帮助指点……

在徐见鹤的记忆里，从小到大，试图提及旧情、成为徐启嘴里"好心人"的亲戚家里几乎就没有断过。尤其是逢年过节，总有一些不知道怎么算关系的叔叔伯伯登门拜访，总之目的万变不离其宗，要么是求钱，要么是给家里的谁求职位，要么是有什么绝妙的赚大钱的想法项目，只差慧眼识珠的伯乐。

这种喜欢夸夸其谈的人，态度不是过分谄媚，就是理所当然，对徐见鹤的称呼都很统一，什么少爷、公子一类的，好像仍活在不知道什么时代。

徐见鹤表面漫不经心，实际挺厌烦这种打交道的情形，别人这么称呼，他也随便对方，但绝不会应声。

他当时十几岁，正处在一个非常理想化的年龄阶段，认为人和人之间相处，最重要的就是坦诚，谈钱很正常，但最好光明正大，落到实处，平等交流，试图做小动作是最让人厌恶的，既不诚实，也不够坦率。

尚嘉搬到别墅那天，徐见鹤刚刚和薛陶吵了一架。

薛陶这人有点问题，大概是少年人情窦初开，对一个正在纽约读大学的姐姐突然产生了一点好感。俗话说雄孔雀求偶，花枝招展，何况薛陶本来就是高调的性格，更不可能罢休。看人家姐姐在社交账号上晒出马场骑马的照片，又是暑假，就要求徐见鹤带自己去他常去的马场开小灶，以便拍点照片发出去，和人遥相呼应。以后如果有可能的话，也好展示展示。

徐见鹤一开始当然是拒绝的。他对薛陶的性格有相当明确的认知——想一出是一出、非常不靠谱。被缠了几乎有一周，最终，还是被薛陶用一套从秋叶原直邮回来的万代拼装高达收买了，勉强答应下来。

后来的结果证明，他对薛陶的不靠谱程度不算预估错误。

一趟夏季马场之行，照片没拍到，社交账号素材没有，新手本人却因为不听劝想耍帅，惊扰了徐见鹤亲自挑的脾气温顺的马，左手还被迫打上了石膏。

医生说不用住院，但薛陶人躺在家里，跟爹妈好好认过错了，仍被勒令开学之前彻底禁足。就是在这样的情形下，他还要坚持给徐见鹤打电话认错。

徐见鹤接起电话就是一个"滚"字。

不过，他也没无情到无动于衷，行动上，已经让汤则明帮忙给人送去一台投影仪，不用上手，躺在床上就能打发时间。可这个结果说到底还是和他有关，徐见鹤心里不太畅快，PSP上的游戏任务做得磕磕绊绊。

偏偏这个时候，姜女士让阿姨来喊他下楼接待客人。他慢慢下了楼，走到一楼房间门口时，忽然莫名想到徐见云前几天给他发来的照片，附说明："卢塞恩湖。PS：瑞士物价离谱得要死，糖炒栗子都六块一颗，眼药水两百多块，抢钱也不过如此！"

照片上，从小到大都热衷出镜的人没有出镜，全是山河湖泊，自然风光。

有关家里最近发生的事情，徐见鹤最开始其实并没有意识到有多严重。

徐启和姜女士的意见非常统一：把人接回来，但也不会把养育多年、彼此之间已经有感情的孩子送走，无非多一口人而已，家里从来也不缺什么。这样处理，也是把根本问题解决掉。

但徐见云本人的反应却很强烈。

她虽然外向多话，但性格里也有相当敏感的一部分，不仅第一时间不吃不喝，把自己锁在房间里发呆，甚至还试图一个人溜出去，分文未带，说是要离家出走冷静冷静。后来人被抓回来，家里从上到下，依旧没一个人劝得动，还是姜女士最终拍板做主，说让她去瑞士，去姜女士母亲那儿待一待，想通了再回来，再想做什么都不迟。

徐见云再想不通，也知道不能拒绝来自姜女士的好意。走的时候，人已经快瘦成纸片，终于没忍住，扑进姜女士怀里，痛痛快快地哭了一场，又无声地和徐见鹤交换了一个拥抱，沉默地登上了飞机。

人在涉及主观的事情上，总是很难平衡自己的感情倾向。

徐见鹤对尚子欣没有意见，但要他一下子极熟极热情地对待对方，也不太可能。尚子欣大概暂时也是同样的心态，和他相安无事，见面互相点个头就算是招呼了。

至于尚嘉……

——"多巴结巴结……这对你的未来只有好处。"

女人和女孩交谈的声音断断续续，他听力极佳，没漏掉最后轻轻的那声"嗯"。

徐见鹤心里冷笑，面上不悦，他觉得挺没意思。

门开了，他问她午饭吃什么。

尚嘉扶着门板，露出个笑，仰头看他，说"都可以"。

跟之前他问她怎么称呼时一样的回答，没什么主见的泥人一个。

徐见鹤本来就因为各种事情心情不佳，不想继续跟她这么虚情假意下去，得到答案后，不耐烦地戴好耳机，把头随意一点，回身开了电视。

几分钟后，刚刚在房间里说话的女人出来，神情略显不安，朝他点了个头，笑容有稍显讨好的僵硬。

"那我就先走了。"

徐见鹤面无表情，但微微侧目，摘了耳机，回以一个点头。

尚嘉跟在女人后面，没有看他。

从房间出来的两个人一路往外走，最终在玄关处站定，无声间，一大一小轻轻拥抱了一下。

徐见鹤起身，去厨房跟阿姨交代姜女士的安排。出来时，左手一盘切片的杧果，右手一碗车厘子，刚好听见关门的声音，看见大门前形单影只的人。

尚嘉送走了人，站在那儿，像是在想什么，又像是什么都没想，只是发呆，冷冷清清的。

只不过，她回过头和他对视的瞬间，冷清立刻就消失了。少女的眼睛弧度弯弯，一有表情就像在笑，真心友好地笑时，样子就更灿烂。

面对这份灿烂，徐见鹤没什么波动，只是略抬了下左手的盘子，芒果上面两把叉子斜斜地插着。他将其放到茶几上，话都懒得多讲一句。

有关这个暑假家里发生的事情，徐见鹤并没有主动向任何朋友提起。

一来复杂，二来没必要。

但世界上终究没有不透风的墙。

临近开学，薛陶终于被家里放出了门，手还打着石膏，第一件事就是带着汤家兄妹找到徐见鹤家里来。

他们几个人一起长大，同岁又同年级，表面上说是兄弟姐妹团聚，趁着还没进一中前好好聚聚，实际是电影放到一半，客厅里的人就有些坐不住了，鬼鬼祟祟地打听起有关徐见云的事情。

"见云姐……难道以后不回来了？"薛陶放下喝空的杯子，装作无意地问。

汤则明分明想听，但表面上仍然翻着手里的地理杂志。

汤小优抱着平板电脑，本来正对着电视上的主角涂涂画画，动作也停了。

徐见鹤目不转睛地看着屏幕，没做犹豫地回答："会回来。"

他的这几个朋友，应该是听说了他们家的事情，但也不确定具体的情况，因为事情复杂，又不好问得太过深入，只能这么旁敲侧击。

他答得果断，但很快补充："不过时间不知道。"

"哦。"薛陶在沙发上翻了个身，又问，"那你，你那个……那个……"他一只手挠腮，吞吞吐吐半天，愣是没问出口。

徐见鹤瞥他一眼，态度从容得多："另一个姐姐？被我爸带去外地了，估计开学以后也会转去一中吧。"

他倒是很冷静自然。

薛陶又"哦"一声，没好意思继续往下问。问题太私人，他心里莫名有点不太自在，当即翻了个身，从沙发上跳起来，呼出口气："哎，不说这个了……我去看看我外卖到了没！"

自从上次在马场受伤后，待在家里的这段时间，他几乎天天都被人盯着，不得不严格遵守医嘱，已经很久没有碰过各种各样的"垃圾食品"。好不容易恢复到现在，又光明正大来了别人家，第一件事就是点了一堆乱七八糟的油炸食品：脆皮炸鸡、波浪薯条、比萨……吃不吃得完另说，反正有好几个人，他要借机过过瘾。

外卖小哥只能将东西送到大门处，一般都是由阿姨或者管家取了，再交给他们。

薛陶人到玄关,还没来得及看情况,门已经从外面被人打开。

开门的少女提着塑料袋,和他对视间一愣,但很快反应过来,点了下头,说:"你好。"

"你好。"薛陶下意识地回复,回复完又一愣,盯着面前陌生的脸皱眉,"不对不对……你是?"

他一边问,一边恍然似的盯着她,一只手比画一下,习惯性地跟人嬉皮笑脸,说:"不对,我知道!你是不是就是传说中徐帅的新姐姐?姐姐好,姐姐,我是……"

他用上一个"新"字,实际上没什么恶意,纯粹是性格直来直往,跟人直接惯了。

尚嘉笑起来,听得懂少年的语气,反而觉得有趣。

她刚要自我介绍,一只手已经越过薛陶的肩头,顺手将她两只手提着的外卖袋接了过去,另一只手则行云流水,把薛陶的肩头一把揽住,迅速而敏捷地往客厅里面带。

薛陶被拽得猝不及防,惊叫出声:"徐见鹤,你、你谋杀伤患啊!"

徐见鹤没理他的控诉。

"别乱叫。"

徐见鹤抬头,斜斜地看了门口的人一眼,语气挺淡定,挺平静:"我跟她没什么关系。"

04

因果循环,报应不爽——老话是这么说的。

徐见鹤记性很好,远到自己小时候深夜逃出家门,试图和表哥在公园会合玩滑板未遂差点被揍,近到前几天在四川看过熊猫,吃的那碟凉拌鱼腥草的奇妙滋味,一桩桩一件件,都能清清楚楚地想起来。但有时候,他偶尔想起自己曾经说过的话,也会觉得这并非一件好事。

炎炎夏日,窗外的夜色渐深,杏树枝影婆娑,满树的橙黄化成朦胧的一片。

徐见鹤斜斜地看着身边的人,看她第一时间没反应,也挺习惯,停了指尖的动作,索性抬头扫了眼一树橙黄,又回头看人。

这一次,目光先稍停在她耳垂的珍珠处,她端着水杯的手,最后才是

她的眼睛。

四目相对，尚嘉开口，还是如往常般真心实意："厉害。"

不仅如此，她顿了顿，思考片刻，颇认真地继续："杏树在南方应该挺不好养的，得下功夫。"

徐见鹤："还好。"

他压下心里翻涌的躁动，吸了一口气，又悄无声息地呼出，也并不急，接完她的话，往椅背一靠，淡淡地另起话题："交换的时候，有去别的地方玩吗？"

尚嘉刚好放下水杯，愣了愣，没料到话题的跳跃，但依旧老实地点头。

阿姨这时候敲了门，送来一盘切片的凤梨和水蜜桃、一碟老式蜂蜜蛋糕，给留在娱乐室聊天的人做夜宵。

"一起去的师姐对欧洲比较熟，我们就去了离英国比较近的几个地方……"她盯着摆在稍远一侧的蜂蜜蛋糕，禁不住有些出神，不过仍慢慢往下说，"大多数地方都挺好玩的，不过我印象最深的还是巴塞罗那。"

尚嘉拉回思绪，稍微回忆了一下："师姐之前为了看比赛，去过好几次，因为觉得我可能对足球没什么兴趣，就带我在米拉之家转了一上午，下午又直接去看圣家堂。就是可惜，我们都不会西语，服务生听英文也吃力，点菜的时候，只能靠手脚比画交流，指着图点菜……哦，还有，小店里的鲜榨果汁和红酒都很好喝。"

徐见鹤"嗯"了一声，注意到她的动作，将空调温度稍微调高，又不动声色地顺手把果盘和蛋糕换了位置。

"走的时候，我第一次有些不太舍得一个地方，回伦敦后有好几天，都觉得自己好像在梦里。"她笑起来，"其实就是觉得，怎么会有城市跟高中那会儿看的杂志上的照片一模一样，用网络上流行的话……好像自带滤镜。"

徐见鹤看她弯弯的眼睛，微微扬眉，又"嗯"一声。

"挺好的。"他说。但什么挺好，也没说明白。

话题结束，房内一时间陷入微妙的沉默。

门口又有人敲门，这次换成了徐见云。

她没等人回应，直接光明正大地推门进了房间，而且看起来动作相当迅速，已经先于在场所有人洗漱完毕，换好了一身家居服，顶着一张面膜过来凑热闹。

"有吃的!"

徐见云眼睛亮了,抽过一把椅子,在尚嘉旁边亲亲热热地坐下,第一眼看水果,第二眼看蛋糕,看见蛋糕还要点评一句:"这个好,我记得嘉嘉喜欢。"

尚嘉笑起来,也任由她靠。

她们是血缘上的亲姐妹,两个人长得最像的就是脸型和鼻子——鹅蛋脸,水滴的鼻头,挺精致,但徐见云个头要高不少,其他五官又要英气一些,加上学舞蹈出身,看起来就总是精气神十足,稍显出凌厉的攻击性,尚嘉则低调柔和更多。

两人变三人,多出的人又刚好话多,房间里的气氛即刻变得活跃起来。

徐见云从小就是喜欢跟人亲近的性格,这会儿随意拈了一缕身侧人的头发,慢慢地打着转,有些怀念地开口:"上一次,我们三个人这么在一块儿都是什么时候了?高中还是大学?"

"我上大一那会儿。"徐见鹤挺淡定,"大一的寒假,差不多过年吧。"

他说得很随意,尚嘉身形微微僵硬,抿了抿唇,但表情没变。

徐见鹤眼睛扫过她,起身去倒了杯水。

"对对对!我想起来了……那年你考了驾照,专门开车带我们几个去郊外的山顶放烟花来着,结果天太冷了,山顶上风又大,第二天,我和嘉嘉都直接重感冒躺床上了……"

徐见云没注意到他们俩的动静,因为眼睛死死地盯着水蜜桃,事情说到一半,忽然忍不住发自肺腑地恨恨道:"要不是我后天有个品牌推广照要拍!"

吃不了也没关系,她吃不了,就开始投喂身边的尚嘉,过过眼瘾。

徐见云一边投喂,一边终于接着话头继续,亲昵地去捏尚嘉的脸,说:"不过说到底,要不是这小妮儿总说自己忙着学业叫不过来,我们也不至于追忆往昔还要追到那会儿。"

被捏的人安安静静地听着抱怨,被喂得吃了一整个蜂蜜蛋糕,吃到第二个时,明显已经饱了,但仍然没有出声拒绝,小口小口地咬,有点噎。

徐见鹤忽然有些不太耐烦,抬眼对着旁边的人打量了一下,皱眉开口:"你面膜都敷多久了,还不摘?"

"喔,你还懂这个呢!"徐见云故作夸张地惊讶。

徐见鹤不理她的揶揄。她耸耸肩,瞥了眼墙上的钟表,哼着调子起身开门去洗脸。

房门关上,徐见鹤没立刻动,还是松散地靠着椅背坐着,手随意环在胸前,恨铁不成钢一样地打量起人,终究还是端起水杯递过去,微微皱眉:"你真是……"

真是什么?他没继续往下说。

之后的夜晚时间是属于两个女生的。

在徐见云面前,尚嘉总是习惯做倾听者,但她也并不觉得烦闷。因为徐见云总有用不完的精力,也有说不完的千奇百怪的八卦和故事——哪个尚嘉或许见过的网红,其实背地里是无缝衔接的渣男;某个几线明星是个"海王",竟然在活动之后,同时问她和另一个博主要微信……

徐见云一向很有胆量,无论是小时候还是现在。长大后,她很快就能弄清自己想要什么,果断放弃了舞蹈事业,投身到了更加感兴趣的自媒体事业中,成为一名博主。她毫不在意他人的赞同或者抨击,对出镜露脸的事情乐在其中。

尚嘉佩服她这一点。

八卦聊到最后,不可避免地转入个人感情话题。

"嘉嘉,你就老实跟姐姐说说看嘛。"

徐见云在她这里,总是喜欢自称一声"姐姐"。徐见云靠在她的耳边,说悄悄话似的提问:"你在国外的时候,有没有遇见过比较喜欢的异性?或者不是国外,就是在学校里啦,再不然,就是纯粹的心动对象……我保证不说出去。"

尚嘉一时没说话。她望着天花板,目光迷茫了片刻,想答"没有",又觉得心里不太对劲,最终思绪兜兜转转,只能模模糊糊地答一句:"有好感的话……"

后面剩余的部分没说完。

徐见云同样茫然起来。不过她脑筋动得飞快,很快总结出自己的猜测,并试图以姐姐的身份开解一旁的人。她认为尚嘉是以前从没有喜欢过谁,所以才模棱两可。

尚嘉听完她的道理,迷茫一下没了,忍不住笑起来。

女孩之夜的最末,眼看徐见云已经半梦半醒,困得眼皮沉沉地合上,她才慢慢叹了口气,平静又缓慢地开口:"我其实有喜欢过人的。"

第二天早上要去教研室，尚嘉起得早，特意小心翼翼地下床，没有惊扰到身边人。

两个人昨天睡的一楼房间，一打开门，迎面而来的就是夏日晨光。

落地窗外的花花草草，比昨天来的时候更加醒目。

夏天的花开得正盛，她在窗前站了一会儿，笑着问阿姨要了两个蜂蜜蛋糕、一袋冰箱里的黄油饼干。两样东西用袋子装好，要换鞋时，大门却从外面打开了。

男人低头瞧她，估计是刚刚晨跑回来，刚巧在玄关和她碰上，肩头沾了些泥灰，手里还提着一袋子黄杏，可能是刚从树上摘下来的。

徐见鹤额头出了层薄汗，皱着眉看她放在柜子上的东西。

"你早饭就吃这个？"

尚嘉想开口，起身时眼前却忽然一黑，晕晕乎乎没站稳当。不过，有人应变比她更快，一瞬间，徐见鹤抬手圈住她的手腕，有力又稳当。接触时，皮肤很烫、微润，莫名潮得很。他个头比她高得多，又长年累月地运动，浑身都是热意，罩住她不过轻而易举。

徐见鹤眉头皱得更深，他这下没给她回答问题的机会，看她站稳了，立刻把杏子放在她的袋子旁边，斩钉截铁地交代："等我一下。"

说一下就是五分钟，再出来时，徐见鹤身上已经从黑色的运动套装换成了常穿的休闲衬衣搭西裤。他飞速冲了个澡，头发还微微有些湿。到门边时，自然地提起柜子上的两只塑料袋，冲人把头利落一点。

"走吧。"

读高中时，尚嘉很喜欢去一中附近的一家早点店。

一中建校早，占地面积也大，地理位置优越——紧邻市内最热闹的小吃街之一，前后又临中央公园和绵延的河堤，闹中取静。可惜后来城建改造，小吃街没了，该迁的都迁走了，只剩下零零散散的一些商贩店铺，学校附近以前开的老店铺也基本只剩了几户面熟的还坚守着。

尚嘉并不挑食，但也有一些个人口味偏好。临南本地口味喜鲜喜淡，略微偏甜，她却喜欢味道重一些的。

那家早点店的牛肉包，总会难得地做特色的香辣味。尚嘉常常提早到校，就是为了不用排队，赶上热气腾腾的第一笼屉，配上一杯豆浆，用袋子装好，提上就能赶去上早读，方便又快捷。之后阴错阳差，发现沉默寡言的老板原来是在听力方面有些困难，早饭就再没换过地方买。

高考以后，升入了大学，她跟几个同学再回校看望高中时期的老师们时，一时兴起，顺路摸去老地方，才发现早点店已经迁走了。改建后的门面开了一家花店，由一个打扮精致的年轻男店主独自经营着。她心里不免有些遗憾，但也知道，这与人跟人的缘分差不多。

对于一个老地方，能留下一些回忆就已经很好。回忆里，当然有属于徐见鹤的一部分。

上车前，尚嘉习惯性地去开后座的门，反应过来后，才意识到有人站在驾驶座外，没有试图说些什么做提醒，就那么冷冷立着，皱着眉，安静地注视着她。

尚嘉愣了愣，抬头和人对视一秒。

两人都不说话，她却很快明白过来，再低头，已经相当自觉地将拉开的门重新关好，人挪到了前侧。

正值盛夏，早晚都是热的，徐见鹤又体温偏高，冷气开得很低。

尚嘉刚坐上去就觉得凉，但没出声，只是侧头轻轻吸了吸鼻子。

徐见鹤看也不看她，径自将温度稍微调高少许。

她也不问他去哪儿，他却是不得不主动交代的。

徐见鹤扫了一眼后座的两个袋子，一个装有尚嘉之前准备敷衍过去的早饭，一个装着满满一袋的杏子，位置都够稳当，再顺手系上安全带。

他扶住方向盘，平稳地侧目，很民主地征求起她的意见："先去吃早饭，吃完之后，就顺路送你去你们学校，没问题吧？"

尚嘉点了点头，她看了眼手机，估摸时间来得及，想说"谢谢"，又忽然想起他之前电话里的不耐烦，干脆略一沉吟，很老实地换了个说法："麻烦你了。"

真是没完了！

徐见鹤这次也懒得搭理她，从收纳箱里摸出一盒糖片。双倍柠檬口味，只需两粒，酸味就能从舌尖蔓延到喉头。

车从老宅别墅往市区开，一条路到头，就上了贯穿整座城市的大道。这几年来，周围的风景一直在变，但建筑和路线的分布格局几乎没什么变化，对于久居同一个地方的人来说，不免显得有些乏味。

尚嘉看起来倒是有点兴趣，她昨天来的时候，天色已经晚了，现在时间正佳，正好可以仔细观察很久没见过的沿途风景。

"有什么变化？"

有人像是会读心。

她收回视线，侧过头，开车的人看起来心无旁骛，平静地直视前方。

尚嘉想了想，说："以前一直在修的几栋大楼好像修好了，刚刚看见不少上班族往那边走。"

徐见鹤"嗯"了一声。

"绿化带的花也换了。"她好像跟他汇报工作，有条不紊，一件一件地道来，"我记得我走之前还是三角梅，现在换成了紫薇……哦，路过一中了，学校没什么变化。"

车一直开，徐见鹤也不嫌她无趣像记流水账，颇有耐心，手指敲击着方向盘，一直直视前方听着。

"嗯。"

车子路过了他们两个人的高中母校，最后开到了一处大厦附近，徐见鹤专门拣了个阴凉的地方将人放下。

"我去停车，一分钟。"他说得简短，走得更潇洒。

尚嘉在树荫下抬头，静静地看了会儿，隐约看见大厦顶上"启越"两个大字。这应该是近几年新建没多久的总部大楼，当年刚刚开始修建的时候，噱头就炒得很大。那会儿的新闻版面还特意刊登，说是根据对启越内部人员的采访，一旦建好，一楼的大堂层和负一层的艺术长廊都将面向全体公众开放，二楼的观景平台也可自由出入，旨在将公司新确立的科技开放观念深入每一个市民心中。报道一出，新闻上主导这一工作的徐见鹤的大名没少为此登上热搜——不过不是被夸，而是被批评为画大饼。

"吹得这么牛……谁信谁傻！乱弄这些东西还不如来点实际的。"

"徐小公子这么败家，他老爹知道吗？启越是干的互联网，又不是搞公共建设，搞这些没用又赚不到钱的小动作做什么。"

"不是我说啊，谁家的'公众'要看展不去博物馆，要闲逛不去公园，非得要去公司啊，假惺惺得很。"

"我的评价是：一种别样的画大饼艺术。听起来比我男朋友画的饼还大、还空。"

…………

今天是工作日，陆陆续续往大门去的人不少。

尚嘉想起这桩往事，禁不住又侧头看向了入口处，刚好看见门口宣传板末尾的"新派艺术展"几个字。门外等候的队列里，大多数人手拿一张宣传单，还有不少是家长带着小孩。

她微微抿唇，忍不住弯了弯眼睛。

"是王岩的画展，去年他才从巴黎回来了……你有兴趣？"

脸上的笑容没散，先有男人的声音低低地在背后响起来。

天实在太热，徐见鹤领口的扣子松了两粒，脖颈的皮肤露出一截，仍维持着海岛暴晒后的肤色，袖口松松挽至手肘处，露出劲瘦有力的小臂。他微微俯身，隔了一段距离，低头凑在她耳边说话，热意跟着涌过来，耳后全是热气。

这么说话是方便，但看人不方便。徐见鹤绕到她的前侧，看见她的笑，微微一怔："这么高兴？"

他看起来有些意外，但反应更快，目光跟过去，平静地往下叙述："王岩的话，启越刚好请了他给公司设计新LOGO，他还欠我一个人情，你……"

他又顿了顿，终于没忍住，伸出手在她面前挥了挥："尚嘉？"

他喊她的名字。

尚嘉摇摇头，拉回思绪，收回目光，继续笑道："我没别的意思。走吧。"

徐见鹤在吃早饭这件事上其实很不讲究，他本身就不是规矩的人，作息也不太规律，来不及的时候，不吃也是常事。但要批评人，就要自己做榜样，就比如今天，他领着尚嘉，熟门熟路地绕进大厦后的步行街，直奔目的地。

时间太早，只有零散的几家店铺开着。

他们的目的地是最里面的一家早餐店，门口零零散散地坐了几个人，要么边盯着手机边吃着手里的东西，要么打着呵欠举着筷子放空，更多的还是同一个外卖小哥来来回回地出入。

徐见鹤拉开门，请身后的人先进。

尚嘉仰头，望着头顶的菜单，要了一碗小米粥、一只鸡蛋，最后看着牌子上硕大的"本店特色"，犹豫地要了两个香辣牛肉包。

可惜她还是高估了自己，小米粥喝完，鸡蛋吃完，再吃一个牛肉包，已经饱了。

徐见鹤坐在对面，比她更快结束早饭，慢慢地擦着手指时，看见她的神色，不慌不忙地发问："饱了？"

看尚嘉点了头,他也不嫌弃,直接将剩下的牛肉包三下五除二解决,嘴唇鼻尖微微红了,就干脆起身,买了一瓶矿泉水慢慢地喝。

店内的外卖小哥总算彻底走了。

他一走,后厨的老板大概也终于忙完手里的活,出来歇口气。老板望见徐见鹤时,眼睛一亮,手上比画了一下,又反应过来,连忙去柜台拿了纸和笔,低头写了几个字:徐老板。

徐见鹤也不敷衍,点点头,低头用手机打出一行字:最近生意怎么样?

老板笑眯眯的,眼睛往他身后一瞥,又亮了亮,再次低头写了起来:小姑娘,我见过你。

他一笔一画,字写得很工整。

尚嘉怔了怔,对着对方的脸略作打量,半晌,才学着徐见鹤的动作,在手机上打出一句话:您是不是以前一中附近的……

启越新大厦当年竣工的时候,刚好碰上区内城建改造彻底结束。附近的商户该散的基本都散了,但最不乐意搬迁的店家,依旧不愿离开深耕多年的店面。他们无处可去,又租不到更佳的地段。就在这个时候,大厦那边传来消息,说是和政府讨论合作,后街的门面可以以低廉的价格出租,帮助地段内符合开店年限的老城商家渡过难关。这样口口相传的消息,当然不会出现在任何公告和新闻中。

再次坐上车,尚嘉有些出神。

徐见鹤没有立刻发动车辆,而是微微皱眉,平静地看着她。直到她跟着看过来了,他才抬了下手,半途又折回去,略略点了下自己耳郭。

尚嘉的呼吸随着他手上的动作微滞,神色不变,顺着他的提示,在耳边划了个弧度,塞好一缕漏掉的碎发。

车子再次发动的同时,男人的声音也响起来:"今年的七月九日怎么过?"

尚嘉正要说话,忽然反应过来,望着他看了片刻,又收回目光笑起来:"跟以前一样。"

她从来不过生日。

徐见鹤没有应声。路遇红灯,他又翻出那盒糖片,这次也记得分给副驾驶座上的人几粒。

车停了，他将满袋的杏子提给她，简短地交代："吃不完的话，可以分给同学或者朋友。"

尚嘉正要说话，他却忽然笑了，有些自嘲的意味。

"尚嘉，其实我有的时候会想，自己是不是一直在做一些没什么用的傻事。"

徐见鹤微微垂眼，又略略侧过头，看向尚嘉微微怔然的眼睛，笑容散了，目光很亮："但我还是觉得，不会后悔更加重要。"

这是高中那会儿，他经由实践悟出的道理之一。

05

但凡是人，就难免有做傻事的时候。回顾过往，尚嘉其实也能坦然承认，自己十几岁的时候犯过一些傻。

比如刚搬去徐家的那段时间，她虽然表露得不多，但其实在很多生活细节上，都不能一时习惯下来。

这就是犯的要强的傻。

在尚嘉从小到大的生活和成长经历中，无论是在老家，还是在临南，衣食住行上大多数的事情，都是由她独立完成。除了自己的事，还有不少额外的事，要时刻准备着帮大人去做。要这样一个独立惯了的人，立即适应每一件事都有人照料的生活状态，其实也是一件难事。

就比如，以前习以为常的做家务之类的事情，现在肯定是轮不到她的。不仅轮不到，饿了的时候，无论何时打开冰箱，都有水果和零食，有一些甚至是聊天的时候无意间顺口提到的东西；暑假天气太过闷热，如果一个人在房间里看书久了，阿姨还会端着一杯鲜榨橙汁敲门，又专门问她，要不要吃点冰激凌，口味可以任选；再不然，只是稍微说漏嘴想出个门，司机就会发来消息，问尚小姐打算什么时候用车；等真要出门了，碰上指挥人打理园子的管家，就算是她表情稍显得有点紧张，对方也只是会主动提醒她带好伞和遮阳帽，如果没有急着要走，也可以让他准备……

在这些生活细节之前，尚嘉对徐家的认知，也只是非常浅显地停留在自己用表弟的电脑偷偷搜索过的人名和公司名字上面。

互联网大拿，某知名公司的老板，名下公司规模很大，全国各地都有分部和相关机构，涉及各种和网络相关的领域。那个时候，智能手机的概念刚刚在大众之间普及开来，短时间内掀起了一场手机行业内的革命，波及普通消费者身上，彻夜排队购置一台时下最流行的电子设备就成了一种追赶潮流的象征。

尚嘉的确见过小姑买了新手机以后，在表弟的一哭二闹三上吊中下载了那家公司旗下的购物软件，给他买了心仪已久的游戏卡带。但那时显然也不会想到，用来下单的平台软件原来就是徐家的主营业务。

以前初中家里条件比较好的同学，偶尔也会提到通过它买了漫画或者游戏碟片——未成年用不了，得是父母专门办的网络付款的账号。有的还会刻意写学校的地址收件，拆快递的时候，惹了一大堆同班同学围观和艳羡。

但这些叙述的文字或者间接的体验，和直接地面对生活的差异性比起来，又是截然不同的两种感受。

尚嘉不知道尚子欣的情况是不是和她相似，但出于不愿意给对方丢脸、懂事的妹妹的心理，她心里更明白的，目前是他们亲生父女联络感情的紧要关头，自己应该尽量不要给对方添麻烦。既然来了，那就要以安稳平淡为佳。相比起主动和长辈提出在某些方面特殊化的请求，更应该做到的是如非必要，不要打扰到他人。

在这个基准下，尚嘉稍微琢磨了几天，立刻明快地理出了自己的一套逻辑：可以尝试去学长期在这栋房子里生活、也是和她最常见面的人的状态，尽量观察其中的细节，加以模仿就好。

与此同时，尚嘉当然也看出来很明显的一点：最常见面的徐见鹤大概很不喜欢和她交流。

上一回，她去书店买一本觉得以后能用得上的辅导书，回来的时候，无意间闯入他和朋友们的聚会。当时，屋内的几个人悠闲散漫地凑在客厅里，看一部外国电影打发时间。尚嘉只是顺手将他们点的外卖带进屋子里，徐见鹤却看起来冷冷的，整个人不太高兴，神色还不如第一次和她见面时的漠视和不耐烦。

尚嘉倒也不觉得这件事让人难以接受。

她比同龄人经历得要稍多一些，但凡想要解决什么问题，从来都能找到办法。

徐见鹤不想交流，那她就不问不聊只看，尽量避免在不必要的时候和他打照面。马上就要升入高中，需要面临更加繁重的学业，她刚好能将这些时间花在预习和复习上。

这种处理办法，在他们日常的生活中当然很行得通。可剩下的暑期一过，高中开学始终是避不开的。

在姜女士的主动安排下，她参加了学校的入学考试，并且顺利通过了所有考核，和尚子欣进入了同一所高中。只不过她是高一，尚子欣却马上就要面临高中的最后一年。

学校在本地是出了名的难进，学费自然不菲。尚嘉长了个心眼，曾经试图在私下问学费的问题，但在通话的时候，被尚子欣简单的一句"不用考虑这些"打了回来。

"就算是以前，在你读书的事情上，我也是提前计划好了的。"

尚子欣说得自然又平淡，一段时间不见，她好像比以前更加成熟稳重不少，气势更足。

"嘉嘉，你还小，在这些方面不用想太多。"

尚子欣是关心她，为她好，态度斩钉截铁，大不了几岁也像长辈，说话语气比起以前，有点……

尚嘉隐隐出神。

有点像电视新闻里的徐父。

她听着尚子欣的声音，微微默了默，还是什么都没有说。

和徐见鹤进的同一所学校，尚嘉对这一点心知肚明。

为了不和他碰上，尚嘉的计划原本已经十分周全。她提前几天研究好了去学校的交通出行路线，又预备第二天早点出门，定了个极早的闹钟，准备一个人去学校。结果第二天，书包收拾到一半，她轻手轻脚地去洗手间，又轻手轻脚地回房的时候，依然碰见阿姨从厨房出来，笑盈盈地跟她打招呼，又说，早饭已经准备好了，和之前一样，是她一直说好吃的南瓜粥配小菜。

楼上卧室的房门开了。

徐见鹤连着睡了一个暑假的懒觉，过得逍遥自在，这会儿却不得不重归早起的生活，自然而然地带着点起床气。精气神是够，表情却很阴沉。和上一次两个人正儿八经的对话时相比，他好像又稍微长高了一点儿。

姜女士信奉的生活信条之一，就是绝不能为了孩子耽误自己的生活安排。

在高中开学这天，她接受设计师好友的邀请，飞去米兰看秀。不过，人在千里之外，也仍然记得跨时差打来一通电话，先跟徐见鹤说了会儿话，也记得不落下尚嘉。

"哎……知道知道，您就放心忙自己的吧。"第一个接电话的人显得心不在焉。

"找你的。"

不仅不走心，餐桌对面，徐见鹤打了个呵欠，顺手把自己的手机滑到她面前，简短说完该说的，又低头慢悠悠地啃起吐司。

"子欣那边估计刚下飞机，你徐叔叔会亲自送她去学校，不用担心。"电话那边，姜女士交代得很详细，慢条斯理，有条不紊。

"学校里有什么不适应的，都只管跟阿姨或者徐见鹤说。他要是耍什么脾气，就直接联系我，不用怕打扰。如果一时间没人接，也可以发短信。"

尚嘉乖巧应"好"，挂了电话，静静地抬眸，预备起身，碰上阿姨刚好放下一盘切好的橙子，主动帮她把手机接过去，还给了对面的人。

徐见鹤头都懒得多抬。

一顿早饭吃得寂静无声。两个人面对面坐着，各动各的筷子，也没人试图找个话题，只剩阿姨忙里忙外的脚步声。

等上了车，也是同样的无话可说。

两个人坐在后座，中间隔着车载冰箱，徐见鹤戴上耳机，闭目养神，看起来是实打实地不打算吭声。

直到进校，无话可说的两个人才被迫发现一个事实：他们不仅同校，而且是同一个班。

尚嘉开始还不觉得有什么，在过往的学校生活中，她在任何集体里的角色几乎从没有变过：成绩不错，拿过一些表彰，但不是最好的；性格不错，但也不是最外向的，人缘只能说比上不足，比下有余。她多数时间都很安静，习惯把大部分注意力都放在自己的事情上，和人主动交流的时间很少，但日子长了，因为个性温和又很能忍让，聊天的时候习惯倾听，慢慢就会有几个说得上话的同班同学和朋友。

一中和她过去读过的学校都不大一样，管理模式更接近私立，虽然是高中阶段，也依旧很看重学生的全面发展。

尚子欣显然比她适应得更快。她马上面临人生发展方向上的选择，在经过和徐启的沟通交流后，目标原定不变，按照以前的人生规划走——

参加高考，尽量争取能上首都最好的医学院。

开学是在九月，十月就有国庆晚会和运动会。

尚嘉还在逐渐适应高中课程，这些天来，和她熟悉起来的同桌女生却已经把注意力转到了其他方面。

"尚嘉，你玩社交软件吗？"

课间时分，同桌用胳膊肘捅捅她，小声地往下解释："就是微博，模仿国外的推特，好几家公司都有这种平台……"

尚嘉很实诚地摇摇头。

同桌有些失望，但转念又问："不然贴吧也行啊，虽然现在玩的人是少了点儿。"

尚嘉知道贴吧，但她确实是不怎么看，只能又摇摇头。

"哦。"同桌叹了口气，失望之余，仍然记得提醒她，"不过你最好还是看一下吧，下个月晚会，学校里有个关于社团和节目的投票来着，这两边都能投。"

尚嘉听出同桌的好意，这回终于点点头。

后来她才知道，这个投票与其说是给节目投票，倒不如说更像是校内关于所谓的"知名人物"的讨论——哪个班有帅哥美女，哪个班的某某家原来是干这行的，哪个班的谁和谁走得很近，其中的谁谁谁报名了这次的晚会节目……

其中，徐见鹤的名字出现得有点频繁。

尚嘉不参与，但同桌和后桌收集完网络消息，又要面对面小声议论。

"徐见鹤啊，他帅是帅，但主要是综合分数高吧。"

"我妈非得说他家是站在风口上，以后只会更好不会差，让我跟他走近点儿。我当时就回她这不开玩笑嘛，我们家搞餐饮的，饭菜酒水又不能放到他们家 App 上去卖……跟他打球，他也从来不留手，没什么意思。"

说话的后桌男生格外直白："要我说，比我们高一个年级的邢严师兄人就好多了。如果是跟他打球，他看你不行了，还会主动让一让……要不然人家怎么能在学生会混这么好呢！"

同桌女生被逗乐了，趴在桌子上直笑。

徐见鹤和尚嘉同校又同班，但除开一些正常的班内同学交流，几乎不怎么说话，自然也没几个人知道他们之间的关系。薛陶和汤家兄妹倒是知道个大概，只是和他们不同班，和徐见鹤关系又近，更不太可能往外面多说什么。

国庆晚会当天,尚嘉原本打算留在教室背英语单词,架不住同桌实在热情,非得拉她去凑热闹。

人声鼎沸的礼堂里,她们两个人坐在最靠近外面的一侧,离音箱有点远,听不太清楚。

实在太热了,明明已经是十月,天气却还维持着夏日残存的热气,在学生们聚集的室内不断蒸腾。

尚嘉来之前早有准备,带了一本作文小册子,当下被她当成扇子,有一下没一下地给自己和身边人扇着风。

台上的节目进行到舞蹈表演,身旁同桌站起身,跟着其他人一起喊得兴起。她低头,借着头顶仅有的一点光,慢慢地翻册子,一物两用。

Some say the world will end in fire,
Some say in ice……

一道男声隐约从音箱里飘过来。

尚嘉从册子里抬起头,刚好看见舞台正中央穿着白T恤黑裤的男生。他身形高挑,应该是有点近视,戴了一副眼镜,皮肤很白,静静地念着一首英文诗,声音又低又缓。身后的不远处,一个女生正在另一束光里慢慢地弹着钢琴。

节目氛围格外安静,台下的气氛也跟着慢慢变得缓和。

尚嘉微微蹙眉,盯着台上的人仔细看了一会儿。

同桌以为她终于对晚会有些兴趣,很适时地为她科普:"邢严师兄,在学校里很有名的……一直是他们年级的第一,当年就是特招进的学校。"

尚嘉点了点头,只是略略沉思,没出声。

很快,这种异常安静的氛围走入了尾声。几分钟后,第一排的学生突然开始欢呼。欢呼声中,几男几女从幕布后面走了出来。昏暗的灯光下,台上到处都是搬动乐器的声响,中间还夹杂着几声对东西太重的抱怨和骂声,逗得台下的人笑得倒成一片。

"谁下次要打这玩意儿能不能自己搬啊?"

有人不顾观众的笑声,还在不死心地絮叨,愤愤敲了下架子鼓的节奏镲,立刻被旁边的身影轻踹一脚,激起更大的起哄声。

灯光再次亮起来。

尚嘉眨了眨眼，翻书的动作停了，思绪即刻被拉回了眼前。

领头的人当然是眼熟的，只不过脸色显然不怎么好。

徐见鹤既没有站在键盘面前，也没有背上吉他、贝斯，更离架子鼓远得很。身后的其他男生女生，有几个她上次在别墅内见过，大多忍了点儿笑，却都尽力绷着脸，装出认真严肃的样儿，余光聚集在舞台最前面的人身上。

徐见鹤今天穿得很随意，浑身上下的黑，干净冷冽，只多了一件西服外套在外面，但没有一点不伦不类，反而显出薄透有力的身形和肩背轮廓。他面色不佳，甚至听见他不太耐烦地呼出了口气，但音乐响起，出声时却是从容不迫——是绿日的 *Boulevard Of Broken Dreams*。

尚嘉很少听英文歌，全靠身边的同桌女生反应过来解释。

"怎么是徐见鹤当主唱？"同桌有点惊讶，模模糊糊地感叹，"我看贴吧他以前初中部同学说的，他不是五音不全吗？"

不至于彻底的五音不全，但有些飘忽是真的。

少年站在舞台上，音调上的确听得出尽力，和台下随意互动之间，气势却很自在。

他没怎么笑，只是扶住话筒专注地唱，偶尔抬手顺着打个节拍。无论唱得如何，人都是从容坦然的。实在飘忽的时候，有人没忍住笑，他就微扬眉，懒懒地回以一个笑，没有半点尴尬和不自然，大大方方的，反而引得台下的学生自觉欢呼鼓掌。

关于组建乐队这件事，一开始是由薛陶牵的头。

明明手才养好没多久，那位远在纽约读大学的"心上人"，在社交平台晒出自己看乐队演唱会的照片，薛陶看见，心思一下子又活络起来。

等开学后安稳了几天，薛陶就在朋友中宣告，要给自己打造爱音乐的人设。看其他人不往心里去，他强调，这一次自己是实打实的认真，不仅认真，还把身边熟悉的人盘算一圈，满打满算凑出了个差不多的阵容。如果顺利组成了乐队，刚好能上十月份的国庆晚会。

不过，朋友中会乐器的人好找，主唱就不那么好找了，需要的水平更加专业，嗓音还得有些特色，必须四处寻找可能性。

薛陶动了心思，线上线下寻觅了好几天，好不容易通过学校贴吧，联系到了隔壁班一个学声乐的艺术生，又是连着请客吃饭，又是对症下药，送给对方喜欢歌手的专辑唱片，终于把对方劝得松了口，表示愿意加入排练队伍。

配置集结完毕，薛陶对乐队的了解还处在一问三不知的状态，听说主唱和徐见鹤都喜欢绿日，选歌反而成了最简单的一环。大家热热闹闹地排练，配合，结果就这么顺顺利利过了半个月，临近晚会前几天，突然传来噩耗——

艺术生突发急性阑尾炎，必须立刻住院手术，请了假以后就被家中拘着，连学校也去不了了！

薛陶傻了眼，急得抓耳挠腮，好几天饭吃不下，觉睡不好，最终不知怎的，竟然想出了一个馊主意：抽签抓人。

徐见鹤刚好很不擅长碰运气这件事。

薛陶邀请他加入乐队，他没立刻拒绝，是因为还算有些兴趣。

他对朋克摇滚的喜欢，是小时候由表哥启的蒙，但真正认真喜欢上，还是几年前的一次机缘巧合。

那时，他和徐见云被姜女士送去瑞士外婆那儿过暑假。下飞机以后，徐见云做的第一件事就是扔了行李，精神抖擞地出去逛街。他没兴趣，但又的确觉得一个人待着无聊，干脆也背上背包溜出了门。人生地不熟，除了各种欧式风景，没什么好看的，但他风景也看得太多，自然觉得没意思。没有大人随行，太多地方不能去，他随便挑了条路慢慢地走，左转右转，前进后退，全看心情和直觉。本来已经对找到点儿乐没什么指望，结果走到广场附近的小巷，阴错阳差，碰上街头乐队在街头演出。一群蓄着大胡子的年轻人热热闹闹地凑在一块儿，也不在乎身边的观众多少，音乐合奏，酒分着喝，主唱嗓子也不算太好，但是他们在那儿唱了多久，他就驻足听了多久。快傍晚了，夕阳西下，该吃饭的时间，兜里的零钱却都被他扔进了乐队的箱子里。他饿着肚子回去，不仅不觉得疲惫，反而精神奕奕，一晚上都是兴奋的。

只是兴趣归兴趣，角色从一开始说好的键盘手变成主唱，这件事明显不在他的计划和兴趣之中。

和碰运气一样，徐见鹤同样很不擅长唱歌。

曾经对兴趣班挑挑拣拣的那个时期，他根本没做考虑，第一个果断放弃的就是声乐课，给姜女士的理由也很简短直接：他没那个天赋，别白费劲儿，也别折磨老师。

突然没了主唱，晚会表演前一天，几个人聚在学校的排练室里想办法。

薛陶左看看右看看，干脆提议抽签，一副扑克牌随便抽几张，拿到数字最小的就算是输家。

签由他抽，所有牌的结果也由他亲自挨个揭晓。

到了最后一个人面前，薛陶明明幸灾乐祸，表情都维持不了正经了，还要装作无可奈何，沉痛地去揽徐见鹤的肩。

"不是我说，兄弟，愿赌就要服输，你自己看见了啊，我也没作弊……这是老天爷的意思，没办法啊！"

他想笑又只能忍，表情显得格外微妙。

室内的其他几个人，汤则明低头安静地看着曲谱，嘴角却是弯的；汤小优表现得更明显，她实在憋不住，尝试捏眼角和嘴角也没用，只能转过身，背对着他们两个人捂嘴控制情绪。

徐见鹤面无表情，写着"2"的扑克牌在他手上转了又转，最终被毫不留情地揉成一团，扔进了垃圾桶。

晚会当天，徐见鹤不紧张，但也不遮掩自己的不爽。之所以没直接撂挑子不干，纯粹是因为知道过不去这一茬，薛陶不会彻底死心，一不死心，就容易给所有人找点事，就像上次马场那样，折腾出点大麻烦。

大麻烦和小麻烦，谁都知道要选什么。

"加油。"

上台前，汤小优以为他心绪不宁，小声给他打气。

徐见鹤站在阴影里，没出声，随意点了下头。

他其实压根没把这当成多需要准备的事情，还跟平时一样，穿着自己最常穿的衣服，鞋也还是运动鞋。他觉得这样自在，但这让向来喜欢高调的薛陶来看，不免有些恨铁不成钢，这种事原来还得他操心！他扔下一句等他，几分钟冲回了教学楼，从储物柜里拿出一件西服外套，又气喘吁吁地跑回来，强行给徐见鹤套上。

"帅得很，帅得很。"

薛陶夸得很不走心，上台前又盯着他，有点纳闷："不是，怎么你穿上就没故意装成熟的味儿？"

徐见鹤不想搭理薛陶。

从小到大，在无法改变条件的情况下，他一贯都能随遇而安。五音不全却要登台领唱,这要看开了,也算一种新鲜的人生体验,根本没必要尴尬和纠结。

台下的观众笑,是基于客观事实,徐见鹤无所谓,总不能拦着别人不让笑。

反而是薛陶,跑了一趟教学楼,上台前,又把乐器来来去去地搬,最后还因为抱怨,被徐见鹤就地踹了一脚,等节目好不容易顺利开始了,他一个人挂着贝斯站在角落里,精神劲儿已经去了一半。

节目结束,在漫天的欢呼声中,他们下了舞台。

薛陶取了乐器,人往后台的椅子上一躺,不禁盯着天花板,喃喃自语:"我怎么觉得……折腾的是我自己呢?"

"你才知道啊?"

汤则明不说话还好,一说话就是在旁边补刀,杀人诛心。

徐见鹤出了一身的汗,头发也微微湿了,精神还兴奋着,将西服外套往躺着的人身上一扔。人很坦荡,好像一出登台献唱,活力不减半分,人更抖擞。他甚至主动问他们要不要喝水,他去一趟超市。

晚会时间,难得不用在教室自习,学校里到处都是学生闲逛的身影。

徐见鹤一路过去,被不少人"徐帅""徐帅"地招呼,他缺乏对人的热情和兴致,但心情不错,也就一笑而过。

人流高峰期,商店里结账的队列一直排到临近餐厅的食堂门口。开始还好,越往后,前面的人挪动得越慢。最后,最前面几个买到水和冰棍跑出来的学生传来消息:商店的收银机坏了,师傅正在抢修,如果想买东西,估计还得再等等。

周围顿时响起一片哀号。

夏季末尾的天,热也是闷闷的湿热,绕着人打旋儿。有人即刻转身就走,也有人不死心,还要多等一会儿。

徐见鹤不是前者,也不是后者,他呼出一口热气,静静站着,抬头看了会儿天,心里想的却是,应该顺手把耳机捎上,这样选什么都是好的,打发时间。

身侧,有人从商店里出来,在他这里略作犹豫,停了脚步。他没立刻低头,但顿了两秒,终究平静地回以对视。

停下来的女生比他矮不少,仰头看他,目光和印象里一样,认真专注得过分。

尚嘉提了个看起来很沉的袋子，盯着他，略略一扫，好像在认真观察。两秒后，也没见纠结不纠结，既不说话，也不发问，双手提起袋子，递到他面前平缓地展开：矿泉水、可乐、乌龙茶……

人不出声，但看动作，是要他挑一瓶。

事后回忆，徐见鹤其实已经忘了自己当时的心情，只隐约记得个大概的结果。反正他应该没出声，拧了眉毛，手没伸出去，什么都没挑，脑子里钻出那个下雨的上午——女人和女孩对坐，隔着门板，窃窃私语，话里话外，讨论的是如何用小动作对待他的家里人。

——"多巴结巴结……"

声音隐隐约约还在脑海里盘旋。

徐见鹤额头身上都是汗，热得明显，面色却渐渐冷了。

他没动静，尚嘉也没什么特别的反应。她好像只是做完自己认为该做的，对另一方的回应很无所谓。他看起来不要，既然不要，她就慢吞吞地把袋子一合，又吃力地提回去，表情没有一点波动，点点头转身走了。娇小的背影隐没在夜色里，潇洒得很，留身后的人只身在夏末热气里湿漉漉地站着。

两个人之间一句话没说，过程已经全部走完。

第三章 //
生　日

01

在老宅里，尚嘉住在一楼，徐见鹤住在二楼，只要有一方想，的确可以做到井水不犯河水。

但在学校里，他们同班，再无话可说，总有不得不交谈两句的时候，譬如交代老师的吩咐、收发几本作业册、递几张英语报纸……好在这些事情，最多也就耗两句话的工夫，顺便就交接了，也不算有多尴尬和要人命。

高中生活一旦适应下来，尚嘉的生活也没什么变化。

比这变化更大的是，国庆晚会以后，徐见鹤的名字比以前更加频繁地出现在校内的各大讨论地，还有人暗地里给他起了个代号——"走音的帅哥"。

体育课和课间休息时，他去打球，围观的人比起从前只多不少。熟悉一点的男生，会跟他开两句玩笑话，希望他加入自己的一方。时间越长，约去打球的时间越规律，还有女生尝试蹲点给他送水，在旁边一边和朋友讨论一边看，嘻嘻哈哈的，被拒绝了也无所谓，也可以另有选择，偷偷摸摸地拿着手机拍几张照片。

时间久了，尚嘉和同桌女生的关系也越来越近。

对方消息灵通，又热衷于混迹各种各样的线上平台，一起去食堂吃饭，或者去商店买东西的路上，尚嘉常从她这儿听到不少有关徐见鹤的评价和动向：

徐见鹤这人吧，真还有点意思！身材好，个头高，骨架肌肉走向都是衣架子，肩宽腰细，小腿修长，长手长脚，穿件普普通通的T恤也好看。

往上看，面部轮廓线条锋利，眼皮薄薄的，看人总有点漫不经心的味儿，整个人就显得劲儿劲儿的，有种和同龄男生完全不同的酷。

当时很流行用"酷"形容男生，意思是他与众不同，抓人眼球。

再加上，徐见鹤成绩也不错，数学、物理尤其好，只是语文稍差，有些偏科。

等时间到了十一月初的运动会，年级内的讨论话题更是一下子成了徐见鹤的主场。尚嘉所在班能拿分的单人项目，但凡能上的他都上了，跳远成绩最好，其他项目最差的也进了决赛。

决赛场总是运动会上最引人注目的存在，单人项目比完，还剩的集体大项球类，全都是学生们最喜欢聚焦的关注点。有徐见鹤这么个能人在，加上另一个体育特长生，队员之间配合也不错，尚嘉所在的班级自然一路过关斩将。眼见比赛到了关键阶段，没有参赛的学生被班干部组织成啦啦队，一路跟到比赛最后。

场上的双方队员势同水火，场下的啦啦队也互相不服气，吹喇叭的吹喇叭，敲鼓的敲鼓。

尚嘉个头矮了些，被委以看守水箱的重任，刚好占据有利位置，可以观察场上比赛。

比赛哨声响，一开始对抗相当激烈，但越到后面，反而因为体力的差距，局势越加明朗。不少学生跟过来围观，讨论的讨论，拍照的拍照，一下子把比赛氛围烘托到了最高点。

结果当然也不意外。

篮球决赛比完以后，对手班的薛陶不服气，专门拿了个大喇叭，站在场边扯着嗓子骂人，说某人半点不给别人展现自我的机会，大包大揽只顾自己！

徐见鹤左耳朵进右耳朵出，平复着呼吸，抓了把头发，头也不回，还以一个"V"手势，直接把薛陶气得当场跳脚，要跟他绝交。

与此同时，还有一点。

尚嘉发现，徐见鹤在家人朋友面前和在学校里，态度和做事风格好像会有微妙的不同，他好像格外看重自己人。

周末的餐桌，时值高三的尚子欣一早就主动去了学校。徐启人在外地出差，餐桌上一共留下三个人：她、姜女士、徐见鹤。

虽然人少，但阿姨同样用心，三个人的餐食都尽可能地按照他们的喜好安排。安排完毕，饭后水果又端上满满三大盘，方便他们一边吃，一边各忙各的。一般都是姜女士看剧，徐见鹤翻手机看游戏资讯，尚嘉慢吞吞地翻英语单词册。

一开始没人说话，中途，姜女士接起一通电话，对方是薛陶的母亲，两个人聊了几句孩子们，后来说着说着，说到电视上正火的一部家庭复仇剧，双方越往后聊越兴起，说起哪个角色太招人恨，哪个角色太不争气，哪个情节又是编剧失去理智写出来的。等电话挂断，她抬头看向对面的人，稍微沉吟片刻，不知道怎么就变成一句："我怎么刚刚才听说……你们学校晚会，你上台表演的唱歌？"

姜女士语气微微惊讶，慢慢搭话，反复确认："真的假的啊？"

徐见鹤正慢慢地啃一块西瓜，手上动作一顿，不自觉地瞥了眼正在背单词的人，敷衍地点了下头。

姜女士更惊讶了，没忍住笑，饶有兴致："不是说去给人弹琴，怎么变成唱歌了？"

徐见鹤撇撇嘴，更有点不走心地答："不知道。"

他每次这样不耐烦的时候，就是容易招人上手的时候。但这次和上次不同，隔着一张桌子，姜女士不能及时拧到他的耳朵。她另有办法，想也不想，当即换了个人问话，兴致勃勃："嘉嘉，你当时在吗？在的话……你觉得徐见鹤唱歌怎么样？"

事发太突然，压根不给人反应的机会。

尚嘉从满目的英文单词间抬头，被人突然问话也不嫌烦，看起来还认认真真，歪头思考了片刻，仔细回忆完毕，看也不看身侧人，认真地答："我觉得挺好的。"

徐见鹤有些无语。

饭局散了，姜女士拿着平板电脑专心致志地追剧，之后上楼回了房间。

偌大的客厅里留下两个人，相安无事半晌，但总有人是坐不住的。他们一个盯着单词册往房间走，一个抱着双臂，琢磨了片刻，终于在楼梯口没忍住，冷冷地出声，简短地评价："挺会睁眼说瞎话。"

徐见鹤站在第一级楼梯，扶住扶手，略略侧身看她，影子被阳光拉长。

尚嘉茫然地抬起头，脑子里是铺天盖地的字母，四处环顾，仿佛这才意识到，他是在跟她说话，又认真想了想，站在阴影里，悠悠地回他：

"还好吧。"

徐见鹤一噎。

对话结束，结局是她盯着册子先走了，留他站在楼梯口，傻瓜似的多待了两秒。

徐见鹤这下彻底确认了一个事实——她是真的有本事对任何问题轻描淡写，说说瞎话还不是小事一桩。

到了今天，徐见鹤仍然很难判断，有些人擅长说瞎话，到底是好事还是坏事。

如果是他刚上大学那会儿，那他必定会咬牙切齿、斩钉截铁地认定当然是坏事。毕竟，这会让他很难找到恰当的时机，坦诚地和对方说些想说的话，就算想尽办法、甩开面子真说了，也基本不会得到自己心里想要的结果。但他比同龄人更早地开始接触工作的繁杂和无聊，和形形色色、怀着各种各样心思的人打过交道，磨炼久了，同样清楚地知道一个事实：人不会事事如意，但可以千方百计，不断靠近自己想要的目标。

徐见鹤习惯总结，无论是在工作还是生活中，遇见困难的地方，但凡稍微归纳出有关困难的某件事或者某个人的结论的时候，徐见鹤就会按照他的逻辑追根溯源，找出一套符合自己思路的做事方法。

送完一袋杏子，隔了几天，他在朋友圈发出一张老宅院子里杏树的照片。和在四川时不一样，这次是对他个人的好友全公开，并没有仅仅对哪几个人可见。

照片里，一树橙黄被光照得耀眼。晚霞落日，他人没露面，只有角落隐隐出现了一只戴着手套、沾满泥土的手，一把随手摆在地上的剪刀，散落的几颗杏子。

徐见鹤几年来不常发朋友圈，这段时间却突然像变了个人，开始在圈子里用照片简单地记录生活，愿意给面子的人肯定不少。

薛陶是第一个留言的，在他的评论区变着花样耍宝：哎哟喂……什么风水宝地哦，杏子能长这么好，考虑分我点儿不？

汤则明更求实际，言简意赅，问他结的这么多果，是打算送人还是卖？如果要卖的话，他可以买一些。

汤小优的关注点更加直接，只有两个字：酸吗？

他想了想，只回了最后一条，语气很平淡，总结出来，大概的意思是没来得及尝，今年的第一批全部送人了。看起来轻描淡写得很。

徐见鹤回这条的时候，人又飞到了北京，刚从谈判桌下来往机场赶。

要做精力旺盛的"空中飞人"，必然要懂得分配时间，他特意跟空姐打了招呼，在飞机上安安静静地补了一觉。等下飞机时再看朋友圈，评论区又多了不少评论，乱七八糟，说什么的都有——抓准时机吹捧他的，说徐总好雅兴，工作之余，原来还喜欢园艺，佩服佩服；有过一面之缘的、不懂生活常识的某位公子，还在问这是什么果，看起来挺好吃的，跟他开玩笑地讨要两个；也有一些人，觉得他日理万机，忙于工作，在这个时间节点发这个出来，必有自己隐含的用意，隐隐地说着听不懂的话。

徐见鹤坐上车，粗略瞄了一眼，跳过全部内容，仍然没找到想找的头像，最后摩挲着手机，又略略等了几分钟，换了个地方，终于在点赞区发现了对方的头像。

点赞的人名字没换，简简单单的本名，但头像换了——

一碗牛肉面，旁边一本专业书的封面若隐若现，一只蓝色的马克杯靠在旁边，很像是闲暇时随手记录的某个生活细节。

他抿了抿唇，没有什么特别的表情变化，不过点进又点出，连着看了两三次。两分钟后，才想起来应该抬头出声，捏了捏额角，沉声静气，让司机直接把他送回公寓。

回到家，徐见鹤饿了，要是按照往常，他的习惯是让助理帮忙订一餐，或者叫常吃的酒店餐厅送一份外卖，就这么解决掉出差后吃饭的问题。但今天心情不错，他想了想，破天荒地从橱柜里翻出没怎么用过的高压锅，花半个小时炖出块牛肉，手边没有其他面条，只有临时翻出来的速食意面。煮完后，配上炖制的牛肉酱汁一裹，再倒一杯红酒，一个人坐在岛台前慢慢吃净。

在外读书时，请他吃饭的人很多，他请的人也多，虽然不怎么跟人表露，但实际上能吃得惯的餐厅就那么固定的几家。学校内部餐厅的番茄意面太坨，酱也是生西红柿打碎的，毫无口感可言；蛋糕坯太湿软，奶油太腻；汉堡肉多量大，但肉质一般，甜品更是甜得过分……

但固定的几家店，总会有关门闭店的时候，尤其是美国人随心所欲，生日、节日、假期全是理由，好在他的行动力在，去超市买点原材料，学着一些网络上的视频，也能自力更生。最后几年下来，养成了做饭风格，图高效快速，喜欢方便快捷能将就着来。

在形成风格以前，徐见鹤第一次实打实地做饭，其实可以追溯到中学，只不过品尝过成品的人不多，知道的人更少。

那个时候，徐见云观摩过全过程，看完后，怎么也不愿意以身试法。其他的，姜女士算一个，徐启算一个，前者嘴上夸他，说他这种实践精神挺好，实则动了一筷子就没再动；后者就更加直接，徐启给出评价，也和提点下属的时候没两样，说他不是这块料，如果实在想学，可以考虑找个老师，也不至于一顿瞎忙活。只有一个人把他做的吃完了，不仅吃完，还看起来平平静静的，没有给出任何评价。

可能是一顿饭吃得称心如意，当天夜里，徐见鹤终于久违地没有做梦，平稳入眠。

第二天一早，助理如常带着司机和文件夹来接他，抬头低头间，观察了他一会儿，笑着比平时多说了些话："徐总心情挺好的。"

徐见鹤没有否认，靠着窗户闭目养神，睁开眼，神色淡淡，不笑只问："很明显吗？"

助理指了指前侧的后视镜，没忍住笑了："挺明显的。"

寒暄结束，助理继续隔着椅背，低声跟他确认起之后几天的行程：要开几场会，但比假期结束刚刚回来时应该要轻松些，至少暂时不用隔三岔五往外地跑了，其他的全是日常工作，在公司内就能完成。除此以外，还有几个采访邀约，一些节目组的访谈询问，不过这都是可以推托拒绝的，好办得很，全看他自己想与不想。还有之前大学那边合作项目的电话，也是小事情，问他们这边是否能够派出什么代表，去给正值毕业季的学生们颁个奖……

徐见鹤这次笑了，稍微往座位椅背靠了靠，歪着脑袋抬眼听完，人也更加散漫轻松起来。

"什么时候？"

他先问，问完又立刻改了主意，简短平静地交代："我去吧，麻烦你帮忙确认下日程。"

周一当天，天气不错，阳光普照，飘了些云，风也是凉的，竟然难得的不算太热。

徐见鹤只带了助理，车刚开到学校后门，就有上次见过面的年轻老师主动上前跟他们打招呼，和门卫说了些什么，开了大门带他们进去。

通往校内停车场的林荫道，还有不少骑车或走路的学生。徐见鹤隔着窗户盯着看了一会儿，不知道想了什么，又慢悠悠地收回目光。

等下了车，去礼堂的路上，接他们的年轻老师继续在前面带路，人很实诚，说的话更实诚："说实话，真没想到徐总能来。"

老师笑得很温和："上次见了您以后，副院就一直说有机会想和您再见见，当时就觉得可能以后机会难得了，所以才临时起意，做了决定请您进来参观……"

徐见鹤被人引着路，落在稍后一两步的地方，微微笑了，不远不近地回话："贵校确实挺值得再来的。"

他认为自己说的是事实。

礼堂里，零零散散坐了不少学生，互相之间聊天合影的居多，没什么人把注意力放在别处。他们从侧门无声地进去，并没有引起多少人的注意。

第一个发现徐见鹤的学生纯属路过前排时，无意间瞥过一眼。学生很惊讶，惊讶之余，反应更快，当即折回去，装作玩手机，随手拍了张照。

"咱学校今年动静挺大的啊……看看这是谁？"

照片被随手发在了学校论坛上，又投稿给校内表白墙，随后一传十，十传百，传播速度极快。

启越名气大，徐见鹤近些年在网络上风头正劲，无论是形象还是身份，都正巧撞上了这个网络话题的讨论时代。有因为他年纪的、出身的，也有因为他外形、个性、能力的。总之，这个人光在原地摆着，就值得大众关注。

徐见鹤当然不知道这些，或者说，知道了也无所谓。

他在位子上坐着，一会儿跟人握手，略略招呼一下，一会儿侧过头，和主动跟他说话的老师们聊几句，还是和上次一样，维持着从容。

直到上次见过的资深技术大牛过来，教授主动喊"小徐"，他笑着起身，点头应了，也不过分疏远，称呼对方一句"老师"。对方大概很满意他的反应，态度比上次更亲切一点，和他握完手，即刻转过身，低声交代一直挂着相机跟在身后的学生过来，帮忙给他们在场的人留个影。

徐见鹤目光追过去，心头一动，但没其他动静，波澜不惊地收回目光。

合照时，他站在人群的中心，注视着镜头，目光炯炯。

镜头之后，拍照的人今天穿得格外像个学生，白T恤和牛仔长裤，扎了一束马尾，眼睛隐藏在相机后。合影完了，教授们引徐见鹤入座，他也不急，而是转过身，微微倾身，客气妥帖，不远不近地和人说话："辛

.073.

苦了。"

好像真和一个不太熟的学生说话似的。

02

和徐见鹤不同,大多数和尚嘉做过同学的人,基本上都会选择用"很好相处"四个字形容她,没什么脾气,也几乎从没见过她对谁有意见,情绪稳定,个性随和,挺好的一个人。

比如前几天,她不知道从哪里带回一大包应季的黄杏进了教研室,个大味美,看起来比水果店里的品质都好,尝过的也都说好吃,于是当场但凡想要的,她都尽可能地分了些给对方,相当大方。

也比如今天,尚嘉只不过是比往常到教研室的时间提早了点儿,结果碰上一个看起来就坐立不安的师兄。时间太早,大多数人都没来,对方回过头,和教研室里的她对上眼。那一瞬间,眼神之热烈,就差没跪下来求她江湖救急。

事情说来也很简单,这位师兄平时喜欢摄影,前几天主动给自己揽了个活。

"本来吧,我想着也就是个顺手的事情,就答应了导师今天去帮忙,给他们硕士生拍毕业照,顺便把照片发给院办公室那边,方便那边的公众号写点东西。但是我老婆预产期提前了,刚刚被家里人送去了医院……"

师兄和她是同一个导师,大概正是着急的时候,整个人像从水里捞出来,用餐巾纸擦来擦去,仍是汗涔涔。事情还没说完,他就迫不及待地盯着她直接发问:"那个,恕我直言,尚嘉同志,一会儿你有事要忙吗?"

对话进行到这里,话里话外的意图已经不言而喻。

尚嘉认真听了前面的,在师兄请求的目光中,用摇头对后面的问题做回应。

那一瞬间,师兄看她简直如看观音菩萨在世,着急忙慌之下,还不忘记哆嗦着握住她的手,猛烈上下一摇。

尚嘉被摇得头晕,稳住身形回了个笑。

师兄要赶时间,心绪不宁,顾不上太多,把相机往她手里一塞,再简短教了几句怎么用,就飞速走了。

从教研室去学校礼堂,要经过一条小路,还要穿过操场,走过去要将近十分钟。

尚嘉一边回忆着刚刚简短敷衍的教学，一边按照师兄交代的，不会的就上网查询，一心两用，慢慢地往礼堂走。到门口的时候，刚好碰上导师在大门处站着，好几个学生和年轻老师把教授围在正中间，要么问问题，要么合影留念。

她看清了情况，不急着上前打扰，在不远处安静地等。

最后，还是导师看见了她，招了招手，朗声喊她"小尚"，她才笑着应声跟了过去。老师问尚嘉今天怎么有兴趣来参加活动，尚嘉举举相机，站在晨光里，替师兄把缘由讲了个明白。

"那是夫人和孩子要紧，等下要辛苦你了。"

尚嘉不自觉地摩挲着相机，下意识地回："不辛苦。"

她在英国交换的时候，曾经有一段时间突然迷上了拍照。但她当时既没有专业的设备，也没有专业的技术，有的只是一颗试图记录生活的心，和一台随身的手机。一部相机，就算是初学者级别。伦敦的电子产品也比国内贵太多，至少比国内价格高百分之二十。而买一台二手相机，转运又太麻烦，如果要去本地论坛淘性价比高的旧胶卷相机，又比想象中更加费时费精力。尚嘉精打细算惯了，还是依依不舍地决定省下这笔钱。

师兄本人爱好摄影，舍得在这上面烧钱，今天临时扔给她的也是一部好相机。

尚嘉带着相机，静静地跟在导师身后，摄影师当得尽职尽责。

正是大夏天，礼堂里冷气开得很足。

镜头里，老师们大多显得很轻松，下面坐着的学生大多数都在笑闹，无忧无虑，和朋友三三两两地倚靠着，散发着独属于这个年龄阶段的活力。

尚嘉不自觉地留下几张记录，隐隐有些出神。她对自己本科和硕士阶段的毕业典礼，其实都没什么特别深刻的印象，只记得流程都差不多，感受也差不了多少。比起这两次，反倒是高中的一点经历给她的印象更加深刻。这会儿正忙，过程没来得及细想，她先被老师的招呼声中断。

"小尚，来，过来一下。"

老师态度很和蔼，在几步之外等她。

抬头时，尚嘉刚好和老师对面的人对上目光，双方都没什么特别的反应。

半分钟后，大家在几步之外的座位前站好，或放松或紧张地盯着镜头。尚嘉配合到位，面对着他们，背靠舞台边沿，微微躬身，反复调整角度，仔细地拍下几张照片。其中有一张很好,她觉得自己发挥超常,应该能作为公众号的封面之一。

确认照片时,尚嘉不可避免地观察起正中间的人。

他今天状态格外放松,穿得也不大正式,黑T恤休闲裤配球鞋,如果再多一顶棒球帽或者一个单肩包,说是本校毕业生估计也会有人信。

拍摄结束,其他人都纷纷落座,徐见鹤却第一时间侧过身,很客气地跟她道谢,说辛苦了。

尚嘉没多大的反应,仍是刚才回复导师的态度,平平静静、从容大方:"不麻烦,不辛苦。"

再往后的流程,其实没她什么活了,只需要随意拍一拍,留些照片,当作可用的资料。以前打过交道的同门大概还认得她,典礼开始之前,主动招呼她去空位上坐着。一群人聊天气、聊日常,寒暄半天,终于没忍住,开始好奇地问她刚刚在前排拍照的事情。

"师姐,中间坐的真是最近网上炒得很火的什么'小徐总'吗?"

问题才出,就有人翻了个白眼,抢在尚嘉前面低声回话:"你听听自己问的什么废话啊,贴吧、微博、空间不是照片都传疯了,人证物证俱在,那还能有假?徐见鹤总不会闲得慌,还要给自己找个替身。"

"真是他?那看来老总的工作也不怎么忙嘛,还能来我们这小庙露面。"

"我们要是小庙,徐见鹤本人会来?启越给面子,那肯定是有利可图,妄自菲薄也要有个度……你还真当自己是微博表白墙那群吃瓜网友了,有点母校荣誉感好不好。说白了,也就是启越会营销、会造势,才把老板搞得跟娱乐圈那群明星一样。虽然我是没看出来,这么做有什么好的,还不如在产品上下点功夫呢。"

二十几岁的年轻人,互相之间都是熟人,斗嘴惯了,观点不同,随时随地就着某个话题吵起来也是常事。

尚嘉不觉得吵闹,安静地听他们争了片刻,又有人话题一转,把问题问到了她头上。

"师姐,感觉怎么样?你刚刚面对面看的时候,徐见鹤本人真有新闻上那么帅吗?"

问话的姑娘关注点不同于众人,更为实际,压低声音,眼中闪烁着八卦的热望。

台下的光灭了，尚嘉的神态也被暗色隐没。她想了想，脑子里慢慢勾勒出一张轮廓，半晌，才慢吞吞地答："是好看的。"

她实事求是惯了，不会否认客观事实。

典礼正式开始，主持人登台，流程也很老套，仍然维持着千篇一律的环节。主持人惯例先煽情，说大学，说大学生，也说大学生的这四年。等煽情完了，宣布大会开始，就该领导上台演讲一番，学生代表上台演讲一番，两个人就耗去不少时间。再然后，是主持人的颁奖预告，应受表彰的学生登台，颁奖嘉宾登台……

在所有人的注视下，徐见鹤从容地起身，又轻松几步轻跃上台，成功带起台下一片明里暗里的骚动。

"真的好年轻啊……"

"只能说，我承认投胎确实是个技术活儿。谁看谁不酸啊？"

"好标准的黄金单身汉，不对……他是单身吗？"

"我看新闻上不是说，他跟那个搞地产的汤氏的谁走得很近吗？而且吧，这种人就算单身，身边也不会缺人的……等等啊，你怎么还操心上这些了，不是刚刚还看不上我们聊八卦吗？"

"懒得跟你说。我就是觉得，徐见鹤看起来，跟我们是一个年龄段的，感叹一下而已。"

"本来也比咱们大不了几岁。"

身边的年轻学生们又开始小声地争执起来。

尚嘉这回没有参与，抬头看看，慢慢举起相机，抓准颁奖的瞬间，尽职尽责，变换角度，留下几张照片。

典礼结束，但徐见鹤下台后没急着走，老师和领导们仍是陪在旁边，互相之间聊一两句科技项目，总归都是正事。这会儿正是全场气氛最好的时候，有胆子大的学生忙完手里的事了，上去主动跟老师们拍合影。合影完，又顺势跟徐见鹤拍合影，竟然都没有被拒绝。

徐见鹤好像很适应这种环境，他态度从容，做事更从容，不是来者不拒，也不高高在上，对于态度真诚的学生们，只是尽可能简单地给予回应，签名合照不可能做到每个人都配合，但握手总归是很方便的。

尚嘉被迫陷进学生堆里，将拍下来的照片挑了几张尤其好的，当作交代任务，举在旁边飞速给导师过了一遍。过完后又想了想，给师兄发去一条消息，交代今天的任务已经完成，要他放心照顾家里人。一切做完，

再要退到一边时，一只手却悠然地、顺着前面聚集的学生们伸过来——

骨节分明，像冰山边缘，手腕处青筋若隐若现，有些冷硬。

伸手的徐见鹤看着她，好像一时之间，把她也当作了对名人感兴趣的年轻学生，一视同仁，目光没有波动，脸上甚至还带着点笑。

尚嘉看他的眼睛，更看得清周围的情况，也没有多做犹豫。

真奇怪，礼堂里铺天盖地的冷气，她分明不热，甚至手臂和小腿凉凉地发冷，但顺势握上去的时候，却觉得烫，有人的掌心好像灼烧着。她第一时间想松开，却被人握得更紧，略微停顿了两秒，又缓缓松开。食指扫过她的掌心，微痒。

等出了礼堂，尚嘉找了个安静的地方，站在大门口再次确认起照片。包里手机响了，提示她有新消息。

徐见鹤：之前说要感谢我，反正也赶巧了，不如请我在贵校吃顿饭？

徐见鹤：开玩笑的。

前后两条间隔很短。

徐见鹤也觉得自己挺有病的，他其实不是个容易改变主意的人，在很多事情上过分执着，一执着就不大想掉头，但凡事总有例外。

典礼散了，他婉拒了老师相送的好意，又最后与好几个学生握过手。到底是久经各种社交场合，他用上理由，三言两语就顺利脱了身，成功坐上大门处的车。

助理在车里等人多时，把空调维持在最适宜的温度。

徐见鹤靠在后座，一时半会儿没开口。助理一边把车平稳地往学校后门开，一边简短交代起今天这次露脸意想不到的一些影响：比预想的动静要大一些。学生们反应强烈，有人大概抓拍他的时候拍得很用心，好几张照片在短视频平台上流传很广，如果要想处理，那也得抓紧时机尽快……

"不用管了。"

徐见鹤低头看了会儿手机，答得果断。

车一路往大门处走，手机却突然亮了，他盯着屏幕看了看，微微蹙眉，又舒展，说："去停车场。"

这些年，徐见鹤路过这所学校很多次，但正儿八经地进来，加上上一回，总共也只有四次。只不过最开始两次的经历都一般般，他不太想回忆，也觉得人生苦短，实在没必要去记不太愉快的事情。

车停稳后，他让助理帮忙把收纳箱里那盒双倍柠檬口味的糖片递给他，但没来得及倒出来，因为有人敲了敲他那边的窗户。

徐见鹤分明早就远远地见人了，旁边的车载冰箱上也摆着备用阳伞和一瓶冻过的矿泉水，但还是若无其事地将窗户放下来，侧目淡淡地看人。

午饭时分，大道小道上的人很少，也没什么人开车。

尚嘉的脖子上还挂着相机，两只手各提了一只袋子，整张脸暴露在阳光下。她的马尾有些松了，和刚刚在礼堂时相比，神情没变，只有呼吸急促了些，脸颊泛红，显然是被太阳晒过又仓促跑来这里。

徐见鹤微微蹙眉，想说些什么，好不容易才忍住。

尚嘉没那么多的想法，她看他的眼睛，仍然像平时一样，认真又平静。随后，两只袋子都被她小心翼翼地送进来，感觉到有人接手了，才缓慢地开始往下解说："你不用下来……其实我们学校食堂好吃的都不太适合打包。"

尚嘉不要他下车，显然更没打算上车，歪了歪头，一边想，一边慢慢地说："口味淡的我也吃得比较少，但觉得酸奶麻花不错，广东烧腊也挺好，就都买了些，你回去试一试。"

隔着车窗，她说得认真，仔仔细细，每一条都是内心真实的想法。

徐见鹤对着她看了一会儿。半响，他才低头看了看手里的袋子，又微微抬眼，喊她："尚嘉。"

尚嘉微微怔了怔，应了一声。

她看着面前的人，呼吸没有平复，脸是烫的，头也发晕，反应没平时那么敏锐。事情发生得太快，车里的人伸手，手背在她脸上靠了靠，很冰，然后变成一瓶冰水、一把阳伞、一个人。

徐见鹤下了车，看着她，好像恨铁不成钢，又好像千头万绪，理不出所以然，只能略略叹了口气，低头看着她，无奈地笑了笑。

"不要把我的话太当真了。"

他像是没忍住，想再用手指碰一碰她的脸，却又在半途收回去，最后略做停顿，干脆将伞撑开，遮住她的头顶，笼罩下一大片阴影，只留他自己站在烈日下。

"你这样做，容易让我觉得自己做的是无用功。"

03

　　十几岁的尚嘉就像团棉花，哪怕有人一指头对着她恶狠狠地戳下去，也不会得到任何回应。

　　在楼梯口毫无意义的对话结束以后，十几岁的徐见鹤快速认识到了这个事实，也不可避免地迅速找出一条对应的生活道理：对着这样一团棉花，抱有比较大的情绪波动，那基本上就等于无用功，纯属白费力气。

　　尚嘉不做棉花的时候也有，条件也非常明确，多半是有尚子欣在的场合，或者是周末的饭桌、客厅，几个人坐一块儿的时候。每当姜女士问及她的生活学习，她总会下意识给出比平时积极得多的反应，认认真真地聊起最近的日常，先说最近的学习进度，又笑着说生活上一切都好，最近天气开始凉了，晚上学习或者夜读的时候，阿姨总会给她送一杯热牛奶，提神又暖胃……听起来人够细心，又懂得记下别人对她的好。

　　徐见鹤显然并不在她会这样认真应对的对象中。

　　这种情形发生时，他一般要么不在场，要么在旁边某个座位上待着，不是百无聊赖地玩手里的魔方，看电视上的影片，就是对着要背的课文皱眉凝神，总之有事可做。

　　他不在乎，她也不会来招惹他，这倒是一件好事。

　　时间进入到十二月份，也代表着高中的第一个学期开始步入尾声。校内因为之前各种活动而活跃的气氛渐渐平复下来，学生们怨声载道，但迫于压力，也不得不收起心思，面对即将到来的各种考试测验。

　　与之相对的是，这个月，徐启开始比之前更频繁地出现在徐家老宅里。

　　刚开始，徐见鹤没有太在意这件事，毕竟从小到大，他已经习惯了他爸常年失踪，父子俩要么隔着手机屏幕打个照面，要么隔着新闻屏幕见面。现在情况看起来跟以前不太一样，徐见鹤以为是接近年末，这位大忙人父亲说不定是终于醒悟过来，生活大于一切，要趁着过年全家团聚前，在家人面前增加一些存在感。

　　直到临近月中，徐见鹤在烦闷乏味的学习中实在坐不住了，拿着红色马克笔，对着日历盘算起哪天可以溜出门去马场转转时，皱眉盯着日历上的数字，才隐隐有些回过味来。

　　果然，没过几天，好不容易所有人暂时齐聚，饭后，徐启慢悠悠地擦完手，难得没有即刻动身往书房走，而是静静地抬眼，看向对面坐着的女生，问："对生日有什么想法吗？"

徐启说这话的时候，态度仍然保持着惯常的威严和冰冷，但语调平缓，没有点名，问得很直接。

徐见鹤手里的叉子没停，注意力却不自觉地分散了点儿。他已经饱了，放下叉子，漫不经心地喝了一口手边的橙汁，抬眼间，余光瞥见被问的一方。

尚子欣神情怔了怔，她比暑假的时候瘦了些，正是高三的关键时期，用不着别人多说，就已经够自律努力，都快忘了自己的生日。对于徐父的询问，她短暂地沉思，给出一个"暂时还没想好"的简短回复。

尚子欣的身侧，更加安静的尚嘉依旧无声地坐着，正低头看着自己碗里的一只水晶虾饺，眼睛一眨不眨，看起来没有任何试图发言的意思。

不知道是不是巧合，当天晚上，徐见云又时隔许久给他发来许多照片。邮件的附件里还是各种各样的山川湖泊，植被绿木，自然风光。

> 最近这几天都没出门……可能是地方熟悉了，就觉得没什么新鲜感了。随便拍了点儿，你也随便看看吧。

这回的邮件没有像上次一样，一长串的PS和感叹号，内容敷衍了很多。

徐见鹤一张张地翻，看了片刻，敲下几个字回她：生日怎么过？

尚子欣和徐见云是同一天生日，也正因为是巧合的同一天，才会发生后来那么多阴错阳差和曲折离奇的故事。

徐见云的回复第一天没来，第二天没来，第三天仍然没来。

等到生日前一天的时候，徐见鹤觉得不能再拖下去，在房间里慢慢转悠了半天，目光从电脑架子一路扫到书柜最高层，试图找出一个合理的借口。可是半天没翻出东西，徐见鹤对着窗外扫了一眼，灵感来了，干脆起身去了隔壁琴房，拿起琴谱，几步就来到楼上书房敲门。门刚刚打开，他直接当着徐启的面，大大方方地邀请姜女士，说他太久没拉大提琴，想请她听听有没有退步。

真稀奇，他竟然要主动给人展示技能，表演才艺！

姜女士看破却不说破，等到进入琴房后，母子俩各自坐下，她才笑了笑，对着徐见鹤开门见山地说："想问你两个姐姐的事情？"

话说到了这个份上，徐见鹤也没必要再装模作样了。他不接话，斜斜地倚抱着大提琴，指腹摩挲着琴弓，歪脑袋静静看人。

姜女士思索片刻，略微组织了一下语言，不慌不忙地开口说："小云已经打电话跟我说过了，她今年不想过生日，让我们都不用操心。她也没什么别的意思，只是想一个人静静。你外婆也说，她最近状态不错，比之前能吃一些，出去转了一段时间，人也更有精神了点。"

徐见鹤"哦"了一声，没说什么。

姜女士也不劝他，继续往下说："你爸也没忘记小云的生日……他是觉得以前的事情有些遗憾，想做点什么弥补子欣。"

说到这里，姜女士忍不住顿了顿，表情有些微妙的变化。

"但是他那个脾气，以前哪里做过补偿别人的事情，只有其他人上赶着到他面前捧着的。"

姜女士并不避讳这一点，终究不留情面，简短地加以个人的感触做陈词总结，轻描淡写："所以显得笨拙了些，也很正常。"

徐见鹤蹙着的眉渐渐松了，他有些想笑又忍住，低头拉了几个音。

然后，他认认真真地拉了首很久没拉的巴赫，等拉完最后一个音，又跟请人下来的时候一样，慢悠悠地把姜女士送回了书房。

"要不怎么说，姜还是老的辣呢。"他简短道，"我的问题解决了。"

徐见鹤迎上对面徐启的目光，毫不畏惧，嘴皮子一动就是他自己的道理："您也是，最好也多听听姜女士的话，凡事找对方式方法最重要。"说完，马上关门就走，压根不给对方留反驳的时间。

徐见鹤性格独立，生活上更独立。他处于一般小孩对父母最依恋的年纪，也属于不怎么黏人的状态，靠着自己喜欢的东西，比如拼装模型手办或者国际象棋一类，就能一个人充实地度过一天。

姜女士和徐启都把他当成独立的个体，给他足够的空间和自由，只在关键时刻出手。他有样学样，对父母相对合理的决定也不会多加干涉。

尚子欣生日当天，刚好是个周末。

徐见鹤算过了时差，也无所谓邮箱那边发照片的人回不回复，卡好时间，准时准点地发了封生日快乐的邮件过去。随后，他打了个电话给外婆，简短地说了下自己的打算和想法。但对方不收他的钱，好说歹说，只能用寒假的练琴时间作为交换，终于说服外婆，答应帮他买一本某品牌的限量空白相册送给徐见云。

既然是生日，那当然是寿星本人的意愿最大。

徐启问了尚子欣要不要请同学朋友，尚子欣说不用，那就全部安排都按照她说的来。但不请同学朋友，也并不代表寿星不打算请其他人。于是，生日当天，尚嘉的小姑一家三口被司机接送上门。

小姑之前已经来过好几次别墅，心思都在两个女孩身上，对其他都没什么兴趣，人进了门，眼睛直往沙发边的人瞟。但表弟还是第一次来，一路坐上轿车，又张望着进了庭院，再进大门，他跟在自己父亲身后，上上下下看来看去，整个人兴奋得很，这会儿看电视屏幕，又看屏幕前摆着的几台游戏主机，两眼只差没放光了。

"哎哟，徐老板，今天您在呢，好久不见！好久不见！"

姑父今天特意穿了一身西装，手上提着一盒包装精美的蛋糕，一进门就咳嗽一声，在众人的注视之下，梗着脖子将手里的礼盒交给了阿姨，表情颇有些藏不住的得意。他目标明确，准确锁定想找的人，熟稔地往徐启那里走，好像带来一桩大生意。

尚嘉在沙发旁边站着，看小姑先抱住尚子欣，安安静静地站了几秒，听她们说了会儿话，然后才在小姑的示意下扑过去，同样笑着投进她的怀里，姑侄三人久违地说起体己话。

徐见鹤挂着耳机，人在二楼楼梯扶手处靠着，耳边放着音乐，漫无目的地看，最后定格在沙发旁边。

秋天的雨说来就来，晚餐时分，所有人围着圆桌坐下，落地窗外的雨下得厉害，又潮又急，打在院子里的花草植物上，滴答声阵阵。

徐见鹤嫌动静太吵，干脆起身关了窗户，又将窗帘全部拉好，回身时，刚好对上正站起来微微俯身的尚嘉。桌上摆了两只蛋糕，各有两根数字蜡烛，她负责点一只，寿星亲自点一只。

尚嘉反复试了几次，仍然没能成功把蜡烛点着。其他大人不催促，还在忙着谈天说地，或者是关注地问着寿星的近况。但徐见鹤看着已经快没了耐心，索性在椅背后面站定，也不说话，大手径自往她旁边一摊。

四目相对，她抿了抿唇，把蜡烛轻轻放到他手上。徐见鹤用两根手指轻巧抽过来，再轻轻松松用打火机引燃，插好。

幽幽烛光里，尚子欣坐在位子上，虽然还是和平时一样，笑容不太明显，但看得出来心情不错，整个人状态放松，比刚来的时候要好太多。

唱歌的时候，尚嘉表弟也是初生牛犊不怕虎，扯着变声期的嗓子，祝表姐生日快乐，把其他人都给逗乐了。

尚子欣也笑，无论之前经历过再多的不愉快和曲折，至少这会儿是好时候，暂时都不必多想。

要办宴席，阿姨这次也是真下了苦功夫，主要的口味肯定要按着寿星的来，但也不能太集中，也要照顾到主人家、客人家，中式西式，糕点甜品一应俱全。

尚嘉表弟是真饿了，父亲提前背地里告诉他，晚上有大餐可以吃，他中午愣是没吃一口饭，任凭他妈怎么骂也不动筷子，这会儿刀叉筷子混着一起用，快活得很；尚嘉姑父则是另一个极端，装模作样地拿着刀叉切来切去，菜没吃两口，样子装得心满意足。

尚嘉还是平时的老样子，猫似的胃口，如果不是小姑多给她夹了几筷子，也不会刻意多吃几口。

雨越下越大，晚饭吃完，等到了时间，尚家人走的时候也挺舍不得。

表弟舍不得各式各样的游戏主机，他刚刚听徐见鹤介绍几句的时候，整个人看起来比在学校上课都要认真；姑父舍不得和徐启可以聊生意的时间，他最近新开的店铺生意有起色，也是靠徐家帮忙找的门店地址好，位置佳，还是徐老板厉害；小姑则是舍不得两个女孩，她握住她们的手，被寿星拉着说了好久的话，走时分明有些伤感，也默默没出声。

尚子欣被徐启叫走，尚嘉就留在玄关，和上一次一样，目送他们离开。

"不用送了，就这么几步路而已，还不如进去陪陪你姐姐。"

小姑握着她的手揉了揉，揉着揉着，趁着阿姨转身进了屋，又忽然压低了声线，往尚嘉面前凑了凑，目光关切，说："嘉嘉，今天过来，看到你过得比以前好，我就放心了……"

接着，她的声音变得更低："也别忘了小姑跟你说过的话。"

姑父在旁边看着她俩这动静，颇恨铁不成钢："你们这姑侄俩，真是身在福中不知福，子欣不忘本，都到这地步了，还有什么值得伤感的？"

阿姨出来送了三把伞，小姑却说一把就够。她一边摸摸尚嘉的头，一边用手肘暗暗捅了一下丈夫。

姑父站在玄关处，还在故作风雅地看墙上挂着的油画，看了还不够，又去看柜子上的玉器摆件，摸了两三下，爱不释手，被人提醒才肯罢休。

最后，仅留的一把伞被夫妇二人撑得高高的，表弟被他们夹在中间，笑闹得很大声，一家三口冲进雨里，人贴着人上了车。

尚嘉对着三人的背影看了一会儿，她看得太久，有些入了神。

老毛病总喜欢随着天气的变化折磨人，腿骨又开始酸痛发麻，尚嘉捶打了两下，终于想起要往回走。回身间，视线角度刚好对上楼上半开的书房门。门开了一半，徐启随手推开，带着尚子欣往楼下走。客厅里灯光很亮，尚子欣性子冷，很少有笑得这样明显的时候。父女二人彼此之间交流不多，但气氛和睦。

她静静地看，直到父女二人又上了楼，才抬步往楼上走。

尚嘉在沙发处坐了一会儿，腿骨的老毛病仍旧没有放过她。她没办法，只得又起身回了房间，躺在床上，侧躺着，看着床头柜上一直摆着的两只相框。十分钟后，疼得坐不大住。左思右想，她只能重拾转移注意力的办法，出了房间，问阿姨要了一只热水袋，倒杯热水，重新往客厅的落地窗走去。

客厅这会儿没人，尚嘉掀开一角窗帘，外面铺天盖地，全是厚重的秋雨。

她用热水袋压住小腿，看了一会儿，忽然临时起意，回到沙发旁边，用座机拨通一通电话。

"喂？"

"小姑，是我。"

尚嘉声音很轻，喃喃喊她，旋即反应过来，即刻道："没什么，我就是……就是想问问你们到家没，外面雨太大了。"

小姑在对面笑了，说话间，隐隐还可以听见表弟和姑父的争执声。

"傻丫头啊你，我们才走多久？别太担心了，又不是跟之前一样骑车来的，你徐叔叔让人送的，放心吧。"

尚嘉跟着笑，轻声回话："我知道的。"

电话断了，她却没急着放下听筒，而是又想了想，静静按下一串数字。这个电话她每个月都打，是老家的号码，但这会儿奶奶说不定已经睡了，打过去反而是添麻烦。

听筒被归于原位，尚嘉又开始盯着落地窗发呆。

"还不回房间？"

身后一道男声响起来。

尚嘉顿了顿，侧头看人，慢吞吞道："我看看雨。"她立刻意识到给出的理由不太合理，又想了想，补救一句，"马上就回。"

奇了怪了，雨哪里不能看？

徐见鹤微微皱眉，觉得她总能扯出些不像理由的理由。

他对着她扫了两眼，长袖长裤，才是秋天，却已经用上热水袋，捧上一杯热水，真是没见过这么娇气的。

但他也不想多管，以免重蹈覆辙，跟上次在楼梯口一样不欢而散。

第二天一大早，仍旧是司机送他们两个人去学校。

只是没想到，到了学校还是不得安宁。薛陶下了课，课间跨了一整个走廊，来找徐见鹤说事。汤小优也快过生日了，她要过生日，那当然是很值得重视的，毕竟他们从小长大的一行人，就这么一个独苗苗的女生，得宠！

薛陶也不知道打哪儿学的这番逻辑，把"宠"字读了又读，好像一件多了不得的大事。

徐见鹤听来听去，也没他那么大的感触，汤小优有亲生哥哥，总不会缺了她的东西。

徐见鹤简直被他吵得头痛，耳边"嗡嗡"作响，忍无可忍了想发作，但一看对方不自觉地揉捏着摔伤过的左手手肘，只能皱眉忍了回去。

晚自习下课，上了车，薛陶又打来电话反复叮嘱。

徐见鹤挂了电话，心里正烦，但也不能不想主意，干脆捏了捏额角，顺口提问："你生日一般会想收到什么礼物？"

女生的意见，总该有些参考价值。

尚嘉整个人停顿了片刻。过了良久，她才拿出平时对话的态度，慢吞吞地答："我不过生日的。"

尚嘉对于生日需要庆祝这事，其实并没有特别强烈的感触。非要说的话，也只有零星的一点记忆。

还在西北老家上小学时，有一天，她的同桌忽然用书包背了一袋子的零食到学校，什么辣条、棒棒糖、豆腐皮、大刀肉、跳跳糖……当时小卖部热卖的种类几乎一应俱全，用好几层旧报纸包得严严实实。那个时候，刚好碰上一所小学学生校内牛奶中毒的新闻在省内传遍，镇上的小学自然管得很严，凡是校外的吃的喝的，都不被允许带进校门，所以课间操的时间，这一袋子零食被路过的班主任发现了，没能逃掉被没收的命运。

东西被缴获，同桌的小姑娘忍了又忍，还是没忍住，当场大哭起来。

原来，那天是她的生日，这袋子零食是她求了好久家里大人才准备好的，想的是带来学校，和关系比较好的几个同学分享。

一向乖巧懂事的小姑娘哭得惊天动地，泪珠不要钱地往下淌，趴在桌上不停抽噎，任人怎么劝也不肯抬头。

尚嘉在旁边被震得愣了愣，好半天，才默默摸出一包卫生纸递过去。

好在，最后结果还算不错。班主任虽然按照校规校纪，把该收走的东西收走了，但背地里，却趁着午饭后的午休时间，给同桌拿来一只塑料袋。袋子里的几个老式蜂蜜蛋糕由学校教师食堂供应，无论如何也算不上"校外"。老师没有多说，小姑娘却瞬间破涕为笑，自己留下一个，又很大方地把剩下的跟周围人分了。

尚嘉分到的那只蛋糕，被她一直塞在课桌最里面，直到上完最后一节课，才在回家的小巷子里慢慢地吃净。

在这件事发生之前，尚嘉对生日的看重程度都是模糊的。

后来到了临南，她才发现，城市里的孩子在这方面要讲究得多。因为性格还算不错，同学过生日时，她被分到过很多以前没见过的东西：家里大人亲手烤制的小饼干、带有卡通机器人印花的中性笔、外国品牌的巧克力和水果糖……尚嘉都一一收拾好，还是和之前一样，该吃的吃掉，能保存的就保存好。但她实在对甜食不太喜欢，于是饼干、巧克力和水果糖都留给了尚子欣和尚父。

而她的生日，七月九日，要么是尚父忙于加班，姐妹俩各自学习做题，按平常一天过了；要么就是由尚父领着，姐妹俩给母亲的遗照上一炷香，再三个人一起静静地吃一顿饭，就算把这天过了。

所以徐见鹤问她关于生日礼物的问题，确实是问错了人，她也的确没有敷衍说谎。

但徐见鹤不清楚原因，所以又一下子冷了脸。

尚嘉认为没有多做解释的必要，沉默是金，这一点在她现在的生活中算一条真理。

04

汤小优生日的前几天，薛陶带着汤则明又一次来到徐家别墅。

薛陶满怀热情，干劲十足，躺在沙发上滚来滚去，一会儿一个主意。其他两个人兴致缺缺，权当捧场。

天气凉了，阿姨给他们一人端上一杯热可可。

薛陶错估了杯子里饮品的温度，猛灌一口，当即被烫得龇牙咧嘴，跐着脚跳来跳去，来来回回，终于觉出不对。

"不是……怎么你俩都不出声啊？不会跟上回乐队一样，就我一个人重视咱们几个人的圈子吧？"

徐见鹤翻过一页漫画，头也不抬，平静地敷衍："因为你出的主意已经够好了。"

汤则明对着平板电脑背雅思单词，也笑着附和："对。"

薛陶半信半疑，但看他俩都说得十分肯定，一时间也被说服，继续回到沙发上滚来滚去一阵，在白纸上写了又写，终于顺着自己的心意，做出总结："好，那就按照我说的来吧……徐帅，你不是不知道送什么吗？那要不就豪气一点，当天负责买单行吗？"

徐见鹤手里的漫画又翻过一页，慢悠悠地答："嗯。"

终于把人轰走，徐见鹤琢磨了一会儿，不免有点庆幸，还好上次给薛陶买投影仪没将钱花光，不然没地方哭穷，反悔也一定不能成功。

徐见鹤是从一中初中部直升，平时又喜欢到处闲逛，对学校附近的商铺小店比其他人都要熟悉。从一中后门出去，有一家本地菜馆，老板是位只会说方言的大叔，店里的菜价格合理，味道也不错，其中的生滚粥很合他胃口。除了没有包间，几乎没有任何缺点。徐见鹤提前一天去了一趟，要了一张菜单，对着慢悠悠地扫了扫，大概计算了一下开销，第二天任由寿星和其他人点菜时，便尤其从容了。

生日这天是周末，店内人尤其多。

老板被他提前打过招呼，留出一张最里面的桌子，勉强还算安静。

四人对坐，汤则明准备的礼物是一只翻糖蛋糕，造型是汤小优那会儿正迷的美少女战士，蓝头发水星，另将蜡烛做成画笔的造型，祝他喜欢画画的妹妹未来能够得偿所愿，真正成为一名画家。

薛陶当场被这祝福感动了，感叹兄妹情深，还是亲人互相懂得彼此，感动过后，又咳嗽两声，郑重地拿出自己准备的全套原版美少女战士漫画。

"要不怎么说是好哥们儿呢？"

他揽着汤则明的肩，继续感慨："咱俩这礼物是不是配套了？你觉得怎么样？"

他话锋一转，侧身问起今天穿得格外漂亮的寿星。上了高中以后，汤小优的个头又往上蹿了蹿，正是少女的年纪，含苞待放，人又文静，简单打扮一下，穿一条修身的长裙就已经足够惹眼。

汤小优看他一眼，又瞥了一眼正在低头慢慢喝粥的徐见鹤，才有些不好意思地笑了："很好。"

她话说得认真，看徐见鹤慢悠悠地抬头，笑容更大了几分。

"我很开心。"

他们虽然一起长大，但以前她的生日几乎都是由家人庆祝，这样四个人聚在一块儿，还是头一回。

汤小优平时安静画画的时候居多，很少主动开口，这会儿笑得开心，整个人也越发引人关注。

饭吃到一半，薛陶要和徐见鹤去隔壁糖水店买清补凉和绿豆沙。

徐见鹤很无所谓，他吃得满意，这会儿心情也算不错，多走一趟也没什么。

只是回来的时候，情形出人意料。好几个穿着其他学校校服的男生站在他们那桌面前，正对着汤小优说着什么，笑得轻佻。其中，还有个长发男去按汤则明的肩膀，脸上的笑吊儿郎当，低头看人，有种轻蔑的意味……

"干什么呢！"

薛陶哪里能看这场面，还不清楚缘由，也不等那边的人出声，已经一嗓子喊完，飞速跑了过去，隔汤则明和长发男之间，目光炯炯地瞪起人。

他不出声还好，一出声，汤则明平时稳重的神色一下变了，暗叫不好。

这种以兄弟互称的学生团体基本都是吃软不吃硬，他们兄妹俩在这儿坐着，被人突然搭讪，要汤小优的联系方式，他好不容易想尽办法周旋着，又暗示让汤小优找个理由离场，出去打电话搬救兵，来来回回拖了不少时间，眼看要成功了，这会儿因为薛陶的一瞪，全部泡汤。

果然，长发男的笑没了，脸色一冷，换成皮笑肉不笑的一句："哥们儿，什么眼神啊？"

店内，有些眼色的客人已经开始往外撤。

长发男朝身后使了个眼色，立刻有一高一矮两个人上来将薛陶团团围住。高的那个在人群中格外显眼，块头惊人。

徐见鹤提着两袋子甜品站着，倒是不慌不忙，先用手机发了条消息出去，又对身后稍显紧张的老板点了下头，随后才把甜品轻轻放下，慢悠悠地上前……

人生第一次正儿八经的打架经历是为了朋友，其实也不算全无意义。

徐见鹤小学的时候，有一段时间很迷老香港的帮派电影，导演拍摄手法用心，所以虽然故事情节稍显离奇，但他还是短暂地信了里面的兄弟情谊，也幼稚地觉得，其中的爱恨情仇才叫人生快意，正是人这一生该经历的叛逆和痛快，但那会儿也没觉得，还真能有这样一展拳脚的时候。

那群流里流气的学生看似人多势众，实则不过是纸老虎，制住领头的长发男，又踹翻最人高马大的小弟，对方的气焰就被压下去了一半。警察来的时候，徐见鹤挺镇定，状态也还稳当，架不住薛陶看见他蹭破了皮的手肘，非得嚷嚷着要打120。

"我没死。"

徐见鹤跟警察平静地交流完了，回来的时候，不耐烦地盯着自己的手肘看了看，又让汤则明举着手机照他的脸——原来下巴处被对方衣袖上的金属片刮伤了，血流如注，吓人得很。

汤小优被吓得说不出话，人发着抖，还记着该做点什么，试图摸出手机。

"别给我家里打电话。"

徐见鹤看见她拿手机的动作，决定做得果断，简短道："你们回去，我去医院。"

薛陶顿时号得更大声了："徐帅、我们的徐帅，你别万事想着一个人扛啊！我们都是兄弟姐妹，要是没了你这个主心骨……"

"说了我没死，别哭丧了。"徐见鹤忍无可忍，勉强擦了擦下巴上的血，再次让他滚蛋。

当天晚上，回别墅的时候，天已经彻底黑了。下巴上的伤口止了血消过毒，手肘也被医生处理过，贴上纱布。徐见鹤一路顶着这样的造型进了大门，注意了一下管家和阿姨的动向，熟门熟路，一路绕至主屋后面。

南方初冬的风，凛冽又潮湿。

一楼的两间客房挨着，尚嘉住了一间，另外一间黑漆漆一片。他扫了一眼，发现全黑的这间屋子窗户没锁，当机立断，左手将窗户往上一推，两只手借力，轻轻一跃，就跳上了里侧的书桌——

"啪！"

一声玻璃打碎的巨响响彻房间。

徐见鹤整个人一僵，定睛一扫，入目处，全是月光下闪烁的玻璃碎片。水杯碎了，碎成一地的玻璃。

但比这情况更糟的是,床上的人醒了,朦朦胧胧地看他,像是好半天才反应过来。

"嘉嘉?"门外响起阿姨的声音。

屋内两个人都僵在了原处,谁都没有料到,会在这间房间里遇见彼此。

尚嘉喘着气,温度还没降,整个人昏昏沉沉的,骤然被人闯入室内,人也有些发蒙。但她仍然觉得该做点什么,当机立断,晃晃悠悠地下了床。她转过身,朝他指了下旁边衣柜的阴影。徐见鹤人是伤了,但不是傻了,没用她出声,反应飞速,侧身闪躲进客房空荡荡的衣柜中。

他站的阴影处有一道缝隙,刚好能看见尚嘉的动作。

尚嘉扫了一眼被他撞倒在地的一地玻璃碎片,满头是汗,快速抽了几张餐巾纸捏住,把手指包好,慢悠悠地往房门处去了。

敲门声响起来,开了一条缝隙。

"嘉嘉,刚刚怎么了?"

阿姨看她的动作,听她的声音。

尚嘉音量比平时小了不少,但逻辑仍是清晰的,慢慢出声道:"没什么阿姨。是我手滑,不小心把水杯打碎了。"

尚嘉深呼吸一口气,勉强笑了笑,将包好的手指给面前的人看,整个人极镇定,人还烧着,吐字却很清楚:"阿姨,我能借用一下家里的医药箱吗?"

05

初冬转寒,尚嘉住的房间地暖坏了。

这年临南的冬天,比往年都要冷。她小看了天气变化,昨天穿得稍微薄了一些,到校后又碰上轮换座位,换到离后门最近的倒数一排,一整天下来,班内班外的同学不断地进进出出,冷风也不停地往座位上灌。尚嘉坚持了一天,后果是当天晚上就开始头晕,硬挺到今天,情况不见好转,甚至更加严重,嗓子哑了,昏昏沉沉,头晕目眩,整个人像火炉似的发着烫。

如果不是早上阿姨第一时间发现她的状态不对,执意要她待在温暖的环境中,回床上躺着,尚嘉在自己房间的被窝里也能闷声不响地睡一整天。

她换到隔壁房间,整个人睡得昏天黑地,迷糊间,大概知道尚子欣来看过她,姜女士也来过。两个人不约而同地用手探她的温度,尚子欣似乎是要守在她身边,经由姜女士的一番劝说才作罢。后来,姜女士叫来了

家庭医生,全面检查了她的身体,判断她暂时不用输液,开了几种处方药,要阿姨随时监测她的温度变化。

早饭和午饭没吃,晚饭时,尚嘉才算勉强醒了,身上出的汗几乎把薄薄的衣服全浸透,摇摇晃晃地下床喝了点粥。

白天躺在床上不省人事,晚上稍稍好转,人就开始做梦。

梦里的内容已经记不大清了,但感受上的不愉快却很清晰。头疼,手心烫,整个人头重脚轻,像背了一块沉重冰冷的铁,在薄薄的冰面上行走。

桌上的水杯"啪"的一声跌落,脆弱的冰面也跟着裂开,她跌落进冰水中,痛苦地惊醒过来,恰好对上桌子上的人视线。

月光下,跳进来的人身形冷硬,居高临下,扶着桌子,黑色防风服的袖子一高一低,根本藏不住明显的纱布和瘀青,看她像看外星人。

冷风把他的衣角吹得翻飞。

尚嘉愣愣地和人对视,脑子不灵光,动作反应却很快,认出了来人后,下意识地将被子一掀,颤颤地下了床。

阿姨来问,她随便找了个理由,拖着嗓子要借医药箱;阿姨要检查她的创口,她就揉着脑袋,又轻又哑地说累,又说太困了站不住,想一个人再睡一会儿,碎片也可以留到明天再说。

月光隔着窗户,空荡荡地投下来,尚嘉站在光里,狠狠拍了一把手心,依靠着意志面不改色地扯谎,余光静静地往衣柜掠了一眼。

随后,她慢吞吞地回到床上,半靠在床头,装作半寐,等阿姨将医药箱轻轻放好,重新把门关好了,屋子里归于沉寂,她才吃力地掀开眼皮,再次往衣柜看去。

尚嘉静静地半坐着,没出声,躲着的人很自觉地推开门,轻巧地跳了出来。

徐见鹤的衣袖放了下去,但仍是皱着眉,居高临下,对着她略略上下一扫,难得地主动出声:"病了?"

她先是摇头,反应过来,又慢慢点头。

说话间,徐见鹤走近了点儿,离床边只有一步的距离,刚好够她一边点头,一边去看对方的脸,反复几次,终于确认了自己刚刚没有看错。

尚嘉侧头去拿医药箱,沉默地指了指床沿。

徐见鹤不坐反问:"干什么?"

如果是平时,尚嘉一定有耐心和他周旋两下,但这会儿,她实在是浑身酸痛，又精神疲惫，缺乏平时的恒心和毅力，只是深吸了口气，微弱地出声："算了，不坐也行……"

她吃力地提过箱子抱好，也不下床，往徐见鹤所在的方向慢慢挪动，视线直直地往他的下巴处瞟。

徐见鹤反应过来，猜测到她的意思，眉头没松，表情不变，即刻发话："医生处理过了。"

他指的是下巴处的伤口。

他说得很直白，尚嘉点了下头，动作却没停。她伸出左手，颤颤巍巍扶住床头架子，等靠稳当了，又拉住他的一只衣袖，借着膝盖的力半跪着起身，另一只手往他的下巴处探了探，没碰到皮肤和伤口，看起来只是努力试图将模糊的视线定位。

地暖太热，徐见鹤还穿着室外的防风服，所以出些汗也很正常。

尚嘉的烧比白天时退了些，但体温仍然高于正常人不少，像一团安静的火。

她拉他的衣袖，无意间皮肤接触，火也就跟着烧过来。徐见鹤被烫得呼吸一滞，猛地抽出手，快速往后退了一步。少男少女的力量差距实在太大，这一下动作又太突然，带得尚嘉也不由自主地跟着他的方向往前倒，迫使他退到一半，敏锐地意识到不对，不得不改变动作，朝前一迎，托住对方另一只悬空的手，将尚嘉一把稳住！

人一倒霉，做什么都不顺。

徐见鹤闭了闭眼，尚嘉的意思他也终于明白过来，说话时，语气一下变回平时的冷淡。

"你是不信我会跟你说实话？"

她不信他说的医生处理过了。

这人说话虽然一针见血，但语气总是像冰块，听着其实……挺烦人的。

尚嘉没出声，也不点头，被人扶稳当了，垂眼轻声道谢，连头也不抬，按住床沿往后一退，回到半靠在床头的原位。

徐见鹤咬牙无用，不耐烦也无用。

尚嘉背贴在床头，人有依靠了，说话也渐渐地恢复到平时的思路，随着虚弱的呼吸，胸膛微微起伏，吃力地另起了话题："你要出去的话，最好再等等，阿姨在，姜姨今天也在家。"

姜女士就是为了她，才取消了今天插花课的行程。

想到这里,尚嘉的头又开始隐隐作痛。她说完了该说的,人就往下缩了缩,渐渐藏进被窝里,微弱地补完后面半句:"我姐姐应该也快回来了。"

尚子欣念高三了,周末不是在复习,就是在补课,但总归也会回来的。

徐见鹤站在床边,对着床上微微隆起的被单僵立了片刻,气性来得快,去得也快,顺手将书桌前的凳子抽过来,背对着床上的人坐下。

床前的月光在,一地流银也在。

手机上的时间才九点,按照他母亲的起居习惯,十点往后,才是姜女士做完全套日常皮肤护理后的休息时间。十点,阿姨也会回到自己房间休息,但今天情况特殊,还有这么个病人在,指不定谁就会进来。

徐见鹤缓缓呼出一口气,梗着脖子坐了半晌,终于没忍住,侧头去看床上的人。

刚刚还在和他交代后续事宜的人已经将自己卷成了蚕蛹,被单全被她裹了去,不知道是睡了,还是在闭目养神,只留给他一个背影。

徐见鹤想说话,刚要出声又顿住。

被单被尚嘉卷走,缩在远离他的一侧,近处的床垫一览无余,连带着两只薄薄的、老土的相框也暴露在月光下。

他视力良好,蹙眉看了片刻,照片上的人没全见过,但也能猜出个大概。

徐见鹤心头骤然一动,不太——

床上的人动了动。

这下,他知道她是真的睡着了,又开始入梦,整个人微微哆嗦了一下,呓语一声,听不清在说什么。

徐见鹤垂眸,心里不太痛快。

第四章 //
还 伞

01

　　尚嘉就是这么个脾气，倔，不爱倾诉，想着什么，念着谁，都是她藏在心里的秘密。如果不是她本人想，那说出口是万万不可能的，非得要人仔细探查，细心发现不可。这个脾气从徐见鹤认识她开始维持至今，从来没指望过她会有什么特别大的改变，或者说，一旦稍微有改变，那也不是尚嘉了。

　　这些年以来，徐见鹤断断续续经历过很多人的生日，却仍旧对高一那一年汤小优的生日保留着格外清晰的记忆。

　　从大学毕业典礼回来，生活照样还得回归日常。他也不算全无收获，去大学的那一趟，徐见鹤在家又发出一条朋友圈：A 大食堂不错。[图片]

　　照片拍摄于公寓的岛台，角度不算精心，但很有仪式感。酸奶麻花被他用盘子摆得整整齐齐，烧腊热过以后，也被放进他从中古店淘回来的瓷碗里。他夸 A 大，评论区和点赞区自然就有与 A 大相关的人士与有荣焉，还有人在他评论区开玩笑，说他去这一趟，堪比什么明星演员露面，视频照片漫天飞，热度奇高。

　　徐见鹤发完没管，更不在乎什么热度不热度，翌日一大早去公司，准时准点忙到正午，原本不打算吃午饭，囫囵睡个午觉后又继续工作，却接到来自外公的一通电话，说最近身体不佳，也不见他露个面，泼猴儿怪没良心的！

　　徐见鹤的外公是地产起家，早八百年就退了休，手里的工作全交到了子孙后辈手上，日子过得潇潇洒洒，但怎么也不肯和外婆一起去瑞士颐养

天年。老太婆搞的是音乐，在音乐学院待了几十年，嫌他市侩嫌了半辈子，后半辈子没道理还要和他再朝夕相处了。虽话是这么说，外公每个月定期飞过去的次数却不少，徐见鹤见怪不怪，知道这是他们老两口的相处模式，不做评价。

"身体不佳，您该联系我爸妈啊。"他一边说，一边对助理比了个手势，指头往下点了点。

对方很快反应过来，他是要用车，点点头退了出去。

徐见鹤扔了钢笔，不走心地往下演："他们现在又不忙，您找泼猴儿，也得想想泼猴儿过的什么日子吧！"

他顺势开始卖惨，看外公不信，他也懒得多说，直接开了视频给人看：几十层的办公室，空空荡荡，午饭时间了，他没饭吃不说，人只能靠在沙发上休息一会儿，连个空调被都没有，没人过问，没人在乎，这还不惨？

外公看说不动他，也干脆破罐破摔起来。

"那我不管，我身体最近不太好，你们家总得来个代表看看。"老人家不仅点了名，还要上升到高度，"可我一大早看新闻，你不是生龙活虎得很嘛，一会儿在北京和领导开会，一会儿又飞去大学给学生开会。网民都说你会分身，难道还不能分一个来我这儿？你妈说你去年一年不休假，我也就不催了。今年休假了也不来，我看就是没良心！"

老小孩，老小孩，"小"起来就是这个模样。

徐见鹤乐了，慢悠悠地起身，出了办公室往电梯间走，也不急，反而悠悠地出声："找这么多借口……我知道您就是看不惯我爸。"

他这话其实没算说错。当年徐家关于抱错孩子的事情，虽然处理过程看起来风平浪静，但也不是没有一点意外。和这件事相关的人员中，反应最大的就要数姜女士的父母——这也很好理解，明面上来看，徐启二婚，自己女儿嫁过去，原本就是受了委屈，委屈归委屈，如今又要多抚养一个孩子，又是另一回事。姜女士自己没觉得有什么，是心大，是自在，但架不住徐见鹤的外公生气，从那以后就放出狠话，不会再见徐启一面。

可嘴上说是说，心软又是另一回事，真不见也不太可能。

徐见鹤惯会哄老人，他坐上副驾驶，道理也是信手拈来："这么说吧，泼猴儿这几年让他没活干了，您是不是也该解气了？没必要置气，要是您身体真气出不好来了，那姜女士也得急了。"

.096.

徐见鹤看破也说破，也一路按照他的指示，车往他外公的居所开。

老人年轻的时候，在商场上叱咤风云，年老了却爱上幽静偏僻的地儿。和他家老宅的方向刚好相反，周围的静却是一致的。可静虽静，品位却不怎么样。当年这里装修到一半，姜女士特意带着他来转了一圈，嫌这里的设计师太会取巧，选的全是老一辈眼里的"大气""富贵"，亲手把关监督，才把这里的最终风格全部统一下来，定位成了中式的清幽。

徐见鹤进门前，怀的心思很单纯，还有闲工夫回了手下经理一通电话。等进门后，抬眼一瞥，却觉出一丝不对头。门边摆着的鞋子数量不对，甚至还有一双从未见过的女式平底鞋。

果然，他进了客厅，刚刚还在电话里宣称自己身体不好的人，在窗边摆了两个垫子正和人对弈，脸上是笑，人也挺轻松。

旁边的桌子上，那人长发扎成一束马尾，对着平板电脑专心致志地画着什么。

他心里回过味儿，也不着急，干脆不声不响，也不出声打扰画画的人，就保持平平静静的状态，走到棋局旁边。

"唉！"

老人家下一步，他站在背后看了一会儿，叹了口气。

他外公一下急了，回头瞪他："观棋不语，这你都不懂，还做得了什么大事？"

徐见鹤不急，和他外公对弈的人却笑起来："您这话说的，小徐总已经够出息了。"

徐见鹤和说话的男人对视，不慌不忙，喊他："汤叔。"

汤叔就笑："见鹤。"

这么称呼徐见鹤的人其实并不多。

桌边画画的人这时抬了头，她哥哥汤则明今天不在，她看他的神情，也没有上次在保龄球馆见面时自然。她先是一愣，随即放下画笔，点了点头算作招呼，平静地笑了笑。

他外公不动声色，把这对年轻男女左右打量了一番，郎才女貌，心里满意，棋也下得慢了。只是老人家嘴上不好多说，还是汤叔一下子道破，说人到了，这棋又不能三个人下，不如换成其他玩法。

"不用，您二位继续。"

徐见鹤平平静静，不仅平静，还顺手从桌边抽了把椅子，漫不经心地

在他外公旁边坐下，说："你们继续，我看一会儿就走。"

他外公更加急了，棋子抓到一半又放下，仍然不赞同地瞪他："有小姑娘在，你还要急着走？"

徐见鹤笑，顺手把阿姨端来的果盘接过来，捏了两颗葡萄吃，放到对弈二人旁边的架子上，说："那不是更该走了？汤叔和您叙旧，我在这儿闲着没事儿，不如多去忙一忙，把脚跟站得更稳当点儿，给您出气。"

他要耍无赖讲歪理时，从来万分坦然。

只是他坦然，听话的人明显不太能坦然得起来，一局棋越往后下，越没意思，渐渐成了碾压之势。汤叔勉强笑了一下，说今日状态不佳，主动要走。汤小优全程画着画，也没什么反应，长辈要走，她也就点点头，喊声"姜爷爷"，再跟徐见鹤点下头，两边一对视，便转身走人。

徐见鹤见外公眼神示意，要他送人，他装看不见。等人真走了，他外公终于不装模作样了，手指点着他，颤颤巍巍的，好半天才憋出一句："孺子不可教也！"

"您身体好就行。"徐见鹤不介意他的这番指责，慢慢起身，把椅子从容地摆回原位，"要真嫌我教不明白，那我也不烦您，这就……"

话没让他说完，果然又被瞪了一眼。

爷孙俩之间还要打哑谜，其实挺没意思的。

徐见鹤这么想，老人也是这么个意思。

两个人收了棋盘，回到沙发边上，小孩对小孩似的，大眼瞪小眼半天，谁也不吭声，终于还是由年纪更大的"小孩"主动认错："算了算了，是我不对，今天不该骗你过来，行了吧？"

他外公挺泄气。

徐见鹤仍旧是刚刚那副模样，平静地将果盘托到老人面前，说："行啊，您说行就行。"

微妙的气氛一旦消融，剩下的就只有推心置腹的话。

老人看瞪徐见鹤没效果，就拿了块苹果，慢慢地吃，慢慢地说，有点郁闷："可是我错了，你也别怪我。你都这个岁数了，连个恋爱都不谈，你爹妈不操心，我还不能操心操心？不说远了，就说你圈子里那些同辈，哪个小年轻像你这样的？"

"哪里没有了？何况这样做也没用吗？"徐见鹤笑起来，仿佛说的不是他自己的事，"您搞这一出，让我既操心了您的身体，又被骗得白跑了一趟,那是不是该有些表示?"

"又来!"老人一下不干了,"怎么说着说着,又是我欠你东西了?你和汤家那小丫头一起长大的,看着也挺合适,我撮合撮合,又不是坏心思,怎么还要人倒赔东西?"

徐见鹤不急着搭话,余光瞥见一旁的阿姨。她手里拿着测血压的仪器,正犹疑着该不该过来。他微微点头示意,继续朝前俯身,还是那副无赖样儿。

"那我不管。反正至少现在,您得听我的。"

之后该做的,家里的阿姨当然要比他熟悉得多。老人家滔滔不绝地说,他也就听,但也不往心里去。走的时候,徐见鹤外公不死心地还在说他单身的问题,徐见鹤折回来,说也不是没有办法,但需要对方帮个忙。听说他表哥最近忙着开发郊区大学城附近的一块地,他想要一间门面,用来开店。

"不是说忙得都没时间吃饭,怎么还要开店?"

他外公不在生意场多年,抓重点的本事还是一如往常。徐见鹤却也不答了,即刻走人,坐上车重新往启越大楼去。

刚刚和老人的一番话其实一半真,一半假。真的这半是他的确够忙,午觉时间没了,就只能挤出路上的这段时间养神。

人到了大门口,地都没有踩热,就得去会议室见见新的合作对象。

会议室内人还挺多。

"小徐总,今天来没打扰你吧?"

对方领头的人之前在北京开会时代表公司和他见过,说话也就带了点儿熟人的意味。这种场面,徐见鹤应付起来得心应手,一说不打扰,二说早盼着。对方寒暄完了,就转头跟他介绍自己身后跟着的男人。年轻是年轻了点儿,但在技术上已经是十足的权威,不出意外,之后就要去巴黎接管那边的技术主管工作,今天过来,也是帮忙给合作项目坐镇把把关,给点建议。

徐见鹤不动声色,说:"听说过。"

他和人握手,也是波澜不惊,极平静,顺口道:"邢师兄读书时就很优秀。"

邢严架着眼镜,和人对视,大概没想到对方会喊他师兄,微微一愣,旋即也笑,温和又稳重:"没徐总说的这么夸张。"

徐见鹤觉得，见人说人话，见鬼说鬼话，实在是一项不错的本领。

他忙完这些，累是不累，只是忽然有点心不在焉。

忙完该忙的，又是傍晚。助理被他放走，他自己开车，回公寓的路上，仍觉得提不起劲，干脆将车头一转，慢悠悠地驶去海滨大道转了一圈，看了会儿沙滩海浪，天边一线日光。后来，又在离公寓不远的大学附近转了一圈，中途回公寓，仍觉得渴，翻出一瓶冷藏的矿泉水，将车停了，慢慢地喝，喝够再走。

好在这回的红灯，没之前下雨那回烦。他抽出烟盒，点了一支，却只是夹着，任它燃着火星。刚好薛陶发来消息，说自己刚回来，海归一枚，和不少朋友已经不太熟了，得开一场派对热闹热闹，时间没定，但应该就是这几天，问他去不去，但最好是去，有他这样具有话题度的人在，自己的派对才气氛好……

徐见鹤没急着回，点进朋友圈，百无聊赖地翻了翻，本来只是打发时间，手指头却骤然一顿，在朋友圈各种各样、乱七八糟的评论间，发现一行字，语气相当普通：烧腊的话，学校旁边的巷子，有一家大排档说不定会更合你的胃口。

头像是一碗牛肉面。

红灯变绿，再急也得按规矩做事。

车停在公寓门口，没下车库。

徐见鹤盯着那行字，反复确认了一阵，想直接回复又作罢，干脆先给薛陶果断发了个"不去"，又点进和那个头像的对话框，发送一个表情——熊猫探头。

"探头"表情后面接着试探：光说不请，不太厚道。

02

尚嘉的个性让她不习惯欠人东西，比如她高中还在老宅住的时候，和徐见鹤关系好转的后来，偶尔的周末，她会从徐见鹤那里借一两本书。说是借，其实基本上不超过一天就会物归原主。他那时嫌她做事太刻板，还装作不经意地说过这事儿，说无论什么故事，高深的还是通俗的，都要慢慢读才够趣，实则是暗示对方，不用这么着急，也不用太考虑归还的时间。但尚嘉大概是没听懂，也或许是听懂了没往心里去，仍然是按部就班，不论什么书,都抓紧时间看完就还。

他那时候就知道,她在这件事上,必然有一定程度上的强迫症,而且仍旧维持着性格上较为倔强的那一部分。

基于这个原因,发消息的时候,哪怕心里有所猜测和预感,徐见鹤也并不能太确定结果。毕竟,这些年以来,他在尚嘉身上栽的跟头实在太多,经验攒够了,很多时候反而容易束手束脚。

他回到公寓,没等到对方立刻回复也不急。

薛陶还在为他的不给面子不出席哭号,他是没兴趣继续多做搭理了,不过不搭理,也有新的消息主动找上门。

这次发消息的换了个人,说的话也很直白。

汤小优:今天的事情,不好意思。

他匆忙冲了个澡,出来的时候顶着毛巾,看见这条也没多做纠结,不说其他,同样直白简洁地回复:不是你的问题。

新闻上不是没有蛛丝马迹,汤氏在海外的业务投资失败,近一年的日子不太好过,他隐约知道个大概,也和汤则明私下聊过,但万万没有料到,会有人因此把主意打到其他方面,还是身份有些尴尬的长辈。徐见鹤不喜欢拐弯抹角,说完该说的,找出汤则明的手机号,直接打电话约了个日子见面。

汤则明还不知道白天的事,但仍是爽快应了,应完话题一转,问他:"怎么样?"

徐见鹤:"什么怎么样?"

电话对面的人看他还要装傻,到底是不想再打哑谜,又开始神神道道:"你骗得了薛陶那个傻子,还以为能骗得过其他人?有些人都回来了,你不至于一点动静没有吧?"

汤则明笑起来,悠悠地、隐晦地说:"去年飞伦敦飞得那么勤的人反正不是我,也不知道,飞过去的人又是为了什么?"

徐见鹤不慌不忙,淡淡地道:"去斯坦福桥看球。"他喜欢的足球队主场的确在伦敦,这也不是说谎。

汤则明哑然,几秒后又笑,这次是没什么意义的感叹:"徐帅啊,徐帅……"

徐帅究竟如何,直到电话挂断,后半截的话也没说完。

夏天的夜晚,徐见鹤总是嫌吹头发麻烦,用毛巾擦完就能对付过去。

反正睡不着，忙完该忙的，他顶着一头湿发，踩着人字拖径自进了书房。说书房不准确，叫影音室或许更准确。他难得从喜欢的唱片堆里拿了张古典乐，莫扎特的。音乐声中，又扫了一眼对面空荡荡没有一本书的书架，琢磨着可以添置一些装饰器具，配得上以后可能会摆上的各种书籍。

手机振动，来了新消息。

尚嘉：你最近什么时候有空？

徐见鹤有所预料，扫了一眼，但仍很矜持：下周吧，下周末应该有空。

尚嘉：哦。

尚嘉：那就那天吧，请你吃那家烧腊。

尚嘉：还礼。

一连三条，简洁利落，是她的风格。

到了现在的年纪，徐见鹤已经很能认同一个观点：人这一生，的确是一个不断成长的过程。因为成长，所以面对任何情况境遇，才能够泰然处之，甚至对症下药，想出对应的方法。他装作生气，不要送出去的那袋水果钱，送出去一大袋杏子，不慌不忙地等，终究是有用武之地的。这就是人有了耐心以后的好处。

日子进入七月，天气只有更热的份，约好的那天刚好是八号。

一大早，徐见鹤仍是如常，去了趟启越，在几十层的办公室里坐了片刻，然后才慢慢开车，往大学校门口走。车开得平稳，红灯的间隙，他给尚嘉发消息，说他刚好忙完，什么时候过来合适。语气措辞都够妥帖，也挑不出错，看不出什么波动，对面的人却像蒙了一下，几秒才回：我不在学校。

徐见鹤手指头一顿，侧头扫了眼大学校门，冷笑。车停稳当，消息也不回了，当即按下一串电话号码。

电话一通，对面的尚嘉接得很快。

徐见鹤没等她出声，简短道："那在哪儿？我来接你。"妥帖没了，只剩冷淡。

尚嘉稍作停顿，像是犹豫了一下，但依旧很老实，答他："我在医院。"

这下是想清算什么也不能算了。

到医院门口的时候，徐见鹤倒是很冷静。

医院车位紧俏，他还能平静地和一个司机简短交涉一番，掏钱要到一个车位。等按照电话对面刚刚的说法，穿过住院部一路走过去，找到对应的科室门口，看见对方在座位上等着，甚至朝他微微举了下手，略略挥了挥，徐见鹤也没急着立刻过去，而是停了脚步，目光上下扫了扫，至少浑身上下看不出外伤。

徐见鹤走近了，整个人气势极冷，坐下什么也不说，顺手去接对方手里的检查单。

尚嘉下意识往后一退，他神色更冷，好在尚嘉反应更快，朝他的座位微微俯身，慢慢解释说："不是我的单子……"

徐见鹤脸色稍霁。

尚嘉看了看他，没说多的，维持着两个人之间的距离，慢慢道："今天是我的错。"

她身形娇小，几乎从高中那会儿起就没什么变化，这会儿仰头看人，巴掌大的脸，弯弯的眼睛。

徐见鹤抿了抿唇，视线在她的眼角停留片刻，又移开。

"话倒是说得好听……"

他冷冷地说，但气性已经过去了，正要继续往下，忽然有个短发女人慢吞吞地往这儿走，几步过来，停在两人面前。

两人视线跟过去，女人出了一头的汗，手掌上缠着一层厚厚的纱布，但周身气质爽朗。她对着尚嘉开口，神情生动，语气同样爽快极了："今天真是谢谢啦，不然就我一个人……怎么说来着，哦对，人生地不熟的，真是不知道怎么办才好。"

尚嘉摆摆手，将手上的单子交出去，笑道："不用。"

她们两个人说话，徐见鹤也不加入，耐心地坐着等。女人说的中文听起来带了点微妙的口音，措辞磕磕绊绊，但这也和他没什么关系。徐见鹤没事情干，气也消了，目光顺着来的方向看去。

有人急匆匆地进了门，挺面熟，停在他们这里时，顶了一头的汗，远没有上次见面时的稳重和沉静。

徐见鹤微微眯了眯眼。

戴眼镜的男人大概没注意到他，一到面前，其他的暂时都顾不上，眼皮不抬，径自问起短发女人："没事吧？"

短发女人摇头，弯弯眼睛，露出个灿烂的露齿笑。他看起来不太信，直接握住对方的手,仔仔细细地低头看起手里的单据。

徐见鹤坐着,没出声,余光静静地往身边人的方向落。

尚嘉没什么反应,还是安安静静待着,一如往常。她看着面前的两个人,至少,表面上看起来目光没有偏移。

等确认完人没事后,邢严这会儿才像是反应过来,低头看见他俩,神情一怔,大概没料到徐见鹤会在,略略思索了一番,还是直接对着尚嘉开了口:"今天给你添麻烦了。"又转头点了下头,"徐总。"

出了医院,两拨人分开了。直到上了车,尚嘉才像是意识到应该解释些什么,慢吞吞地出声:"那人是邢师兄的未婚妻。"

她说得很平缓:"在国外长大的,应该是只会说中文不会认……在我们学校门口,被自行车刮伤了,就顺手帮了个忙。"

尚嘉顿了顿,说:"帮的时候,我也不知道她和师兄有关系,其实挺巧。"

徐见鹤点头,径自发动车辆。他其实有很多想问的,但想知道和恰当问是两回事,因此只淡淡说一句:"知道你是老好人。"

他眼睛直视前方,不看她,平静地问:"饭还吃吗?"

尚嘉同样没看他,但回答却很迅速,极果断:"吃。"

她很少主动请人吃饭,这当然有性格方面的原因,有生活习惯方面的原因,但放到现在,则是现实的因素居多。

明年七月,她就要面临正式毕业的问题,于是从出国交换开始,她大部分的时间都投入到了手里的课题和文章上面,加上还要考虑未来的工作规划,除开必要的人际交往,比以前更少主动参与社交活动。

比起把珍贵的闲暇花在和人来往约饭上,尚嘉一直更喜欢一个人窝在安静的地方看看书,也无所谓书的类型,比如上次师姐顺手扔给她的徐启签名人物传记,她也是花好几个夜晚睡前读完后,就分门别类地放进阳台的二手书柜保存好。

交换的这一年,要问尚嘉在欧洲最不习惯的方面,书本价格的问题一定是其中之一。伦敦市中心的 Waterstones(英国连锁书店)尚嘉常去,18磅的书,价格五折就已经很值得拿下。书店里还有两个地方可以喝咖啡,不过通风不太好。她在沙发上看书,常常能看见身侧有人昏昏沉沉地睡过去。那会儿她甚至还因此难得发了一条朋友圈,配图是临南 A 大附近她最常去的书店，感受也只有简简单单两个字，怀念——价格够亲民，隔壁还有一家没什么人的水吧，带上可以随时写论文的电脑，周末一待就是一天。

在副驾驶坐着也是无事可做，尚嘉看够窗外的风景，低头翻起了群消息。

同门的群这会儿正热闹非凡。这周一的时候，导师在教研室里扔下一个重磅炸弹：他们这拨人有很大的可能要搬去郊区大学城的新区，但学校还没正式决定，只是有这个方面的意向，要看院里后续的交涉情况如何。

△不是说别的，麻烦是最主要的……我真懒得搬宿舍啊。

△我不住宿舍也得重新找房子。

△之前新区那边说要搬的时候，我就感觉有人得过去，不过怎么拿咱们院下手了？明面上的就业率百分之百还不够为校争光？"

△你别说，按照领导们的脑回路，估计还觉得这是好事。新地方，新仪器，新设备，新宿舍，新教研室，什么都新，但没考虑过大家都觉得老地方挺好啊。那地方商业都没开发起来，买吃的买喝的买书都不方便……真要搬，搞硬件的搬过去比咱们合适。

△导师他们家都在市区吧，也不抗争一下？

△导师们有车，还是豪车，再说，没车也可以坐校车，和咱们打工的哪儿一样。

…………

就着这个话题，没有老师在的专业群，已经从周一唉声叹气到现在，期间讨论其他话题，也总能歪到这上面。但毕竟都是成年人，越往后，大家反而情绪也慢慢稳定下来。搬新地方也不是没有好的，地方大了，资源多了，以后想做点什么，也不用互相之间为着资料器材还要商量半天，大多的不方便，基本都停留在生活方面。

尚嘉退出群界面，恰好一位师妹发来消息。师妹的目的很直白，她想问尚嘉如果真要搬校区，是否考虑和人合租？如果有这个方面的意愿，能不能考虑一下和她一起。毕竟新区那边人还不够多，两个人住更安全，而她也嫌校内宿舍空间太小，放不下她从中古店买回去的各种摆件器具……

车子快到熟悉的校门附近，同样碰上午休时分熟悉的堵车。

"现在能喝酒了吗？"

徐见鹤不慌不忙，扶着方向盘，略略看她一眼。

尚嘉收起手机，想了想，说："能喝一点，不多。"

徐见鹤没有立刻回答。

"挺好，你自己知道就好。"他慢悠悠地说，不留情面。

身边的人仍是乖巧安静地沉默，徐见鹤也懒得多想，干脆随便选了个新话题。

"之前你说巴塞罗那好玩，"车列动了，他也略略动了动方向盘，没转头看人，淡淡地说，"没想过顺便学学语言，方便以后常去？"

徐见鹤的语气没什么情绪，颇平稳："我记得你高中那会儿，就说想去西班牙看看，还问过我巴塞罗那本地是不是只说加泰语，不说西语。"

尚嘉微微一愣，没想到他还能记得这么久之前的事情，但被问到，就歪头认真想了想，说："想过，"她顿了顿，"不过时间不允许……而且我在语言上的天分也一般。"

她说的又是实话。尚嘉从小到大的成绩都不错，实际上一直是理科要更好一些，不然也不会高考选专业的时候千挑万选，选了计算机代码相关方面。本科硕士期间，为了练好英语，尚嘉没少想尽各种各样的办法，什么听歌看剧、英语角、交流会……最后，还是老老实实靠打工的钱，找了个本校有留学经验的学姐一对一辅导，互相交流经验，才渐渐上了正道。

人的性格里，总有一部分不可避免地存在惰性。她看重实际，每天光专业课题和导师的任务就忙得脚不沾地，哪怕是想，也不能奢侈地抽出时间，只为了旅游玩乐就另学一门语言。

"没时间就是没时间，不用妄自菲薄。"徐见鹤瞥她一眼，接她的话，评价相当简短。

要找停车位停车，他不再出声，尚嘉就同样没什么话说。

大学后门的巷子这些年同样没有逃掉城建规划改造的命运，光是格局位置就调整了不少次，好在她离开的一年看起来没什么变化。广式烧腊店在最里面，走过去要五分钟，外面则是连片的大学生的偏好，什么炸鸡店、连锁奶茶、川菜小吃馆子……尚嘉透过窗户，一家一家地看，看到最近的一家时，忽然问："你现在能吃辣了吗？"

徐见鹤把车停稳，回答："还行，"他轻描淡写，也挺诚实，"应该比以前强点儿。"

在医院耽误了一会儿，正巧赶上午休时间接近尾声。巷子里的学生差不多都散了，除去头顶的艳阳，正是方便慢慢散步的时间。

五分钟的路程，下车站定后，尚嘉从随身的包里摸出一把阳伞。

徐见鹤眼皮微动，没说话，认出这是他上次在大学停车场借给她的伞，这会儿被慢慢撑开，跟在他手里，完全是两个效果。两个人并肩走，总是高的人不得不受累，她把伞举起来，顺畅地交到他手里。他顺手接过，随意撑在两个人头顶，来时戴的棒球帽被随手扔在后座。

烧腊店内的风扇慢悠悠地转，老板带着一点粤语口音，记完他们要的菜往厨房里去，场面一时又有点无话。

尚嘉坐了片刻，忽然主动起身，说要去隔壁店买点其他吃的。

她带回来两份小吃，外加一杯柠檬水，一杯甜腻的雪顶奶茶。不辣的那份小吃是他的，酸的柠檬水也是他的。

人心情不好的时候，不是需要甜食，就是需要辛辣。

徐见鹤忘了自己在哪儿听来的这句话，但大概有这么个印象。他半掀眼皮，想起刚刚医院发生的事，对着她看了片刻，牵了下嘴角。

尚嘉在吃东西方面从来不挑，连徐见鹤高中时尝试做的试验品都能眼睛不眨地吃下。但她知道，有人在衣食住行上有挑剔的个性，又从来会对自己说过的话负责，推荐的店肯定差不到哪里去。

肠粉不错，叉烧味道也刚好，清爽不腻，是他喜欢的调味。

中途，尚嘉接起一通电话，原本要出店，也被徐见鹤用手势点点，被按在了原位。

外面正是最热的时候，而店内就他们一桌客人，小声打打电话也无妨。

师妹大概是真的在租房上有些迫切，觉得光是发消息说不明白，直接要来个人对人的联系。尚嘉认真地听，认真地答，但被对方反复催促后，也并没有急着答应或者做下承诺。她一个人独居惯了，远离集体生活太久，并不能确定自己还能不能重新适应。

徐见鹤问老板要了些冰块，将柠檬水倒出来，喝了几口。

等对面的人通话结束，他才放下杯子，缓缓出声："要搬校区？"

尚嘉用眼神表示疑惑，徐见鹤难得多说一句："之前去你们学校，听你们老师提了下……需要帮忙吗？"

"暂时不用。"她答得很干脆。

徐见鹤垂眼，淡淡地"嗯"了一声。

以尚嘉的个性，说要请人吃饭，那就真是请人吃饭，两清的意思。同样的，就算是受了情伤，也绝不可能说出口，他清楚得很。

徐见鹤站在烧腊店外等人，手里的阳伞在指间盘桓着，转了一圈，伞柄已经没了刚才并肩时的热意。

身后的人出来，他自觉地把伞撑好，平静冷淡地站着。

差不多是大学下午的第一节课结束时间，回到车上的路程里，开始陆陆续续有学生从他们旁边路过。不少成双成对，你侬我侬，男生撑伞，女生抱住对方的手肘，或者握住对方的手，笑意盈盈地撒起娇。

他们俩在其中像异类，说近不近，说远不远。

回去的路上，徐见鹤还要开车，但开车总比没事可做好。他把伞重新交给副驾驶座上的人，犯不着问她的住址，更懒得出声，比来的时候更没话说。

目的地小区，他经过不知道多少次——很多次是假装路过大学门口，随便看上一眼。当然，上回他是晚上来去的，没等到人，只等来一辆车，一男一女。这回他送人回去，心情不佳，原因竟然是同一个男人。

徐见鹤把车停稳了，心情已经平复下去，但平复和想说话是两回事。他觉得自己又做了无用功，但也不可否认暗暗松了口气，只是还需要仔细想想。他开了车锁，让她注意安全。

尚嘉点了点头，却没立刻打开车门，而是侧头看着他。她手里的伞还拿着，徐见鹤反应过来，猜她要还伞，于是从善如流地朝她伸出手。

尚嘉没说话，先是低头，想了一会儿，又抬头看了看他的眼睛，半天才将伞放到他的手中。

他要将伞抽过去，和给她递水时一样，指尖不可避免地接触，她却没松开。徐见鹤看她的眼睛，表情仍淡淡的，和上回去学校时一样，便装随意，只有身上携着隐隐清爽的皂香。

尚嘉吸了口气，手指朝前，这回没逃避，顺势将他的手指握住，很轻，微微垂眼，又抬头。

空气凝滞又静默。

过了半晌，她问："伞的话，我可以暂时不还吗？"

03

四目相对，指腹相贴。

密闭的空间内,徐见鹤没有动作。

话音落下的第一秒,尚嘉隐隐开始后悔,只是忘了收回手,心跳也跟着一滞。后悔的原因其实数也数得出来,她隐隐觉得自己做错了选择,也可能选择没错,地点不够正式,还可能是说得太隐晦、太不直接,对方不能理解她的意思……

周身都是冷气,她捏住的手指指尖却开始发烫。

尚嘉很少有主动尝试表露意图的时候,更何况几乎没有男女感情往来这方面的相关经历,找不出任何经验可参考,一切打算全凭自己的直觉和想法,所以是动作先于想法,反悔也来不及。对面的一双眼睛平静如水,她渐渐泄了气,又不自觉地低头,正要松手,平静地说点什么敷衍过去,却猛地被人一把捉住,重重一捏——恶狠狠的,捏橡皮似的,烫得惊人,生怕她改了主意。

"接下来学校还有事吗?"

和动作不同,捏人的一方说话很平静。

徐见鹤的手顺着她的手背往下,改成圈住她的手腕,又松开自己身上的安全带,冷静地问她。

他身高腿长,做什么都很方便,他握住她的手,拿过她手里的伞,顺手往后座一丢,看他这动作,还要去拉她刚刚自己松掉的安全带,替她扣好。

鼻息间,铺天盖地的皂香袭来,视野变作男士衣物的灰黑色。尚嘉没料到他的动作和反应,屏住呼吸,即刻反应过来,忙道:"我自己系。"

她整个人颤了颤,朝后一缩,条件反射般下意识按住他俯身过来的肩膀,控制住二人之间的距离,深深呼出一口气,才又镇定开口:"没有了。"

这是回答的他刚刚提出的问题。

徐见鹤这次还是没动,微微低头,"嗯"了一声,没能碰到她的安全带,就顺着她的动作停住,又抬眼看人。看了半天后,好像是自喉头憋出的话,凉凉地出声:"那你知道自己刚刚说的什么吗?"

他一边问,一边一眨不眨地看她,目光由凉转暖,越来越热。

尚嘉渐渐冷静了,头脑也恢复到平日的清晰,但仍觉得距离太近,心里不适应,只能屏住呼吸,微微点头。

"不还伞,"徐见鹤说,笑了笑,"那你是打算找个办法,跟我这么单独'你来我往'很久了?"

他问，又紧了紧手里的手腕，玩具似的把玩，微微的薄怒，冷道："胆子挺大嘛。"

指的是她刚刚顺着伞握住他的手指，也或许不止这个。

可他没办法。事实上，尚嘉只是坐在原处，除去递伞的那一下，任何多余的动作都不再有，一双眼睛静静看他，稍微流露出一点微妙的意思，他就不能再考虑别的选择。

从小到大，徐见鹤几乎没有可以说得上青涩的时候。小的时候，他在同龄人间，根本没怎么努力，就成了孩子王；上学以后，他什么也不做，同样关注度不减，不同的故事一个劲儿地往他身上塞；工作了，所有人都把他当成话题，当成可供围观八卦的对象，他也从来不在乎。但这会儿面对她，却不能不认输。

他说自己做了太多无用功，也是事实，不然，怎么会这人的好同学兼师兄带着未婚妻才露了一面，她就即刻有了要开始新生活，找个人治疗情伤的意思？

哪怕是这样，他偏偏不能拒绝。

徐见鹤想得清楚，最后一点怒气也没了，扯了扯嘴角，又无比冷静，和人慢慢地阐述起人生道理："世界上没有后悔药卖。"

尚嘉："我知道。

"我想清楚了的。"

车里肯定是不能再待下去了。下车前，尚嘉竟然还有空叮嘱他戴好帽子，又想了想，问他车上有没有口罩。如果是以往，徐见鹤兴许还会找个借口抱怨几句，嫌她事多，但眼下情况特殊，他也懒得跟人计较。

成年男女，不用说得太明白，关系发生转变后的第一秒，很多事情就不再一样。

比如以前，说朋友不是朋友，说亲戚不是亲戚，说家人也很微妙，他绝对不可能这么光明正大地跟她去她的住处。

顶楼的楼梯间，尚嘉拿了钥匙，在前面静静地开锁，徐见鹤也觉得慢。

进了门，她开了空调，又去倒水，他的目光就开始在不大的一室一厅里睃着。床和沙发没什么特别的，整洁的灰白，两边都是满满当当、摆满书的书柜，唯独阳台要特别一些，大夏天里铺着一张凉席，窗沿上养了一排水培的植物，极绿。

和他认知里的差不多,徐见鹤不太意外,尚嘉就是这样的个性,没什么物欲,最看重自己的感受。

"家里只有矿泉水。"

她端出来一杯水,看他还在门边站着,微微一愣:"不坐吗?"

徐见鹤默不作声地看她,她就说:"不用换鞋……我这里也没有男式的拖鞋,直接进来吧。"

往里走,一眼就能看见电脑桌上的照片。两张他高中的时候见过,还有一张,是他俩高中毕业那会儿留下来的合影。姜女士带着他、她,还有他们的姐姐们,五个人在镜头前留下的纪念照片。姜女士在照片正中间,左右分别是尚子欣和徐见云,他们两个人反倒肩并肩站在靠后的一排,背景是山庄的露营地,后面是成片的星空和山野。

徐见鹤看了片刻,身后的人就静静地解释:"一直想换新相框,只是没有买到合适的。"

他"嗯"了一声,在沙发上懒懒地坐下。

这次换成尚嘉站着没动,她性格内敛,从小成熟,这会儿却明显有点生疏和不知所措。

徐见鹤不慌不忙,微微抬眼,用她刚刚的话反问:"你不坐吗?"

尚嘉抿了抿唇,果然挑了刚好和他相对的单个沙发,慢慢坐下。

徐见鹤微微扬眉,没说破。他抬头,对上她摆在一侧书柜里最明显的书的封面,慢悠悠地出声:"你还看这个?老头子要是知道的话,肯定高兴。"

徐启的人物传记,她才读完不久。

尚嘉微微一怔,答他:"师姐送的……"旋即又补充,"其实挺有意思的。"

她像是终于找到一个可以展开的话题,有条不紊地往下说着。

徐启的传记并没有像很多人想象的那样,讲了大量自己如何成功的经历,又是如何一路从城镇里走出来,奋斗到了今天,反而是回忆了许多小时候的故事,自己童年在田间地头看过的风景,为了上大学,挨家挨户找村里邻居们凑钱借给他们家……其中还有一篇,专门献给他的家人——说是家人,其实也只提到了父母妻子,对于自己在网络上被传得乱七八糟的两段婚姻生活并不避讳,只字不提孩子们。

"他就是懒得提。"徐见鹤很直白,非常平静,"提你们还行,提我他肯定生气。"

尚嘉被他逗笑:"不会的。"

她想了想,说:"徐叔叔只是不喜欢说出口,也是为了保护你。"

徐见鹤"嗯"了一声,其实这道理实在很浅显,他怎么会不懂。

徐见鹤余光看见她的手,皮肤很白,指尖通红,边缘强迫症一样的整齐。她抓住沙发边缘的吊饰,有一下没一下地揪着、拧着,表面上却像平时一样,没什么不同,镇定非常。

他不动声色地抬眼,又扫了一眼阳台,看阳台上的风扇、凉席、书架、凉椅……

"夏天的话,在这里看书应该很舒服。"徐见鹤道。

尚嘉这次终于没做思考。

"对。"她的话从进门开始就变得比平时多不少,只是语调语速仍然保持着正常的匀速,"在这里写论文也会比平时更有灵感,刚刚读博那会儿我就想,其他的都可以不要,如果和师兄师姐的项目做完,有钱租房了,一定要弄一个待一天也没问题的阳台。"

冬天这里就不会再铺凉席了,她会换成提前一个月选好的床垫,再塞上抱枕、折叠被,茶几也会被她挪到旁边,要赶论文的时候,从日出待到深夜,抱着电脑,甚至坐一天一夜都没问题。

她慢慢地说,徐见鹤靠住沙发背,双手抱臂,静静看她。

气氛又变得诡异的微妙。

尚嘉垂眼,又抬头。她在很多事情上都习惯想办法,所以哪怕生疏,也要笨拙地想个解决思路。

"你没什么想聊的吗?"总不能只有她一直说。

"想聊的没有,"徐见鹤想了想,"但确实有想做的事。"

他抱着双臂,微微歪头,并不靠近,语气平淡,目光很热:"我在想,找什么时机提出亲你才合适。"

04

高一那年是尚嘉到徐家的第一年。

度过适应期之后,除了冬天意外发的那场烧,拖拖拉拉快一周才好,生活的其他方面对她来说其实都还算顺利。

学期末的考试,尚嘉意外地发挥超常,名次比刚入学时有很大进步,位列班主任点名表扬的几个名字中。不仅如此,因为数学年级前十,她还被通知要去拍一次单科红榜照片。她有些偏科,理科不错,语文也不算拖后腿,英语的水平却要差不少,相当一般,这点和尚嘉以前的读书经历也保持了一致。

姜女士平时忙自己的生活、自己的爱好,但对孩子们的情形也不是一无所知,很把她的进步放在心上,问她有没有什么想要的东西。尚嘉一如既往地说没有,姜女士就不多耽误,顺势去问尚子欣,得知尚嘉喜欢看书,直接送了她一套对学生来说不会出错的《哈利·波特》全集。

别墅客厅里,书送了,尚嘉乖巧老实地收了。姜女士对着徐见鹤还有话要说:"你这方面可以学学嘉嘉,做事情踏实一些,不要总想什么是什么。"

她平时不怎么提点人,更是很少拿旁人做比照,但在某些时刻,同样不会袖手旁观,认为该说就要说,语气平缓。

显然,徐见鹤受伤的缘由,并没能如他本人所愿,成功隐瞒下来。

他在外面打架这事儿,全家上下姜女士是第一个弄明白情况的。他出去给朋友过生日,第二天一大早就被发现受了伤,还不慌不忙,慢悠悠地在家里睡了一个晚上。本人嘴里密不漏风,套不出话,姜女士就给薛陶母亲打了个电话,双方把情况一对,知道得也就差不多了。

弄清楚来龙去脉之后,她倒没有说徐见鹤当时动手不对,但仍很郑重地找他谈话。你来我往间,核心关键词是无论什么情况,总要把自己的安全放在首位,不过也能理解他维护朋友的心……反而是徐启知道这事儿后,在大洋彼岸直接隔着时差打来视频通话,不说打架的事儿,直接批评他处理事情不够圆融,有些幼稚,自己小时候在镇上遇上混混又是如何处理。

徐见鹤尽数接受,嗯来嗯去,一看就非常敷衍。

姜女士在旁边下了狠招,说他要是再这么漫不经心的,那还是给外公外婆打电话说说这事儿。

这两位老人家脾气截然不同,但无论哪个都能闹得人没办法。徐见鹤只能认栽,龙飞凤舞,被迫当场给徐启写下一张保证书。

现在他人倒在沙发上,下巴上的伤已经蜕了疤,还剩下一个浅浅的印记。长辈要说,他就不走心地应,不走心地听;姜女士来抢他手里的魔方了,他就往后一倒,飞速闪躲到另一侧,高举还缠着纱布的那只手卖惨。

"听着呢,听着呢。"

徐见鹤起身,惨卖得熟练,话也说得熟练:"您也不看看我现在的样子……我一定跟'嘉嘉'一样,洗心革面,老实做人,行了吧?"他说完,下意识地瞥了一眼落地窗前坐着的人。

大清早的,"嘉嘉"头也不抬,背着书包坐着,已经开始认真翻起了刚刚收到的礼物,对他这边的情况没有分毫兴趣。

"嘉嘉"自在,他也挺自在。

徐见鹤收回目光,一边继续拧手里的东西,一边和姜女士做言语上的抗争。这也正常,从小到大挑剔惯了的个性,一时半会儿的不痛快和共情,也不可能立刻让人产生多大的转变。

这学期最后一天去学校,还是他们同年级的两个人同行。考试过了,成绩出了,到校其实也都是剩的一些不太重要的事情,比如班会、拍红榜照片,然后该散的散,欢呼雀跃,正式迎来寒假。

其他人暂时可以松口气,尚嘉的想法却完全不同。

按她的性格习惯来说,英语一般归一般,办法却不能不找。而且,笨拙的办法也是办法。尚嘉践行了一整个学期的背单词方法,收效一般,没打算放弃,不仅不放弃,还顺着延伸,把背诵范围扩充到与英语有关的其他方面。

红榜照片在班会前拍摄,通知的地点是在学校活动室,她放了书包,拿了本语法书,一边看一边过去。到门口时,前面已经排了一长串的人。

有男生带了篮球,在队列里把球拍得"砰砰"作响,又突然和身边的人对着角落的垃圾桶比拼起扔瓶子的准度。站在后面的女生因为嫌吵出了声,两边都不退让,吵得更加厉害。尚嘉原本专心致志地翻着书,渐渐也不太能顺利翻动了。好在有人吵架,也就有人解决。一个戴着眼镜的男生从活动室里出来,脸上带着笑,把人带开,两边各说了几句话,就把事态平稳地压了下去。

尚嘉抬头,站在队伍末尾,静静对着劝架的人看了片刻,没有出声。

身后有声音悠悠传来,挺冷淡,挺不屑:"你背这个能有什么用。"

她回头,对上来人的目光。

徐见鹤应该是刚从球场过来。头发比开学时长了些,微湿,校服外套随意系在腰间,个高腿长,离她有几步的距离,仍能仗着身高把她手里的书看清楚。

尚嘉合上书本，平静地答："总要试一试。"

她这么回，徐见鹤同样也不多说，耸耸肩，径自往前面去了。他理科厉害，其他方面也不怎么偏科，出现在这里也很正常。尚嘉习惯在生活中担任观察和倾听的角色，自然也不会忽略掉一些细节。比如从前段时间开始，徐见鹤对她的态度出现了一定程度上的变化，当然说不上有多软化，但至少能说上一两句话，随意交流几句了。只是尚嘉不知道原因，也并不太在意，更不打算探究。

队列轮到她时，尚嘉又看见了刚刚出门维持秩序的男生。

她嘴唇抿了抿，想说点什么，最终还是选择了保持沉默。结果等她到了队列最前，对方确认名字时，对着她的脸端详片刻，才有些惊讶地出声："尚嘉？"

她点了点头。男生隔着眼镜，露出个温和的笑，主动自我介绍："啊，不知道你还记不记得我？邢严，我们小学同过班的。"

照片拍摄完毕，他把她的校牌交还回来时，又对着她看了看，不提其他，只说一句："看你现在状态不错，挺好的。"

尚嘉对于父亲还在时候的事情，当然保持着很清晰的记忆。

刚来临南那会儿，因为是同乡，邢叔叔和他们家的来往频繁得多。邢家人来临南来得早，夫妻俩一个在装修队做包工头，一个守着一家小卖部，早早就在本地买了个小房子，日子比她家要好过太多。

邢严来过她家两次，差不多都是逢年过节的时候，第一次他跟着父母过来，立刻认出她是他的同班同学，看她无话可说，就主动聊起最近看的一些课外书籍。尚嘉一脸茫然，不得不有些窘迫地解释，说自己没什么课外书。邢严就把话题一转，又说起自己对于老家的一些记忆：滚铁环，爬树，帮家里人捡鸡蛋……

第二次来，他送了她一本诗集，泰戈尔写的。

后来她家出了车祸的事，尚嘉被迫办了留级。躺在病床上昏昏沉沉养病的那段时间，听说邢家那边也来人探望过，只是维系关系的长辈没了，她们家境况又不太好，关系自然渐渐淡了，两方也就再没了联系。

刚进一中时，她最开始听见邢严的名字，还不太确定。等国庆晚会的时候，看见台上朗诵的人，才正式确认了对方的身份。

尚嘉没打算主动打扰对方，但没想到，因为巧合，还是碰了面。

照片拍完，邢严主动要和她交换联系方式，她说明白自己没手机，他

就将手机号码写在纸条上给她。

"有什么需要帮忙的地方,尽管联系我。"

他不清楚她的近况,但很像她的同学传的那样,做事稳重妥当。

班会课结束,尚嘉带着字条坐上车,手指磋磨一会儿,隐隐出神。

学期末,音乐室同样闭门不开。徐见鹤去将他放在学校的音响拿了,和篮球一并放在后备厢后坐上车。一路本该没话,架不住汤则明忽然来了一通电话,问起他寒假的打算。

"能有什么打算,以前什么样今年就什么样。"徐见鹤出了一身汗,不想和人兜圈子,松了松领口,"有话直说。"

他最厌烦汤则明年纪不大却故意装相的这套。

电话对面的人沉默片刻,最终还是叹了口气,问出了声:"今年寒假过年……见云姐也不回来?"

汤则明个性如此,也总是有很多道理。譬如,他不好说太多,也不知道具体有关他家更多的情况,但知道这个学总不能一直不上下去。徐见云从小到大学的舞蹈,基本是要参加艺考的……徐见鹤默不作声地听,听完道理了,说得也很直接:"尊重她的决定更重要,没什么不能不该的。"

电话挂断,他想起尚子欣,也想起刚刚的事,侧头看身边的人时,问话也挺直接:"你认识邢严?"

身边的人侧目,他勉强解释,三字真言:"活动室。"

他估计是看见他们说了几句话。

"哦。"

尚嘉发呆被打断也不生气,点了点头,慢吞吞地回他:"以前同过班。"

徐见鹤微微扬眉,她也并不避讳,直接补充:"我留过级。"

徐见鹤没小瞧她,直接评价:"还挺坦诚。"

尚嘉不回答了,继续扭头出神。

第二天上午,吃早饭的时候,尚嘉难得主动跟人提出请求,她想回一趟以前住的地方,去拿一件东西。姜女士听了,一不问东西是什么,二不问她什么时候回来,点头应了,直接要为她联系司机。

尚子欣在一旁坐着,想也不想:"那我陪你回去。"

"不用。"尚嘉马上道，她顿了顿，清楚尚子欣说一不二的脾气，于是立刻放软了语气，顺着解释，"不是还要去补习吗……我自己去就行。"

"不行，我陪你。"

尚子欣眉头微蹙，语气平静，果然强调上了。

她们姐妹在巷子里住了这么多年，尚嘉当然知道对方担心的是什么。这么久没回去，她突然出现，难保不会被周围邻居说几句闲话，问东问西。虽然造不成大的影响，但也总有那么几个讨厌的人，是挺让人烦心的……

尚嘉抿了抿唇，心中琢磨，眉头微皱，再要说话时，还是姜女士主动开口，对一边慢悠悠地对着手机翻看的亲儿子出了声："你陪嘉嘉走一趟吧。"

"嗯？"

徐见鹤的心神原本沉浸在球员转会的绯闻里，抬头时，见所有人都看着他，"哎"了一声，又要举起还包着纱布的手肘，再说点什么。

"少来这套。"

姜女士这次没留情面，拧不到耳朵也有其他办法，不让阿姨把他要的火腿片递过去，说："腿脚又没事，兄弟姐妹，能用上你的时候你还能推托？"

徐见鹤慢悠悠："她可不一定把我当兄弟姐妹……"他又说，"如果我直说，我是不想去，能行吗？"

他嘴上说得直接，拒绝得坦荡，实际上，心里对姜女士在某些时刻说一不二的程度心知肚明。

不去铁定是不行，好在用不着他太费心神。要走一趟，那就纯粹地走一趟呗，再想让他做点别的，那确实不太可能！

寒假第一天，冬风凛冽，隔着车窗，整座城市都透着灰黑的冷。

徐见鹤戴上帽子口罩，隔着防风服的前领口闭目养神，心里已经忘了上次去那条巷子具体是什么情形，只隐约剩个大概的印象：找停车位很困难，围观的人很多，小孩吵得人心烦。

果然，和预想中的一样。这回车刚一停，巷子里疯跑的小孩还是立刻里三层外三层地围过来。他慢悠悠地下了车，跟在尚嘉身后，落后几步的距离，看她穿过人群走过去，一路被这人招呼一声，那人招呼一声，始终没有一点不耐烦。

.117.

"哎……这不是嘉嘉嘛！"

到单元门口时，有个女人看得出和她更要熟悉一些。女人左手一个满满当当的塑料袋，右手一个菜篮，正吃力地摸单元门钥匙。看见尚嘉了，人一愣，立刻热情地喊她"嘉嘉"。尚嘉回了个笑，喊她"王阿姨"，顺手去接她手里的菜篮。

上楼的过程中，徐见鹤漫不经心地跟在后面，听了片刻，也弄清了大概的情况。这个所谓的王阿姨是尚家楼上的邻居，住在顶楼，以前两家人互相帮过一点小忙。

他走得慢，看见前面两个人因为重量走得缓慢，也看见女人时不时地瞥他一眼、带着疑虑上下打量的目光。

徐见鹤挺无所谓，反而几步跨上去，用食指轻轻戳了戳尚嘉的肩膀。回头的人被厚厚的外套围巾罩着，只有一双眼睛露在外面，难得能借着楼梯的高度差和他平视。她目露疑惑，他也不说话，直接把手一摊。四目相对，尚嘉不知道想了点什么，但决定做得很快——满满当当的菜篮移到了他的手上。

"您的也给我吧。"

他转头和女人搭话，不远不近，仍是平时对待长辈的态度。

三个人一路到了顶楼，可能是因为顺手帮了点忙，分别时，女人看他的眼神已经没那么疑惑和打探了，还很热情地招呼他一句"有空再来"。

门关了，尚嘉和他对视一眼，同样无话，和刚刚在巷子里一样，先他一步往下走。

很久没有住人的房子，徐见鹤心里也有个大概的准备，所以下车时，没摘掉口罩帽子。他没洁癖，但有轻微的鼻炎，挑剔的毛病也大。钥匙声响，门开人进，里面却和他想的完全不同，至少一眼看上去，餐厅桌椅排列整齐，一尘不染，客厅也是整洁的陈列摆设……

"姐姐会定期让人过来打扫一下。"

也不知道尚嘉怎么知道他在想什么，徐见鹤拖长鼻音，"嗯"了一声，和上回一样，抽了张椅子大刺刺地坐下了。

尚嘉直接进了卧室，好半天没有出来，他对着手机百无聊赖地翻起各种资讯。

看来看去，资讯也无聊，恰好他常逛的唱片行发来一条推销短信，说上回他淘片时问过的乐队的限量黑胶到货了，就是不知道他现在还有没有兴趣。每人限量一张，但如果他有需要，因为是老顾客，稍微预留一下也无妨……

徐见鹤简洁地回复：要。

他指头飞速地点了点，顺便扫了眼时间，预计一会儿刚好顺便过去一趟。

里头的人这时候刚好出来，尚嘉神情没变，脖子处裹着的围巾没了，外套也终于舍得松了领口，脸颊发红，微微喘着气，看得出上上下下狠找了一通。但即便是一头汗，她抢在他前面出声的时机也很恰当，简洁的、有条理的："我可能得去小姑那边一趟。"

她对着他解释，东西没找到。

徐见鹤"哦"了一声，没说什么，微微蹙眉，又听见她开口继续说："你要是有事的话，可以先去忙。"她似乎是想了想，"我不用车，公交车过去就一站路，到时候在巷子口会合。"

徐见鹤张了张嘴，正要说不用，但看她目光静静的，忽然又改了主意，微微扬眉，漫不经心地答话："行啊。"

她好像还记着他嫌麻烦的事，徐见鹤挺受用。

唱片行离这里不远，开车过去也就十分钟。他心中有数，终于得以摆脱掉吵闹的小孩和一路打量的目光，上车眯了一会儿，就到了目的地。

唱片行老板是当年给他摇滚启蒙的表哥的朋友，事情比他记得牢，认出人了，直接从柜台抽出他想要很久的黑胶，帮他把卡刷了，又开始试图推销他们店里新到的唱片机。

徐见鹤跟着看了片刻，本来想仔细研究性能，到底还是嫌人太多。正是周末，隔了一堵墙的休息区，聚集了一堆发烧友开交流会，隐隐约约传来各种响动，搅得人心烦意乱。等出了门，他看了眼手机，四周转了转，竟然意外发现了一家新开的唱片行。新店开业，这会儿没什么人，打发时间正好合适。

他给司机打了个电话，让对方也找地方休息。进了新的唱片行，不免有些眼前一亮，这地方卖的黑胶种类看起来更多，还有些难找的古典乐，他淘来还能送长辈当礼物。

徐见鹤心满意足地待了一会儿，出门又路过一家游戏店，想起最近的游戏发售资讯，干脆进去多问了几句。最终幻想系列最新作，对方不仅有，而且正好刚刚到货。可见他今天除了被迫跑腿，运气实在不错！

徐见鹤表面没波澜，心里挺愉快。等拿到游戏，第一件事就是对着包

装封面拍下照片，给薛陶发了个消息，只字没有，只有照片一张。

对方没有回，他也不急，司机却挺急，打来电话，问他要不要往巷子那边走了……

"尚嘉没打电话？"

徐见鹤有点不太走心，慢慢地回，可很快觉得不太对劲，他压根就没见她用过手机！

他反应过来，动作也够快。

等车快到巷子口，徐见鹤隔着窗户，一眼把人看清楚了，十几年来，头一回有那么点心虚的感觉。

尚嘉抱着本书，跟来的时候一样，很怕冷，厚实的外套和围巾裹得严严实实，站在巷子口，似乎是在想什么，也似乎什么都没想。周围有人跟她招呼，她就回话；有人试图问几句八卦，她就装作没听见；没人招呼和八卦，她就仰头，看一看灰黑的天，顶着红彤彤的鼻头立着，木头人似的。

四目相对，他按下了车窗，咳嗽了一声，她就回了魂。

"别傻站着。"徐见鹤说。

手机亮了，是薛陶打来的电话，徐见鹤心情还是挺轻松、挺镇定，至少他自己这么认为。按下通话键时，却不小心碰到免提，鬼哭狼嚎从对面传来，愤恨至极，恼怒至极。

"不是，有买了东西这么专门炫耀的吗？"

座位另一侧，车门轻轻关了，坐下的人指尖通红，脸颊也红，仍是不说话。

薛陶扯着嗓子还在继续："徐小帅，你是狗吧！"

徐见鹤回过神，即刻切断免提，身边的人静静看他一眼，分明什么都没说，他却有种难言的、说不清的情绪，好像骂人的真骂到了点，她看了一眼，静是静，但也赞同。

徐见鹤常年以来一直被家里放养，同学朋友间又总是中心人物，性格上有相当以自我为中心的一部分，无法无天惯了，哪里有过这种时候。

到家了，两个人分道扬镳，对方走得潇洒，他盯着手里的唱片和卡带蹙眉看了几秒，没回房间，而是径自上了二楼，转去书房。姜女士正对着一堆百合忙她的插花课作业，看他突然这么进来，挺惊讶，但也没生气，只是抬眼看人，等他的话。

"没什么事。"他平静地说,往书房中的唱片机走,手里的唱片临时派上用场。

姜女士果然立刻嫌吵,说:"出去出去,我又不喜欢听你喜欢的。"

徐见鹤找准这个时机,借故旁敲侧击起来。大体就是顺嘴问尚嘉有没有手机的事,姜女士给的答案也在他意料之中。尚嘉第一天来的时候,她就让人放在房间抽屉了,但没见她用过。

徐见鹤又"哦"了一声,慢悠悠地把唱片换了回去,人也老实出去了。

晚饭过后,他照旧戴上耳机,玩起好不容易到手的新游戏。新手教学过了,他盯着屏幕上背着大剑的主角背影,却怎么也玩不下去了。

他是有问题就要直接解决的个性,摘了耳机往床上一扔,摸去厨房。阿姨正好在准备几个孩子的夜宵,每个人一杯热牛奶、一盘切好的水果。他主动提出帮忙,先去楼上给正在看书的尚子欣送了,看对方有些惊讶的目光,也很淡定。他的这位血缘上的姐姐,明显是有些意外他怎么突然干起这活了。但是尚子欣不问,徐见鹤也就不出声,随便点了个头往楼下走。

一楼房间,尚嘉开门的时候,手上还捧着语法书,仰头看他,没有任何表情波动,一如往常。

徐见鹤把东西递过去,人却没动。

他没立刻要走的意思,尚嘉也就耐心等着。

徐见鹤眉头拧了又松,好像半天才做好心理准备,心绪过了,终于坦荡。

"今天不好意思。"

话出口了,很多事情就变得豁然开朗。徐见鹤的声音冷还是冷,但比平时轻了点儿:"就事论事,是我耽误了。"

尚嘉盯着他看了片刻。好半天,她才慢吞吞地出声:"没什么。"

她当然不可能像薛陶一样,直率大骂他是狗,更不可能以寄人篱下的身份指责他什么,只是……

尚嘉说:"我等习惯了的。"

只是徐见鹤没想到,她会说这种话。

冬季的夜,客厅里没人,身后都是暗色,只有她的房间里透着光。台灯的白、吊灯的黄交融、混合交杂,把女孩巴掌似的脸衬得雪白,目光平静明亮,让人牙齿莫名其妙,微微一酸。

// 第五章
寒 假

01

从现在往前回想的话，或许有些东西就是从那个时候开始慢慢埋了种子，以至于很多年后的今天，徐见鹤不得不为同一个人反复遭受情绪的磋磨。只是当初那个时候，他没有任何意识，现在同样和那会儿感触不同，经历不同。

尚嘉租住的一室一厅其实很小。

徐见鹤半掀眼皮，说完该说的，就没了动静。他没动静，却没有漏掉对面沙发上的人的动静。自己只是顺便一问，尚嘉就像钉子似的僵在了座位上，反反复复地抿唇，想说什么却没能说出来，抬头看他又低头，反反复复……

"之后你还要回老宅那边吗？"

徐见鹤喝一口水，杯子没放，摩挲着，另启了一个轻松的话题。

尚嘉耳朵红了，指尖比刚刚更红，轻声答他："要的。"

她顿了顿，缓缓出了口气，声音稍微大了点儿，又往下继续："我跟姜姨说好了。"

姜女士说的话，无论在谁面前总是很有用的，这是他们都知道的事实。

"那就好。"

徐见鹤接了话。他想了想，见她终于肯看过来，似笑非笑，悠悠地说："你刚回来那会儿，我还以为你这辈子都不打算再回去了。"

尚嘉第一时间没反应过来："为什么……"

她忽然闭了嘴。

徐见鹤眼神有点难以捉摸，但并不介意她说到一半没了声响，轻飘飘地回话："当然是以为你懒得见我。"

他说完又笑了，放轻了语气里的抱怨，从容不迫，泰然得很："还好不是。不然我要是想见人，还得上天入地，想尽各种理由和办法。"

尚嘉不知道怎么答他，目光不经意瞥见入门处柜子上的伞。

"毕竟我可不像某人，随便找把伞就行。"

徐见鹤注意到她的目光，没跟过去，只是慢慢地说。他毫不避讳地看她，眼睛很亮，眼角带笑，肤色好像比她刚回来那会儿白了一些，仍然是好看的脸，衣架子的身形，头发稍微有些乱，大概是因为刚刚摘了帽子，刺棱棱地立着，整个人落在夏季午后的阳光里，生动极了。

尚嘉脑子有些乱，听到自己的心跳声。她和他对视片刻，终于开口，内容一如既往的诚实。

"我没有懒得见你。"

"我知道。"

徐见鹤朝一侧一靠，手托住腮，歪头看她，笑容更深，立着的头发也跟着颤了颤。

他没答她，继续换话题发问："现在是几点？"

"三点半。"

尚嘉微微一愣，看了眼墙上的钟，虽然不明白他的用意，仍然老实地答复。

"这么快。"他盯着她的眼睛，语气有点遗憾，目光一瞬不移，"那我今天就先走了，一会儿还有工作。"

尚嘉点头："哦……"

徐见鹤等了将近一分钟。

他心里对她会做出的反应其实相当有谱，但有谱和意图又是完全不同的两回事，和想法也是两回事。他又看她的手指、眼睛、耳朵，滚烫的红色褪了，变回正常红润的白，人也恢复到了平时的不解风情。

徐见鹤垂了眼皮："唉……"

他叹气，尚嘉终于动了动，看他时没说话，但眼神流露出疑惑。

"我以为我这么说，有人能留我一会儿呢。"

他有点哀怨，垂眼看向地板，瞥见她跟学生一样端端正正规规矩矩坐着的姿势，语调里的笑意没藏住，说："再不然，哪怕主动提出送送也挺好的。"

尚嘉又开始不知所措，但表面上神情没变。她总是这样，无论任何情况，总要先稳住自己再说。他十几岁的时候会被她这么糊弄过去，但时间往前走了，人也总得有些进步。

他没说谎，秘书发来消息是真，再依依不舍，想忙里偷闲，总不能高兴得连工作也抛在脑后。徐见鹤有很多想做的，也自顾自地早就做了不少：他知道有人喜欢顶楼的视野，计划想换一处房子；她喜欢看书，书架他早早买了放好了，各种装饰摆设也没落下，全都是他亲手从中古店淘回去的，但现在看她这里满满当当一阳台的情况，空间说不定根本不够用，换顶天立地的款式或许还好点。其实换了房子，重新弄一间更大的书房更好，要两个人待着也足够宽敞……不能忘记的是，她习惯自立，喜欢花自己的钱，走自己的路，做自己的事，所以全提前换成这些东西最好，这都需要他认真工作。

"不逗你了，"他说，还有空拿了一张纸，把茶几上的水擦净，眼睛亮晶晶的，"我真走了。"

徐见鹤起身，心绪没有来的时候波澜起伏，已然有种风浪过后的安定。

尚嘉再生疏，也知道这会儿该做点什么，看他起身，就默默跟着站起来，乖乖跟到门口。

她总是这样，反省自己的速度比什么都快，修正做法也快。

徐见鹤很受用，但受用的同时，又有点奇怪的情绪。他知道她从来听话，让人省心，但以前可没这么听他的。像以前一样，有点梗着的、隐隐的脾气也没什么……

尚嘉："路上小心。"

面对面时，她主动开口，又主动将他的棒球帽递给他。

徐见鹤说声"谢了"，帽子戴上压好，口罩拉平整，人却没走。

狭窄的柜子前，他的影子被拉长，混合着身上清爽的皂香，将她整个人笼住。

尚嘉抬头看他，他和她对视，眼睛还是弯弯的，慢悠悠地出声："其实刚刚说的话不是假话。"

他微微躬身，去拉她递完东西要落下的手。手感挺软，指腹微微有些茧，徐见鹤摩挲了一下，心里有些莫名的情绪翻涌，都化成动作。他将她的手轻轻地、慢慢地举高，轻飘飘地垂首，隔着黑色口罩，在她的指尖落下一个吻。

徐见鹤当然知道自己不是正人君子。

"我是尽力了，"他低低地跟她交流，笑着捏了捏她的手指，和人对视，很有耐心，"你也要努力努力，早点习惯。"

话毕，他松开手，爽快地转身，关门走人。

当天晚上，尚嘉没能立刻入梦。

她一贯看重身体健康，毕竟人一旦生病，学习生活各个方面的进程都会被暂时耽误，所以国外交换时，哪怕因为论文压力真睡不着了，也会用上相应的药物，尽早使自己进入梦乡，养足精力，面对生活中各种可能的情况。

尚嘉睡不着，但也不想浪费时间，翻来覆去一阵，索性起身对着屏幕打开了文档。结果是月明星稀，她枯坐半晌，论文里一个字都没写下，反而鬼使神差，点开了之前用师兄的相机留存下来的典礼照片文档。

她当天是本着完成任务的态度，认真拍了很多张。她认为可用的照片被全部导进文件夹，给导师发去了一封邮件，又按照师兄给的邮箱地址，发了一份给院内办公室。剩下一些多余的，她没删，留到现在，才有东西看着发呆，出神。

照片里的徐见鹤握着话筒，似乎是看了眼镜头。人自在地站在台上，大概很适应这样的场合，隔着人群，不经意的一眼，被相机永久地留存下来。

时至今日，当时现场的各种视频照片还偶尔会在各大网站上流传。有人说徐见鹤太会作秀，资本家的身份还想往学术上靠，图的无非是钱，图一个"装"字；有人说前面评价的都是傻子，他明明比他爸还精明，不到三十就有打造个人身份品牌的觉悟。网民议论再多，是非争议，都是给他将来增光添彩的……众说纷纭，热闹非凡。

尚嘉想的却是高中时期，他和他的朋友们组成的乐队。他们自由自在，他勉勉强强，唱得也只是将就，但依旧从容不迫地展示着自己，大大方方，好像字典里从没有怯场的说法。

她的嘴角不自觉地弯了一秒，又展平，心情也跟着安定下来，回到文档，慢慢敲下一阵。

第二天一早，论文有所进展，尚嘉坐在晨光里，对着翻开的书页，人已经困倦得睁不开眼，但还记得点开微信聊天页面，试图打下三个字。

字没打完,她动作停了,反悔了,发去一条语音。

徐见鹤有一定程度上的起床气。中学时期,他不觉得课业烦闷沉重,只觉得每天赶早自习太不人道,就算起得来,也得趁早饭时间调整完毕。只不过现在年龄渐长,人总要比青少年时期更能随心所欲地控制情绪。

白天日程不变,司机因孩子生病,临时请假,助理自然而然地担起司机的重任。他在后座,放松地闭目养神,偶尔看两眼日程表,熟练地一心两用。

大清早的时间,车内很静。

路过红灯处,徐见云发来一条消息,很长一条,小作文一样的,看似唬人,实则总结一下,大概意思就是今天九号,是尚嘉的生日,问他有没有什么计划。就算尚嘉没有过生日的想法,那也有八百种替她庆祝的办法,无论怎么样,女孩子总是吃用心这一套的……

提到尚嘉,她的消息正好跳了出来。

尚嘉:[语音]

徐见鹤行云流水地点开,听到一句"早上好"。

耳机里,尚嘉的声音沙哑,似乎还朦朦胧胧带着睡意,不怎么清醒,有些傻里傻气。

徐见鹤又听了一次,随后摘了耳机,降低音量,又放了一遍。

红灯时间,助理回过头,只听到女声若隐若现,没听清楚内容。

四目相对,徐见鹤轻轻巧巧,云淡风轻地解释:"没什么,"他的态度颇从容,颇淡定,微微扬眉,"我女朋友跟我问好。"

他的"女朋友",当然不会知道这些。

这么多年,尚嘉一直习惯了按照生物钟生活,尽量早睡早起,难得会有睡得昏天黑地,直到午饭时分才醒的体验。前一晚,她对着论文文档奋斗一夜,早上发完消息,就倒在床上跌进了梦里,几个小时都是黑沉的安宁。

醒来的时候,午后的太阳正当空。

尚嘉盯着天花板愣了会儿,日光里,脑子过了半晌才恢复清明,终于想起来摸过手机,才发现已经有许多条未读消息,未接电话也有好几个。

徐见鹤:"早上好。"

第一条是他回复她的问好,而且同样是语音,明显比她精神得多,笑意也没压住。

徐见鹤：吃早饭了吗？

徐见鹤：［熊猫探头］

徐见鹤：［熊猫躺平］

接下来的消息全部连着，字也不多，但看起来很热闹，间隔的时间也越来越长。虽然没得到回复，但徐见鹤坚持不懈，锲而不舍。

尚嘉盯着一条一条地看了，靠在床头，暂时也不急着看其他提示了，慢吞吞地敲下几个字。

尚嘉：抱歉，昨天晚上熬夜写论文。

尚嘉：上午就睡过去了。

她很少和人聊天的过程中使用表情，也很少主动尝试和人解释些什么，两条言简意赅的信息发过去，又突然想了想，选择了一只同表情包的熊猫——熊猫摇头晃脑地说Hi，挺热情。应该能回应这份热闹。

其他的消息都是来自不同的人了。

有问她论文进展，表达焦虑的同学，也有上次试图和她提出合租请求的师妹，还有一些一直关注的新书打折的最新消息，以及邢严关于昨天医院事件的后续补充。他本人满怀谢意，他的未婚妻也想等有机会请她吃饭，好好答谢一次……

这些内容，尚嘉都一一给了回复。等确认没有漏网之鱼了，她才按部就班地翻起未接电话的提示，看着唬人的好几条，其实统共就来自两个人，一个是徐见鹤，还有一个则是尚子欣。

她犹豫了一下，还是选择先给尚子欣回拨过去。

电话对面的人接得很快："喂？"

尚子欣的性格本来就属于不喜欢拖延的一类，这些年一直在医院里工作，人比青少年的时候更加看重交流的效率。尚嘉对这一点了解透彻，抢先一步，赶在对方问话之前，把早上贪睡的情况解释了，听见对面"嗯"了一声，才又问她有什么事。

尚子欣不答她这句，语气平静，带了点回音："你现在在你住的地方吗？"

尚嘉心中有所预感，飞速跳下床，离门近了，果然听得更清楚。

"我在门口。"尚子欣说。

看来，第二个电话肯定打不出去了。

要一个工作繁忙、看重事业的医生浪费掉宝贵的休息时间主动登门，那必定是有足够的动力和缘由的。

门开，尚子欣带着大包小包进了客厅，身上还挎了只深灰色的单肩电脑包，没有像刚回国见面时一样，批评几句尚嘉做事不稳当的地方，比如不规律的作息、不规律的饮食，而是东西一放，防晒衬衫一脱，换好鞋就拎着全部的食材进了厨房。

尚嘉跟在后面，看进去的人不出声，也就默默地在旁边打起下手。

"还没吃午饭吧？"

尚子欣问，她就点头；尚子欣切菜，她就洗菜。

两姐妹一起长大，很多地方都够默契，其实也用不着多说什么。尚子欣带了电脑包过来，那就多半会在这里留宿一晚。尚嘉打下手到一半，被尚子欣阻止，找了个地方太窄的理由，将她赶到客厅休息。她乖乖听了，但并不照办，而是出了门，转到小区门口的超市，带回全新的牙刷牙膏。

在尚嘉出国交换以前，每到她的生日，但凡是尚子欣能抽出时间，那就必然会登门和她一起吃一顿饭。这也算是少年时期，一家三口在这天纪念习惯的延续。只是往年因为工作，尚子欣主动留下来住的时间并不多，基本是待一会儿就不得不走，来去匆匆。

"来端菜。"

厨房里的人简洁地喊人，尚嘉进去帮忙做点收尾的工作。

她睡了太久，正好错过两顿饭，吃得比以前要多一些。尚子欣反而没吃什么，喝了一杯冰水，吃了两筷子牛肉、几口饭就没再动。

一顿饭结束，姐妹俩坐在沙发上靠着，一个人对着电脑，一个人捧着书，还是由一贯掌握主导权的尚子欣开启了话题。

"回来这段时间，有没有不适应的地方？"

"没有。"

尚子欣点点头，听到她的答复，盯着屏幕，继续道："昨天我去看了小姑。"

她的休息时间比金子还金贵，只有用在亲人身上的时候不吝啬。

"她很关心你的生活，"尚子欣顿了顿，手上控制鼠标的动作慢了点，平静道，"走之前，特意跟我私下交代……让我帮忙注意身边有没有合适的人，可以给你介绍。"

尚嘉微微一怔。

"以前我没问过你,所以也不知道你在这方面的想法和情况……"

尚子欣说得直白,还在继续往下说,却被一道铃声打断。

尚嘉低头看了眼提示,并不意外来电的人,略作犹豫,还是跟身边人点了个头,主动接通了电话。

"终于醒了……吃东西了没?"

徐见鹤好像无论情绪状态如何,都会习惯性地关心她有没有吃饭的事。

尚嘉盯着手里的书,坦白答了,看了眼电脑面前的人,又不知道怎么往下,有点出神。

徐见鹤却像能读心,说话慢悠悠的,带了点笑:"你现在是不是有事要忙?"

她有点意外,对面的人饶有兴致地解释,他其实很早之前就发现,每当尚嘉这么一声不吭发呆的时候,基本就是心里想着还有其他事情没做完,跟强迫症差不多……

"算了,我不说了,你说。"徐见鹤挺坦然,"见不到人,随便听听声音也挺好。"

尚嘉笑了,不说话,他也有办法接话。没关系,大忙人今天不行,那就改天她说他听……

地点情形都不对头,这一通电话终究没能打太久。

电话挂断,尚子欣坐的位子变了,看她的眼神也若有所思。

"对象?"她问得直接,难得地笑,"看来小姑的担心是多余的。"

尚嘉想了想,选择给出一个最准确的定义:"互有好感的对象。"

她这次没有含糊过去,果断干脆。

深夜时分,这位"好感对象"差人送东西上门。尚子欣第二天要起个大早,早在卧室躺下休息了。只剩她在夜色里开了门,站在柜子前,一面从门外的人手里接过包装完好的礼盒,一面听着来人的细心解释:"徐总临时去了上海,不然肯定是要亲自过来的……"

礼盒拆开,并没有特别华丽的装饰,任何有关生日的煽情祝福语,只有三只素雅的相框躺在盒子里。另附一张卡片,上书龙飞凤舞、潇潇洒洒几个大字,真挚诚恳:

身体是革命的本钱,健康第一!

感叹号后，附赠简笔画大拇指一个。

02

保持健康的身体，的确是生活和学习的本钱。

尚嘉在徐家的第一个寒假，没什么特别的地方。第一天，她经人提醒，想起从小姑家里拿回邢严送她的《泰戈尔诗集》，然后从第二天开始，几乎就不怎么出门了。每天要么窝在房间里继续自己的英语背诵计划，要么就是捧着书，在客厅里发会儿呆，或者起个大早，在花园里走走看看。

姜女士送她的《哈利·波特》，正好被她当成随身读物。

徐见鹤看在眼里，搞不懂她怎么会有那么多书可看的，但也绝对不会问出口。他的寒假同样没怎么出门，不过不是因为其他，而是嫌天气太冷，又潮又冻。新闻上说，这是临南这么多年以来温度最低的一个新年，而且自从他给徐启写过保证书以后，自由度就没有之前那么高了，至少短时间内，逃不过司机接送的命运。

有人接送，那就失去了在城市里走走停停打发时间的趣味，一时兴起找地方打场野球都不方便。

好在他虽不出门，却有人主动上门。

薛陶对徐见鹤之前买下炫耀过的新游戏念念不忘，游戏店断货了，自己的那份还在海上漂着没到手，这人熟门熟路地主动跑来玩。他性格跳脱，有点自来熟，偶尔进门遇见尚嘉，也不觉得尴尬，反而还会很热情地招呼，喊她"尚嘉妹妹"，问她要不要喝奶茶。

对于为什么要喊"尚嘉妹妹"，薛陶的理由也很奇葩——

这和年龄没什么关系，纯粹是他的好兄弟徐见鹤多了个新姐姐，好兄弟的姐姐也算他的姐姐，那新姐姐的妹妹，喊声妹妹区分一下就是刚刚好。毕竟，他曾经第一次见面就弄错过尚嘉的身份，不太礼貌……

徐见鹤觉得扯淡，也不说破她其实要比他们大一岁左右，但看尚嘉路过时，对此波澜不惊地应一声，甚至还友好地回了个笑，笑眼弯弯。徐见鹤表面没什么变化，心中却觉得她的反应更要扯淡得多。

仔细一想，这人好像只有在他面前，永远是雷打不动、没有主见的木头样儿。

对姜女士和尚子欣，她其实笑容很多，表现得温和乖巧；对徐启，她的态度生疏是生疏，大概也还有点敬畏感，至少一定是问什么答什么；对薛陶想一出是一出的做派，同样可以笑着全盘接受……

无论如何，像个活人。

徐见鹤把这点想透彻了，但也觉得，这不值得说出去。多小的事儿，他觉得自己并不在乎尚嘉对他的态度如何。

寒假不出门，他就在家里玩，打发时间。

姜女士和徐启各忙各的，剩下的尚子欣和尚嘉看起来一个比一个专注学业，别墅里空出来的空间几乎都留给了他。

自从上次汤小忧生日的打架风波以后，汤家兄妹也比从前更喜欢主动上门往他这里来。徐见鹤大概知道原因。汤则明总是比普通人多点想法，大概觉得当时他受伤，有他们部分的原因，所以每次上门，总会找点理由带点什么，一会儿是某某地方的特产，一会儿是家里谁谁谁去北海道旅游的伴手礼……刚开始还好，次数多了，徐见鹤就觉得没必要，嫌他烦。

"这么来去，浪费的是大家的时间。"

家里暂时只有他们几个人在，尚子欣去了补习班，尚嘉留在房间学习，待着不出来，薛陶和汤小忧闹着要去花园里看新开的蜡梅，客厅只留下他和汤则明两个人，正是开口的好时机。

徐见鹤坐在地毯上，捧着游戏手柄，冷静直白地把话说了。

汤则明却没急着回答，盯着他看了会儿，半天才摇头，"唉"了一声，问："你这是生谁的气呢？"

徐见鹤闭口不答，冷面无情地操纵着屏幕上的主角打打杀杀。汤则明习惯了他不解释的作风，耸耸肩，也陪他在双人模式里打打杀杀。

这个平静的寒假，直到过年的前一天，才起了一些波澜。

那一天，徐见云谁也没告诉，拖着行李箱，一个人闷声回了国。

姜女士接到自己母亲的电话时，徐见云也差不多快到别墅了。

刚好是饭点时间，徐家人聚得也比往日齐整。徐启坐主位，旁边坐着姜女士，剩下的三个孩子各自按照惯常的座位坐下，尚家姐妹俩在一方，尚嘉抬头，就能看见对面慢条斯理地啃吐司片的人。

徐见鹤说不上挑食，但一定很挑食材的新鲜度，凡是调味盖过食材本味的，他看起来都不太喜欢。

尚嘉安静地坐着，一如既往，面前摆什么就吃什么，绝不去动对面的餐盘。

.131.

玄关响起动静的一瞬间，大家都没什么特别的反应，这个时间点，管家或者阿姨出入都有可能，也是常事。

行李箱"哗啦啦"滚过地面，发出刺耳的动静。

徐见鹤微微蹙眉，第一个抬头，斜眼一瞥，把人认明白了，上下一扫，看徐见云一手拿着一个行李箱。他第一句话就不太讨人喜欢，冷冷地嘲笑："你这不嫌重？"

嘴上问着话，动作散漫，实际上已经主动起身，过去顺手把两个箱子接了。

徐见云僵在原地，没出声，任人把东西拿走，直挺挺地立着，和一桌子人的目光对视。

徐见云比走的时候瘦了不少，但看起来精神多了。她轻声喊姜女士"姜姨"，甚至还能对着女孩子们不尴不尬地点个头，对着正中的徐启，却半天没能喊出个所以然。四目相对，她长久地保持着沉默，站在头顶灯光的阴影里发呆。

她进门的时候，周身明摆着一副坦荡的气势，表情也挺坚决，这会儿被桌子上的人一起盯着，表情也软化下来，有一些藏不住的软弱。

"对着你姜姨有话，"徐启把手擦了，表情不变，语气不变，仍是平时大家长的做派，"对我就没话可说？都挺有脾气的。"

他波澜不惊地做总结，说的是客厅里的两个人。

徐见鹤微微扬眉，干脆在沙发边靠着，也不往桌边走，只当没听见。

僵立的徐见云张了张嘴，又合上，好半天才有了动静。

"我不知道说什么。"

她轻轻地出声，垂眼看向地面，再抬头，目光不自觉地往女孩们坐着的方向落。

她看尚嘉，尚嘉就安静坐着，不声不响地和她对视，看不出情绪和反应；她看尚子欣，尚子欣也没什么特别的回应，任由她看，好像压根对她们两个人之间存在的故事无所谓，只是和一个初次见面的人普通平常地对视。

姜女士是场面上少有的不隐藏情绪的人，她开心地应了徐见云的话，起身去拉徐见云的手，又为徐见云安排起餐食。

"不急。"徐启却出了声，他的态度也看不出好坏，淡淡的，"我想先听听，她躲来躲去的这段时间是怎么想的。"

徐启在很多事情上习惯了主导和拍板，做事刚硬，话也并不藏着。

徐见云仍是不说话。

姜女士很少有当着孩子们的面，主动和徐启摆出不同观点的时候，这会儿却难得拿出了和平时不同的态度，继续拉徐见云的手，径自招呼起厨房里正忙的阿姨。徐启坐着皱眉，她也当没瞧见。

气氛有些奇怪，虽然奇怪，但也宁静。无非是桌子上多了个吃饭的人，情形没什么大的变化，仍是各看各的，各吃各的。徐家姐弟一方，尚家姐妹一方，四个小的坐在主位下面。

吃饭过程中，徐见云不断地抬头，似乎有话要和对面的人说，但半天没出口，手里的叉子、筷子动了又动，戳了又戳，东西压根没吃几口。

正是青少年的年纪，总很容易剑走偏锋，想得太多，表现在每个人的身上，就成了完全不同的特征。比如尚子欣性子冷，不遮掩；徐见云外向活泼，却很在乎说法和道理，所以为此反复磋磨；徐见鹤个性挑剔，在挺多事情上，原则都过分苛刻；至于尚嘉……

徐见鹤有条不紊地琢磨，最后却得不出结论，只能冷冷地、平静地想，至于尚嘉，反正对他是枯木头一个！

一顿饭吃完，所有人无声无话，只有餐具碰撞声。

徐启破天荒地不急着去书房了，看似有话要训。姜女士难得地不去忙她的插花课作业，慢条斯理地坐在座位上，摸出看剧的平板电脑，很有条理地选择起剧集，时不时抬头和丈夫对视一眼，一副护短的、无所谓的态度。

徐见云把这些看在眼里，慢慢呼出一口气。她垂眼看自己的指尖，又抬头看花，看对面的人。

尚子欣和她面对面坐着，似乎已经意识到她要说什么，微微皱眉。

"其实一直想着，总要当面跟你说一声的，只是到今天才有机会……"徐见云的声音终于比刚刚进门时大了些，直视前方，目光亮了一些，"抱歉了。"

尚嘉动作停了，和刚来这里时的那一回一样，下意识地挺直了背，看向身侧的人。

尚子欣没说话，放下餐巾，动作连贯，什么都不变，只有神色一下变冷。

"说实话，"她开口，话说得直白，毫不遮掩，"我不觉得你有什么可道歉的。"

长久的生活场景中，尚嘉一直习惯保持沉默，但也不是全无意义的沉默，她习惯在无声中静静观察，然后慢慢地抽丝剥茧，从看到的现象中得出自己的感受和结论。

很显然，她这两个姐姐的性格完全不同，甚至可以说，在某些方面，完全相反——这一点，在后来的生活中得到了验证，哪怕第一次见面的这会儿没那么明显，也至少已经有迹可循。

两个身处风波中的当事人需要直接的对话时间，其他人肯定不会介入掺和。

徐启慢慢地敲着桌子，微微眯眼，并不插话。姜女士也将剧按了暂停，把平板电脑放下，抬眼静静地看，把交流的空间全部留给她们。

尚嘉安静地待着，表情没有一点变化。

只是她老老实实地坐在自己的位子上，有的人却明显做不到。徐见鹤在沙发上靠着，仰着脑袋听还不够，整个人慢悠悠地翻了个身，胳膊没骨头似的挂在沙发背上，下巴抵着怀里的抱枕，就着这么个惫懒的姿势角度，毫不避讳、光明正大地观察对话的两个人。

徐见云的情绪比刚进家门时要平静得多，她深吸一口气，挺直了背，对尚子欣稍显冷淡的答复，也并不显得有多露怯。

"嗯。"徐见云接对方的话，顿了顿，又往下说，"是我觉得自己需要这么做。"

她垂眼，手指在餐桌布上慢慢地打着圈，圈越来越小，渐渐变成一个点停顿下来，抬眼看人时，也越来越镇定。

尚子欣面色冷淡，显然是觉得她多此一举。

徐见云坚持己见，是因为自己的处事原则，她无论如何也生活在徐家，这么多年鸠占鹊巢，享尽了福利与好处，就算不是出自本人意愿，但至少也得向利益被损害的尚子欣道个歉，不管对方接不接受。

两个人彼此都不退让，餐厅里漫长的沉默中，尚子欣面色凉凉，眉头也皱了皱，不知道想了什么，说的话到头来还是一转，变成淡淡的一句："那就随便你。"

饭后，徐启分别将尚子欣和徐见云叫到书房聊了聊，关于聊了些什么，没人能猜到。后来，追剧的姜女士放下手里的东西，慢悠悠地上去了。客厅里只留下尚嘉和徐见鹤，一个认真地看《哈利·波特》，一个随手翻一本地理杂志，隔着一道银河似的，两个人分别占据沙发一角。

徐见鹤不说话，尚嘉也无话可说。

他起身，去冰箱里翻出一瓶无糖乌龙茶，一边慢慢地喝，一边盯着茶几上摊开的杂志内页，刚要坐下，又像才想起来，懒洋洋地侧过头，垂眼看尚嘉。

"刚刚忘了问，你要吗？"

尚嘉隔着"银河"看他，神色没有波动，好像并没有受到今天发生的事的任何影响，也没有什么个人想法，不急着答他的话。

徐见鹤慢条斯理地补充："冰箱里还有。"

尚嘉认真地摇头，想了想，同样侧过头，说："谢谢。"

灯光下，两个人久违地对视，上一次是在她的卧室门口，那会儿灯光更微妙，不如这时候自然。

徐见鹤拖长声音，"嗯"了一声，也不结束话题，只是收回目光，放下乌龙茶，轻飘飘地翻过一页杂志。

"没什么感触？"

尚嘉像头顶上悬了一根线，坐姿端正得过分，这是她刚刚搬来时才会频繁出现的状态。

徐见鹤以自我为中心惯了，但记忆力出众，对生活中方方面面的细节记忆良好，只是全看愿不愿意留这份心。

尚嘉没回答他，盯着手里的书，同样翻过一页，好像真沉浸在故事的世界里，所以认真思索，只答了两个字："没有。"

话题结束，落地窗外，冬季的天彻底黑了。

夜深人静，该是休息时间。

除了尚嘉，其他人的房间都在二楼。她靠在床头，捧着英语单词册，整个人难得地有些心不在焉。

窗外的天色越来越黑，室内暖意蔓延，她每背完一课，就看一眼墙上的钟表时间，好像只是随意一瞥，什么都没想。

直到快到平时大人的休息时间了，尚嘉才慢吞吞地把书合上，起身，站在窗前发起了呆。

十一点了。

家里的长辈们应该都不会再下楼，姜女士从来没有熬夜的习惯，按照往常，徐启大概率不是在卧室，就是在书房。

刚刚徐见云和他谈完话后，从书房出来，回了自己房间。尚嘉当时特别注意了一下，记得清清楚楚。终于，两分钟后，她缓缓出了一口气，开门，准备按照心里的想法，轻手轻脚地往楼上去。只是门刚打开，她才走了两步，脚下就不得不一顿。

冰箱门响动，有人大刺刺地从厨房出来，手上好像多了一盒蓝莓、一袋子饼干，看起来是夜宵时间，临时起意下来翻一些吃的。

徐见鹤脑袋上的耳机甚至都没摘。

四目相对，他并不意外看见她，率先有了动作，不说话，无声地朝她举了举蓝莓盒子。

尚嘉摇头，他就点了下头，继续往她这边走，因为楼梯口和她的房间在一个方向。

等走近了，他才压低了声音，半掀眼皮，顺口一样问她："找你姐聊天？"

她这个时候出来，明显是有目的的。毕竟，今天发生的事情说大不大，但说特别一定特别，何况他们俩的境身身份，应该是最类似的，要揣测她要找的人、她的目的、她没说出口的想法，倒也很简单。

尚嘉没有否认。

徐见鹤站在稍高一级的台阶上，没以往那么冷淡和事不关己，但仍然猜不透他的意图。

两个人一上一下，对视几秒，他才摘了耳机，平静地和她搭话："姜女士今天还没回卧室，估计不是在我姐房间，就是在你姐那儿……你现在去的话，说不定会碰见。"

虽然并没有刻意达成什么默契，但是他们两个人之间，对于两个姐姐的称呼，一直保持着当初的叫法。

尚嘉愣了愣，"嗯"了一声。

徐见鹤凉凉地继续说："你在一楼，消息不灵通很正常。"

尚嘉又"嗯"一声。她从来都很能看清形势，只要能弄清楚情况，根本不会去在意说话人的语气态度，刻薄冷漠与否无所谓，这都是她小时候在老家就明白的道理。

她又沉声道谢。

真神奇，他们之间，竟然也有尚嘉主动跟他道谢的时候，还是一天之内，谢了两次。

徐见鹤看了眼她的身后，神色淡淡，忽然问起她有没有纸笔。

尚嘉慢吞吞地拿了空白的笔记本和笔出来。徐见鹤将手里的蓝莓塞进装饼干的塑料袋，一起挂在楼梯的栏杆处，然后龙飞凤舞地在笔记本上飞速写了什么，交还给她。他像是突然想起来似的，语气仍是像过路人一样，问她："听说你抽屉里的手机一直没有被拿出来用？"

他问完，也不等她的回答，用交代的语气说："现在先拿出来随便用用。"

徐见鹤认为自己说的是平常事，所以也平常心，和人坦诚地对视，随意得很，手指点了点她手里的纸笔，说："情况特殊，方便交流消息，号码我写在第一页了。"

说的是他的手机号。

那个时候，智能机已经在市场和大众视野里彻底取代了传统手机的地位，像微信一样的即时交流软件一经宣传推广，很快就在人们的日常生活中迅速流行起来。而且因为分享生活方便，交流方式新颖，非常受热爱追逐潮流的十几岁学生群体追捧。

正值寒假，薛陶图个新鲜，热衷于给身边不同的朋友发消息，每天跟催命夺魂似的，不是分享游戏感想、生活琐碎，就是发各种各样的表情包。他也不知道私下想了什么办法，甚至千辛万苦地要到了那位留学姐姐的微信号，但凡能成功跟姐姐聊个一两句天气季节了，薛陶一颗心就静不下来，跑去和自己的好兄弟徐见鹤汇报讨论。

徐见鹤早习惯了这种相处模式，不烦他，但挺不耐烦这种交流方法。

说到底，一通电话，几句话就能说清楚聊明白的事情，放在这样的聊天情景下，总会因为各种各样的原因，莫名其妙来回拉扯个几分钟，又拖沓又费时间。

他和人来往，仍然习惯直接给对方电话号码，而且但凡主动给了，那就是真要说事，求效率。

姜女士给尚嘉留在抽屉里的手机，一直没被她拿出来开封，有了合情合理的缘由目的，不用也得用。

前一天在楼梯口，徐见鹤把该交代的都交代过了，回了房间，继续投入电脑游戏里，也并不急于看手机有没有消息。

一大早，晨光中，他慢慢地醒了，趴在枕头上，眼皮子懒懒地抬起，看见屏幕上的一行短信：是我。

还有一句：谢谢了。

前后分成了两条信息。

尚嘉第三次道谢，可能是因为他说的确实有道理，总算比之前要走心。号码不算白给。

徐见鹤盯着看了几秒，微微扬眉，翻身洗漱去了。

03
徐见云回来的第二天是除夕，天气不错，难得出了寒冬里少见的太阳。

徐见鹤心情同样不错。

早饭时间，大家逐渐都起床了，一家人齐聚，餐桌上各吃各的。因为是除夕，又碰上徐见云时隔许久从国外回来，阿姨从早饭时间就开始绞尽脑汁，不论西式中式，只要合人胃口，都一个劲儿做好往外端。

大桌子坐满了一半，位置还是昨天的位置，没什么变化。只是不知道为什么，昨天的第一次见面，徐见云和尚子欣两个人还能好好说话，今天却明显有了点尽量避免交流的意味。

徐见鹤不遮掩，直接问："就一个晚上，话还变没了？"

徐见云紧锁眉头，勺子提了又放，不搭理人。

尚子欣是全桌第一个吃完的，不声不响，吃饱就主动下桌，还是和以前一样，抓紧上午的时间，复习高三的功课去了。

两个孩子之间气氛微妙，哪怕心大如姜女士，也难得叹了口气，似乎有点无可奈何。

前一天，她两个房间都去过了，知道尚子欣和徐见云也不算有矛盾冲突，只是各自还有心结没解开，没有找到和对方交流的方法。

等徐见云怏怏地同样下了桌子，拖着步子离开，徐启立刻也有了话。

"让她们自己去想，"他明明是宽慰人，话却说得不怎么好听，向姜女士直接交代，"你还是忙自己的事情就好。"

姜女士看他，语气平静："话是好话，但我不是你下属。"

这么一句话，徐启被堵得没了动静。

夫妻两个人无声地对视片刻，又都默契地松了气势，看新闻的看新闻，吃早饭的吃早饭。

尚嘉搬来徐家这么久，还是头一次碰见这样的情况，表面没什么波动，只是垂眼，默默抿了抿唇。

徐见鹤抬头扫她一眼，对这种情形见惯不怪，挺欠打地出了声："悠着点啊……别一个问题还没解决,您二位又给制造什么新问题。"说完也不给人拧耳朵或者言语批判的机会,慢悠悠地一边擦手,一边溜进了客厅。

徐家过年的方式一直挺传统,留在家里的时候居多,出去旅行的时候少。徐启忙是忙,但在某方面总有自己的坚持,认为适当的时候就要做该做的事。

尚子欣一整个下午都泡在房间里看书做题,徐见云去了练功房练舞蹈基本功,长辈们又回了书房要商量什么,客厅里又像昨晚那样,只剩下尚嘉和徐见鹤。

只是这一次,徐见鹤不翻杂志了,改成倒在一侧靠垫上,撑着脑袋,拎着遥控器,对着电视漫无目的地调台。

尚嘉坐了一会儿,到底还是从书里抬头,主动出了声:"昨天晚上……"她略作沉吟,组织了一下语言,低声发问,"是发生了什么吗?"

徐见鹤知道她问的是两个姐姐的事,目光停留在面前的节目上,漫不经心地"嗯"了一声,才回:"具体的不知道,我又没在场,可能是在书房里争了几句。"

尚嘉:"哦。"

她陷入了沉思。

晚上跨年的时间,消失了一下午的人终于再次齐聚。

电视开着,声音响着,放的晚会节目再难看,也是图一个气氛。不互相说话的人仍然不说,只剩姜女士左边聊一句,右边聊一句,将气氛慢慢地拉起来,加上有徐见鹤搭话,场面也还算过得去。

大年初一,仍是同样的一天。

初二一大早,大忙人徐启被司机接走,姜女士把孩子们召集在一块儿,说是顺便去探望一下她的父亲。结果不知道怎么了,临出门前,她接到一通电话,挂断后,神情看起来明显有些不太愉快,又临时改了主意,说不去那边了,改去城郊看看风景。

郊外的酒店新开没多久,是姜女士从小一起长大的闺蜜家开的,还没有正式对外营业,坐落在山里,细雨蒙蒙,没什么人,别有意趣。

姜女士大概是有意给每个人留出空间,一层楼,四个人分别一个房间住着。行李放下,晚餐吃了一顿全鱼宴,她单独带着有话没说开的两个姑娘去后院小路散心。

尚嘉注视着她们的背影，正要回房间，才出了包间门，却被身后的声音悠悠喊停。

徐见鹤用拇指指了指窗外，又晃了下手里的雨伞，没说话，她也懂了。

小道上只有雨声。

"不是什么大事。"

徐见鹤个头高，肩膀宽，一柄黑伞随意撑着，罩住两个人绰绰有余，他平静地和她分析："我听说了几句……无非是她们俩一个觉得自己对不起对方，一个觉得对方没必要在意这些细节，只要没有什么大矛盾，说开是迟早的事。"

尚嘉点了点头。

她抬头，没有说什么，而是伸出手，不声不响，将伞柄朝他的方向微微推了推。他们俩中间隔了一段不尴不尬的距离，又有一定的身高差，总要有人的一半肩头落在雨里。

徐见鹤嗤笑了一声，没说她什么，等回大堂以前，伞偏的方向又变了回去。

一行人一连在酒店里住了三天。

三天一过，尚子欣回家的第一件事就是继续投入高三备考的过程中，反而是徐见云，不知道怎么，突然主动找上了尚嘉。

房间内，两个人对坐，徐见云的第一句话有些忸怩，喊她"妹妹"。尚嘉应了，徐见云才像如释重负，长舒了一口气。

面对面时，徐见云盯着她看了半响，终于没忍住，露出了这么多天以来难得真心的笑容："别说，我们俩长得真还挺像的。"

尚嘉被徐见云握住手，呼吸微微一顿，也笑了。

她大概了解了自己这位血缘上的亲姐姐的性格，不是第一次见面时的沉默，也不是这些天的别扭，徐见云真实的性格应该是比较开朗活泼……

徐见鹤：别夸她。说白了，就是想一出是一出的一个人。

晚上，徐见鹤发来的短信言简意赅，如实评价。

他们俩这几天的交流，比以往任何时间都多，一来一回的，不说朋友，至少说得上是可说话的熟人了。

尚嘉若有所思，想着这句话，对着窗外发了会儿呆，没想到第二天一早，就有直接的机会验证他这个说法。

早饭过后，姜女士在客厅里一边看电视，一边慢悠悠地涂指甲油。徐见云就像鼓足了勇气似的，当着众人的面，一口气跑下了楼，先跟尚子欣坦坦荡荡地对视片刻，再犹豫地看了一眼尚嘉，最后深吸一口气，直白道："姜姨，我想……我想去一趟老家，见见我的亲人……"

她换了个说法："见见我的奶奶。"

态度恳切，语气坚定，听起来，是彻彻底底下定了决心。

她口中的"亲人"和"奶奶"，当然不可能指的是徐启二十几岁就早逝的父母。

她会这么突兀地提出这件事，显然在所有人的意料之外。饶是尚嘉，也愣是反应了一下，才明白过来她的意思。

尚子欣的脸色一下冷了，她看着说话的人，倒没说其他什么，等到徐见云和她对视了，才平静地出声："可以等暑假的时候我们一起去。"

一中高三马上就要开学了，她的目标院校摆在眼前，每一分一秒都耽误不起。

"那我先去看看。"徐见云显得很坚持，而且话里话外都相当坚定，再次重复，"我想趁着返校前先去看看。"

尚子欣盯着徐见云注视了片刻，同样有自己的坚持，半响才出声："奶奶年纪大了，如果我们都在场的话，她的情绪才不会波动太大。"

她们俩各有各的坚持，实际上也没有针对彼此的意思。

尚嘉安静地听，渐渐明白了徐见鹤之前的说法。

眼看局面又要僵持下去，最后，仍然是一贯负责安抚人的姜女士出手解决问题，说去一趟也可以，但为了安全和其他问题，也为了让尚子欣放心，徐见云如果要去，那就要她一同陪着去一趟……

徐见云犹豫了一下，终究还是答应了。尚子欣见状，也无话可说。

"反正也是寒假，"徐见鹤不声不响，介入的时机却卡得极准。他瞥了一眼尚嘉，似乎看透她在想什么，也或许只是自己有打算，抬头慢悠悠地搭腔，"那就把剩下的人也一起带上嘛。"

04

尚嘉的老家和临南相比，当然没什么可比性。

这里四面被山环绕，哪怕是这么多年过去了，高铁也还在修建中，只能按照经停站坐普通的火车。虽然已经不是多年以前的绿皮车，但回去一趟也得十四个小时。既没飞机也没高铁,姜女士本来还预计能不能让家里的司机跑一趟,一查来回的时间长短,很快就放弃了这个决定——折腾司机,也折腾乘客!

尚嘉对坐火车回去的路途很习惯,不代表别人和她情况相同。

四个人的软卧包厢,徐见云明显不适应这么长久无聊的行程,反反复复地进进出出,里里外外换着地方坐,看得出想法复杂,身体不舒服,心绪不宁;姜女士嘴上没说什么,同样明摆着水土不服,随身准备的东西几乎一口也没吃,已经尽量使自己专注在剧集上。

尚嘉看在眼里,临饭点前,随便找了个理由出了包厢,直接往餐车去了。

十几分钟后,她带着一袋子热气腾腾的食物往回走,才到车厢头,就有一双手把她手里满满当当的袋子接过去。

这种时候,徐见鹤挑剔的毛病竟然一时间没了。他监督包厢里剩下的两个人把晕车药吃了,又早早看透尚嘉的意图,来接她手里沉甸甸的东西,面色隐隐也有点不适,只是不说。

"钱我给你。"他挺明算账。

尚嘉:"不用。"

她果断摇头,也有自己的坚持。

两个人没达成一致,结果两秒后,包厢门一开,又都恢复了平常默契的和谐,一个去看姜女士的情况,一个去分手里的饭食。

路途上的情况其实还算勉强可以接受。

老家城镇的新火车站还没有彻底建成,仍然使用着当年尚嘉离开时的老站,维持着当年的格局布置:检票厅、候车室、站台……这些地方不需要分开,同一个空间就能解决。

因为缺少管理人员,站外秩序也维持着尚嘉记忆中的样子——一张巨大的液晶屏幕前,抽烟的人来来往往,大声打电话的打电话,骂架的骂架。叫喊着拉客的黑车司机,把出口处几乎堵满,还有县城里开旅馆酒店的老板娘,拿着名片不断地在人堆里窜来窜去,台阶上坐满了等着活的挑夫,目光不断地在出来的乘客身上观察,伴随着此起彼伏的小孩子的哭闹声、尖叫声……

正值冬天,每说一句话,都是刺骨的冷。

来来往往的乘客里,姜女士打扮得尤其精致,身后又带着三个孩子,每个都衣着干净光鲜，尤其是徐见鹤，他挂着耳机，被厚厚的羽绒服裹着，踩着名牌运动鞋，身后一只黑色的单肩包，装束显眼，一下子被不少人热情地围了上来。

"您几位一看就是外地来的吧，探亲还是旅游？这儿我熟得很，我的车就在外面，几步路就到。"

"哎哟，别坐他那黑车，美女，我这儿打表的……保证不乱收费！"

拥上来的几个司机坚持不懈地和他们搭话。徐见鹤反应很快，立刻往前跨了一步，不声不响地挡在了她们面前。距离拉开，姜女士就顺势板着脸，挨个冷声拒绝。等出了站，在路边千挑万选，终于带着尚嘉几个坐上看起来比较正规的出租车了，她才慢慢地松了口气。

县城里最好的酒店处在市中心，和尚嘉奶奶家完全是两个方向。当年按照官方的说法，酒店前身叫某某局的招待所，前几年才改造成酒店，开始对外营业。

尚嘉负责指路过去，一路上和司机交谈，也没忘记观察记忆里大药房的位置。旅途中，晕车药已经快吃得差不多了，酒店附近不一定有开着的药店，而且看姜女士和徐见云的情况，最好还是准备点额外的、对应其他症状的药……

"真好，房子都修得这么矮，都不会挡住光。"徐见云坐在靠窗的那一边，脸上还有些长途跋涉后的疲惫，对着车窗外无边无际的满天斜阳，有些出神地感叹。

她这么傻呆呆地感叹，开车的司机立刻笑了。他也没有恶意，纯粹是发自真心，有一点明显的嗤笑："你们外地大城市的人嘛，只是刚来的时候看我们这里稀奇，住久了就不会觉得稀奇了，要什么没什么的，只有矮房子、破车子，哪有你们的高楼大厦好……"

酒店的条件，当然比不上过年时住的山庄，但也算干净整洁。

登记入住以后，姜女士嘴上不说，看了眼环境却松了口气，第一件事就是烧水。她让他们都记得烧水倒掉，又仔仔细细把每个房间都检查了一遍，才放心让他们各自回房整理东西，好好休息。

地方已经到了，天色已黑，登门看望长辈需要正式，当然不用急于这一时。

夜深了，尚嘉久久未眠，她起床站在窗前，好长一段时间没动，只是凝视着窗外熟悉的街道，心情不太平静。手机响了，她接通电话，对面人的声音悠悠地传过来，隔着一堵墙，隐约能听见动静。

"今天竟然这么快接了。"徐见鹤挺惊讶。

这段时间以来，两人一直是短信联络居多，电话只在必要的时候会用上。

尚嘉没出声，她沉默，对面也沉默，最后还是由她主动出声，说她没有徐见云的号码，也没有姜女士的号码，可以的话，希望他去看看情况，她这里有药，他可以一并带过去……

"没有的话，我给你不就行了。"

徐见鹤嫌她的做派，又在某些地方格外懂她："知道你那儿什么都有……刚刚出门采购过。"

事实上，他不仅知道她出门了。

尚嘉个头娇小，但胆子是真够大，哪怕这里是她的老家，她的地盘，竟然也敢晚上一个人闷声不响出门买东西。徐见鹤早看明白她骨子里不愿意给别人多添一点麻烦的个性，说是说不通的，既然说不通，徐见鹤也有自己的一套做事思路。

月明星稀，她走在前面，他就隔了几步，跟在后面。

少男少女，一条只有路灯照着的道路。

不过这些当然不用跟她说，只是一件他觉得应该做，于是顺手做的事儿……

尚嘉："嗯。我心里有数的。"

她又静静地说："刚刚谢谢你。"

徐见鹤意识到，这是在给他刚刚做的事情道谢。

他抿了抿唇，没出声，突然有点不耐烦。

道谢是好，可除了道谢，她好像对他也没什么可说的了。

第二天，大家到奶奶家探望，老人接到电话，已经早早等着了。

熟悉的小院这些年已经彻底变了样儿，里屋被改造成全套方便老人生活的家居设施，明亮通透，干净整洁，只有院子外面的杏树，还按照老人的意愿留着，还有谷堆，放置农具的工具房……

尚嘉被老人家颤颤巍巍地抱在怀里，眼眶发热，说出口的却是另一番话："姐姐说，等她高考完了就回来看您。"

她猛吸了一口气，鼻息间都是熟悉的、童年记忆中的干净皂香，哪怕依依不舍,也维持着理智和条理,起身给老人介绍起来:"这位是姜阿姨,一直都很照顾我,对我很好;这位是徐见云,也是我的姐姐……"

话音一落,徐见云眼睛顿时红了。她个性跳脱,但也在很多地方极敏感,听见尚嘉自然地喊她"姐姐",面对老人慈爱的目光,这么多天以来的复杂情绪,已是彻底绷不住了,泪珠一颗一颗地往外落,只能瓮声瓮气地喊一声:"奶奶。"

"哎。"

奶奶眼眶也有些发红,哆嗦着手要来拉人。徐见云立刻主动迎过去,不让老人家起身。

太多曲折,太多故事,这么多年过去,其实都不用说出口。

西北的空气很干燥。

尚嘉站在客厅旁边的偏房里,隔着窗户,一会儿看天,一会儿看树。

她总是这样,看得清情况,读得懂空气,也知道什么时候该离开,把空间留给其他人。

徐见鹤虽然是在临南长大,但也不属于五谷不分的那类人。他的外公小时候吃过苦,对于社会上流传的"男孩子一定要穷养"的观念十分认同。以前每个暑假他去看外公,老人都会想方设法地把他带到乡下自己的庄子上待着,美其名曰体验乡村生活,接受思想教育。

"这是杏树?"

他学着尚嘉,抽了把椅子,随意地在她旁边坐下了,目光落在院子里的两棵树上。

尚嘉点头。

她看向他,他微微眨眼,就有了很多可说的话题:

亲身体验过就明白了,这里的冬天才叫真的冷,网络上说南方的、什么魔法攻击的冷,跟北方其实根本比不了半分;刚刚过来的路上,经过一所小学,看尚嘉盯着看了半天,是不是她在这儿读过,跟临南的学校有什么不同;昨天的酒店隔音太差,他的隔壁,有个住户看了一晚上的电视,凌晨两点还能听到进球的动静,给前台打电话,也没得到解决,得亏他带了耳机;刚刚进门,隔壁的阿姨看着跟她很熟,不知道是不是以前有过什么交情……

徐见鹤觉得自己在做一些无意义的事情,可不做,他觉得更不是他想要的结果。

他要说，要问，尚嘉就一边听，一边答。

隔壁客厅的三个人还在谈话，隐约有人声断断续续地传来。

最后一个关于天气的话题快要结束，尚嘉终于没有忍住，可能是因为地方熟悉，人就要随心所欲一些，她才会有了点胆子，少了寄人篱下的感觉；也可能是心里还有各种各样的情绪堵着，翻涌着，人比平时焦躁，才会做一些平时绝对不会做的事。

"你今天好像问题比平时多很多。"她侧头看人，收回窗子上的手，语气平平淡淡。

徐见鹤一噎。

嫌他话多。

眼看被人说透，他也不慌不忙，理直气壮，大刺刺地看她："我这是善解人意。"

她这么梗着劲儿和人说话，对着人看，他反而心情挺好，至少不是个木头人，活了！

徐见鹤说自己善解人意，脸皮够厚，但也不是只说不做。

日光里，少年懒懒散散地斜靠在椅背上，自下而上地看她，好像早有准备，从包里慢吞吞地摸出一包餐巾、一包湿巾，没什么表情，目光很亮，表情明朗。

"想哭就哭……这么憋着，别人进来，还以为是我给你委屈受了。"

他朝手里的东西点了点下巴，看似颇高冷、颇挑剔，非常直接，实则隐隐带了点笑，对着她很有耐心。

"选选，不然，都用也行。"

第六章 //
旧 巷

01

尚嘉在感情这件事上没什么经验，全凭感觉。

她不知道其他"互有好感"的男女之间是什么样的相处模式，也不知道这样的男女之间如何相处才算正确。尤其她和徐见鹤认识了十几年，早期他对她看不顺眼，冷若冰霜，尚嘉就干脆拿出木头人一样的态度，和他保持着距离，也算相安无事；后来两个人关系缓和了，她虽然无法像对待两个姐姐那样，拿出对家人的心看他，但也有对待朋友的真诚。然而时至今日，关系发生了性质上的变化，她却不能像以前那样，再次迅速找出最恰当的答案。

尚嘉不知道徐见鹤过往是否有过感情经历，但能明显觉察出，他在态度行为上要比她从容有余得多。

徐见鹤到了上海，又临时飞了旧金山，人不断地出现在新闻和各大平台上。接下来的一周，尚嘉都没能见到他，自己专心于学校的事情，但收到的消息没有断过。

邢严打来电话，重提吃饭事宜的时候，她正好也收到徐见鹤发来的照片。

大概是车内的角度，他拿着手机拍一只松鼠，还特意挑了下光线、位置，照片生动鲜活。尚嘉回他一个"可爱"，继续当前的通话。

邢严的意思很明确，之前尚嘉送他未婚妻去医院的事情，他感谢她的帮忙，但因为多年的交情，也知道尚嘉说的不用吃饭并不是客气，但架不住他的未婚妻性格执着，仍要坚持亲自道谢。

尚嘉想了想，索性同样解释缘由，至少这一周不行，因为可能随时要搬校区，老师那边还要给她过下课题，如果非要相约，也得等之后了。

"那就等'之后'。"

邢严看她松口，答应得也够果断。

尚嘉整天泡在教研室，说的其实也是真话。他们的隔壁院校最近刚刚出了一件大事，一位博士师兄不知道已经是第几年没能毕业，一时之间想不开，找了个夜深人静的时候，撬开教学楼顶楼的天台锁，差点跳了下去。

虽然不是他们学校的事情，但还是一石激起千层浪，之前说要搬校区的事情不得不搁置，学校院办先安排他们每个人去心理咨询室挨个聊天，美其名曰开导。

尚嘉不觉得自己有什么值得可开导的，可也有真被开导出一些问题的。

她一大早经过楼梯间，碰上一位有些眼熟的师弟，坐在台阶上发呆，应该是隔壁教研室的，神情茫然，精神恹恹。她不会贸贸然多管别人的事，但奈何他坐在楼梯正中间，明摆着非同寻常，一副随时都想不开的样子。

尚嘉不擅长和人沟通交流，干脆顺手把手里的冰水递了过去，点了下头走人。

她根本没把这件事放在心上，没想到对方不这么想。

第二天，这位师弟就当着全教研室的人面过来找她，又是给她道谢，又是给她送一大袋子零食。她觉得没必要，说得很明白，也并没有收，可这一送不要紧，被正好路过的同学看见，一时间就有些不可收拾。

"没想到啊……尚嘉你原来喜欢'奶狗弟弟'类型的？"

相熟的师姐开起玩笑的时候，尚嘉才意识到这件事开始不大对头。

不过，师姐也挺直接，开玩笑是开玩笑，但也主动跟她分享起那位师弟的一些消息，说他是个脾气有点怪的人，虽然形象外表是不错，但好像风评不太好，和自己的同学都不怎么来往，暗示她即便有意思，也要多看看。

尚嘉迅速有了处理的思路。

当天，师弟也不知道从哪里打听到她的微信号，发来添加好友消息。她通过是通过了，面对对方发来的一个微笑表情，第一条发去"你好"，第二条就很干脆，说最近院内有些关于他们俩的误会，她虽然觉得没必要刻意跟大家解释，毕竟流言总会过去，但也觉得应该说清楚，她没那个意思,他也没那个意思,不用太受影响。

师弟好半天没回,她认为目的达到,干脆继续专注自己的事。

第二天中午,徐见云发来语音消息的时候,她一如往常,背着电脑抱着资料,走在去图书馆的路上。

"我拍推广,刚好路过你们学校门口,"电话对面的人挺高兴,"怎么样妹妹,下午有时间吗?有的话就跟我去做个SPA,我请客。"

在对待家人的时候,尚嘉总是很诚实的,鲜有推拒的时候。

下午一点,徐见云坐在出租车后座上跟她招手,全副武装,防晒口罩、防晒外套、防晒帽,大夏天的,恨不得从头到脚全部做好防晒。

"别觉得我夸张,"她亲热地握住尚嘉的手,又主动解释,"有拍摄工作。"

尚嘉乖乖点头。徐见云愣了愣,有点感叹地笑了笑:"看我,这是被子欣批评惯了,上来就给人解释。"

尚嘉被她逗笑。她们三个人之间,如果存在所谓食物链的说法,的确是要数尚子欣级别最高。

徐见云这些年习惯了面对镜头工作,极注意自己的形象,挑的店也是定时会光顾的店。

尚嘉对其他的项目没有热情,但对于舒缓后背还算有点兴趣。

店内包间里萦绕着淡淡的精油熏香气息,她忙于各种事,对着论文和导师,神经绷了一周,这会儿也渐渐地松懈下来,最开始还接一两句徐见云的话,回几句对方对于她感情生活的打探,后来晕晕乎乎地彻底陷入了睡梦之中。

她闭着眼睛,睡得安稳,一觉醒来,包间里已是空空荡荡。

尚嘉有点茫然,摸过一旁桌子上的手机,按亮,赫然有一条消息。

徐见鹤:胜利归来!

熊猫朝她比V。

她弯了弯嘴角,朦朦胧胧地回复了一个"好",正要熄灭屏幕,最顶端,娱乐新闻却给她推送起即时消息——启越科技和汤氏地产必有联姻,什么"汤氏的小女儿和小徐总青梅竹马""一回国就即刻碰面同框""汤氏的公子同样作为好友在场"……

尚嘉看了一会儿,觉彻底醒了,但也没点进去,径自将手机放回原位。

徐见鹤在电话里和汤则明直截了当约见面的时候，并没有料到会有临时的合作安排，需要他去国外突然折腾一趟。

就他个人的习惯而言，一贯是提前约定好时间的事情，能不做更改就不做更改。原因很简单，人东来西去地忙起来，改来改去，反而容易牵扯出更多麻烦，消耗精力。

出了机场，徐见鹤的第一件事也和往常一样，放助理回去休息。

他在飞机上睡了全程，精神养足了，手里又有司机送来的车钥匙，打算赴完汤则明的约，就立刻去单独见一见尚嘉。到目的地时，汤则明已经坐在靠窗的座位，等了好一会儿，手里慢悠悠地翻着杂志，抬头看他，感叹："倒时差出个差心情还这么好……工作狂啊你。"

这家餐厅他们常来，徐见鹤懒得解释，也没要菜单，熟门熟路，点了海鲜焗饭和薄切火腿，又直接要了杯冰水。他喝一口水，瞥了眼旁边多出来的餐具和座椅，也不拐弯抹角："还有其他人？"

汤则明正要解释，恰巧汤小优打完电话，从一侧走廊回来，安安静静地拉开椅子坐下，并不打扰他们俩的交流。

"小优刚好一会儿要去附近看展。"汤则明等人坐稳了，才继续开口，慢条斯理，"反正也是顺路，就顺便把她带上吃顿午饭。"

徐见鹤的杯子喝空了，汤则明熟稔地招手，替人再要一杯，仍是继续笑着解释："我想着不是外人，应该不耽误你说事？"

汤小优的视线看过来，徐见鹤表情没什么变化，也没接话，只是漫不经心地点了下头。

原本预备要谈的事情，现在不能面对面谈了，那就不如专注吃饭，解决胃里空空的问题。

一顿饭吃得平稳，过程也没什么波浪，聊的也都是日常小事，最近的生活见闻。饭毕，唯独在最后出餐厅时，碰上一个小插曲。他们往外走，刚好有两个全副武装戴口罩的人推门进来，连眼睛都用墨镜罩得严严实实，很可能是演艺圈里的演员歌手之类，身份不方便暴露。

汤则明还跟他们颇有兴致地开玩笑，说现在人是没露脸，但稍微等一会儿，肯定就能通过八卦娱乐记者知道他们的身份了。

徐见鹤心里全都是别的人，对两个毫不重要的陌生人没有分毫兴趣，直到和汤家兄妹分别，独自熟门熟路地开着车到 A 大门口，才被尽职尽责的助理打电话通知到位：餐厅外守着的记者拍到那两个人不假，但同时也顺便拍到了他们三个人。本来拍到也没什么，但估计是为了不白拍，愣是乱七八糟地胡写了一通三个人的情谊纠葛……

"该怎么办就怎么办。"

徐见鹤没有像上次对待大学颁奖曝光他的照片那么宽容，没什么耐心，直接交代。

刚交代完，就有人打来电话。

徐见云在对面恨铁不成钢，压低了声线："徐见鹤啊徐见鹤，我这边尽心尽力替你打探消息，你就让别人在网上对着你们几个发小一通乱写？小心我回去就跟嘉嘉告状！"

徐见鹤抓准重点，扶着方向盘的手指微微摩挲，蹙眉问："她在你那儿？"

徐见云得意地应了，不仅得意，还特意找出个词气他："是啊，刚刚和我'约会'呢。"

"'刚刚'？"

徐见鹤慢悠悠地按下免提，再次抓准关键词。

现在的情况是他有求于人，对面的人故意为难，瞎扯胡说一阵。他拿出十二万分的耐心，耐着性子往下听，听到最后，动作停了，反而不急着走了，把电话一挂，直接找了个车位停稳，下了车。

大学总不会缺爱书的人，附近肯定也不会缺卖书的地方。

尚嘉性格上恋旧，总是认定了什么就是什么，最常去的书店几年都没有变过。书店老板本身就是A大的毕业生，所以主营的专业书种类够丰富，有不少其他书店没有的原版外文读物，还和旁边另开的水吧连通装修好了，既是方便书友，也是方便做生意。

徐见鹤以前路过A大附近太多次，对这些信息信手拈来。

水吧靠近透明玻璃的一侧吧台，有人把手机扔在旁边，专心致志地翻着书页，周身沉静，身形纤薄，姿态端正。

徐见鹤微微眯眼，顶着烈日安静地看了片刻，终于舍得抬手敲了敲。

尚嘉抬头，和他对上视线，整个人微微一怔。

他继续朝她扬眉，懒洋洋地笑着，随意指了指手机。

徐见鹤：我进来陪你，还是你出来？

午后时间，这会儿水吧没什么人，零星几个客人都在自己位置上待着看手机。吧台前，刚刚给她发消息的人已经风流倜傥地立在她身侧了，尚嘉还是有点蒙。她呆呆地盯着他，暂时没其他反应。徐见鹤也不急，干脆大大方方任由她看。

男人的衬衫袖口挽在手肘处，领口松了，微微躬身，眼神发亮，跟她很有道理地说："外面太热，进来陪你，刚好能躲躲太阳。"

尚嘉出门的随身包里一向是准备周全，什么都有。

徐见鹤出了一头汗，热气腾腾地在旁边的圆椅上坐下了。尚嘉想了想，从包里拿出小风扇，趁着他用纸巾擦手的空隙，开了开关，耐心地举在他的颈侧。

阵阵凉风袭来，徐见鹤挺能装模作样，作势沉静地享受了一分钟。一分钟后，到底还是没忍住，抬手过来，作势要接手。接也不是接的风扇，另一只手把风扇拿过来支着，这只手就捏着尚嘉的手指握住，泰然得很。

徐见鹤没说谎，他的确很热，浑身是烫的。一周多没见，只靠文字联系，这会儿见到真人，心头发烫，手心也是烫的。

尚嘉下意识往后缩了缩手，徐见鹤反应更快，手心一紧，顺着往上，狠狠握住她的手，指尖抵住她的手背，和上回一样，把玩似的摩挲。

做人做事，循序渐进，培养习惯都是真理。

他心知肚明，却不说破。

和他相比，尚嘉诚实得简直过分。她犹疑了一下，很快反应过来，朝他的方向凑了凑，轻声解释："我不是要躲你……"

"躲也没什么，"徐见鹤更加泰然了，学着她压低声音，凑近了，淡淡答她，"我脸皮厚。"

尚嘉语塞。

出了书店，他仍是这副态度。

尚嘉哪里见过他这样，可能也见过，但那都是许多年前的时候了，他们那时跟"互有好感"没有任何关系，顶多只能说勉强能够相处。这会儿她一路看他，不知道怎么哄人，只能绞尽脑汁地想。她的心思在正事上，直到五分钟后，才发现车行的路线不太熟悉，既不是回老宅，也不是去他们俩住的地方。

只是徐见鹤不说，她也就不问。

车逐渐开到郊区附近，一路过去，终于有了一些建筑物的影子。

尚嘉渐渐认出这是哪儿，是郊区的新校区，他们教研室的群聊已经为此纠结了很长一段时间,甚至还有不少人专门跑来拍照,打探过周边的环境情况。只是这些天来,因为院内的心理干预工作才逐渐减少了讨论度。

新建的大学城虽然还不算人多,但因为已经有一大批本科生搬了过来,也有一些店面零星开着。

车停了,她隔着窗户,对着外面愣神。

一家书店占据了商业城最黄金地段的两个店面,应该是刚刚开始营业,旁边还开了一家咖啡厅。

徐见鹤挺从容,微微俯身,主动简洁地和她解释:"之前问过,你们院的老师也说还不确定搬不搬,所以暂时就先这样。"

尚嘉听见他的声音,侧过头,刚好和他对上目光。

徐见鹤不往后退,挺淡定,但淡定不到一分钟,就开始蹙眉。他又朝前略略靠了靠,尚嘉仍是静静地抬头看他,四目相对,看不出有什么情绪上的变化。

真是奇了怪了,上回他刻意离她近一些,还能注意到她耳根发红,鼻尖冒汗,可见这人适应任何环境情形的本领还是和以前一样,没怎么变,还进步了!

徐见鹤盯着她看了半晌,慢悠悠地问:"没什么想法?"

他们的确离得太近,呼吸时,热气流转。车内空间就这么大,驾驶座和副驾驶座,无非松掉一方的安全带就能随便拉近的距离。

尚嘉顿了顿,还是真心一片,诚恳万分,歪了歪头,说:"很好啊。"

她又开始用自己讲求实际的脑回路理头绪,讲道理,结合这些天来同学群内的各种反馈给他剖析:"这里以后学生很多,离城区也远,生意应该会挺不错。"

显然,她其实已经明白这两家都是他的店,但还不明白开店人的意思。

徐见鹤差点气笑,半眯了眼睛,自上而下睥睨着她。

看看,要不怎么说有人实在是可恶呢!

可恶也不是这个人不解风情,他早八百年知道她的德行,所以本来也没指望得到理想中的回应,只是隐隐地期待了一下,就算落空了,最多也就是微微失望。更可恶的其实是他表面宣称自己有耐心,脸皮够厚,但当面对面和人拼耐性时,他看起来没输,其实早输光了,西装革履,君子状态,余光看的是她的脖颈、耳垂、唇瓣……

"我看起来是想听这个?"

徐见鹤喉结滚了滚，往后退了一点距离，语气淡淡，目光幽幽，放弃暗示，选择干脆明示："既然这里有你说得那么好，那就不能认真表扬一下？"

尚嘉眨了眨眼，有点茫然，但茫然过后，很快反应过来，略略思索，直率地看他。

"是我没有夸到点？"

徐见鹤坐回去，扶住方向盘，重新系好安全带，用鼻音应了声："不然呢？"

距离拉开，人也淡定了，徐见鹤继续顺着来时路上的表现往下从容不迫地演，冷凉地发话："本来计划开这个店，目的只是好心好意，想方便一些人学习工作，但看起来，这个人好像还没领悟到意思……"

亏他还特意厚脸皮，去求他外公，找上他的表哥。

车发动的一秒，徐见鹤忽然不解释了，突兀轻巧地"唉"了一声，极短促，意兴阑珊。

后续效果颇显著，回去的路上，尚嘉看他的时候更加专注，明显是回过味儿了，被他点透了，整个人又沉浸在了思考接下来要怎么做的状态。

徐见鹤这么多年终究没有白修炼。

他也不说话，一路泰然，直到快到她的住处，才好像突然想起来什么，耐住性子，轻描淡写地开口，说他上回去了她那儿做客，这回她要不要顺便去他那儿看看，礼尚往来，反正车程也不到十分钟……

尚嘉答应得果断，正眼看他，态度真挚诚恳，很有种尝试认真解决问题的态度。

公寓的路走了千八百次，只有这一次尤其特别。

车在地下车库停稳当了，他下车给人开门，沉静又淡定，不说话；进了电梯间，恰巧有人发消息，徐见鹤低头回几个字，从容沉稳，同样不说话；电梯里依旧是这样的情形。

电梯门打开，他就对她做了个"请"的动作，很绅士。

下午时分，穿过落地窗的阳光正好。

徐见鹤虽然看起来被扫了兴，心情不佳，但待客之道还是够妥帖。

他语调凉凉，问她要喝什么，尚嘉说都行。他就开了空调，给她倒了水，洗了水果。光这些还不够，才接近四点，他换了身上的衬衣西裤，从房间里一身T恤运动裤地出来了，丢给她一张空调被，很淡然地往厨房走。

他出了趟差,回来也够忙。

尚嘉不声不响,到厨房门口,站着看他。

徐见鹤在水声中不慌不忙,淡淡地解释:"我准备点食材做晚饭,电视开着,书房门也开着……"他绕过她,侧头看了眼外面墙上的钟,继续淡淡地说,"晚饭后送你回去。那会儿天也不热了,刚好。"

流动的水声间,尚嘉没说话,默不作声地上前择菜洗菜,抬头看徐见鹤没有要赶她走的意思,这才慢慢地往他身边挪。

他们俩不是第一次在一起做饭,虽然上一回要追溯到很久之前,但默契度显然还在。有人帮忙,徐见鹤更能发挥他那套高效便捷的做饭风格,飞速将主食、蔬菜、肉类分别安排完毕。虾仁炒饭、清炒时蔬、牛肉沙拉,全是短时间内就能完成的菜品。最后,他甚至还记得翻出偏辣的酱料,单独拿碗装了,专门给嗜辣的尚嘉吃。

做饭主力是徐见鹤,但他最终没能吃几口,炒饭才吃了一半,他就忽然停了动作,折去卧室又换了套衣服,一头湿发,看起来是临时匆忙冲了个澡。

"时差还没倒过来,提下神,不用管我。"

他跟她简短解释,打了个呵欠,又要来收桌上的残局。

尚嘉还是和刚刚一样,不声不响,他做什么,她就帮忙打下手。水声间,她大概是注意到他的怠懒,主动善解人意,示意自己一会儿可以直接走回去。

徐见鹤顶着半湿的头发,半抬眼皮,凉凉看她。

她立刻停下话头,关掉水龙头,当机立断,斩钉截铁地改口:"还是麻烦你送我吧!"

徐见鹤眉头松了,没说话,脸上就四个字:算你识相。

饭毕,尚嘉破天荒地没急着走。她在沙发上坐着,徐见鹤脑袋上顶着毛巾,抓了个垫子,在她前面的地毯上懒散坐着,随便翻了部经典电影放。

徐见鹤的公寓装修是极简风格,除了一些他淘回来的中古摆设,其他的全是怎么简单怎么来。电影看完了,他又很客气地请尚嘉去书房看看。

比起客厅,书房的装潢要更讲究一些,兼具影音室的功能。除开落地窗的三面墙都被顶天立地式的书架占据着,只有一面被他用来摆放书籍文件,另外的还空空荡荡。

不知道是有意还是无意,徐见鹤在她身后站着,俯身跟她介绍,周身都是清爽的薄荷气息。和车里不一样，两个人都站着，徐见鹤肩宽而平直，臂膀劲瘦有力，气息和热量排山倒海地压过来。尚嘉侧头看他，心跳顿了顿，渐落的夕阳里，看见他湿漉漉的发丝，淡淡的目光。有水滴往下滑落，隐隐打在他的眼角，一会儿就烧没了。

"你……"

尚嘉没能往下。

有那么一瞬间，她几乎以为他要跟上次一样说点什么，或者做点什么，但最终还是没有。

他送她回去，临下车前，还记得很耐心跟她交代行程：烦人的工作，他接下来一周估计也忙。不过，如果她周末要回老宅那边聚餐吃饭，那天尚子欣应该难得休息，徐启也终于从国外回来，一家人都在，他们倒是可以碰面……

他没把话说死，还留了她不回去的空间。

夜深了，尚嘉对着屏幕上的资料坐着，反复来去，始终觉得她还错过了什么地方。

尚子欣打来电话，问她周末有没有空，要不要回老宅吃顿饭。

这事儿徐见鹤已经说过了，她心里有准备，回应得不太走心。

尚子欣察觉出她的不对，问得也果断："怎么了吗？"

尚嘉嘴唇张了又张，到底没能说出口。

"没什么。"她尽量使自己的语调一如往常。

尚子欣没说话，沉默片刻，再开口时，还是保持着她一贯的风格，迅速抓准了重点，淡淡地问："有关你那个'互有好感的对象'的？"

果然，尚子欣没等到尚嘉的话，只等到她的沉默。

"不想说也没事，"尚子欣在电话对面一如既往的冷静，略作思索，"我没什么经验给你参考，但是做事按照你自己的想法走就是了。先考虑自己，总不会后悔。"

尚嘉轻轻"嗯"了一声。

第二天一大早，徐见云的电话也来了。

她的品牌合作方给她送了好些护肤品和香水，她想让尚嘉挑一挑，看有没有喜欢的、平时在用的，让她全部打包带走。当然了，如果尚嘉周末要回老宅是最好的，两个人到时候就能碰面，也不用谁额外去找谁……

"我要回去的。"尚嘉忽然顿了顿,"见云姐,我有事想问你……"

可问什么,她后面没能说出口。

徐见云颇有耐心地等,也不知道怎么的,忽然灵感一来,试探性地小声问:"感情问题?"

尚嘉没有否认。

徐见云一下子激动起来:"那我们见面聊啊!"

她的激动很直接,也很坦白,说:"这种事儿,不是能刚好睡在一起聊个一天一夜吗?哎,我和我朋友的故事都可以给你参考的。"

徐见云挺开心,开心过后,电话挂了,当即不怀好意地给某人拨去电话:"看你,不慌不忙,不急不躁,启越大总裁是吧,我们嘉嘉可没读总裁心的本事,也很有可能有了心仪的对象。你再这么拖沓下去,小心连最后的机会都没了……"

"她跟你聊感情问题?"徐见鹤挺淡定。

徐见云说是,可是得意了半天,也没说出问题是什么。

徐见鹤听出她没正儿八经的东西要说,也懒得往下再听,直接把电话挂了,默不作声,瞧着文件牵了牵嘴角,云淡风轻,气定神闲。

身侧的助理察觉到不对,余光看他,他眼皮子也不抬,坦然得过分。

周末当天,徐家老宅该到的人都到齐。

位置其实没什么变化,还是当初的安排,长辈们一方,剩下的四个人二对二坐着。徐启和他们十几岁那会儿相比,只多了点儿皱纹,形象外貌倒没什么变化,但脾气明显温和了不少。饭桌上的话头都留给了姜女士,只在比较需要他的时候,才会跟晚辈不紧不慢地说上一两句,少了年轻时居高临下的刚硬。

徐见云和之前说好的一样,带了一堆面膜新品,饭后非要抓着尚子欣和尚嘉去她房间,一边试用一边聊天。

每当这种时候,拒绝是不可能的。

夕阳落下,入夜时分,尚嘉好不容易找了个回同学电话的借口,终于得以溜出了房间,回到自己卧室,去拿随身的电脑。

她没开灯,借着月色直奔书桌,拿了东西转身,整个人微微一怔。

有人靠在门口,静静看她。

四目相对,尚嘉回过神后也挺从容,下意识地扫了眼他的身后。客厅是黑的，该回房间的人都回了，她不声不响，抱着电脑走到他身前，仰头看他，眼神很认真，很坦率。一周下来，终于摸索出了点线索。

"你是不是，其实还没消气？"

徐见鹤垂眼，替她将翘起的一根头发捋好，又收回手，说："怎么看出来的？"

尚嘉想了想，习惯性地做总结："比起你去美国的时候，这段时间消息发得很少，而且……"她顿了顿，"你当时是不是想让我帮忙擦头发？"

一周以来，尚嘉想来想去，各种经验帖没少看，哪怕再一根筋，也不至于一周下来还摸不到门。当时徐见鹤无论坐在哪儿，或者站在哪儿，总会稍微在她靠前一步的位置。她回忆过来，终于恍然大悟。

"我挺不会哄人的，"尚嘉一旦想明白了，话总能说得更明白。地点特殊，她下意识压低了声线，语气坦率，"所以如果可以的话，你直接告诉我。"

她抬头，和他对视。

两个人身前身后，都是夜色。

徐见鹤微微扬眉，似乎笑了，一眨不眨地看她，没有立刻说话。

忽然，楼上传来一声"砰"的一声，似乎有人关了门，正在往楼梯来……尚嘉整个人反应飞速，立刻伸手要往前一推，拉开两个人的距离。徐见鹤反应更快，没给她这个机会，反其道而行之，顺势握住她的手腕，强硬地将人往房间里一带。

他终于得偿所愿，抱住了人，闷闷地笑，把头埋在她耳后，得了便宜还卖乖："孺子可教也。"

02

高一寒假结束前，那一趟临时去老家的旅途，最终以徐见云的重感冒画上句号。

本来按照徐见云的意思，还打算在奶奶家多住上几天，和老人家好好联络感情，多说说话。结果当年冬天气候异常，全国温度都创了新低，地方又干燥，加上本来的水土不服，环境习惯不了，她吃不下饭不说，身体也渐渐有些扛不住了。

周围的邻居本来就挺好奇尚家发生了什么。说到底，回来的一行人里，就尚嘉一个还算脸熟的，其他人根本见都没见过，都是典型的城里人打扮，听说还住的城镇中心最贵的宾馆,自然不断地有邻居好奇地东问西问。

好在老人家嘴巴够严,闭口不言其他,勉强用她娘家的远房亲戚的说法应付了过去。

凡事总要以健康为先,眼看徐见云身体状态一天不如一天,姜女士当机立断,和尚家奶奶商量后,直接拍板决定,立刻买票带孩子们回临南,准备等天气转暖后再过来一趟。

这是她单独做的决定,没提前和孩子们商量。

结果在回临南的火车上,徐见云闷闷不乐,缩在上铺,病恹恹地躺着不下来。

窗外是连绵的旷野,寒风凛冽,夹杂着雪花拍在窗沿上。

桌面上,水杯里的热气蒸腾,尚嘉捧着随身的读物,心里有事,到底没能读上几页,和对面坐着的徐见鹤大眼瞪小眼。

姜女士在外面打电话,上面的徐见云不知道睡没睡着。她想了想,默默摸出手机,慢吞吞地打字:就这么放着不管的话……没事吗?

她指的是徐见云置气的事儿。

给对面的人发完短信,她又低头翻起书页。

徐见鹤没她那么多考虑,懒洋洋地把消息看了,微微扬眉,直接用自己的手机打字,也省了发消息的那步,往前俯身,隔着桌子将屏幕递到她面前,言简意赅:常事,一般过一两天就满血复活了。

尚嘉默默看完,默不作声地点头,抬头时,对上徐见鹤的眼睛,也对上一份用塑料盒装好的酱牛肉。

因为不像第一次来时那样毫无准备,回去的路程,众人都有所准备,吃的方面也准备得多样。徐见鹤一路上跟她没什么话说,但给她递吃的次数却不少,什么苹果、果冻之类的零食,本地的特色小吃,奶奶准备的家里的腊肉干……尚嘉大多数时候都是摇头,他也不管,用食指把吃的朝她的方向一推,又戴上耳机,低头玩起手里的掌机。

剩下的寒假,再没什么大事发生。

而尚子欣忙于准备下学期的诊断考试,徐见云要准备着手休学后的复学手续,虽然关系有些不尴不尬,但也能暂时平稳地在一个屋檐下生活。其他人的生活还是一如往常,自然就起不了什么大波澜。

高一的下学期开始,照旧是尚嘉和徐见鹤两个人一同坐车去学校。

只不过比起以前，经过这个寒假，他们俩之间的关系还是有所进步，在车上的时候，两人能不咸不淡地说几句天气新闻，不像以前那样井水不犯河水，冰块似的冻着。

和第一学期不同，下半学期，学校的活动安排明显少了不少，除去一些节日的庆祝活动，几乎只把体育课的时间留给学生们放松。

转春的季节，临南又开始下雨。

尚嘉腿脚的老毛病发作，又开始酸痛发麻，室内的排球课坚持上了一半，到底还是主动跟体育老师请了假，坐一旁休息去了。她挺习惯这种一个人安静待着的时间。

班内有个女生临时请假，本来奇数组队，总要有一个人落单，她这么跟老师主动说明白了，反而刚好方便老师做安排。

外面的春雨飘着，她靠墙坐着，安安静静地放空。

刚好薛陶的班级也在同一天上体育课，班上自由活动的时间，他跑来找球场上的徐见鹤，路过大门口，自然也没漏掉她。他主动跟她搭话，尚嘉不觉得有什么不适应，很自然地一一回复：没什么大事，只是腿脚不太舒服，本来体育也不怎么好，也没觉得落单有什么不适应的……

徐见鹤过来时带了两瓶水，刚好听见他们俩的对话，微微皱眉，更觉得这人的确足够娇气。他见过她生病，也见过她炎夏坐在客厅里，也坚持把腿脚盖得严严实实，不是娇气又是什么？

也不知道是怎么在那么干冷的地方长大的……

他想起那座西北城镇……

尚嘉抬头，和他对上视线，不说话。

徐见鹤回忆起寒假时的出行，靠在旁边不说话，听他们两个人一问一答。直到他终于嫌薛陶问她的过去问得啰唆了，大手一挥，勒了薛陶的脖子去打球。

他带来的两瓶水，竟然不是给薛陶的，而是给她留了一瓶。

当体育课结束，回到教室，尚嘉的同桌女生鬼鬼祟祟来打探消息，尚嘉才意识到，那番谈话应该是选错了地点。

按照同桌的说法，和她单独搭话的那两个人，是贴吧里一直被大量讨论的二人组。既然被大量讨论，那一定也有不同的人会时刻投以关注的目光……

尚嘉听得淡定，想了想，给出的说法也很折中含糊：家里人认识。

这不算撒谎。

五月的劳动节，校内照样还是有晚会。这一回的晚会，终于没再要徐见鹤上去担任主唱，他们几个人的乐队，薛陶找的艺术生归来，准备的节目比起去年要正常太多，场内气氛炒得火热。

尚嘉身边的女生偷偷摸摸带了手机，对着台上拍了一整场，又劝她跟着拍几张照片。

尚嘉想了想，只来得及给最后的几个节目拍了几张照片——乐队的表演，邢严指挥的高二合唱，老师的歌唱节目……

再过一个月，期末考试结束，尚子欣结束了一年来艰难的备考，徐见云也在家里的餐桌上正式宣布了她复学的消息，九月回归刚好就是高三，也算是好消息不断。

别墅里气氛正好，尚子欣顺利完成任务，徐启也很重视，带上她单独去了外地旅行。

父女之间联络感情，其他人当然也没什么意见。

尚嘉听到消息，最开始还特意注意了一下徐见云的情绪，发现她不仅没什么情绪上的波动，而且看起来鬼鬼祟祟的，似乎还有一番自己的计划。

她犹豫着要不要找个时机问问，或者和之前一样，从徐见鹤那里打探情况，徐见云却主动找上了门，趁着月黑风高夜，和她商量起自己的安排：她想趁着暑假开学前，去尚家姐妹以前住过的老房子看看。如果可以的话，最好还能住上一段时间！

鉴于寒假时兴师动众，最后不得不一行人回尚嘉老家，徐见云这一次明显聪明了不少。

尚家父女居住过的老房子，自姐妹俩搬走后，没了人住，房子不变，两室一厅的格局不变，除了有人定时过去打扫，其实基本上也不会有什么大的变化。

尚嘉去年回去拿邢严送给她的书，那一趟还能碰见不少熟人，今年再抽空回去的时候，明显有了大变化。巷子改造的正式公告通知下来，于是但凡有条件的，该搬家的搬家，该置换的置换，巷子里有了一批新住户，除了驻守不搬的一些老人老住户，基本又是全新的热闹。

这一回，徐见云是偷摸着私下找到的尚嘉来商量，既没知会长辈，也没有透露口风给徐见鹤，甚至特意找了尚子欣和徐启不在家的时机。她有自己的考虑，有了上一次的经验打底，知道多问就容易多生事端，目的反而没那么容易实现。

夜色中，姐妹俩在尚嘉的房间里大眼瞪小眼。

尚嘉眼看着陷入沉默，徐见云也不急，自然地握住她的手，仗着身高优势，连哄带劝，将她带到书桌前坐下。坐下后，又是端水，又是将果盘捧到她面前，又是一番推心置腹的情感道理，眨巴着眼睛等答复。

她们俩在血缘关系上是亲姐妹，样貌相似，性格上自然也有很像的地方。

徐见云心里一旦转过了弯，对自己要做的事情格外执着，也愿意为了事情拉下面求人，不达目的不罢休。

"我没别的意思，"看尚嘉不说话，她就深吸了口气，继续和人坦白，"真的就只是想回去看一看。"

徐见云握住对面人的手，渐渐也有些泄气，苦笑着喃喃："嘉嘉，我们是姐妹，所以也不怕你笑话我幼稚天真。在我和子欣的事情上，无论别人怎么劝，子欣怎么说，也都是她替我经历了不该经历的很多事情。她嫌我多想，觉得我矫情，说到底，其实是不想我作为局外人掺和进你们的过去。可我想回去看看，其实也只是因为，觉得不应该逃避，见见……"

她顿了顿，再开口时，语气更加低落："见见属于我的亲人们。"

从瑞士回来以后，她终于敢去面对现实，自然从姜女士那里听说了一些尚家姐妹吃过的苦，心里总忍不住去做一些假设。

"回到这里以后，我做过很多次梦，"徐见云渐渐低头，带了鼻音，"有时候梦到很多人骂我，说我占了便宜还卖乖，不要脸面，偷了别人的身份，还敢光明正大地享受；有时候也梦到一切都是误会，我还是我，一切都是假的，什么都没有变……但越到后来，我越梦到你们。

"尤其是回去见了一趟奶奶以后，"她咬咬牙，心绪明显起伏不宁，语气却更加坚定，"无论幼稚也好，占了便宜还卖乖也好……没有道理知道了真相，我却连了解亲人的机会和权利都没有吧！"

徐见云选择大着胆子说出这话，终于也将和尚子欣见面以来，彼此之间关系微妙的缘由彻底摆明白。

她选这个时机，也是因为不想再像上一次回老城那样，还没成行，先跟尚子欣起了争执，明明都没有惹恼对方的意思，却弄得两个人都不愉快。她选择跟和尚子欣关系更近的尚嘉把话说明白，也是无路可走，不得不求助于人。

尚子欣有私心，她也有私心，谁都没有错，只是个人的意愿和想法不同。

房间里一时安静万分。

尚嘉和她住在同一个屋檐下，相安无事相处了半年，关系虽然渐渐拉近，但彼此之间，却还是头一次听徐见云这样敞开心扉，试图聊些一直没有说出口的真心话。

尚嘉沉默地坐着，半晌没有动作。

徐见云咬紧了下唇，这一回没有落泪，态度真挚恳切，耐心地等，好半天，终于等到回应。

尚嘉轻轻地回握住她的手，再没有其他的动作，也并没有尝试摆出任何道理劝说她，只安安静静地说了个"好"。

当天夜里，尚嘉送走了人，躺在床上静静入梦。

一夜的回忆翻来覆去，其实也没什么稀奇的，全是小时候各种各样的记忆和往事，但就是沉闷凝滞，不得安宁。

好在夏季的天，总要亮得早一些。

这个暑假和上一个一样，尚嘉的生活节奏依旧没什么变化，和以前一样，早早洗漱完了，就坐在书桌前，对着摊开的英语单词册慢慢地看。

自从搬过来以后，姜女士送她的书，她都一一认真看过，和从小姑那里拿回来的诗集一起，摆放在桌面最显眼的地方。每当心不静或者装着事的时候，就会挑上一本，拿出来慢慢地打发时间。

昨天的谈话对她终究也不是全无影响，时间慢慢走，手里的单词册也换成了一本书。

窗外的日光洒落，越来越亮，尚嘉低头翻着书页，还是没能继续安安稳稳看下去。

"砰砰砰——"

头顶，一阵不客气的敲窗声骤然响起，她懵懂抬头，对上一个刺棱棱的脑袋，居高临下地看着她。

徐见鹤很厌烦燥热，每到夏天，头发就会比凉快的时候短一截，变成寸头差不多的长度。因为五官出众，也不难看就是了。

他晨跑回来也不嫌热，不像平时一样，径自回去冲澡换衣服，先绕了个圈子，到她这儿来露脸。隔着玻璃，看她呆愣的目光，他扬眉嗤笑一声，朝她吊儿郎当地晃了下手机。

尚嘉微微一愣，迅速领会他的意思，拉开抽屉，摸出手机，按亮屏幕，上面一句话：又一个人瞎琢磨什么呢？

他顶着越升越高的艳阳，热得不太耐烦，手指飞速点了几下，又发来一句话：有人昨天大晚上特意来烦你……

尚嘉立刻选择放下手机，推开窗户。夏季的热气瞬间涌入室内，徐见鹤的嗤笑同样鲜活起来。

"你这表情，"他打量她的脸，又扫了一眼她面前摊开的诗集，一边躺着的英语册子，好整以暇，不慌不忙，开口就是了然，"单词都舍得不背了……说说呗，又被提了什么奇怪的要求？"

一旦做事的人之间达成了默契的共识，要瞒着长辈去一趟目的地，其实也不是什么难事，找个女生相约逛街买东西的借口就能顺利成行，只是……

"怎么你也在？"

徐见云明显不太愉快，瞪人瞪得很直接。

女生相约"逛街买东西"，怎么会突然冒出个第三者？没有这样的道理！

徐见鹤从上到下都穿的黑色，一顶棒球帽配着口罩，对徐见云的质问习惯了，不回答这话，反而直接转头，一边从容地翻手机，一边问尚嘉是打车过去，还是乘坐公共交通工具过去。两个时间都差不多，但他建议还是打车，天热得要死，费用他出也行……

徐见云的眼睛瞪得更圆了，说："你还知道要去哪儿？"

她见他这么一副老到又和尚嘉熟稔的样子，心里也有些不服气，当即要去拉尚嘉的手。结果徐见鹤也不知道从哪儿摸出一把扇子，对着她手背一敲，又顺手往她手里一塞，在手机上把出租车叫了，再次拿到话题的主导权。

"五分钟就到。"

他懒洋洋地说，有人生气也没用。

老居民区的路还是老样子，老城区老路，红灯不断，堵得人心烦。出租车拐了半天，停在巷子口，一行人终于得以下了车。

这一回没有司机送，也没引起什么围观的动静。

尚嘉在巷子口站定，身边两个人一会儿吵一两句，她认认真真地对着面前的巷子打量，小孩子们明显比以前少了，脸生的邻居更多。

尚嘉走在最前面，越往里面走，徐见云越没了和人吵架的心思，闭上嘴，安静又好奇地四下打量。

徐见鹤早不知道是第几次来了，本来也对其他人没什么兴趣，不看巷子里周围的动静，只看一路上领头慢慢走着的人。

这一次，没有遇见熟人打招呼，尚嘉上楼用钥匙开了门。三个人立在逼仄阴暗的楼道里往里看，老房子还是整齐的桌椅摆设。

徐见云大概有点近乡情怯，在门口站着发了一会儿愣，才凝神往里面走。

两室一厅的屋子，和徐家的别墅当然没什么可比性，她却郑重地换了鞋，慢慢地转悠，慢慢地看。尚嘉陪在她身边，徐见鹤同样跟在队伍后面。三个人来来回回，最后还是徐见鹤主动出了声，不走心得很，散漫得很。

"我去买点东西，您二位慢慢看。"他说完也不耽误，立刻就走。

嘴上说是买点东西，徐见鹤其实心里打算得还挺到位，想到天气太热，老房子毕竟没人住，就算有专人定时打扫，冰箱里也不可能随时放着东西，怎么也要买点吃的和水，给他们一行人准备着，何况，还有个身体弱不禁风的……

巷子口的小卖部店面虽小，但东西很齐全，甚至还有新鲜切好的水果卖。徐见鹤这半年来基本没花钱换运动装备，零花钱储蓄丰厚，也没多想，见什么拿什么。

眼尖的老板看他大方，立刻热情地上前推销，问明白他要买给谁了，一会儿这个小女生喜欢，一会儿这个是解暑的新产品，这边一个那边一个，很快就塞满了两个袋子。

"不用买这么多。"

身后有人出声，尚嘉不知道怎么一个人出来了。

店面外的大伞支着，她仰头看他，根本不用他出声询问，就主动解释：徐见云看起来想一个人在屋子里待会儿，而且还带了相机，她就干脆主动找了个理由，出来找他了……

以前她哪会主动解释这些？无非是"嗯""啊""哦"三部曲就把人应付了。

她的话说得好听，徐见鹤的心情也跟着畅快。她主动来接他手里的两个袋子，他不让，她就想了想，只能说不用给她买冰的。

徐见鹤领悟过她的意思了,和她四目相对,有点不自在,咳嗽一声,转头问老板有没有热饮。老板立刻给他指摆着冲饮奶茶的架子,等尚嘉转去店里,挨个比对他买的什么了,才"嘿嘿"地悄声跟他搭话:"小帅哥挺会追女生的嘛,"老板一副过来人的态度,"挺好的,再接再厉啊。"

徐见鹤微微蹙眉,不知道说什么,干脆什么也没说。

两个人出了小卖部的门,东西经由尚嘉查看,被缩减到只剩一只袋子,还是由徐见鹤提着。

尚嘉犹豫要不要现在回去,他却没那么多纠结的:"天这么热,她总不能一个人霸占了房子吧!"

徐见鹤带着她往里走,理由也很充分,又是一副懒洋洋不怕人说的架势:"她要拍照拍她的,我们俩长了腿,又不是不能躲,这天气还是吹吹风扇冷气更重要。"他还主动强调起重点。

尚嘉看着他,似乎被逗得想笑,嘴角弯了弯,又被强行绷直。

徐见鹤回头,刚好看见她的神色,微微挑眉,没有说破。

少男少女并肩走着,谁都没有再说话。

越往里,因为头顶各家各户晾晒的衣服挡住了艳阳,巷子里变得越阴凉。空气里有青柠味的皂香随风扩散,混杂裹挟在前进的身影之间,微酸、微涩。

他们两个人这是第一回相伴走在路上,也是头一次气氛这么融洽。

人的际遇和缘分,有时候就是超越想象的神奇。如果不是一些阴错阳差,他们根本不会有认识的可能,也不会因为这些可能,渐渐地能聊上一两句。

快到转弯处时,尚嘉似乎有话要说,抿了抿唇,正要出声,身后一道男声却率先响了起来。

"尚嘉?"

回过头,一个戴着眼镜的高挑男生站在刚刚路过的单元门口。

邢严提着一包东西,侧身立着,明显有些讶异。

尚嘉愣了愣,很快反应过来:"邢严……"

她又立刻改口:"邢师兄。"

尚嘉对于一个人的态度,和她心里是喜欢还是讨厌对方完全无关,言行举止都不会有任何主观情绪上的泄露。这是徐见鹤在经由和她长久的相处之后得出的结论。

这会儿的他明显还没有这个本事。

两个熟人，看着要搭腔，要寒暄，徐见鹤作为不熟的那一个，就只能冰冰冷冷、不声不响地站在稍前几步的地方。

他记得尚嘉之前提过她和邢严做过同学的事儿，没出声掺和，但没出声，不代表他就有那个耐心提着一袋子东西干耗着。何况这两人说的其实也都是无关紧要的事儿：一方好奇她怎么在这儿，一方说回来有点事情。她有事，对方就同样解释，自己是过来给亲戚家的小孩儿辅导功课，刚好路过。然后也不知道说的什么，尚嘉像是弯了弯眼睛，略笑了笑。

明明还有一个人在场，说话的两个人也像是毫不在意，一方不问缘由，一方不答为什么……旁边几个小孩举着冰棍，路过他旁边尖叫打闹，徐见鹤眉头一皱，仅剩的耐心也没了。

"还走不走？"

他不耐烦，朗朗出声，态度非常直接。

话题被打断，两个人都朝他站的位置看过来，徐见鹤也坦然得很，大大方方任由他们看，表情动作都不变。

他先是和尚嘉对视，再看向戴眼镜的高个子。

邢严看起来微微一愣，但也立刻反应过来，礼貌性地点了点头。

徐见鹤冷冷地立着没反应，一副平时在学校里的作风，邢严也丝毫不尴尬，甚至从容容，微微笑了笑。

徐见鹤没笑，只觉得尚嘉的反应勉强还算合人心意，她同样冲他点了下头，但很快转过头，似乎跟邢严说了两句话，略略挥了挥手，就算道了别，随后干脆地朝他这边小跑过来。

少女背着光，轻轻喘着气，在他面前站定，低声说了声"走吧"。

他皱着的眉头微微松了松，但仍然不说话。两个人往单元门走时，也不再跟她并肩了，又换成了一前一后领路的状态。

尚嘉挺习惯，保持着沉默跟在后面。

两道影子不远不近地进了楼道。

徐见鹤和邢严并不熟，在校内顶多就是有过几面之缘的关系。薛陶平时挺八卦，消息也灵通，倒是提过学校里一堆人，老是喜欢把他和高他们一个年级的哪个人联系在一起。徐见鹤大概知道对方是学生会的谁，为人处世厉害，成绩被吹得神乎其神，但也只是听过就算知道了，根本不怎么去记，更谈不上在乎不在乎。

"你们做同学的时候很熟？"

楼道间，徐见鹤声音悠悠，听不出有什么情绪。

尚嘉愣了愣："还好。"

她向来有什么说什么，两个人转过楼梯角，她想了想，再次简洁地补充："我们的长辈是同乡。"

徐见鹤脚步没停，只是侧头看她，神色被帽檐遮住，若有所思："这么说……他也是在那边长大的？"

"那边"指的是她的故乡，他刚刚去过，挺熟。

尚嘉摇头，慢吞吞地补充解释：邢师兄在临南出生，临南长大，他们两个人的父母以前经常来往，对方的父亲还帮过尚父一些忙，两个人也是因为这一层原因，关系不错，算得上有点私交，只是后来没怎么联系了。

徐见鹤"哦"了一声。

门开，屋内传来电视节目的喧闹声响。

在他们俩买东西的这段时间，徐见云明显已经把环境摸熟悉了，电视机开着，空调开着，人拿着相机站在阳台处发呆，根本也不在意他俩。

回去的路上，徐见云满腹心事，坐在出租车副驾驶，陷入沉默。尚嘉和徐见鹤还是像来时一样，在后座一左一右坐着。可能是因为没了徐见云和他斗嘴，徐见鹤的心情明显不如来的时候愉快，靠着窗户，戴着帽子口罩，挂着耳机养神。

三个人回到别墅，姜女士出门去上插花课不在家，刚好省去了解释的麻烦，各回各屋。

当晚，薛陶特意用微信约徐见鹤电脑连麦，和以前一样，提出用切尔西球员的球衣收买他带自己通宵打游戏上分。

徐见鹤心不在焉，不走心地"嗯"了一声，一边听他喜欢的朋克摇滚，一边慢悠悠地操作。结果带着人，分没怎么上不说，拿着最拿手的英雄也有些发挥失常。

一把还行，两把勉强，连续三把……那就是不能忍了——毕竟他可是花了钱的！

"不是，哥们儿今天什么情况啊？"

薛陶想法单纯，忍无可忍无须再忍，强烈控诉起他的磨洋工行为："老话还说拿人钱财，替人挡灾呢，你别拿了我的好处还不干事！"

"嗯。"

"我这是质问！质问！你光'嗯'是什么意思？"

徐见鹤的鼠标停了。他摘了耳机，侧头看向桌面一侧全黑的手机屏幕，若有所思，像是纯粹顺口地一问，跳跃到毫不相关的某个话题上。

"小时候彼此之间有点私交的两个人，可以叫什么？"

"啊？"

薛陶还在痛心他拿了钱不做事，被这么一打断，以为他是没话找话，故意找茬的，自然也不太走心，想什么是什么。

"还能叫什么，那不就跟我们俩和老汤他俩差不多呗……青梅竹马？我问你话呢！"

徐见鹤没出声，半响，才又不走心地"嗯"了一声。

和去年相比，今年的暑假相当于提前了一周。

徐见云到底还是要坚持自己的想法，在长达两天的沉默后，她趁着大家聚在一起吃早餐的时候，主动向姜女士提起了之前计划好的事情。她想趁着复学以前，去尚家老房子看一看，如果可以，最好还能住上一段时间。

她这一回准备充分，也干脆把底细交代明白了，让姜女士不用太担心，她已经去过了，知道那边有人打理，所以随时住进去也不是问题……

姜女士听得明白，微微扬眉，视线向桌子上没出声的两个人投去。

尚嘉平时都挺自然，这会儿被她这么一看，莫名有点心虚，拿勺子的动作顿了顿。

徐见鹤瞥她一眼，泰然自若，往前略略靠了靠，让自己一个人落进姜女士的视线范围，惯例用平常厚脸皮的态度懒懒地甩锅："看我们有什么用，某个人脾气什么样，不达目的不罢休的架势，您又不是不知道！"

徐见云正是认真劲儿上来的时候，也懒得跟他小吵小闹，干脆坦然地顺着他的话继续："他没说错。您要怪就怪我，是我强求的嘉嘉。"她也说得很直接，"毕竟要是这会儿不去，之后肯定就麻烦了。"

这分明是一点没有拐弯抹角的意思——之后，不就是尚子欣和徐启回来的"之后"？

挺有意思。这三个平时看着闷声不响，没怎么待在一块儿说过话，这会儿倒挺团结。

姜女士想得透彻，开始还想装一装严肃，结果看尚嘉沉默地放了勺子，立刻端正坐好的动作，还是没忍住笑了，简短评价："你们倒是兄弟姐妹齐心协力，互相之间还知道打掩护。"

她对于徐见鹤是一贯的放养政策，看重他的个人空间，抓大放小，对于其他的孩子，总不会有例外。只不过，回去也行，但为了安全起见，必须得每天报备行动，还得准许她或者她找人上门看看……

"姜姨。"

尚嘉说话了。她说话的时机把握得刚好——徐见云没来得及立即应下，姜女士提完单方面的要求，徐见鹤没出声，还在慢悠悠地观望中。

三个人看她，她也只是沉静地坐着，认真地出声："我也一起回去吧，那里我最熟悉。"

她说得很有道理，和长辈对视时，也丝毫没有动摇。

尚嘉没有说假话，那间老房子的确是她最熟悉的地方。她沉默惯了，但不代表丝毫没有自己的想法，也不存在任何的私心。

关系熟了以后，学校里的同桌其实也跟她有意无意地抱怨过，说她人好是好，对谁都好，但总是雾蒙蒙的，话太少，太冷。像谜一样，总觉得不够亲热。

事实上，尚嘉只是习惯了这样，她身边的人都有缘由，都有故事。但总得有人脚踏实地，做接受者和倾听者。

徐见鹤：你是早就有回去住几天的想法，所以才答应了带她去看看？

他在短信里问得很直接。

尚嘉坐在床头，对着台灯翻着诗集，难得地没有回他。

七月的第一天，经过姜女士的允许和批准，尚嘉和徐见云拖着箱子回到了那条巷子。徐见云特意没要家里的司机送，理由也很充分，说是不想引起关注，越平静越好。

在老房子里安顿好后，徐见云的第一件事就是让尚嘉带她去见尚家小姑。有了之前的经验，她这一回明显熟门熟路，要上门看望长辈，不仅买了水果和各种补品，甚至连给小姑儿子的游戏卡带也准备周全。

表弟欢天喜地地道了谢，饭也不吃了，仗着家里有客人在，他妈不好骂他，直接把筷子一扔，泥鳅似的溜回了自己房间。

虽然血缘上是亲人，徐见云的态度也没有任何盛气凌人、居高临下的地方，小姑仍是没有立刻显得特别亲近，明显还不太适应，只能一个劲儿地在饭桌上给她夹菜。

一家三口,倒是姑父,一口一个侄女,一口一个徐小姐,把人捧得高高的,又话里话外暗示徐见云和自己家的关系……

"嘉嘉也真是,你亲姐姐要来,你也不提前说一声!"

趁着小姑去厨房忙活的工夫,姑父也终于敢坦白说话,对着姐妹二人,以长辈模样举起酒杯,苦口婆心:"说一声多好,也不至于这顿饭准备成这样。不过也没事,有关系在,咱们毕竟是血缘上的亲人,以后都是要多来往的……嘉嘉,你可多长点心。"

他这一番没来由的责怪,尚嘉也没生气,只是静静地"嗯"了一声。

徐见云眉头皱起,没说话,但已经看得出不太爽快,只是碍于第一次登门,不好做评价。

直到两个人出了小姑家门,坐在回去的出租车上了,徐见云才跟生完闷气似的,问起小姑家里的事,终于没有忍住:"他……姑父一直就是这么个性格?"

尚嘉乖巧地点头。

徐见云盯着尚嘉看了一会儿,确认尚嘉没有任何生气或者难过的反应,一时间难免泄了气,只能来捏她的脸,说:"你啊,就是脾气太好!"

经过这段时间,徐见云对自己这个亲妹妹明显上了心,说话也是真心实意:"我知道你懂事,但不能因为他是长辈,就任由他这么说你……不过也没事,以后有我在呢!"

徐见云说得认真,尚嘉就看着她,被人捏着脸蛋,弯弯眼睛,挤出一个笑。

徐见云想吃外面的饭,但嫌弃天气热不想久待,尚嘉就领着她去了巷子隔壁的街上打包了两菜一汤。两个人提着袋子,有说有笑地往巷子里走,一路上,偶尔碰见一两个熟人了,尚嘉就笑着跟人点点头,也不给人继续询问或者搭话的机会,带着徐见云往里面走。

进了单元门,两个人爬上楼梯,快到家门口时,徐见云突然像察觉到了什么,拽着她一顿,皱眉凝神,比了个"嘘",鬼鬼祟祟地停了脚步。

"门口有人。"她用口型跟尚嘉暗示,又让尚嘉在这里等着,等着听她的动静。

尚嘉愣了愣,徐见云已经反应飞速,几步上了楼梯。尚嘉被迫留在原地,凝神静气,结果预想中的沉默没有,惊叫也没有,反而是一声颇震惊、颇有力的女声愤愤传来:"我说哪个不要脸的在装神弄鬼!怎么是你啊?"

尚嘉有所预感，沉默不语地上去，果然看见一个一身黑的身影背着包，戴着耳机，还有一只皮制的行李箱靠在一侧的墙面上。行李箱的主人对于徐见云的控诉无动于衷，略略抬头看向她，也挺自在的，直接是一个懒洋洋的、不走心的敬礼。

"哟。"

徐见鹤非常从容，非常欠打。

03

现实是很多时候欠打不欠打无所谓，能够实现目的、明白自己在做什么才最重要。

月色里，只有两个人的房间，徐见鹤得偿所愿，又要得寸进尺。温香软玉在怀，他心里头满意，不仅满意还熨帖，明明高出怀里的人不少，仍要坚持努力垂首，往她的肩头蹭。

心是热的，皮肤是热的，尚嘉被人紧紧箍住，身体僵得像木头，呼吸节奏也明显不太对劲。徐见鹤感觉得到，但行动上就是不放手，而且嘴皮子一动，又是一番有道理的、真挚恳切的话："让我靠一会儿。"

徐见鹤靠在她的脖颈上，语气黏糊，好像真有十万分的倦怠，提不起一点劲儿："这段时间飞来飞去，太累了。"

尚嘉没说话，他也不急，颇有耐心地维持着原来的动作。

此一时彼一时，现在的他对她没以前那么愣头青，总是能把人看透，慢慢想出办法。

果然，一番话说完，尚嘉僵直的身板也渐渐放松了，抬手拍了拍他的后背，开口的时候语气犹疑，但话很动听。

"辛苦了。"

说完，动作也渐渐变得更加温柔，由轻拍改成了轻抚，一下、两下……小动物哄小孩似的！

徐见鹤想笑也忍住，终于抬头，看她时眼睛亮晶晶的。

"挺好听，多说几句呗。"

他说得诚恳，一边躬身往她的眼前凑，一边双手搭在她的肩头，眼神交汇时，眉眼弯弯，目光发烫。

缱绻间，尚嘉和他对视，心跳漏了一拍，思绪也停滞下来。

时机太好，气氛太好，男人女人，对视又微妙。他强硬地抱着她，嘴上哄着她，看起来好歹还有一些绅士风度，但身高差异是客观，压迫感排山倒海地倾斜过来，他的手从肩头重新回到她的背上，大掌没有动，唯独温度越来越热。感官上，香根草的气息窜入她的呼吸间；皮肤接触上，似乎有青草尖在跃动，痒；对视之间，距离不变，呼吸加快……

门外有女声响起，犹疑地喊她的名字。

尚嘉本能地要伸手推人，却看见徐见鹤了然的笑容，一时间也迟疑了，又被他抓住可乘之机。和她印象中的徐见鹤完全不一样，他飞快地握住她的手，从容有余，仍是低头狠狠亲了一下。这一次落在了指尖，随即慢条斯理地松开，不慌不忙，往旁边让了一步。情况特殊，不能说话，他就用眼神示意她请便。

"嘉嘉？你在吗？"

门外的声音越来越近，尚子欣又叫了一次她的名字。

"在！"她被迫出声，"马上来！"

尚嘉在生活中很少有慌乱的时候，但这会儿握住门把手，隔着门板急促地答话，心里竟然升起一股莫名怪异的心虚感。

她下意识地深吸了一口气，可深吸一口气后，也没立刻开门，鬼使神差地，又默默回头去看门后的人。

男人在暗色的角落里站着，身形高挑，和她不同，不仅没有一点躲躲藏藏的忙乱，态度还非常从容，靠着墙微微挑眉，歪头朝她摆了摆手。

如他自己所说，徐见鹤此人，脸皮够厚。

尚嘉显然没他的本事，呼吸又是一顿，不得不提高音量，立刻回了头开门往外走，一边走，一边还要再次强调："就来了！"

幸好，出去的时候，晕头转向间，她还能记得拿上电脑。

尚嘉跟着尚子欣回到楼上的房间，人还是心不在焉，只是表面上装得平常，没被人发现。徐见云在阳台接完一通电话，回来时也有些走神，不在状态。尚子欣成了场面上状态最平静的一个，一眼看出徐见云的走神，仍是直来直往，问她发生了什么。

"也没什么，就是、就是……"徐见云顿了顿，又有点泄气，翻了个身作罢，"算了。"

她的"算了"，倒是刚好方便尚嘉缓过劲儿。

三个人最终没能按照徐见云的姐妹夜聊计划，深夜畅谈感情问题。徐见云不想说的事情，剩下的两个人当然也不会强行去问。

不过很快，尚嘉也大概知道了徐见云当时走神的原因。

第二天上午十一点，有人不辞辛苦，提着一个沉甸甸的水桶过来串门。对于这个沉重万分、普普通通的水桶，串门的汤则明不慌不忙，笑意盈盈地给出解释：刚好是周末的早上，他和他的叔叔如常去山庄钓鱼，没想到两个人都超常发挥，家里的每个人都分够了还有剩的，做饭的阿姨也说太多，于是他就干脆开了车，将多余的鱼主动送过来。

他从上到下，一身的运动装，头上还戴着一顶遮阳帽，对着姜女士话说得妥帖，姜女士自然也听得认真，夸他用心。

尚子欣一早就去了医院上班，徐见鹤调时差，光明正大地闭门睡到现在，除开正在说话的汤则明和姜女士，客厅里这时就只有徐见云和尚嘉。

徐见云在沙发上坐着，本来捧着笔记本电脑，正在认真地编辑她的视频，从门口有人出现开始，整个人突然变得不太自在。

尚嘉若有所思，看了看她，又看了看门边，意识到了什么，也没有出声。但她有眼力见，不代表其他人也一样。

徐见鹤醒了，慢悠悠地洗漱完毕，从楼上下来，手里拿着杂志，起床气还在，对主动登门的人就没什么好话，评价得过于犀利："这点东西也值得你周末的中午特意跑一趟？而且跑一趟就算了，送东西还这么吝啬……"

"人家也是好心，就你话多！"徐见云正义感十足，听不下去了，抬手就是一个苹果狠狠地扔过去。

徐见鹤懒洋洋地伸手，接得无比顺手。

汤则明抬眼，笑着看他们姐弟俩耍宝，又侧头去看扔苹果的人。徐见云和他对视片刻，无话可说，又默默地泄了气，缩回了电脑旁边。

过程中，尚嘉一直安静地坐在沙发一角不说话。徐见鹤倒是手里有了东西，明面上有了借口，在她身侧自在地坐下了。他抽过水果刀，慢慢地削苹果皮，削完也挺正经，自然地转头问她要不要，又被徐见云瞪了一眼。

徐见云爱憎分明，这会儿心情不佳，更看不得有人这么顺心，这么直白，伸手来拦。直到汤则明告辞走人，姜女士随着拎了水桶的管家去了厨房，徐见鹤啃上苹果了，才慢条斯理地开了口："有的人都走了，你还不自在什么？"

徐见云被说破了也不服输，梗着脖子："不关你的事。"

不关他的事，但不代表不关姐妹的事情。

吃过午饭，又是周末难得的休息时间，徐见鹤本来是计划随便找个借口带尚嘉出门，两个人许久未见，也算是能二人世界。没想到徐见云先下手为强，饭吃完了，姜女士回房午休，她就直接在饭桌上把尚嘉喊走，喊走了不说，还要单独去房间里谈心。

尚嘉没有一步三回头，仍能感受到背后有人目光悠悠。

她拿着手机，左思右想，趁着徐见云去翻东西，发去一条消息。

尚嘉：[表情]

熊猫摸头，挺乖巧。

徐见鹤：[表情]

熊猫生气，不理人。

徐见云回来了，尚嘉却还没想好回什么，只能将手机屏幕熄了，飞速压下去。

姐妹之间无话不谈，徐见云憋了一个晚上，到底还是没能忍住，烦恼一股脑地倾泻而出，只是说得隐晦，没有提及名字。

从小到大，被她当成弟弟一样看待的人跟她表白了，徐见云既意外，也没那个意思，当然只能拒绝。只是拒绝了，对方也没放弃，反而很有耐心地和她周旋起来……

"他怎么就不明白呢？"徐见云有点怅惘，"有些事情说得太多，只会不如从前了。明明不说的话，说不定还能维持一辈子一起长大的关系，说了得不到结果，关系反而尴尬。"

徐见云怏怏地看着天花板，语气闷闷的："连电视剧都能说透的道理，朋友关系的男女之间一旦没有结果，最后连普通朋友都做不成……而且说到底，一起长大的关系，没有结果的话，两边的家人又怎么办，一起认识的朋友呢？"

尚嘉怔了怔，侧头看着她。

徐见云个性自由，做事习惯维持自己的看法。此前短暂接触过的男性，从关系上来说，也基本都是由她开始，再由她结束。也不叫恋爱，用"约会对象"反而更合适。双方之间，第一次见面没有好感，那就是没有好感，用不着再做什么努力。

尚嘉出了房间，站在门口没动，似乎有些感悟。

然而感悟没完，手机上的消息先来了。时隔一段时间，她终于再次收到隔壁教研室那位师弟的消息，长篇大论，没什么可看的，基本上可以总结成一句话：师姐你想得太多，我没那个意思，送零食也只是对你表示感谢，你也实在是有些自作多情了！

对于这番恼羞成怒的指责，尚嘉不觉得生气，也并没有回什么话，或者说是来不及回话。有人半天没等到消息，已经变着花样发了一堆的熊猫表情，这还不够，标点符号也用得淋漓尽致，分明同在一个屋檐下，却很有种问题亟待解决的意思。

徐见鹤：？

徐见鹤：。

她的视线往下，借助着二楼的角度，刚好能看见沙发上的人。

他大概不知道她在看他，明明抱着电脑，戴着耳机，手指却动也没动，只面无表情地对着屏幕翻，翻完又放下，气势十足冷漠，也不知道在想什么。

她对着人静静地看，想了想，理清思绪了，也仿佛来了灵感，只发去一个字。

尚嘉：乖。

徐见鹤没回她。

尚嘉下楼的脚步放得很轻，结果仍没能瞒过徐见鹤的耳朵，他坐在沙发上回头，与她对视。

他肯定已经看到了消息，不声不响地对着她瞧。尚嘉同样不说话，等他看够了，才平静地收回视线，径自往厨房走，再出来的时候，手里多了一杯冰水、一碟削好装盘的水蜜桃和蜜瓜。

客厅里两个人，一张沙发，尚嘉在靠近中间的位子坐下，手里的东西自然地摆在一直坐着的人面前。

徐见鹤微微扬眉，摘了耳机挂着，不声不响地侧头看人。

尚嘉安静地坐着，神情看起来犹豫了一会儿，才往他在的角落略略动了动位置。

同一个空间，一张沙发，两人交流着普通日常的话题，但再想做其他的就很难了。这是大白天，老地方，家里都是熟人，阿姨里里外外地忙进忙出，还是夏天，管家忙活着打理院子，时不时就得经过玄关客厅。

徐见鹤开始还没觉得有什么，直到姜女士午休完，预备下楼去院子里看看花草，发现尚嘉渐渐一句话不说了，他才隐隐觉得有几分微妙。

微妙久了，琢磨出了尚嘉的意思，就容易变成不满。这份不满，偏偏

.176.

说出来的话，又似乎容易显得人太过计较。

第二天又是工作日，当天晚上，别墅里上上下下熄了灯。徐见鹤倒是很直接，出房间前，抓乱的头发也故意没做打理。到了一楼，才发现尚嘉的房间门只是虚虚地掩着，好像对他的行动早有预料。

时间还早，也不到休息的点。尚嘉没有开房间里的顶灯，只留了桌前的一盏昏黄台灯。

电脑亮着的屏幕前，她对着手里的一本大部头慢慢地翻，回头看见他，竟然主动弯了弯眼睛，又顺手指了下自己身侧多出来的一张椅子。

多贴心，他前一天说到处出差太累，她今天就把书桌前唯一有靠背的椅子让给他，自己从客厅拿了张凳子，端端正正地坐在一侧。

这样的场景，高中的时候也发生过，只不过那时候是他看不过眼，主动教她英语，她隔得老远，尊敬地喊他一声"老师"。今时不同往日。

从昨天到今天，徐见鹤刻意扮得潦倒疲惫，固然有一些试图卖惨、招某个人心疼的想法，但看她这么实打实地照顾起他来了，又不免有些不舍得。偏偏不舍得，也不开口，他盯着人认真地看，目光淡淡，半天没动静不发话。尚嘉抬手看了看自己的袖口，没什么不对，干脆又扭头去看桌子角落的镜子，试图检查起仪容仪表……

徐见鹤半天没有说话，顺势躬身，整个人沉沉地压过去，仗着身高臂长，一把握过她的手腕。

这些天的"温水煮青蛙"，看起来也算有些效果，肌肤接触，尚嘉没挣扎，眼看着是已经习惯了当前程度上的亲密接触，顺从乖巧得很。

徐见鹤和她一起看向镜子里，目光对上了，却没有和之前一样继续贴近，而是波澜不惊，平平淡淡地继续往下俯身，将她的手顺手一捞，大掌抱起纤细的腰身和腿弯，直接连人往上带起，稳稳当当地抱了起来！

天气正热，尚嘉犯懒，光脚踩在拖鞋上，头发没扎，身上也只有一件长长的睡裙。

她的发丝倾泻而下，落在白皙的皮肤上，他的脖颈间，裙摆沉沉垂坠着……尚嘉第一时间没反应过来，悬空时，下意识急急地喊他的名字，又试图要做反抗，下地站稳。

徐见鹤早有预料，从容不迫，略略一掂，还是稳稳当当地抱着，将人挪到一边的椅子上轻轻放下。往后退开前，还有空对着尚嘉略略打量了一下，将她的碎发别到耳后。

他在凳子上坐下，同样率先出了声："你现在还不想让他们知道？"
指的是他们俩现在的这层关系。

徐见鹤语气没什么波澜，问得也很淡然。

尚嘉心跳还没放缓，依旧很快意识到他说的什么，并不遮掩，点了点头。

他拿了桌上的笔，仿佛挺有兴趣，无聊地扫过一眼，问："那之后呢？"

徐见鹤又抬头看她，面对面，又拉了她的手，习惯性地摩挲着，声音悠悠："就这么一直藏着躲着，谁也不告诉？"

尚嘉犹豫了一下，没有回答。

他看向她的眼睛，淡淡地出声："尚嘉，我是很认真的。"

徐见鹤心头微涩，偏偏表情不露，只是微微眯眼，再次平静地强调："我一直很认真。"

如果不认真，何必这些年总要苦哈哈地过？汤则明说他没必要这样，他有时候也自嘲，想他自己总放不下，对一个人念念不忘，还要各种瞎忙活，根本不在乎对方是否能发现他的心意。痴心一片，这压根不是他个性该做的事，然而这么多年下来，习惯早成了自然。

他握住她的手，力气渐渐放轻。尚嘉静静地望着他，顺势回握过来，开口回话："我知道。"

她同样态度认真："我没有不信任你。"

尚嘉其实不太知道怎么表达才恰当，即便她为了学习感情这回事，已经提前看过了大量的经验帖，甚至清楚地知道自己个性上的缺点，加以补充和分析，这会儿仍然不可避免地词穷起来。

她做正事的时候，总习惯随便放一些无人声的轻音乐，此刻，音乐声仍然在流淌。

徐见鹤望着她，缓缓出了口气，伸手戳了戳她的脸，决定不跟她计较。

"算了。"他又退一步，从容起来，恶狠狠道，"你知道就好。"

尚嘉看他的眼睛，薄薄的眼皮，看人时常常漫不经心，总给人不好接近的第一印象。她曾经也以为他就是这样。

"徐见鹤。"

她沉吟片刻，又叫他的名字，脑子里却不由自主地想起下午时，徐见云和她聊天时的怅惘。

徐见云说得透彻，自己和徐见鹤其实也和她嘴里的故事没什么不同，甚至可以说，更加没有回头路。她从小到大，一路平静地看过各种各样的风波，失去过很多人，也得到过一些意外的关照，严格意义上来说，应该也算幸运。哪怕就算没有经历过，也知道所谓人与人之间的爱情，永恒才是少见。她曾经也犹豫过，如果不迈出那一步，他们两个人还能做很久很久名义上的家人、朋友……总之，是没有任何风险的。

如果磨合不好、如果感情不稳定、如果周围的人还因此产生顾忌地对待他们……种种变化可能，世界上痴男怨女太多，她在朋友和家人上已经经历过太多次离别，哪怕还在互相深入了解、转变关系的状态，也不想和眼前的他沦落到这种下场。

她不想失去他。

尚嘉表达自己的时候太少，太过慢热，并不介意别人用冷淡形容她。就算意识到内心，逐渐意识到自己对徐见鹤的好感，也是通过了一个漫长的自我认知说服过程。所以这番想法，她全是靠着本能很有耐心地拆开揉碎，不擅长表达，就一字一字地慢慢说给他听。

"深入了解？"徐见鹤语气淡淡，"我们不是正在谈恋爱吗？"

"男女朋友"才应该最准确。

尚嘉愣了愣，没有第一时间回复，他却看懂了她的意思。

徐见鹤看着她，淡淡地点了点头："哦，也行吧。"

他明明已经有了些怒气，也不急，愣是"哦"完了一声，才淡淡地笑了起来："你是觉得，就客观现实来说，我们俩之间也存在结局不好的可能？"

这显然才是重点。尚嘉陷入沉默，没有回答他。

徐见鹤又笑了笑，松了手站起身，表面波澜不惊，动作看起来却是打算走人。尚嘉下意识去拉他，没拉住，只能看他神色透着冷，明摆着是怒意渐起，几步就到了门边。怒气间，竟然还记得没有摔门，只是急促地关了。人影消失不见，尚嘉对着门久久望了一会儿，心神微动，虽然有所感触，但也知道这番话不得不说，索性整个人缩回椅背上，静静地发着呆。

她没有动，身后的门却又突然被人推开。

尚嘉惊愕地回头，这一回，进来的人大步流星，几步就到了她的面前。

一坐一站，徐见鹤居高临下，神色被夜色淹没，看不清具体，迎面的压迫感十足。

尚嘉抬头看他，目光平稳，手却无声地捏着裙摆。正要说话时，他

比她更快，已经朝着她的位置俯身压了过来。徐见鹤应该是真的生了气，他平时性格自我，随心所欲，对别人没什么好脾气，但对她总能多一点耐心，退让一步。尚嘉心知肚明，只能凭本能下意识往后退。

"你真是……"

他咬牙切齿，捧住她的脸，薄而锋利的唇猛然落下，恶狠狠地印在她的嘴角。

"怎么不气死我算了！"

可是到底怎么才叫算了？真能简简单单算了，他也不会跟认命一样，刚出了门，都没来得及借什么东西消消愁，只在门外立了一会儿，左右走了两步，就又一咬牙折返回来，的确够厚脸皮的。

徐见鹤神情愤恨，呼吸却灼热，烫得尚嘉颤颤巍巍，不由自主要抬手，结果被他一手制住。朦胧间，只看见他深邃的眼眸，低沉发凉的神色。他亲在她的嘴角，辗转片刻，就变成了上唇，泄愤似的咬了一口。

"这张嘴到底哪里来的那么多大道理可说？"

这个吻似吻非吻，开始是泄愤，后来就变了意味。

徐见鹤这会儿才叫原形毕露，没了之前装出来的温柔似水，只剩本人毫无遏制的个性。尚嘉整个人靠在椅背上，腿脚渐渐发软，人也晕晕地喘不过气。她平时总是对所有人一视同仁地保持着距离，最亲近的也就是两个姐姐，关系比较好的师姐同学，还有眼前的这一位……

外面是沉闷的夏夜，屋内小天地，他们俩这么个接触法，说仇人不是，说情人也不像。潮气顺着呼吸汹涌地压过来，男人一下一下地辗转，唇瓣相贴，先是啄吮轻含，身上的香根草气息铺天盖地，掺杂着木质的醇厚，浓烈地逼进尚嘉的呼吸间。她没了力气，整个人软绵绵地化开，对方就给她借力，硬邦邦的手掌托住后背、下颌，舌尖强硬地撬开牙关……和以往每一次的暧昧不同，拥抱也不同。

他从不知道多久之前就有这个企图，整个人的恶劣性暴露无遗。他也不需要尚嘉的意见，免得她一旦理智清明，就给出他也知道有道理的话，到时候才又是无法反驳，情形恶化。

徐见鹤气息急促，动作也没了平时的游刃有余，声音喑哑："不是谈恋爱，也能接受这样？"

尚嘉眼角泛红，下意识地摇头。

他也不愿意给机会，捏住她下颌的手更紧，继续仗势欺人，吮咬她的舌尖。潮湿生动的接触,尚嘉没有经历过,自然觉得慌乱,可慌乱之余,又是全身心的信任。

徐见鹤没有亲够,在她的嘴角流连,喃喃地喊她的名字,后半句话却没说出口。

交缠之间,他终于渐渐平复心情,肯大发慈悲地松开她。

尚嘉喘着气,整张脸通红,眼角是红,唇瓣是红,目光湿润,声音发颤。徐见鹤理智上恢复清明,依旧伸手去给她绺头发,脸颊上有汗,他也极有耐心地擦。

尚嘉渐渐地缓了过来,明明浑身没力气,但也要认真地看他的眼睛,一字一顿地回答他的话:"是跟你才可以这样。"

吻又猛然落了下来。

两个人位置交换,徐见鹤抱住她,托住人,轻而易举就让人坐在他的腿上。

尚嘉开始的时候没有准备,无所适从,渐渐地缓过来了,也有经验,就仰着头,乖乖巧巧地任他交缠。期间,她的手穿过他的脖颈,摸到他的头发,微微刺人。徐见鹤也任由她摸,咬她的嘴唇还以颜色。

他稍微往后,微微挑眉,呼吸间都是惫懒,再开口,什么气也都消了。

"这不是会说好听的吗?"

夜色渐深,徐见鹤本来就认栽,这时候心满意足,低头抓住她艳红的指尖慢慢地轻抚。

"下周有什么安排?"

他被安抚好了,也有可说的话,可聊的事情。尚嘉整个人是软的,一点理智回归,全靠本能和他说上一两句话:下周有专业内部团建的活动,要去城郊玩一玩;导师那边要给初稿,她好好准备,估计得泡几天图书馆;哦,对了,还有邢师兄和他的未婚妻要请客吃饭……

徐见鹤慢慢地听,"嗯"了一声又一声,只觉得自己的确应该认命。

等尚嘉一件一件说完了,他微微抬手,去捧她的脸。以前没觉得她身形娇小是这么好的一件事,肌肤相贴,时机也恰当,他声音闷闷的,语气却已经轻快起来:"我知道你的意思……不说就不说,反正人我扣下了。互相深入了解也行,了解完了,记得知会我一声。"

他说得还挺正经,掂了掂她,薄纸一样的轻,眉头微微一蹙,又叮嘱她平时要按时吃饭。

这段时间下来，尚嘉已经习惯了他对她饮食上的监督，只点点头，抬头看向他的眼角。

"徐见鹤……"尚嘉从来都是真心实意，所以说的话也都是出于真情，不是敷衍，"你真的很好。"

"好人卡？"

徐见鹤低头看人，没出声，也懒得出声，笑着凑过去："这我可不要。"

这个夜晚，虽然中间不愉快，但终究是以惯例的晚安道别画上的句号。

第二天一早，徐见鹤特意没要助理来接，亲自开车专门把家里的三位姐妹分别送到各自上班的地方。四个人在场，尚嘉路上没能和他说上几句话，又坐在后面，是走得最晚的一个。她从后座直接开了门，但走之前，塞给他一颗不知道从哪儿来的水果硬糖，无声无息。

和她说的一样，尚嘉这一周的确很忙。老师有请，同学有请，还有师兄那边有外快项目……

周四下午，全教研室的人通通集结，坐上一早约好的车奔赴城郊的农家。这个时节，几乎没什么可摘的水果，只剩一点晚熟的杏子。来的大部分人都想体验采摘的乐趣，尚嘉就留下来，承担起看护篮子的重任。

师姐将果子用防晒外套兜好，交给她，她尽数收了，挑了最大的一个，慢悠悠地拍下一张照片。

"心情这么好？"

师姐再回来，看见她脸上的笑，主动搭话："以前没看你这么喜欢拍照，没看出来啊……原来是喜欢农家生活？"

尚嘉很少敷衍人，这会儿却选择主动点了点头，将话题带过。

徐见鹤飞来飞去的这段时间总算不是毫无结果。启越的人工智能项目和多个顶尖实验室合作，发布会他本人到场，话没说两句，既不长篇大论，也不邀功，功劳大部分给这位教授，那位某某先生，政府的什么政策……

"啧啧，人精啊这是。"

同桌吃饭，有男同学看完这段，特意分享给身边人，一边分享，一边给出犀利的评价：都这么有钱了，怎么吹捧人的本事还这么一流？要不人家怎么能挣这个钱呢！

尚嘉的嘴角弯了弯，又低头参与起身边女生的拍照活动。

这些照片，当然通通有去处。

夏天天黑得晚，第二天傍晚，她在学校门口挑了个阴凉处等人。

邢严驱车到了门口，他的未婚妻率先降下了副驾驶的窗户，对着她格外热情地招呼出声："尚嘉，尚嘉，这儿！"

邢严的未婚妻姓李，名字则是取的英文的英译。李小姐亲自挑的餐厅，是一家离邢严家不远的本地特色餐馆。菜单里，汤尤其做得好。她以前在家的时候，自己选中餐馆，总是嫌油太重，全靠邢严推荐，没想到回一趟故土，随便一家小店都让她极中意。

桌子上，李小姐大大方方，和上回一样，全程都是笑容，除去仍然对某些中文词汇拿捏不准，要邢严提醒几句，聊天的话题可谓信手拈来。

对于当听众，尚嘉总是熟能生巧的。

对方拉着她聊，应该也很喜欢她的个性，所以一顿饭吃下来，反而是邢严成了低头吃菜的那一个。

他们俩是在非洲外派的时候认识的，邢严比她早去一年，却把那地方混得跟本地人一样熟。李小姐在家里长年累月娇生惯养——她自己用的形容词。看他适应得那么快，简直像看外星人。当时的顶头上司要同部门的他作为前辈好好照顾她，对女生多点关怀，她心里就更加不舒服。用李小姐本人的话来说，她是好强惯了，所以从小到大不喜欢受到优待，而且，自己明明能力也不差，没道理需要他的什么"照顾"……

两个人相识相知的故事被她说得格外有趣，尚嘉也听得认真。

他们两个人一开始是同事所以相识，后来李小姐跳了槽，两个人的关系却维持了下来，而且渐渐地加深，变了质，不出意外，接下来都要在欧洲工作生活。至于异地的问题，无非是互相之间多跑几趟，没道理谁要为了谁放弃自己的事业。

一顿饭吃到最后，李小姐主动要和她交换联系方式，这还不够，又要问她的社交媒体账号。

邢严挺无奈，给她添完鸡汤，出声拦她："不是所有人都热衷晒自己的生活。"

"你是嫌我太有分享欲？"

邢严叹了口气，选择退让："行。"

他这个样子，尚嘉和他认识多年，也几乎从来没见到过，颇有点惊讶。

对面的两个人你来我往,恰巧手机响起来,一通电话入场。前一天还在发布会上被人用"人精"形容的徐见鹤,这会儿返璞归真,只问她三个字:"在哪儿?"

"在吃饭。"

她说明情形,早有准备,直接发去店外拍下的照片。她通过他白天发来的照片,得知他在上海,没道理不让他知道她在哪儿。目前的情形显然不能久聊,等电话挂断后,尚嘉才发现自己忘了说在场还有其他人,于是点开微信,认真地发去一句解释说明。

炎夏天气变幻莫测,天色黑了,外面开始渐渐飘起雨点。

尚嘉安静地听他们的对话,偶尔联系到自身,不免也隐隐有些感触。

世界上的恋爱关系多种多样,相处模式自然也有多种多样。

她放下筷子,喝一口热茶,外面的雨也越来越大。

两方分别时,尚嘉本来计划自己打车走人,方便快捷,而且地方也不远,架不住李小姐主动提出送她,说是要表达感谢之情就要有始有终。

当时在校门口被自行车刮伤,其实只是小事一桩,她不觉得有特别痛的地方,但人生地不熟,难免心里有些委屈,有些无助。

"当时要不是你的话,我说不定还要迷路,而且迷路就算了,肯定会被他抓着唠叨好久……"

李小姐冲她眨眼,凑近压低了声音:"你师兄这一点很讨人厌吧。"

尚嘉被她逗笑,陪着轻轻点头。

邢严更加无奈,推了推眼镜,叹了口气,笑笑没出声。

两位女士站在房檐下躲雨,他被派去停车场开车。

夜色里,不断有各种车辆从她们面前路过,头顶小店的灯昏黄,在雨幕中慢慢地朝外晕开,一圈又一圈。她听着身边人的话,却不自觉地开始走神。

一辆车越来越近,通身的黑色,极低调,冲着她们所在的方向滑过来时,也是慢慢悠悠、不慌不忙。

很眼熟。

尚嘉呼吸顿了顿,目光彻底黏了过去,一时间彻底安静下来。

徐见鹤拿着伞下来的时候,身上还是视频里看过的衣着,身形挺拔,英俊凛然。

他在她面前站定,冲她身侧的人点了点头,伞却提前一步举在她的头顶。

徐见鹤在一些场合对待别人总是很有一套，李小姐通过回忆，隐约认出他上次在医院出现过，又惊讶他的面熟，看他的动作，已经对他和尚嘉的关系了然于心。

邢严的车过来，车窗降下，他不远不近地喊"邢师兄"。

邢严愣了愣，这回没有喊他"徐总"，看见他给尚嘉撑着伞，两人并肩挨得极近，也渐渐明白过来，不免回了个笑，知道这一趟用不着他们再送。

直到上了车，尚嘉才有了动静。和往常一样，她总是能在所有问题中，选择最实在的那一个。

"你不是还在上海？"

她拿着伞，手上全被雨水打湿，他用抽纸和她自然地做了交换，将伞一圈圈收好，顺手塞进塑料袋中，默契得不用多说。

"又不远，而且……"

他也挺坦然，侧头看她，微微扬眉，顺势捏了捏她的耳垂，很有种理所当然的意味，语气轻飘飘的："你要见喜欢过的师兄和他家属，没道理不需要人来撑撑场面吧。"

04

实在是事出突然。

家门口多了个人，且这个人还是正值青春期、热爱运动的高中男生，最直接的影响其实非常明显——尚嘉打包的饭菜按量计算，为了避免浪费，她专门考虑过两个女生的饭量，特意和老板要的半份。

徐见鹤这么一副不请自来的架势，潇潇洒洒，连行李箱都随身拉上了，明摆着不是临时串门，是打算驻扎一段时间。

这人态度上过于坦然，徐见云看了就不免来气，本来还想多控诉几句，结果刚好碰上有人上楼，不得不偃旗息鼓，咬牙切齿地让尚嘉把人给放进了屋。

"不是，你到底来干吗的？"

一进屋，她就转身质问徐见鹤。

根据她作为姐姐的个人经验，暑假时间难得，如果按照往常，徐见鹤肯定会被薛陶、汤则明那群人约出去鬼混，去马场溜达也好，看演唱会

看球赛也好，陪人飞日本淘模型周边也好……总之都是他们的活动，跟她是井水不犯河水。

她来气，徐见鹤则挺淡定。耳边的人还在算账，他已经接过尚嘉翻出来的鞋套慢悠悠地套好，又慢悠悠地道了谢。

尚嘉全程没有出声，他们姐弟俩争吵，她就把该找的找了，又对着桌子上放下的打包袋注视片刻，最终默然无声，接过徐见云手里的那一份，一起提进了厨房，把客厅里的空间全留了出来。

门轻轻半掩着，就是一片只属于她的小天地。

尚嘉缓慢地、耐心地把小天地扫视了一遍，安静无声。

房子空置许久，没有人长久地在这里生活，曾经的痕迹早一点也不剩，为这里努力打拼过的尚父是这样，姐妹俩的也是这样。

老房子两室一厅一厨，尚嘉在这里生活了多年，当然对什么都很熟悉。她耐心地搬了凳子，上上下下，将橱柜挨个打开了，每一个都空空荡荡；再蹲下翻找洗手台下的收纳柜，过往用来装米的桶位置没变，但同样空空如也；最后冰箱门一开，情况也差不多，一两瓶不知道过没过期的、未开封的矿泉水迎面摆着，估计是负责定时打扫的人放的。来打扫的人也挺注重细节，墙上挂着的抹布干干净净，刚好方便尚嘉这会儿拿了，一干一湿，仔仔细细擦拭起灶台。

打包的时候，她特意问餐馆老板多要了餐具，考虑的就是家里的东西估计都需要再彻底清洗一遍。

时间接近七点，外面的日头渐落，橘色的光芒在狭小的空间弥散。

有人敲了敲身后开着的厨房门，"咚咚"两声，她回过头，刚好对上斜斜倚靠着的人的目光。

"要帮忙吗？"徐见鹤的目光从头顶的橱柜悠悠掠过，最终落在她身上。

尚嘉摇头，他也没管，继续往里走，明显是不打算把她的拒绝当回事。

尚嘉反应也快，沉默了片刻，即刻出声："见云姐呢？"

"看你忙着干活，太感动了呗。"徐见鹤还是一如既往的不走心，打开水龙头，慢吞吞地洗起手，"估计出门买东西了吧。"

事实证明，徐见云不仅光买了东西。

她对徐见鹤不满归不满，但过后，转头看见尚嘉独自整理起厨房，立刻出去采购东西，最后的结果是带回了一大堆生活用品不说，甚至还临时打电话，带回了两个保洁公司的人。打包的饭没吃上，她进门先对带来的人轻声交代了一遍打扫的事儿，转头看见正在擦窗户的徐见鹤了，又是劈头盖脸一顿质问："人呢？"

徐见鹤："人在卧室，估计忙着呢。"

"那她要忙，你不知道拦着吗？"

"拦了啊，没用，人家不听我的。"

徐见鹤有一答一，到最后也不太耐烦，直接不答了，对她挥了下手里的毛巾，说："差不多行了啊！我可没让你亲爱的妹妹一个人干活。"

他从小就是少爷脾气，少爷个性，有什么说什么，挑剔得要命。要这种人主动干点活做点事，那的确是不容易。

徐见云转头马不停蹄地去卧室找人，他就耸耸肩，继续挂上耳机，慢悠悠擦起窗沿。

有专业的人上门，饭菜不够的问题自然也能解决。

专业人士接手打扫的任务，甚至连做饭都一并揽下。直到保洁公司的人走了，天彻底黑了，三个人终于吃上一顿热气腾腾的晚饭。土豆炖牛腩、烧茄子、番茄蛋汤……家常是家常，但量够，品种也够，味道也凑合。

尚嘉全程沉默，但刻意放慢了吃东西的节奏，等到其他两个人主动下桌去收拾箱子了，她麻利熟练地收拾起碗筷。至于回家之前打包的饭菜，那也不能随意浪费了，该放冰箱的放冰箱，不能放的，另外用袋子装好处理，明天出门的时候带出去。最后剩的，明天当早饭刚好不算浪费……

"你就不能休息一会儿？"

冰箱门关了，徐见鹤的声音又悠悠地在背后响起来。

"刚回来第一天，就算想忙也不用急在这一时。"

男生身高腿长，略略一站，就把门口的空间占据了大半。

他其实是好意。

尚嘉转过头，和他对视片刻，没有解释什么，只是点了下头。

晚上的房间分配没有意外，两个房间，肯定是尚嘉和徐见云一间，徐见鹤单独一间。

因为是尚家姐妹从小到大住过的房间，徐见云整个人显得很兴奋，将房间里里外外地看过，又拿起一件件陈设仔仔细细地看，最后才坐在书桌边，对着窗外微微出神。

尚嘉翻着随身带的辅导书，安静地坐在她的旁边。

也不知道过了多久，徐见云才如大梦初醒，撑着下巴，对着窗外的风景，喃喃出声："这就是我原本应该生活的地方。"

房间里风扇转着，夏夜晚风穿过两人之间，不断有巷子里的喧闹声飘上来。

尚嘉抬头看人，微微一怔。

这一回，徐见云终于有所进步，既没有情绪崩溃，也没有落泪，只是长久地沉默着。她同样不说话，半晌伸出手，无声地搭在徐见云的后背上。

久违地回到熟悉的地方，夜色浓重，尚嘉却只睡了四个小时就睁了眼。

半亮的天色中，风扇不断地转着，和小时候一样，她的身侧，同样有人安静地并肩靠着，宁静安稳，只是不再是同一个人。目光所及之处，公用书桌不变，但再没有一道线将桌面划分开，成为房间的两个小主人分别摆放课本书籍的区域；客厅内，沙发不变，老式电视机没换，周遭陈设被人用心维持着原样，唯独老照片和相框消失不见了。

她好像也没有变，就像这些细微的细节一样，只有一点迫不得已的、无声的变化。

尚嘉站在客厅里，窗外，天还没有彻底亮，她却已经彻底清醒了。

徐见鹤是第二个醒的。突然换了地方，换了床，他挑剔的毛病上来，自然睡眠质量不佳，加上本来就有的起床气，提不起劲儿也是正常。

房间太小，家具陈旧，床板太硬……这些当然不能跟同住的两个姑娘提，但想想办法，也不是不能处理。徐见鹤解决问题的思路总是很直接，他挨个把面临的问题在心里列了，然后挨个想了大概的解决思路，挤在狭小的洗手间洗漱时，满腹的脾气已经被自行安抚下去了一半。

洗漱台太窄，对于他的身高来说也过低。而且，明明整个空间已经够小，还要被一分为三，划成紧凑的三个区域。

等洗漱完毕再往厨房走，徐见鹤不意外地听见"咕噜"的水沸声……

另外一头的防盗门开了，有人提着一袋子东西进来，看他站在厨房门前，明显也不太意外。

尚嘉不声不响，放下手里的袋子，终于肯说上几句话，跟他很自然地交代起早饭的问题。她买回来的东西不多，大早上的，巷子口的米店还没开门，她是碰见了住在顶楼的阿姨，临时找对方借了点。煮点粥是够了，配她带回来的包子和小菜刚好合适。

徐见鹤跟在她后面进了厨房，看她熟练地系上围裙，围着灶台忙活。他不声不响，有所预感似的开了冰箱，对着里面扫了一眼，心下了然，面上没变化。

"早饭吃了吗？"他拿了瓶没开封的矿泉水，研究起日期，顺口发问。

"吃过了。"

"吃的什么？"

"就桌子上的那些。"

桌子上的那些？

徐见鹤差点气笑……这人真是永远梗着一股劲儿，守她自己的原则，而且，应该还挺了解他的，不然不会波澜不惊，谎话也说得这么自然。

锅里的粥煮沸，尚嘉抬头开了柜门，预备踮脚去拿几只瓷碗。徐见鹤几步过去，抬手穿过她的头顶，先一步替她拿下来。

气息流窜，皂香微微地飘散。距离说远不远，说近不近，但总之刚好适合平心静气地聊几句。

"昨天打包的吃的呢？"

他低头看人，刚好看见少女的耳郭、脖颈、仰头时没有变化的神色……

自从关系缓和后，他已经很少有因为她的言行举止生气的时候，这会儿却忍不住冷冷地发话："你是从小到大说谎一向这么厉害？"

回答他的是径直递过来的一碗热气腾腾的白粥。

尚嘉表情不变，动作平静，眼皮子都没有多抬一下。

徐见鹤冷笑归冷笑，但话没出口，已经自觉地抬手接上了。

相处这段时间以来，他们俩在这种时候总是有些莫名其妙的默契。徐见云作为三个人中起得最晚的，迷迷糊糊地摸到了厨房门口，一看里面的动静和架势，哪怕人还没睡醒，也自发地加入队伍中。

三个人在这间老房子住下的第一天，徐见鹤就意识到了自己的不习惯。

虽然不习惯，但好在勉强还能忍受。床板不舒服，那就直截了当换新床垫；家具倒是不能动，那就上网买收纳箱和架子；至于其他不能改变的，那就慢慢适应调整，全都是能解决的事儿。

微信消息里，薛陶早就一个人天南海北地玩疯了，甚至还特意飞到纽约去，试图偶遇一下仍然念念不忘的那个姐姐。偶遇之余，也不忘记发来切尔西美国友谊赛的主场现场照来勾引徐见鹤。

徐见鹤也挺无所谓，没什么兴趣，学校里的任务哪里不是做，游戏哪里不是玩，比赛哪里不是看。

徐见云搬来以后，生活就是里里外外地四处转悠，四处看，四处拍，整天写着一本厚厚的日记，看起来的确有在认认真真体验当下的生活环境，暂时没有心思琢磨其他。

尚嘉第一天选择自行解决剩饭剩菜的事儿，徐见鹤当然不会闲得跟她提。

待的时间越久，徐见鹤就越回过味儿，越明白自己当时为何有些生气尚嘉随口扯谎。

自打尚嘉从这里搬到别墅，再从别墅搬回这里，来来回回，环境反复变来变去，可从她的情况来看，好像压根不需要什么适应的过程。她的生活习惯总能随时调整，在哪里需要干活，哪里不需要，哪里只用安心读书学习，哪里要照顾到其他人，都是随时能够切换的状态。这些通通没必要告诉别人，和一起住进来的他们也没关系。

姜女士还是考虑周全，他们三个人住进来的当天，她就给他发来了消息，问的全都是细节上的问题，比如家具、彩电需不需要更换，其他两个人情况如何，徐见云心情怎么样……

徐见鹤本来上门是临时起意的找乐子心态，这会儿却莫名其妙被当成了眼线，当然挺不爽，回答得就不怎么用心。

不用心，姜女士也有办法，直接祭出撒手锏，需要换的，他尽管直接安排，安排过后可以找她报销。

"这你早说啊！"

有了姜女士的保证，他这下翻身而起，答应得够快。

姐妹两个人相约出去的上午，徐见鹤独自一个人在老房子里慢悠悠地转，最终通过一番观察研究，只做出了更换灯具和洗衣机的决定。其他的家电几乎都是新的，估计是尚子欣之前的安排，比他还周到。

两个负责上门的安装师傅干完活麻利离开，尚嘉领着人回来，目光一扫，看见里里外外的新家电，也没有任何多余的反应。

徐见鹤举着一本篮球周刊，看似在翻，实则余光对着她观察了片刻。她不说话，他就同样不说。

有了成功的案例在前，第二天，他进一步参考了徐见云第一天找保洁公司的思路，直接雇了个钟点工上门，负责三个人的日常饮食，彻底杜绝了尚嘉再说谎的可能。总而言之，他自觉安排得妥当，无懈可击了，心情自然也舒畅。

这份舒畅的好心情，一直到他再次在巷子里见到熟人。

毕竟是第二次在这里碰面，这一次，邢严大概也有了经验，在巷子口的水果店碰见他了，人微微一愣，和上次一样，主动点了头。

徐见鹤这回终于也舍得冲他淡淡点了下头。

"你原来也住在这附近？"邢严挺自然地问。

"嗯。"

徐见鹤依旧冷淡，凝神静气，垂头对着西瓜挑挑拣拣。

这人上回看到他和尚嘉走在一块儿，估计心里有些猜测，却也只问他这么一句，确实挺会做人。

徐见鹤会出现在这里，不是他想负责买水果，而是其他两个人看起来全无兴趣，但姜女士又特意要求他们每天多吃水果，他只好自己来买。

徐见鹤的记忆力这会儿倒是又发挥了作用，他想起来，这位某人口中的"邢师兄"，在校内的名声的确很好，就连传言，也大多是夸他平易近人、不摆架子之类。果然，老板转头找钱的空当，邢严看他完全一副新手挑选水果的生疏架势，并没有袖手旁观，而是很简洁地给出建议，譬如挑西瓜可以靠敲击听听声音，看瓜藤绿不绿，皮发不发软……这些通通被总结成简短的要诀，刚好一句简单的话传授给他，而且说完就走，像是明白听众的个性，一点也不拖泥带水。

徐见鹤想不耐烦都晚了半步，他拎着东西回到客厅，恰巧尚嘉在餐桌旁坐着看书，他把东西往她面前一放，即刻走人。

然而就这么一次偶遇还不够，时间正式来到七月以后，邢严就跟阴魂不散似的，频繁出现在这条巷子里。有时候是他们两个人无意间碰面，有时候尚嘉也在……但无论如何，对方都没有多问任何有关于尚嘉的私事。

尚嘉和他寒暄时，两个人总像不用多说，也能在某些方面保持着默契。

刚开始，徐见鹤还挺淡定。

"他知道你从这里搬走的事情？"徐见鹤自称不在意，却挑了个时机，在楼道间悠悠地问话。

尚嘉想了想，说："应该？"

徐见鹤"哦"了一声，等两人停在防盗门前，他才继续往下问："那

他也知道原因?"

尚嘉仍是雷打不动的态度,又想了想,静静回他:"不清楚。"

真不清楚还是假不清楚,那就全不知道了。

一周后的某天晚上,徐见云一时兴起,主动要去尚家姐妹俩就读过的小学转转,当然没忘记带上对这附近极熟悉的尚嘉本人。徐见鹤对此没有任何兴趣,就挂了耳机,一个人留在客厅里百无聊赖地玩掌机。

有人坚持不懈地敲门敲了许久,他还当是出去的两个人没长心眼,忘了带钥匙,心里不耐烦,嘲笑的话都在嘴边了,一开门,又都咽了回去。

门外,阴魂不散的身影笔直地站着。

邢严手上提着一个盒子,另一只手还拿了本书,看见他了,明显也有点愣神,分明是非常意外。

徐见鹤反应极快,语气淡淡,目光对着来人上下一打量,问都没问,直接简简单单丢出四个字:"她人不在。"

这个"她",指的是谁也很明显。

邢严怔了怔,没料到他会率先出声,不慌不忙,点了点头。

楼道狭小,两个人面对面站着,傻子都看得出徐见鹤面上懒得谈闲事的态度。

邢严想了想,从善如流,并不多说,将手里包装精美的礼盒径自递过来。

"家里人的一点心意,"邢严交代得言简意赅,"是老家那边带回来的特产。"

挺正常的理由。

徐见鹤一早被尚嘉告知过他们两家长辈之间的交情,听完这番说辞,自然也不太意外。只是特产在两个人手上交接,他作为冷淡收下的一方,目光又平平静静,往邢严的另一只手上略略一扫——书没拆封,还是全新。

"这个我之后给她吧。"

邢严看透他的意思,再次开口,态度仍然是温和的、从容不迫的。

徐见鹤淡淡点头。

不咸不淡的对话总算结束,门一关,他却没急着往里面走。

玄关处的光很暗,徐见鹤原地站着,把盒子提起来,瞧着上面硕大的"风干牛肉"四个字,眼睛微微眯了眯。

姐妹俩回来的时候，他还是和她们走之前的状态一样，整个人散漫地靠在沙发上，挂着耳机心无旁骛，占据了很大一块地方。

徐见云眼尖，第一个看见餐桌上包装完好的礼盒，也第一个朗声问话："这是什么？你买的？"

徐见鹤没动静，她就也不给面子，直接几步冲到沙发后伸手，作势要摘他的耳机。

"和我有什么关系……"

徐见鹤仿佛有所预料，漫不经心地盯着屏幕，慢悠悠地出声，又猛地一个起身，刚好避开后面的突然袭击。他也不管徐见云对他的控诉，自觉摘了耳机，不咸不淡地继续开口："她朋友送过来的。"

尚嘉从厨房里出来，刚好走到餐桌前，听了他的话，不禁微微一怔，破天荒地主动发问："是邢师兄？"

尚嘉的态度其实和平时没什么不同，不过又是青梅竹马，又是张口闭口的师兄……

徐见鹤眼皮子不抬，嘴角冷冷牵了牵，愣是顿了两秒，才缓缓地应声："还能有谁？"

就算有谁，也应该和他这个负责传话的没关系。

徐见鹤的性格差不多就是这样，话说得不动听，但总是能把事情办得很有条理和效率。

尚嘉现在对他的印象和一年之前刚刚见面那时不太一样。果然，晚饭时分，钟点工走后，他不走心是不走心，但也在餐桌上跟她简短交代了下来龙去脉，谁送的，谁的家人的心意……她听完点点头，摸出手机，发了条消息，然后又跟他道谢。

徐见鹤"嗯"了一声，就算是回应。

夏夜总是最宜人的时候。

饭后休息时，三个人都有事情可干，徐见云在卧室里写日记，徐见鹤在房间里搬了笔记本电脑看比赛直播，尚嘉就拿了钥匙，不声不响地到门边换鞋，准备出门。

她换好鞋起身，没料到会有人从厨房出来，本来应该在房间里看直播的徐见鹤手上拿了根刚从冰箱里拿出来的冰棍，和换好鞋子的尚嘉四目相对。

尚嘉想了想，还是主动出声，简短交代："我出去一趟。"

徐见鹤面色不变,高冷地点了下头。

她没发觉什么不对,出了门,轻轻把门关好,径自往巷子口慢步走去。

这会儿居民区正是热闹的时候,老人出来散步的散步,聊天的聊天,白天被拘在家里的小孩也都放了出来,叫着笑着,打闹成一团。天边是沉沉夜色和点点繁星,连天的喧闹声,巷子的尽头,路边的灯光下,邢严安静地靠着一侧栏杆,正慢慢地翻着手里的书页。

昏黄的光把他照成一道薄而修长的影子,像一棵和周遭格格不入的树。

尚嘉脚步莫名顿了顿,沉默了片刻,最终还是选择出声打破了这份平静。

"邢师兄。"她沉声叫他。

邢严抬头看她,隔着眼镜,还是平时温和的笑:"尚嘉。"

尚嘉点头。等她走近了,他就将手上的书合了,转身在背包里翻起东西。他原本看着的书暴露在光下——"初中数学期末模拟"。

尚嘉目光定在几个大字上,他拿了要拿的东西,看见她的动作,很自然地笑了笑。

"还是老话说得对,"邢严一边把手里的东西递过来,一边风趣地解释,"'三天不练手生',给人辅导,才发现自己把很多挺简单的东西忘了,必须临时抱抱佛脚。"

尚嘉点头,接过他递过来的东西,微微一怔。

那是一本未拆封的诗集。

邢严难得静默了片刻,似乎是组织了一下语言,叹了口气:"你最近过得好吗?"

许多话说出来都不妥当,只有这句话最合适。

邢严还记得他高中以前最后一次见到尚嘉。那会儿,听说尚家出了事,父女俩雨天遇上了车祸,当场就走了大的,剩下一个小的。他爸临时骑摩托车把他带到医院,进去只见到尚家的大女儿和她的小姑。尚嘉在里面做手术,大人濒临崩溃的边缘,反倒是大女儿更加平静地接待了他们父子。

后来,他父亲又单独去过两次,最后一次的时候,只叹了口气,说姐妹俩实在可怜,但好歹小的捡回一条命了。

普通家庭,朋友之间,除了探望帮帮忙,再多的就只剩下经济上的事儿。家里那个时候也碰上用钱的时候,他的大哥高考失败,需要花一大笔钱复读。从那时候起，母亲就只望他成龙，终于不仅不再忽视他，还每天盯着他的功课，总想着模仿班里有钱的家长，要把他送去学点钢琴音乐之类的。父母意见不一致，连着吵了好几天。邢严知道他们不需要他的意见，也知最后会以一致的意见告终。

他记得自己记忆里的那个小女孩，身形纤瘦，个子矮小，内敛沉默，在学校的时候，也只是一门心思地努力，和家庭条件优越，没有后顾之忧的同学们不一样，只有在谈及不太熟悉的东西的时候，才会因为窘迫而略略显出几分尴尬。这点和曾经的他很像。他那个时候送她一本诗集，原因也是如此。

班里要派同学代表去探望，他就以班干部的身份主动接下这个活，带了捧花和班上筹集的捐款，见到了病床上还在昏迷的她，也见到终于有了情绪波动的尚子欣。

"帮我谢谢同学们的好意，"尚子欣在病床前给他道谢，看得出因为自尊而倔强，"但真的不用做这些。"

她指的是筹到的捐款。

尚嘉安静地躺在病床上，留给他一张苍白的脸。

他那个时候还在钻牛角尖，总觉得兄弟之间不睦的关系和父母的压力让他喘不过气，直到那一刻，才意识到自己竟然也算幸运。只是年纪太小，他不能做得更多，后来再背着家里人去的时候，尚嘉已经被转了院，不知道去向。

尚家的情况，后来总是以或可怜、或感叹、或优越感的形式出现在他父母口中——老尚的命不好，老婆为了生小女儿没了，眼看着要好起来了，又出了那档子事，这下好了，姐妹都给人收养走了，子女福也没享着。要不怎么说要珍惜现在呢，咱们比不了有钱人，也得知足……

他开始不觉得有什么，后来越听越厌烦。

中考他发挥出色，不出意外，以特招生的身份成功进了一中。大城市的重点院校，他们就像终于扬眉吐气了似的，又肯拿出一笔钱办根本没有意义的酒席，一边炫耀，一边跟人得意。比如这个暑假，不先知会他一声，就做主替他接下给他堂妹辅导的事情。当然了，他从来"懂事"，也过了内向沉默的叛逆期，肯定不会拒绝。

同学称赞，老师看好，所有人都觉得他是标准。

再见到尚嘉，他才恍如隔世，回忆起曾经的自己。

.195.

....

尚嘉听见他的问话，愣了愣。

邢严看她的神情，又组织了一下语言，继续开口："今天去找你的时候，在你家碰上了他。"

至于这个"他"是谁，这段时间以来，相遇的次数多了，他俩心知肚明。

"他应该挺不好相处的吧？虽然不知道具体的情况，"邢严没有避讳，却也没有提他听说的她的故事，只是道，"但我之前说的需要帮忙尽管联系，任何时候都有效。"

尚嘉安静地看着他。

他任由她看，忽然又笑了起来，好像难得地放松，和平时总是温和完美的形象不太一样。

昏黄的灯光下，少年人微微笑着，和她开起玩笑，自嘲道："怎么突然觉得，说出来挺像大话的呢？"

尚嘉也笑起来。

夏夜晚风轻轻吹拂，尚嘉收了那本诗集。

邢严应该很爱读诗，她记得小学还做同班同学那会儿，他来她家做客，送她的见面礼就是一本《泰戈尔诗集》，也是她第一本真正意义上属于自己的课外读物。只是后来天有不测风云，家里发生了意外，和姐姐的生活尚且难过，还有更多要紧的事情要做，她也没想到能有机会再次见到他。

后来进入一中，第一次的晚会表演，她一眼就确定了台上人的身份，意外之余，私下也上网查了他朗诵的那首诗，罗伯特·弗罗斯特的《火与冰》。后来，原版和翻译都被她一笔一画，仔仔细细地记在自己的语文积累本上。

半年后的第二次表演，尚嘉好不容易专门跑一趟，从小姑家里找回他送她的那本《泰戈尔诗集》，又意外地发觉，他竟然对音乐还有些造诣，这次担当了高二一群人的合唱指挥。当时同桌要她跟着自己拍照片，她因为不太会拒绝人，当时该拍的拍，回去该删的删，最后却鬼使神差，只留下高二合唱的照片。

照片里气氛活跃，台上的男男女女，笑的笑，挥手的挥手，只有一道背影安静地站着，像一株清新直挺的植物。

尚嘉回了老房子，抱着书册，站在玄关的阴影处发呆。

客厅里没开灯，只有电视屏幕还亮着。

她换了鞋，仍是没动。

头顶的光不够亮，但刚好够人翻开书页，看见几个简洁工整的字，写在扉页：

时值七月，值得祝福。

尚嘉瞬间明白过来。

从小到大，她的出生总是和母亲的离开联系在一起，成为别人的谈资，说可怜的居多，也有幸灾乐祸的、鄙夷的、嫌弃不吉利的……听得多了，她有时候也会有一种认同的错觉。她不过生日，是因为习惯，也是为了家人。

可邢严不说其他，只说祝福。

"回来了？"

昏黄间，男声悠悠，从房门的方向传过来。

尚嘉浑身一震，下意识地合上书页，抬头看过去。

徐见鹤手上端着一杯水，静静看她，也看向她手里的东西，封面眼熟，他神色不明，颇了然。

"他送的？"

尚嘉还在出神，和他意外对上眼神，整个人几乎是卡了一秒才有了反应。

再出声回答他，也晚了半步。

徐见鹤端着水，表情不变，眼皮一垂，又转身回了房间，仿佛刚才只是顺口一问，也不怎么在乎。

门"砰"的一声关了。

空荡荡的客厅，尚嘉沉寂地站了片刻，低头看了会儿书本封面，才静静抬手，将玄关处的灯关了。

05

那本诗集，最终成了很长一段时间内尚嘉的睡前读物。

诗集名字诗意，《世界在门外闪光》，内容却比想象的晦涩。最开始，长诗的部分，尚嘉读得很慢，直到看得多了，读到书名出处，才渐渐有了豁然开朗的灵感。丁尼生的戏剧独白诗洋洋洒洒，竟然能把别离辞写得慷慨激昂，仿佛本人当真化身成了尤利西斯，满腔对生命和未知世界的求索欲。

邢严发来消息，问她读得如何。尚嘉不知道怎么表达，干脆用彩信发去这张书页的照片。

邢严：我也最喜欢这首。

邢严的感触比她要来得更加直接透彻，他认为人的认知有限，自己此刻所处的世界和环境实在太小，却又受限于能力和家庭，不得不困扰于当下的各种条件和矛盾，但好在还能寄望于未来能有机会去往各种想去的地方……

大概是因为小时候的确有实打实的交情，他也不避讳和她提及私人的想法。

"最想去哪儿？哪儿都想去，我还挺贪心的。"

如果可以，最好能周游世界。

邢严对她的问题回答得很坦率，也好像比学校传闻里的他更加随意松弛，更孩子气一些。他说，虽然哪里都好，但他肯定会想办法先去西班牙，他喜欢的球队在巴塞罗那，要求不高，能自费现场看一场球就行，作为周游旅程的开端。

尚嘉以前鲜有这样可以私下交流闲话的对象。她沉默惯了，总是习惯性为了身边人的感受做出取舍，愿意成为他们的倾听者。面对邢严时，却好像头一次在对话中换了位，不必顾虑太多。

"嘉嘉最近心情很不错啊！"就连徐见云似乎也看出她的情况，在饭桌上笑她，"难道是有什么好事吗？"

尚嘉愣了愣，轻轻摇头，有点心虚地放下手机。

手边有人放下一杯水，她抬头道谢，放水的人却头也不回，眼皮都懒得掀，跟幽灵似的飘走了。

他飘得无声无息，不动声色，自然也有人不满。

"才下桌子又戴耳机……你都装聋多少天了，是嫌我们太吵，还是装模作样？"

姐弟俩从小吵到大，徐见云没那么多顾虑，隔着沙发和餐桌之间的空隙控诉起对方："刚来的时候不是话挺多的吗？还买这买那地照顾人，哦，现在是本性暴露，连水果都不想买了？"

徐见鹤背对着她俩，一句话不说，半个字不吐，岿然不动，很有一种任人怎么批判都懒得开口的高冷味儿。

高冷归高冷,但三个人在老房子里到底能相安无事地生活。期间内,除了钟点工和抽空来查岗的姜女士,几乎没有其他人主动登门。姜女士来的那一回,里里外外看了一遍,确认自己满意了才走人。

不过,今天下午,终于有第三个人上门拜访。

薛陶在美国跑了一圈,什么热闹都凑,管他露天还是室内,音乐节、球赛、电影首映礼看了个遍,浑身上下晒得黝黑泥鳅似的,开口就是"哈喽",进门就是"人呢"。他要找的徐见鹤已经好几天闭门不出,站在他旁边被衬托得白得发光。徐见云看了都忍不住连声称奇:"你小子竟然也有被衬托成小白脸的时候?"

薛陶身后,汤小优慢了几步上楼,刚好听到她的话,面上是笑,说话也带笑,主动喊"见云姐"。

徐见云当然是笑模样,"小白脸"却懒得答话,直接头也不回地和朋友走人。

门被"砰"的一声关上,徐见云眉头一蹙,转头看向一边安安静静看书的尚嘉,忍不住向她抱怨:"刚想说这小子转了性,终于不一天到晚地往外跑了,原来是因为狐朋狗友不在。狐朋狗友、青梅竹马一来了,眼里立刻又没了家里人!"

徐见鹤心情不佳是明摆着的事。

狐朋狗友是他主动约上门的,薛陶才回国,他主动在聊天群里简单约球。薛陶问他现在在哪儿,他就报上自己目前的住址,让对方登门找他。

"老汤陶冶艺术情操去了,说是一会儿下课了直接过来会合。"

汤则明去上乐器课,暂时只剩三人同行。

天气太热,薛陶还非得来揽他脖子。徐见鹤往后一侧身,躲了个正着,耳边听人絮絮叨叨,面上没表情,心中莫名浮躁。

薛陶还在锲而不舍地做各种盘算,约球可以,但他不想跟徐见鹤打篮球,不然又跟运动会似的,只有被虐的份儿;打网球也太热,他虽然有点基础,但是嫌又晒又累;不如打台球去,又能吹空调,又能摸鱼偷懒……

"台球不错。"

汤小优安安静静地跟在他们后面,难得破天荒地主动开了口,理由也很简单，打台球更方便她画画。

有女孩子同行，不熟的台球厅不能去，那就只剩下徐见鹤表哥开的俱乐部。

他们去蹭地方玩，有了落脚的阴凉地，空调吹着，服务生走后，薛陶闷头灌完一杯冰可乐，整个人长舒一口气，才有空像模像样地举着球杆，跟人闲话起家常。说是家常，其实无非是惊讶他们姐弟俩怎么落魄到住到那种地方去了，尚嘉又怎么不在⋯⋯

"她在。"

徐见鹤冷冷地击出一球，语调平静。

只是尚嘉惯会在恰当的时机隐身，而且最近明显心在他处，哪里顾得上其他。至于落魄不落魄⋯⋯也是他自找的。

徐见鹤对台球的兴趣相当一般，但运动天赋不错，也算他们中打得最好的，可今天莫名其妙地发挥失常，耐心不如平常，注意力也有些分散。

汤则明到的时候，正碰上薛陶锲而不舍地劝一直低头画画的汤小优起身。汤小优内敛地笑了笑，说她实在不会，他就抬出徐见鹤，说是现成的老师摆着，会不会有什么要紧。

汤小优没有立刻拒绝，抬头静静地看他。徐见鹤心神不在这里，整个人漫不经心，头也不抬，把球杆对汤则明一塞，说是挺没意思，要休息一会儿。

"你教你妹。"

他对着汤则明，态度挺淡然。

薛陶不淡然，瞪着眼睛质问他，是不是在骂人！

骂人⋯⋯徐见鹤是挺想骂人的，但不知道骂谁，也不知道为了什么。

外面太阳往西走，周围的台球桌渐渐都有了客人。他撑着台球桌看人，头发很短，从上到下穿着干净简单，长腿散漫一靠，神情冷淡，身高肩宽，侧脸轮廓锋利，也不怎么能看得出年龄，很有种介于男生和男人之间的英挺利落。

有女生上来搭话，他懒得笑，也没什么所谓的绅士风度，通通以拒绝应对，反倒被人夸是有脾气的小帅哥。薛陶在旁边表情夸张，怒其不争也没用。

徐见鹤一旦没意思，那就冷硬得像石头，接起电话也透着冷硬："什么事？"

电话对面，徐见云慌慌张张地开口，好像人在外面，信号不佳，声音断断续续。

他干脆以此为借口走人，出了门，找到洗手间旁的僻静处，不耐烦地继续等。

徐见云大概也终于找到安静的地方了，跟他开口，只有气喘吁吁的几个字："速归，大事相商！"

能有什么大事？

他淡淡地听，渐渐地，神色终于有了点波动。

今天原来是尚嘉的生日。

徐见云从来性格跳脱，记东西一般，这几天沉迷于巷子里的生活，沉迷于拍摄和日记，总觉得自己忘了什么。等他走了，对着日历看了半天，终于想起姜女士无意间跟她提过的事情，而且自己当时分明还刻意记下，这些天东跑西跑，竟然忘了！

徐见云相当悔恨，也因为悔恨，正在临时去买蛋糕和礼物的路上。

七月九日。

生日是生日，可是尚嘉的生日，也和普通人的生日不太一样。

姜女士当时去接这个小姑娘之前，特意提前把情况问明白，也特意从邻居那里打听过姐妹俩的生活情况。说得好听的，是可怜两个小姑娘年纪小，没爹没妈，生活不容易；说得最恶劣的，什么扫把星、克父母都一股脑往外倒。

徐见鹤坐上回去的车，辞别他这边的青梅竹马，回忆起徐见云的滔滔不绝，这些天来的恼怒情绪莫名没了，只剩静心蹙眉。

他到的时候，老房子里安安静静的没人。

尚嘉给他们一人配了一把钥匙。

防盗门发出老旧的声音，尚嘉从外面回来，手里提了两袋子菜。四目相对，她看见他微微一愣，点了点头，也没问他怎么从和朋友的聚会回来了。

钟点工阿姨今天请假。

他同样点头，看她熟练地把两袋菜放在餐桌上，又分门别类地往冷藏和冷冻放。不一会儿，厨房里又响起"哗哗"水声。

和第一天来这儿时的情况差不多，只是这一回，她看起来是打算亲自动手。

.201.

情况似曾相识，他和第一天一样，倚在门口看了片刻，进去打下手。

"我来煮面吧。"

徐见鹤在她身后几步的距离，慢慢地洗手，开口说话的时候，整个人都很平静。

尚嘉抬头看他，微微一怔，似乎稍作犹豫，但终究是点了下头。

煮面的任务成功落到他手上。

可徐见鹤以前哪里做过饭，这会儿临时抱佛脚，几乎是全靠网上临时搜索来的步骤，偏偏面上还是波澜不惊，很能装模作样，看不出一点新手的慌张。这么几番操作下来，尚嘉也不说他，只是在旁边安静地准备自己预备要烧的食材，熟练地切洗装盘。

面煮熟，装进碗，他看着腾腾的热烟，冷不丁地出了声。

"生日快乐。"

尚嘉动作一停，淡淡地侧头看他。他才继续往下，又不太自在地重复了一遍："生日快乐。"

他说这话，道理也是他的道理，语气又低又沉，波澜不惊的："怎么说，都还是这句话最恰当。"

烟雾腾腾，他的眼睛也像蒙上了一层雾气。

尚嘉没说话，好半天，她才平缓地出声，听不出有什么情绪："谢谢。"

徐见鹤"嗯"了一声，继续按照手机上的菜谱说明，按部就班地往下操作。

腿脚怕冷，身体娇气，尚子欣过生日时，深夜一个人在客厅发呆……徐见鹤记忆力出众，以前许多细节，这会儿回忆起来，都成了有迹可循的缘由和故事。心头情绪千百种，回转开来，千丝万缕一般地纠缠、打结，理不出具体的情绪。

"留级是因为住院？"

"嗯。"

他"哦"了一声，慢慢地动了动筷子，又慢慢地出声："腿现在还经常疼吗？"

"还好。"她答得很平常，"偶尔吧，不太规律。"

徐见鹤没说话。

徐见云还在外面为尚嘉的生日四处奔波买东西，所以特意赶他回来陪人。可他知道，其实这人安静懂事惯了，压根不需要人陪，也不太需要别人的情绪，或者说，不太需要她不怎么在意的人的情绪。

他人生中第一次动手做饭，是给她们做网上评定的所谓"夏日最适合"的葱油面。

徐见鹤心思沉沉，不急着做其他事情，更不急着填饱肚子，愣是和今天的寿星面对面坐下，托着下巴，认真注视着对面的尚嘉动筷子。

尚嘉不奇怪他的动静，只如他所想，闷声不响地把面吃了，又抬头看他。

灯光下，不知道是不是错觉，少女的目光如水，下巴尖尖，弯了弯眼睛，跟他道谢。

她吃的第一份长寿面，是他做的。她在善解人意的时候，总能说点好听的话，他以前就常常听见她这样和姜女士交流，跟他却还是头一次。

徐见鹤半眯了眼睛，看她弯弯的眉眼，没出声。

徐见云慌慌张张地提着东西闯进门，又慌慌张张地把蛋糕摆了，礼物送了。她不知道送什么好，干脆什么都买了，尚嘉平时喜欢看的书、她觉得尚嘉可能会有兴趣的陈列品、一束花，甚至还有香水之类的。

"先说好啊，我不是不在乎妈妈的事儿，就是觉得你的生日也重要。"

徐见云反复表达，反复纠正，总觉得不够准确，索性去抓尚嘉的手，破罐子破摔了："哎哟，我也不知道咋说！"

尚嘉的笑越来越明显。

徐见鹤第一次做饭，对量没什么把控。徐见云看了一眼就嫌他浪费，但人跑了一下午，正是饿的时候，吃了两口尚嘉做的炒肉，又闷头吃面，结果才吃一口就破了功，跑到饮水机旁猛灌了一整杯水。

"又咸又油，大哥，你做饭自己都不尝尝的吗？"

她对着徐见鹤做出今天不知道第几次狠厉的批判。

徐见鹤闷声不理，眉头动了动，心头也动了动。

尚嘉已经将徐见云送她的一大堆礼物通通收进了房间里，出来时，也不知道他们在争什么，只是这边看看，那边看看。

她站在徐见云旁边，说了点什么，又抬头看他，目光平静，唯独眼睛还是弯的，面上还是笑的。

"没那么差的。"

她用口型对他说。

一滴水落在他的心间，先是软软地化开、沁润的甜，再是无可躲避、终于不再试图掩埋的苦涩。

有些心情其实已经非常明显,只是全看他想不想意识到;也有些事情已经晚了,他作为见证人看在眼里,所以才会怀着一股不知道哪儿来的怒气,没事人一样地生活了这些天。

徐见鹤眼高于顶惯了,绷直了唇线,目光渐渐由炽热转凉。

真神奇。炎炎夏日,他却因为一个人,吞下一整个没有剥皮的酸苦青杏。

第七章 //
月 色

01

"你要见喜欢过的师兄和他家属,没道理不需要人来撑撑场面吧。"

十几岁的时候,邢严曾是徐见鹤的一块心病。作为旁观者,徐见鹤对他与尚嘉之间那些青涩的情愫看得一清二楚,心中百转千回,又无可奈何,只能自己跟自己生气。他也曾因为年少时不够坦率,错过一些绝佳时机,现如今,他不再是那个十几岁时眼高于顶的少年,已经能够做到释怀,风轻云淡地面对邢严。

轻飘飘地说完这句话,他慢悠悠地发动车,对身侧的目光泰然自若。

他很坦诚,尚嘉却一直凝神看他,看起来有话要说,但反复多次,始终没能开口。

车到她住的地方停下,徐见鹤也不急,不问话不开口,侧头静静地看向她。

尚嘉和他对视,微微一愣,倒也很快反应过来,主动道:"要上去坐坐吗?"

对面的人沉静如水,态度看起来并不勉强。

他满意地扬扬眉,笑着点头。

雨还没停。

这一回徐见鹤单独来她租住的地方,尚嘉显然比第一次要自然得多。

两个人一前一后地进了单元门,她用钥匙开了门,又按开客厅的灯。刚刚上楼时,脑子里已经安排好一会儿要招待他的东西,然而她的体贴远不及事情变化,人才进去,还没来得及站定,身后男人的一只手已经

不那么温柔地横冲直撞过来，将她重新拽入门板处的阴影中。

"给点奖励？"

他果然如他所说的厚脸皮。

徐见鹤的确属于不那么温柔的那类人。

他身高腿长，又是早有预谋，尚嘉被他搂住腰，整个人不得不糊里糊涂地倚住门板，再抬头时，已经有薄薄的唇压了下来。他是一回生二回熟，上回得寸进尺，这回更加理所当然。

尚嘉被迫顺从，被迫乖巧。

唇瓣相触，一方毫不温柔、强硬又执着，另一方没什么抗争的本事，就只能软软地任人宰割。外面还在下雨，两个人的衣服在下车时都被雨点打湿了，这会儿湿意顺着体温蒸腾，既热又潮。

尚嘉被迫靠在男人怀里，开始时，还有试图说几句话的心思，越往后越没了力气，腿脚发软。徐见鹤这几天全靠照片见人。

狭小幽闭的空间，她迷迷蒙蒙地睁眼，对上灼热明亮的眼睛。

徐见鹤稍稍退开，又低笑了一下，咬了咬她的嘴角。

"还清醒吗？"

他明明是罪魁祸首，还要状似温柔地替她撩开贴在额侧的碎发，得意得很。

尚嘉模模糊糊地清醒过来，和他对视，全凭本能下意识地点头。

徐见鹤颇有耐心地等，怀里人的气息微微颤抖，整个人也慢慢喘着气，渐渐清明过来。

她是好欺负的模样，徐见鹤原本不想放开，这会儿也不禁渐渐心软，最终因为有人渐渐平稳的目光而主动投降。

他不急着在沙发上坐下，看见桌子上她新换的相框，面上笑意更明显。

尚嘉又去张罗泡茶、切水果，他慢悠悠地跟在她身后，有什么帮什么，绝不干坐着。

这么小的空间，徐见鹤挑剔的本性倒跟十年前不一样了，既不嫌弃，又积极适应。尚嘉找不到娱乐活动，只能问他要不要看电影。徐见鹤淡定地，屋子里闷闷的阴影里，其实看的压根就只是人。

她心无旁骛地看面前的屏幕，看屏幕上的故事和主角。他就看她的侧脸，时不时投喂一块苹果塞过去。

一场电影看下来，剧情没怎么注意，人倒是看了个心满意足。

心满意足后,也能聊点吃饭间的趣事乐子——他不问她饭桌上的私人话题,只问她和师兄及师兄未婚妻的这一顿饭吃得顺不顺心,满不满意。尚嘉开始还老老实实地回答或者点头,越往后,视线里就只剩下他的一双眼睛。

"徐见鹤,"她坦率起来,总是很坦诚的,"你没必要照顾我这么多,我希望你也能轻松一点。"

她说得很直白。

徐见鹤心头软得快要化开,面上却仍是装得平稳,继续投喂苹果。

"我知道。"

他捏她的耳垂,饶有兴趣地看她鼓囊囊的脸颊,算是回应。

时间越来越晚,眼看尚嘉越发犹疑不定,他看得明白,也没有为难她,颇有绅士风度地告辞。到门边时,在她额头上轻轻留下一个吻。

不能把这段关系彻底公开,也不是没有好处。

第二天,徐见云又准时打来电话,有意无意地向他提及之前周末姐妹聊天的事儿,然而卖关子还不到一分钟,徐见鹤就镇定地将电话拿开,冲着空无一人的对面喊了声:"汤则明?"

电话果然即刻挂断。

他挺了然,但不了然的另有其人。

汤则明单独从汤氏开车过来,和他在启越公司门口相遇,两边目光才对上,汤则明很主动地笑了笑,问他一会儿有没有空聚聚。

话都说到这个份儿上,这个聚会肯定不可能是偶然碰上。

果然,徐见鹤在休息室等人,来人却不谈大事,不谈生意,只是分给他一杯咖啡。

"想谈什么就直说,不谈就散,别耽误时间。"

对于这种情况,徐见鹤基本不怎么会给对方留面子。

汤则明开始还能淡定自若地坐着,但话已经说到了这儿,就只能叹了口气,略略苦笑,同他问起徐见云的事情。

听他说起徐见云,徐见鹤并不意外,意外的是这人竟然真的没有再玩他故弄玄虚的那一套。徐见云对他没有那个意思,他一直知道,但也认为自己能等。只是等来等去,等到她在生活中已经和不同心仪的对象约过会,心里头酸涩无比,终于还是等不住了,只能找了个自以为恰当的时机出击。

"我后悔了。"

汤则明说来说去,结论却很简单。

他之所以找徐见鹤倾吐这些,而不是薛陶,原因很简单。除去他是徐见云的弟弟,更重要的是,他内心认为徐见鹤与自己属于同一类人。他们都曾在自己喜欢的女孩身上受过挫,求而不得,所谓同病相怜,就是这个道理。

"其实也不一样。"

徐见鹤淡淡答他,但没有详细说明,只是说,后悔不如想点办法。

汤则明沉默了片刻,静静地问他办法从哪里想,他却没有多说,只是如同过来人一般,破天荒地和人主动交流心得:"失败一次很正常。"

他就失败过一次,而且失败了仍不死心,莫名其妙就坚持了许多年。尚嘉在临南时还好,可她去国外交换的这一年,他就像个借酒消愁的酒蒙子,分明心知肚明自己的意图,还要刻意找个看球的托词,不停地在伦敦和临南之间连轴转。有时候运气不错,能在她学校门口碰见人;有时候连个人影都没有,他就用手机留下一张照片平静走人。也没什么,全都是自己的选择和生活。

汤则明陷入了沉思,似有所悟,又像是纯粹还陷在自己的思绪当中,没有出声。

徐见鹤自我惯了,当然不会无缘无故地扮演听众这个角色。他看了眼手机,临近开会的时间,也就不在意对方是否还低落,干脆提起上回在他外公别墅发生的事儿。

汤叔带着汤小优登门拜访,这没什么,但唯独不该明里暗里拿着他们这些一起长大的人的情谊做筹码。如果需要帮忙,还不如直接和他说个明白……他越说,汤则明的目光越清明,眉头越皱越紧。他们两个人一起长大,终究比别人更多几分默契,最后话音落下,也不用多做解释,只点头,说了句他知道了。

各人都有各人的烦恼。

他的烦恼目前来说很明确,但因为有更多可高兴的事,所以烦恼也显得无足轻重。

徐见鹤工作繁忙,但抽空去了一趟郊外的大学城。之前开的书吧、咖啡厅,这会儿生意已经比上次来的时候好了不少。表哥还笑他,明明都是日理万机的人了,还惦念着弄这么两个小生意,不知道是有情趣还闲得慌。

徐见鹤当时有求于人，只笑不说话。

尚嘉那边搬校区的消息未定，但因为课题之需，和师姐坐车去邻市出了趟差，路过那两家店，果然又跟之前一样，准时准点地拍下照片汇报。

尚嘉不属于能说会道的那类人，到了目的地，基本只负责实际干活的部分，和项目甲方的交涉几乎全由同去的师姐完成。

立场转换，这回成了她出差，她也按部就班，全按照之前分别的思路来，一日三餐，偶然碰见的流浪猫、绿化带里和临南不一样的花……这些拍下来，都成了可说的。

按照计划，这一趟差旅原本只需要耗费三天。然而第三天的傍晚，她如常和师姐面对面分析完问题，再要上床休息时，却接到小姑打来的电话。

小姑在电话对面着急忙慌，愣是磕绊了好久，才把事情勉强说了个明白。

表弟一个人在外读书，不知道怎么出了点岔子，好像是跟同学闹了点矛盾，两边都不太愉快，好像还动了手，辅导员干脆直接把电话打到她这里来说明情况。小姑没上过大学，自然心里发慌，又半天没能联系上姑父，只能病急乱投医，索性一通电话打到她这儿……

"您别急，慢慢说。"

临近休息时间，尚嘉却很镇定，听完对方的说法，当即挂了电话，迅速和师姐把项目收尾交接完成，又退了高铁，买了第二天最早一趟飞东北的机票。

表弟当年大学入学时，她还特意抽出时间，跟着小姑、姑父走了一趟，这一回按照记忆找准位置也很容易。

她和这个弟弟的交往，虽然不算深入，但总归来往有这么多年，双方对于彼此的情况都还算清楚。

表弟因为一点宿舍内部的争执和人动手，自知理亏，也没想到事情刚发生的第二天，就看见了她，自觉心虚，面对她更显得没有底气。

尚嘉挺淡定，其他的先不问，直接将被打人带去医院，做了个全身检查，确认对方没事后，才将表弟带到一家餐厅，尝试和他面对面地对话。

然而表弟却比想象中嘴严，只说起了争执，却不说为什么。

尚嘉平时处理各种问题总能习惯性找到办法，这会儿面对倔强的大学生，却有些没辙。

徐见鹤没有如约等到她回来，自然早就来了消息问明情况。尚嘉飞之前就将情况大概说了个明白，这会儿同样如实把情况交代完毕。

徐见鹤波澜不惊，隔着屏幕，干脆利落地发来一句：电话给他，让我来说。

徐见鹤本来怎么也不属于天生会被当成知心朋友的那类人。在不熟的人眼里，他个性成谜，令人捉摸不透；在熟悉的人眼里，他少爷脾气，一两句不对盘就懒得搭理人。对这么一个人，哪怕再想不开的时候，也不至于找他开导。

尚嘉对这一点曾经同样认知明确。

然而今时不同往日，尚嘉开始还有点犹豫，片刻后，看着对面的表弟沉默地拿过手机，低声熟门熟路地喊了句"见鹤哥"，即便的确有些意外，但也渐渐从犹疑转为平静。

一顿饭从开始到结束，对面的表弟刚开始还处在低落状态，等到快要结束通话前，整个人明显已经渐渐振作起来，脸上有了点笑容。

尚嘉没问他为什么，也没继续趁热打铁做思想工作，只是等到堂弟终于肯动筷子，吃完这顿晚餐，才叫了个车，带着他去了学校附近的酒店。

姐弟两个人一人一个房间，尚嘉也不说别的，只让他好好休息，特意交代不急着回学校宿舍，就把空间留给了对方。

和尚嘉一起做项目的师姐特意发来消息询问：家里怎么样？

尚嘉：还算顺利。

尚嘉回完消息，一个人坐在床边，对着窗外的霓虹静静出神。

她平时忙的时候忙，空闲的时候，也大多会选择看书，或者看看论坛打发时间。这样临时一趟什么都没带，纯粹放空的时间反而很少。

徐见鹤电话打来，她接起来的时候，整个人还沉浸在空荡荡的悠然思绪里，喊他的名字时，声音也有些轻飘飘的。

"好像心情还不错？"手机对面的人问她，问完又悠悠地说，"不错就好。"

尚嘉顺着他的声音找回思绪，整个人终于彻底放松下来。

她做事情习惯保持冷静的态度，但要说心中没有一点顾虑，那也并不太现实。尚嘉重视朋友家人，重视小姑，所以才愿意走这一趟。如果不来，实际上也挑不出什么错。

"你为了亲人够爽快的。"

徐见鹤不说其他，也不像之前那样，提她的乐于助人，好人善心，只是说话的语气拖长了，很有些哀怨。

尚嘉静静地听他的哀怨，忽然问："你和他说了什么？"

徐见鹤静默了片刻，但还是淡然回她："也没说什么。"

这个年龄阶段的男生，正好处在一个三观建立后的过渡期，容易想东想西，对各种事情产生怀疑，而且因为自以为成熟了，所以格外执拗。尤其是面对有血缘关系的亲人时，更容易钻牛角尖，反而能和旁人说上两句话。对于这种情况，劝说是没什么用的，不如直接从结果入手，许诺一些别的什么。

尚嘉的这个表弟，小时候就喜欢各类电子游戏，大学时却因为父母的强烈要求，被迫学了毫不相关的会计专业。本来在这件事情上就有心结，大学的第一年读得不太畅快，第二年暑假没回家，本意是想锻炼自己做些兼职，结果被舍友阴阳怪气，找了几句事，人就没忍住动了手。这个年龄阶段的青年，只要彼此之间没造成真实的伤害，争执几句，比画两下也算常见。

解决方式也很简单——对症下药，奔着对方想要的去就行。徐见鹤许诺下次见面时，送他某游戏的豪华版卡带，再见面还可以一起去看临南本地足球队的主场比赛……

"你和他——我弟弟，好像很熟？"

尚嘉安静听了许久，开口时也抓准了重点。

徐见鹤却不答，只顿了两秒，另起话题，问她是不是还要再待个一两天。

尚嘉犹豫着给出"应该"两个字，他在对面沉默几秒，慢慢"嗯"了一声。

一个问题得不到答案，那就换个问题。

"比画两下很常见……"

尚嘉躺倒在床上，喃喃两声，困意上涌，缓缓闭上眼睛，和他聊天："那你在这个年龄，也跟人动过手？"

"当然。"

徐见鹤不遮掩，对她更是自认没什么好掩饰的。以前有装好人的必要，是为了他在她心里的形象，这会儿就没必要多此一举，再演一遭。

尚嘉的困意暂时消散，好像后知后觉想起了什么，继续喃喃："对，我想起来了，高中的时候你就……"

"就什么?"

她困得不行,挺奇怪的,以前怎么不觉得徐见鹤沉下声音,低声慢慢说话的时候,还有催眠的功效。

"就是你跳窗那回……"

更准确地说,就是为了汤家兄妹在外面跟人打架,后来在学校里被当成八卦到处乱传的那次。

02

在徐见鹤天不怕地不怕的少年时期,基本没有产生过后悔的情绪。

说白了,他那个时候正执拗,对什么都嫌烦,顶多只会在家里人和身边亲近的朋友面前表露一些想法,讨厌就是讨厌,喜欢就是喜欢,勉强是万万勉强不来的。他见尚嘉的第一面,没什么感触,也只是因为觉得麻烦,所以没什么耐心;后来因为意外听到她和她小姑的对话,难免觉得她做事做人不够纯粹,实在势利,所以连开口说句话都吝啬。于是听见她留级,随意嘲笑两声,看她生病,心里嫌她娇气,不够友善,不够大度,再后来……

再后来,他和尚嘉高二开学,徐见云也正式复学。

别墅上下,作为全家第一个正式步入大学生活的学生,尚子欣虽然已经如愿带着行李和录取通知书去了首都医学院,但也不忘记作为前辈,给后来者留下一堆她认为该留的东西。

徐见云拿着尚子欣放在她桌子上的笔记本,一时间有点愣神。

"子欣是理科生吧?"

她从自己的房间出来,看着客厅沙发上平安无事的两个人,有点茫然,提问的声音轻飘飘的。

徐见鹤眼睛盯着屏幕,耳朵挂着耳机,实际上,余光不声不响地往旁边翻着诗集的人身上扫,淡淡回她一个"嗯"。

尚嘉没有应声,但似有所感,抬头看了他一眼。

徐见鹤泰然自若,没避开,平平静静,四目相对。尚嘉虽然有点不解,但也沉默片刻,从善如流,同样回身点了个头。

"那她怎么会有地理的笔记……"

有了这两个人的肯定,徐见云嘟嘟囔囔,在门口拿着本子静默片刻,又转身回了房间。

答案其实只剩"专门准备"这个说法,在场的都心知肚明。

姜女士全程不参与他们的对话，在一旁的餐桌边坐着，但脸上的笑容却越来越大，心情愉悦，对着面前的百合花束修剪的耐心也就越多。

他们三个人这个暑假在尚家的老房子住，一开始就是由徐见云专门趁着尚子欣不在家里的时机策划的，没想到后来人回来了，多多少少听说了事情，不仅没有什么情绪上的反应，甚至不声不响，在离开前留下对她学业有帮助的礼物。

尚子欣性格冷，人冷，又看起来总不太好亲近，说话直接不折中，实际上把很多事情想得透彻，个性渐渐软化了不少。

尚嘉和她一起长大，自然对这一点看得最明白。

她的生活也有一些新变化。

高二学业加重，但一中还舍得给学生留下应该留的艺体课。开学第二天，尚嘉陪着成了班级新文艺委员的同桌去音乐教室搬东西。去的路上，两个人一人一只耳机挂着，遇见邢严，对方还是一如既往，担任着学生会长的职务。她没出声，也没打招呼，呼吸却不由自主地凝住。

反倒是邢严，在一行人中看见她，主动笑了笑，冲她点了个头。

同桌当时就激动了，回了个点头，手里抱着架子，在耳边的钢琴声中和她小声议论："邢师兄还是老样子，没什么架子。"

尚嘉没说话，两手同样满满当当，却认认真真地点了点头，算作回复。

这点不说也很明显，高三学生会换届，但随和的邢严在校内威望还是一如既往。高二分科后的专门交流会，仍然是由理科第一的他领头。

邢严坐在台上调试话筒，尚嘉就安安静静在台下坐着，仰头凝神看着。

如果换成以前，在这样的场合，她也会保持同样安静的状态，但应该是心无旁骛，低头盯着手里的单词册或者语法书……

徐见鹤从后方过来，身后跟着薛陶，还有低头抱着画本的汤小优，从尚嘉身边路过，眼皮子都不稀得抬一下。

身侧的同桌捅了捅尚嘉，又有一番自己的见解评论。

"帅哥也分很多种，"她凑在尚嘉耳旁，没什么保留，"这明摆着就是只能远远看着那种！"

电视剧里也老这么演，无论国内外，一个学校的大环境内，总会有那么一两个性格独特的风云人物。他们不在乎别人，也不在意其他人的看法，只对特定的人表露出一点关心。这点关心往往会成为很多故事的开始，是一段关系的遐想由来。

一年下来，虽然两个人都不提，尚嘉和徐见鹤由同一辆车接送的事实总会暴露。但这会儿早过了八卦人该激动的时候，她和他的关系，落在知情者眼中，就成了很官方的远房亲戚。这倒也挺正常。

"我看贴吧上说，他之前好像还为了汤小优跟人打了一架……"

女生还在尽职尽责地八卦，目光落在帅哥身上，又往帅哥身后一直很有名的美术生身上落。

她说这话，其实也存着有意无意探听消息的意思，尚嘉却目光平静地看着她，四目相对间，没有丝毫波动，好像作为亲戚，真是什么都不知道，也没有跟着继续八卦的意思。

算了，她确实是这么个性格——同桌女生没辙。

尚嘉从不发表任何意见，但人确实是好人。

邢严同样是好人。他升上高三，性格甚至比之前更稳重从容了。他谈到学业之余读诗的爱好，也会聊聊平时看球踢球……好事者在下面问他喜欢的主队，他也大大方方地交代。

薛陶听着撇撇嘴，偷摸跟身旁人吐槽："要换个人说喜欢巴萨，肯定要被说跟风。读酸诗哪有到处玩儿有意思。"

不同的人说同样的话，效果总是不同。

徐见鹤目光不动，岿然坐着，面色很冷，视线在台上的人身上落了一会儿，又往右后方的方向扫了扫。

月考后的第一个周末，仍是炎夏尾巴。

尚嘉难得开口，主动问他借家里一直在订的地理杂志。

自从暑假三人独立在老房子生活过一段时间后，更准确地说，是他和徐见云给她过完生日后，她对他的态度好像也柔和了不少。

社交媒体这时已经彻底把人们的休闲生活霸占，还会看实体书的人反倒成了异类。尚嘉倒是一直很坦然地在做这个异类，她能静心看辅导书，就能静心看诗集，还能静下心，看已经彻底没落的月刊杂志……

徐见鹤还是占据着沙发一角，平平淡淡，相安无事，看他热衷的极限运动新闻。

午后的日光，把少女的影子拉成一条线，在大理石地面延伸。

他不看人，只垂着头，漠然地看这根线。

"你去过巴塞罗那吗？"

尚嘉开口问话，线就跟着波动摇曳。

他没侧头,没应声,但听着身边的人沉吟片刻,又有新的问题:"巴塞罗那本地是不是不说西语,只说加泰语……"

尚嘉要做一件事,有某一个意图的时候,其实会比预想中的更加直接。

如果换成今年之前,她应该是一个人通过网络把这些查明白了,再独自记下,根本懒得多问他一句。

他对此清楚得很。

徐见鹤神色不变,音量不变,呼出一口气,屏幕上的手指停顿后,才平静地给出一句:"没去过,不清楚。"

徐见鹤不是蠢蛋。

他从小到大自认还算聪明人,既然是聪明人,那也不会心情起起伏伏,心绪跌宕不停,郁闷了一段时间,还搞不明白缘由。但这缘由一是还有点模模糊糊,二是实在没有任何说的必要,他本身没什么倾诉的需求和欲望,自认时间长了,不过小问题一个,自己多半也能独自消化掉,烦躁一段时间也就算了。

他去外婆那儿消磨时间的时候,去过不少次西班牙,大多数为的是美食美景,当然不可能没去过她询问的地方。可徐见鹤说假话的本事不差,对他不想应付的问题,说句假话就能敷衍过去。毕竟哪怕明知是假,某人也没那个脾气和胆子要追着他问个明白!

高二的学习任务比高一更重,薛陶虽然终于如愿以偿选了文科,但仍不得不为着数学痛苦地哭天喊地。好不容易又熬过一周,青梅竹马四个人如常聚在一块儿,他也是翻着手里的卷子,状态是最像"死鱼"的那个。

人像"死鱼",学校布置的任务却不能不做。阿姨给他们每个人端上各自点的冷饮,又端上水果点心。薛陶狠灌了一口,望着题目反复来去,终于没忍住,朝身边闷头玩着掌机的人提出了请求。

"徐帅,你要闲着就帮我看看呗。"

他目光真挚,嘴上说是看,其实已经把笔恭恭敬敬地用双手捧好,眼巴巴地看着人。

"没空。"

徐见鹤头也不抬地拒绝。

薛陶再要劝说,又被扔回一句"找其他人"。

"实在不行就吃你自己的,别折腾。"

徐见鹤一边说,一边还有动作,他随手叉了块西瓜,对着薛陶稳准狠

.215.

地一把塞过去，随后又大刺刺地将长腿一跷，重新冷着脸，窝进沙发里看起屏幕。

薛陶艰难地咽下西瓜，哽了半天，好不容易才憋出想说的话："不是，你最近是吃了炸药？一点就着，我又没惹你！你以前对自己兄弟可不是这样！"

岂止是不这样，应该是嘴上嫌烦，手上却很诚实地帮忙才对！

薛陶越说越不满，说还不够，干脆扔了笔去抢徐见鹤手里的游戏掌机。

汤则明从门外取完外卖，进门刚好看他俩一方坚持不懈，一方闪转腾挪，热闹得很。他低头问汤小优，没问出缘由，若有所思时，抬头刚好看见尚嘉拿着一本书出了房间。两边都是一怔，互相点了个头。

尚嘉在这种时候总是很有眼力见。

她虽然在这个家已经生活了一段时间，但从来不会参与他们这些熟人的对话，更不存在主动加入的可能。客厅里日光很亮，少女一如往常，目光都没有朝他们在的方向落一下，拿着书安安静静地往书房走。

大夏天的，徐见鹤也不知道是抽了什么风，在空调房内还非要顶着一顶棒球帽坐着，偏偏一套动作下来，连歪都没歪一下。薛陶气喘吁吁，折腾了半天，人没打着，干脆只能怒极了骂他一句太装！

双手之间，掌机屏幕上的主角动作不像之前那么流畅，反反复复地卡壳，直到又一声关门声响，有人重新拿了新的书出来，又安安静静地回了自己的房间，徐见鹤凝神皱眉，才像从水中挣脱出来似的，顺着脚步声，眉头一松，重归之前熟练的操作。

通完这个关卡，徐见鹤面无表情，灌下一大杯冰柠檬水。

他心里头烦，冰水灌下去，烦意没消减，反而莫名其妙地更加焦躁。

校运动会再次来临，比去年早半个月，虽然要占用一天周末，但依旧没有高三生参与的份。这种情况下，邢严却成了仅有的高三生参与者。他也不参加任何流程，纯粹是周末也没什么事，被这一任学生会的干事求来帮忙组织。

可即便如此，他在主席台上一露脸，还是干干净净、清清爽爽戴眼镜的模样，哪怕什么具体的环节都没掺和，也被台下眼尖的发现了。

眼尖的能发现，那些上心的人肯定更能发现。

徐见鹤在列队里站着，跟着周围的议论声，抬头扫了一眼，眉头皱了皱，默不作声，这回终于顺利如他所愿，忍住了回头看人的冲动，继续冷冷地站着。

今年的比赛项目和去年没什么不同，徐见鹤却一开始就没打算像去年那样出尽风头，任凭班上的人怎么做工作，都只松口仅参加篮球赛和自己感兴趣的短跑。

一中是重点高中，但和其他学校相比，不算太拘束学生。高一的时候，大家懵懵懂懂，男生们开始有意无意地扮酷耍帅，女生们就开始捣鼓研究起变美的技巧。

大家彼此之间混熟了，运动会的花样也就开始变多。玩角色扮演的、穿汉服的，甚至还有集体玩起宫廷剧的……各种花样之下，徐见鹤所在的班都算保守的——正是音乐剧电影流行的时候，女生们换了美式啦啦队装，男生们就配合着一起穿了球衣，演起青春偶像剧。

初秋的天气开始转凉，队伍好不容易接受过主席台上的检阅，女生们美过该美的时候，第一时间极有默契，纷纷冲向挂着校服外套的休息区。

可以光明正大收拾打扮自己的活动，大家也不论熟不熟练，各自打了粉底、涂了口红，戴蝴蝶结，别了各种颜色的夹子……尚嘉还是和去年一样，没有参与任何比赛项目，也没打算做任何尝试，但还是被同桌女生折腾着，当作了妆容上的练手对象。她身材娇小，笑眼巴掌脸，皮肤白皙，头发被扎成一束高马尾，短裙下的双腿细且直，平时在班上总是安安静静的，被这么一打扮，反而因为反差莫名地惹人眼球。

陆陆续续有一两个脸生的男生找她搭话，薛陶却是第一个把这事儿说出口的。他吊儿郎当地带着两瓶水来找人玩，看见独自坐在休息区塞着耳机看书的人，忍不住吹起口哨。

"人靠衣装啊！以前怎么没发现，咱们尚嘉妹妹原来这么出挑？"

他还是厚脸皮地喊妹妹，结果给出去的水被人无视。

这个时候四处正热闹，学生们在休息区来来去去，没什么人停留。

徐见鹤脸色不变，还是跟有人欠了他钱似的冷冰冰。

他走到尚嘉面前，也没说话，眼睛漠然地对着人扫了扫。尚嘉抬头看他，整个人愣了愣，他也是一句话不说，微微垂眸，对着她的腿，径自将校服外套扔下，转身就走。

尚嘉的耳机里还在播放着钢琴曲，她很快揣摩明白他的意思。初秋的风又潮又寒，她的确腿脚又开始犯起老毛病，但没以前那么难受，忍是

.217.

能忍的。

结果徐见鹤才走出几米,又忽然一停,悠悠折返过来。

他似乎有话要说,她就主动取下耳机,自下而上,认认真真地瞧着他。少女目光水润,潋潋波光。徐见鹤喉结滚了滚,说出来的话却不怎么动听。

"不想理的人没必要搭理,"他直视她的眼睛,语气悠闲,"礼貌那套这时候没什么用。"

他也不耽误,说完就走。

尚嘉没来得及应声,目送着他的背影离开,腿脚被宽大的外套罩上,渐渐读懂他的意思。

徐见鹤个性如此,不容易亲近,但实则对于被他接纳进范畴内的亲人和朋友,都不声不响地用心对待。

她想透这层,腿脚暖意上涌,忍不住摘了耳机,等酸痛感退去,起身往篮球场的方向走。他们班的比赛,应该是和去年一样,由徐见鹤带着,一路顺利闯到最后。她到了球场边,却没见到预想中的人。班内的替补都上了,操场边的人似有议论,同桌看她过去了,还主动挤到她的身边八卦起来。

"放心,这回用不着你的消息,贴吧上说的那事儿多半是真的!"
她语气激动,因为八卦发生在眼前,心情就更激动。

难怪徐见鹤能在校外为了汤小优跟人动手,方才运动会,汤小优在球场边晕倒,他也是第一时间反应最快,不仅第一个注意到,连第一场预赛也不参加了,在薛陶的护送下,直接当着大家的面,把汤小优坦坦荡荡地背去了医务室。

汤则明这人平时神神道道,待人接物看起来稳重又成熟,但关键时候,其实可能甚至不如薛陶靠谱。

徐见鹤在医务室坐了十几分钟,薛陶主动跑去外面,找失踪的汤姓大哥,他就留在医务室旁听医务室医生的教诲。医生倒是苦口婆心,一会儿跟床上迷迷糊糊醒过来的人有耐心地科普人要吃早饭的必要性,一会儿又叹口气,问是不是小姑娘被社交媒体上那些乱七八糟的博主洗脑了,是不是高中就开始惦记着减肥这事儿。实际上哪里用呢?高中生,青春正盛,年轻朝气已是无敌。

汤小优喝过一杯糖水,人好了不少,安安静静地听医生的教诲,难得老实地应了声:"也没有到减肥的地步……"

她轻轻嗫嚅着解释，眼神不声不响，往一侧坐着闭目养神的男生身上瞥了瞥。

汤小优的身体从小到大其实都不算好，她破天荒地主动担下了运动会班内举旗的任务，今天早上没吃早饭，又穿的是短袖搭收腰的百褶裙，从上到下都精心收拾过。风呼呼地往袖口灌，光腿都快起了一层鸡皮疙瘩，整场活动下来，她也愣是咬咬牙忍住了。后来集会解散，她就陪着朋友，装作去超市买水，顺便路过球场看起比赛。

结果天有不测风云，人先扛不住了。

很多事情，她没有说出口的胆量，但不代表连暗暗地做一些努力的想法都没有。虽然现在的情形尴尬，可她朦朦胧胧间，也有一分莫名的庆幸和开心……

屋子里两个人，心情却是全然不同。

"我先走了。"

男生的声音冷冷跌落在地。

徐见鹤的心情说好不好，说差不差，汤则明一到，他就像是完成了任务，和来时的坦荡一样，泰然起身，主动往门外走。

徐见鹤走得够潇洒够直接，薛陶却喘吁吁地跑来跑去，人还没歇着呢，就被他这突然一走搞蒙了，又想留下来看看"病患"，又想跟着他，两边反反复复犹豫，最后才把脚一跺，还是选择在医务室趁机赖下来休息一会儿。

"得，就让他孤家寡人去吧。谁知道这段时间他怎么了，吃了炸药也别逮着咱们熟人炸！"

薛陶还刻意咬咬牙，说得很痛快很解气。

…………

一个人独处的境地，徐见鹤当然不陌生，也很能享受。

如果是从前，他大概会选择要么一个人悠闲地戴着耳机到处乱逛，要么就回到球场，参加该参加的，做点该做的……

他脑子里第一时间浮现的是没什么人的休息区，脚步明明已经有了方向，要走第二步的时候，却愣生生就地一折，换成了教学楼的方向。

以前哪里会有这样的体验，徐见鹤知道自己这段时间以来，不算太正常，像运动会这样他原本还算有兴趣的活动，怎么也不至于一个人冷冷清清地回教室打发时间。

运动会也没老师盯着用手机，汤则明效率颇高，发来消息，一是谢谢他及时帮了汤小优一把，二是问他中午要不要一起吃饭，就去他们上次给汤小优过生日的那家店。他上回路过，那里好像换了装潢，但还没换老板。哦，反正也是顺便的事儿，也可以问问见云姐，她今天好像也来了学校……

　　好像？以汤则明的个性，凡事都会先确定，压根没"好像不好像"这一说。

　　徐见鹤淡定地看，脑海里明确地冒出四个字：图穷匕见。

　　他原本想干脆利落、冷酷无情地回一句"自己去问"，字都打出来了，却鬼使神差地没有发出去。

　　人的共情心理，往往只在处在类似的情景下才会有所触动。

　　手机在手掌里转了又转，最终被他往包里随手一扔，戴上耳机，随便放一首不算吵人的爵士，就趴在桌面，继续平心静气，闭目养神。

　　他挺悠闲，悠闲的时候，就适合想点事情，理理头绪，想点解决办法。

　　一开始，他是纯粹放空，后来真有了睡意，不免沉沉地陷进梦境中。可梦境也不得安宁，他总梦到别墅里的那一张沙发，还是他和一些熟悉的人坐着，只不过梦里的人，她好像要爱笑得多，眼神亮晶晶地看着人，又软绵绵地喊："徐见鹤……"

　　一阵风吹过，窗户"砰"一声合上，把人从梦中惊醒。

　　他"唰"地睁开眼，动作比反应更快，右手顺着动静往后猛地一抓——软绵绵、温热的皮肤，纤细的手腕，还有一双冷冷清清，惊得瞪大的眼睛。

　　后背上的校服外套，顺着他的动作可怜巴巴地滑落在地。刚刚试图给他披上这件衣服的人，看起来好像比外套还要可怜得多。尚嘉受到委屈时，好像总是习惯第一时间调整情绪，说出口不可能，有所表露更不可能。

　　徐见鹤却就是觉得她可怜。怎么不可怜呢？和他相比，她身形本来就娇小，又娇气，浑身上下一身的毛病，被他毫不留情地当成贼人抓住，好像骨头也是软的，整个人静静的，柔软可欺的，藤蔓似的……

　　他没再想下去，当即跟碰到烫手山芋似的松开手，眼睛一瞥，不可避免地注意到她的手腕被抓出的红痕。

　　梦里的人好像梦境一样出现在面前，那双眼睛撞进视野里，徐见鹤身形僵硬，难得心虚了一秒，连血液都跟着烧起来，偏偏还要皱起眉，摘下耳机，淡淡问她："你怎么在这儿？"

　　尚嘉没答话，但动作没停。

经过暑假的相处,对他这样的态度,她明显比以前要从容得多。她从地上捡起外套,仔仔细细地将灰尘拍去,重新递到他手边时,眼睛也毫不吝啬地弯了弯。

"谢谢你的衣服。"尚嘉显得很坦诚,沉静地和他道谢,"刚刚没来得及说。"

她又歪头,像是想了想,认真道:"秋天最好不要开着窗睡觉,小心感冒。"

空荡荡的教室,就他们两个人在。

徐见鹤坐着,她站着,和他在休息区把外套丢给她时差不多。

但其实也差得挺多。

徐见鹤看她的笑,听她认认真真地叮嘱,心头一热,这段时日以来不佳的心情,莫名就跟着畅快起来。他看她的眼睛,四下又空无一人,应该是适合理清思绪,想解决办法,说说话的最佳时机……

"你以为……"你以为我跟你一样,随随便便就会生病?

徐见鹤心情畅快,收起平时肆意的劲儿,眉头一抬,喉结滚了滚,人也懒懒地笑,然而话还没说出来,教室前门又被人敲响。

叩门的人一如既往地讲礼貌。

窗户没关,徐见鹤瞥见人影,笑意凝住,面色一刹那沉了下去。

推开门的邢严还是一如既往,风度翩翩,温和稳重,抱着书和笔记,看着教室里的两个人面对面站着,微微一愣,没说话,只是朝尚嘉点了下头。

尚嘉的反应应该算是在意料之中,她的表情不变,但回身,冲徐见鹤点了点头,明显脚步一下子轻快了,也要算作道别。他们应该是约好了,所以话也用不着多说,默契十足。

徐见鹤的呼吸渐渐放缓,刚要畅快起来的心情,又骤然凝成了冰,还有些酸涩,透心的凉。

秋天这温度,哪儿来的冰?

徐见鹤这段时间本来就不算愉快,不愉快久了,憋也能憋出毛病!他从小到大都是肆意妄为的性格,天不怕地不怕,水里都能翻出浪,没道理面对这种场面还要畏首畏尾,思前想后……

他冷着脸,动作比刚才更快。少女从他身边乖乖巧巧地擦肩而过,他就飞快出手,轻而易举抓住她的手臂,将她一把带回原地。力道不轻,但也不重，留住人刚巧够了。

尚嘉蒙蒙地回头看他，他也跟个正人君子似的，还是那种云淡风轻的态度。

"中午大家要一起吃饭，你来吗？"他平稳地把话说完，凝住视线看她的眼睛，淡淡地补充，"徐见云也来。"

03

陌生城市，陌生酒店，最终电话没断，尚嘉先一步沉沉地跌进梦里。

梦里，久违地回到高中时代，她那时的性格远比现在还要内敛，遇见事情了，大多只会藏在心里，习惯性地做出让步。徐见鹤则是完全的反例，他自己不太在意受不受人关注，但无论如何，都会成为传闻的中心。

她今天陪着表弟来来回回，两个人沟通不少，但交流却不如尚嘉想象中的顺利。她时不时地就会想起大学时期的徐见鹤。同样的年纪，他明显要成熟得多，而且自从那个时候起，两个人关系拉近，甚至在某些方面，算得上有过共同感触了。他就好像骤然间，在她面前拥有了超出同龄人的成熟。

她的大学生活其实没什么变化，按部就班地读书，一步一步按照理想中的规划前进。徐见鹤则总比同龄人快一步，多姿多彩。大一开始，他一边上学，一边还能兼顾各种活动、运动，好像还临时起意，主动进了启越实习。徐见鹤没有分享生活的习惯，但总可以在两个人共同好友晒出的照片中窥见一二。

尚嘉那时有些佩服，隐隐羡慕，并没有太多别的感触，现在却总会想到他。

梦中，也是他四处可见的身影，他在操场上打球，台上玩乐队，空荡荡的教室内随意站着，轻飘飘地问她要不要一起吃饭……

一觉睡醒，天光大亮，阳光穿过窗帘照进来。

尚嘉呆呆地看了半天天花板，睡意退去，再翻身时，才发现自己竟然还戴着耳机，网络通话没断。

"醒了？"

她还在茫茫然地出神，对面已经先一步有了动静。

徐见鹤声音发哑，不等她问，就慢吞吞地拖着嗓子，先懒散坦白地交代完了：别多想，他这人也没那么能熬，她睡着了，他没多久也跟着倒头就睡,电话没断,纯粹是他自己出于私心,没舍得挂。

尚嘉抿了抿唇,下意识抬头看了一眼床头柜上的闹钟,沉默了片刻,极轻地嗯嚅了一声。

"嗯?"

屏幕对面的人没听清,她反应过来,立刻和他坦白:"我是说,估计今天或者明天就能回去。"

今天的行程其实没有任何安排。

表弟睡醒了,仍不想回宿舍,她就干脆想了想,网上略略看了一圈,直接带着他去了本市比较有名的公园散心。

午饭也是在公园附近的本地特色餐馆解决,尚嘉没什么胃口,但表弟的状态比昨天好了不少,荤菜扫空几大盘,又是笑,又是喊她姐姐,甚至主动说起自己昨天跟父母打了电话,让他们不用担心,也别再给尚嘉打电话找事儿。

"本来这事儿也不该麻烦你。"他说着说着,摸了摸鼻子,有点儿惭愧。

尚嘉不说话,只是笑着点了点头。

A大的专业群还是一如既往的热闹。学姐回去的时候带了特产,教研室每个人都分到了一些。这时候由一个会来事的男同学领头,大家纷纷在群里谢起学姐。学姐也不搭理他们,而是潇洒转头找了尚嘉,说是她的那一份自己也没忘,就等她回来了。

搬校区的事儿拖拖拉拉太久,最终还是被院领导大手一挥,说今年估计暂时不搬,等年初再说。

△啊?这不瞎折腾吗?

△你懂啥,这叫先把人保住,再说其他。

△年初见分晓?那还不如长痛不如短痛,直接给大家一个痛快也好。

没有老师领导在的群,大家说话也就没那么多顾忌。校内的事情都说不够,从最近的搬校区风波又聊到校内义务心理咨询,最后还是那个上回让尚嘉帮忙拍新闻照的师兄冒出来,才成功开了校外新话题。这位师兄家庭美满,事业也没有落下,可以说得上是他们院内导师的得力干将,应该是刚刚跟顶头老板跑完合作项目,一进群只扔下两张照片,一句话。

△本来是打工,结果没想到蹭了饭又蹭了展。又吃又熏陶。

照片里是树荫下的大厦,一张室外一张室内,尚嘉几乎一眼就认出了照片上的地点。

她也算有心，知道启越一层的艺术长廊，这段时间因为一则视频，重新变身成网红打卡地点。面向公众开放的地点不少，但免费的却不多。经过博主一拍摄，立刻就有不少人跟风去打卡。有不少人本来幸灾乐祸地等着看笑话，说是免费的事情好是好，红了就容易出岔子，结果启越反应极快，第二天就发了消息，感谢所有人的关注和支持，但婉拒之后的任何拍摄行为和打卡活动。这消息一经发出，当然又引起各方热议，不过讨论再多，公司再也没给出过任何回应，随大家评论。

△哎哟喂，不是说公干吗，怎么待遇这么好？

△启越搞的那个？我还说有空去瞅瞅呢，没想到先在群里等到体验反馈了。

△大厂就是大厂，还是有钱……导师旁边那个人？

师兄很快风趣地回复他：这么年轻，这站位，还能是谁？

照片的视角其实不算好，但师兄大概是因为本身就爱好摄影，愣是精心调整过画质，人影绰绰，衬衣袖口挽在手肘，和身边的大咖笑着说着什么。尚嘉对着上面从容泰然的侧影看了片刻，鬼使神差地，存下这张图片。

本来下午她打算去找个地方散心，结果等午饭吃完，表弟抖擞精神，竟然主动要求回学校。

"我都想好了，大不了就搬宿舍呗，有问题就解决，见鹤哥说得对，躲着藏着迟早会来的！"

他给自己鼓劲儿，又不好意思地笑笑，跟尚嘉道谢，又让她给徐见鹤带一句谢谢。

尚嘉怔了怔，沉默片刻，到底还是没忍住，重复问了一遍，他和徐见鹤为什么这么熟？

表弟说，他们两个人很熟？还好吧，其实说熟，也主要是见鹤哥照顾他们家！尚嘉去年不是不在国内吗，那会儿他也在外头读书，他爸生意不顺，突然胃也出了问题，进了医院，家里头着急忙慌的，只能给尚子欣打电话。结果电话没打通，反而是徐见鹤不知道从哪里收到了消息，亲自跑了一趟，一手重新安排了更好的医院不说，又了解了情况，安排人去帮忙给他爸的厂子盯着事儿……当时还特意叮嘱他，如果可以，尽量别告诉尚嘉，免得她在外面还要为人忧心。

"我就觉得，见鹤哥跟那些乱写他的新闻根本不一样。大老板怎么了，大老板也是人。我要是他这个情况，哪里还会搭理别人，压根也懒得奋斗，早过逍遥自在的富二代生活去了。"

表弟一走，尚嘉下午突然就没了事儿可做。机票订的是第二天的，她也不想立刻回酒店。

好在她对这种情况也不算陌生。刚去伦敦那会儿，还没跟室友混熟，也没什么朋友，闲着没事儿，就喜欢一个人在学校周围慢慢地转，带一本书，随便找一个地方坐着，就能待一下午。后来她的南美室友和她熟了，人又热情得过分，觉得她的生活实在没什么滋味，就主动带她去逛自己中意的一些中古首饰店。次数多了，盛情难却，她也跟着买过耳钉吊坠，只是平时没怎么戴过。

和那时相比，现在无非是换了个不太熟悉的国内城市。

尚嘉避开网络上各种不知真假的推荐，干脆问过前台，去了本地人推荐的巷子走走停停。一路上照片没少拍，到最后发出去的照片，却只有精心选过的几张。

徐见鹤大概在忙，而且应该很忙。

消息没回，她继续按部就班地按自己的思路走，但不得不承认，今时不同往日，脑子里始终有人影不散。

晚上回到酒店房间，消息却仍旧没人回复。

她发了会儿呆，到底没有任何催促，只是呼出口气，趁着月色开了窗。

临近秋季，月色很美，朦朦胧胧。

手机响动，她飞速拿起来，心跟着一跳，回消息的人却礼尚往来，同样回她照片。

一轮明月高悬在头顶，但不是他公寓的角度，也不是徐家老宅，不是启越……甚至好像不是临南。

尚嘉"噌"的一下站了起来，似有所感。

电话通了，她脚下有点飘飘的，说话声音也跟着飘："你……"

尚嘉顿了顿，控制住情绪，静静道："你在哪儿？"

徐见鹤不回答这问题，反而叹了口气。他觉得有点累，今天又是见人，又是开会，时间紧任务重，工作不得不一再压缩，全靠他吊着一股劲儿，一口仙气儿撑下来……

电话对面的人陷入沉默，他厚脸皮，卖惨卖得越发熟练。

出租车师傅放着本地电台，主持人热络地用方言和市民谈天说地，

他按开窗户,不慌不忙地继续问她:"不是有人说的吗,今天或者明天回去?"

"是。"

电话对面的人终于有了动静,回他的话。

徐见鹤哑声说道,心里却软了下来,从容地笑了:"但是,这人明明也偷偷小声地说了……说她想见我。"

当时尚嘉小声嗫嚅着说,说了还不肯重复,多小气一人啊!他没那么小气,但为着这句话,惦记了一天,今天把明天要做的也都做了,忙得一整天饭也没吃一口,被助理提醒,才临时想起拿了几块公司餐厅的饼干吃了,喝了两口水。

徐见鹤没那么多繁杂曲折的思路,就像上次从葡萄牙直接飞去四川那样,想做就做,毫不犹豫,一张机票就到了目的地。只不过这回比那一次明显要坦荡得多,直白得多,不用遮遮掩掩,装若无其事,镇定自若。

"尚嘉,"他叫她的名字,一叫就笑,靠着窗,"我觉得,应该是我更想见你。"

他听到她说话的那一秒,立刻就想见到人。

助理替他订飞往东北的票,看他压缩行程还神采奕奕、不知疲倦的样子,似有所悟地笑了笑,有猜测也没说出口。

徐见鹤干脆利落地下车登机,放了助理一天假,独自落地到陌生城市,依旧是惯例的帽子口罩,深夜坐上出租车,听着完全陌生的方言电台,不仅不觉得孤单,反而心头都是热意。

出租车最终停在酒店门口,师傅乐呵呵地提醒他下车。

徐见鹤心头的热意还没全褪,指腹摩挲着手机屏幕,正要慢悠悠地发出消息,动作却先一步停了下来。

穿着睡裙的人气喘吁吁地从大门跑出来,远远地四处张望,目光来来回回,最终定在他所在的方向。

寂静的夜,四目相对。

这个时间点,酒店内外都是静的,只剩大堂内值班的前台低头玩着手机。

尚嘉怔怔地站着,光着脚踩着拖鞋,看他一步步走近,又怔怔地看他停在她面前,呼吸还有些急促。

徐见鹤伸出手在她面前晃了下,又微微躬身,顺势握住她的一只手。

现在不是盛夏，夜深了，空气中有凉意，指尖下的手背泛着凉。

"房卡带了？"

尚嘉少有这么急匆匆的时候，这会儿被他握住手，也只是直直地看着他，乖巧点头。

"那还挺冷静的。"

徐见鹤低声嘀咕，拉着她的手，倒像是立刻反客为主，拉着她慢悠悠地往电梯间走。

低头玩手机的前台对着他俩扫过一眼，又见惯不怪地低下头，好像把他们当成一对再寻常不过的情侣。

尚嘉不由自主地抿了抿唇。

徐见鹤拉着她，明显轻松自在得多。

直到进了房间，他拉着的她才有了动静。

"我不知道你要来。"

密闭的房间，尚嘉的声音有些飘，但表情已经恢复了正常，望着他时，也一如既往按照她的思路交代："所以酒店房间条件比较一般。"

"我有那么挑剔？"

徐见鹤摘了棒球帽和口罩，头发长长了，又被压了几个小时，翘得相当不羁。

尚嘉不说话，神色沉静，但看人时，眼神却代表了一切。徐见鹤不慌不忙地笑着坐下，微微扬眉，说："好吧，我好像一直是挺挑的。"

他这会儿心情极好，整个人显得很放松，在椅子上坐下，又抬起手张开，眼神亮晶晶，不用语言表达。

尚嘉心跳一顿，犹豫了片刻，还是慢吞吞地走到了他面前。

按道理来说，他们俩刚好属于感情升温，渐渐互相了解的阶段，这个阶段的男女，大都正是感情热烈，需要通过语言动作互相表达情绪的时候。尚嘉有过体验后，并不怎么抗拒拥抱亲吻，但要说已经彻底习惯了，也未免有些自欺欺人。

就这么大点的空间，一坐一站，一男一女。

男人习惯性地捏住她的手，双眸灼热，微微抬头，牢牢地盯着她的脸。

气氛微妙地凝结几秒。

徐见鹤笑了一下，垂下眼睛，熟稔地捏了捏她的指尖，还是率先出声。

"是不是有点紧张？"他问得很随意。

尚嘉想了想，认真地摇头，耳根却已经红了。

"不是紧张，"她说话仍然很冷静，剖析起自己的心理，歪了歪头，主动道，"应该是还不太习惯。"

徐见鹤挑眉，又抬头看向面前的人。她倒是一如既往的坦诚，但他明显不能那么坦坦荡荡。尚嘉这人什么都好，但就是对人没什么防备。她急着下楼，身上只有一件睡裙，一件随手抓起的外套，手腕发白，连同整个人都像是弱弱地飘摇着。

他真的很喜欢把玩她的手，指腹轻扫，若有似无。

尚嘉抿了抿唇，耳根更热，呼吸微微发颤，正要说话，徐见鹤却还是快人一步，将人轻轻一拉，长腿往外一撇，人就落到了他的掌控范围中。

还是一坐一站。

男人头发虽然长，但摸起来总是刺刺的，手感不太好，尤其有那几根还相当不羁立着……尚嘉的第一感触很直接，徐见鹤这回没有之前那么直接，但仍是一手掌住她的腰，将脸颊贴过来，搂着她，长长久久地出了口气。

尚嘉反应很快，沉默片刻，低头将下颌抵过去，贴住他的额头，不由自主地放轻了声音："很累？"

其实这应该算是废话。在她的同门群师兄分享的照片里，他都还从容不迫地做着那个八面玲珑的小徐总。她清楚他的个性，徐见鹤不是拖延的性格，能一张机票飞过来，一定是提前做了安排，压榨了时间，做的要比说的多得多，就像百忙之中，还能抽出时间特意关照她的亲戚，而她竟然今天才第一次听说这件事。

徐见鹤不说话，蹭着她的腰，用力地点了点头，将人抱得更紧。

尚嘉屏住呼吸，又慢慢放松，手不由自主地滑到他的背上，拍了拍。

"辛苦了。"

她没说谎，她的确想见他。

"徐见鹤，"尚嘉的睫毛扑闪，想起白天所想，轻轻出声，"其实高中那会儿，我一直都很佩服你……觉得你什么都能做好，也什么都能兼顾，但是现在我觉得……"

她一字一顿，话语变得格外清晰："你总能比我想象的更厉害。"

她说着，语气也带上了笑。

徐见鹤没说话。

夜深人静，尚嘉说完想说的，人也渐渐放松下来。

窗户外面还是那轮月，但和一个小时之前看到的已经不同了，真神奇。

"我说想见你的时候，没想到真的能见到你，"她松开他，视线从月亮移到人身上，手搭在他的肩头上，和他目光相对，笑眼弯弯，"所以我很高兴。"

话音落地，室内重新回归无声。

尚嘉后知后觉地有些不好意思，却被骤然的吻切断了思绪。

她无声地惊呼，被人强硬一拉，跌落在男人的大腿上。呼吸凝滞，男人没她那么脸皮薄，也没她那么温柔体贴，唇瓣接触，舌尖就跟着毫不留情地探过来。气息潮湿，热气交缠，他喘着气，低低地笑了笑，随即更加不留情面，大手顺着滑到她光洁的肩头揉捏，动作野蛮，炽热又直接，唇齿间吮过、舔过、咬过，全都是为所欲为。

头是晕的，呼吸是热的……

她怎么总能这样？

徐见鹤恶狠狠地亲吻着，恶狠狠地想，尚嘉这个人，从小到大个性内敛，很少和人交流想法，只跟亲近的人袒露真心。卖惨这套熟练的做派，一开始只是想要得到她一点真心的关注爱怜，而如今她却让他连正人君子都不能多装一秒。

万般缱绻，怀里的人像水一样化开，他就是搅动池水的人，要她脸上都是红晕，都是被人掌控的热。他一贯不会忍，对她总例外，也总不能例外。

"徐、徐见……"

她颤颤巍巍要喊他的名字，只换来更加直接的占据。

尚嘉感觉自己快要融化。原来他以前还算手下留情，但她明明什么也没做……不知道过了多久，炽热茫然间，她终于听见他低低地笑，又低低地叹了口气，手指抚摸她的耳垂、脸颊，又轻轻松松将她抱起，手臂肌肉绷紧，几步过去，将她稳稳当当放在床边。

"我去另外找个房间。"

徐见鹤目光灼灼，终于松开撑在她身侧的手，低哑道："这儿现在不适合我。"

尚嘉剧烈地呼吸着，听见他的话，视野终于变得清晰起来。

他的确一贯高效，说什么是什么，从不食言，干脆利落。男人重新拿上他的帽子，人到了门边，像是冷静了几秒，手扶住门把手，又是平时的镇定自若，从容泰然。

"徐见鹤。"

尚嘉终于找回声音，她听到自己的心跳，也听到自己发哑的声线，看见对方回头看她的目光。心跳如雷，呼吸渐渐平静。

"你其实，"她睫毛微颤，"不用走的。"

徐见鹤目光一沉，身形顿在原地。

尚嘉呼吸微滞，察觉到对面的视线，又急促地出声："不是，我没别的意思……"

她的声音越说越小，手摆也不是，不摆也不是。徐见鹤反而成了更冷静淡定的那一个。他呼吸炽热，人却还能轻轻出了口气，从容不迫地重新回到她面前，坦然蹲下。

"那是什么意思？"

徐见鹤一边抬眼看人，一边抬手轻触她的指尖，略略揉捏，目光闪闪，饶有兴趣："嗯？"

他托住下巴，调笑一声，歪头等她的答案，嗓音发哑。

大概在来这里之前，他还特意换了穿搭，不再是照片里的西装革履，又回到了简洁的黑白灰运动风，少了沉稳，多了鲜活，碎发飘着，又有了点十几岁时总是懒洋洋的样子。

尚嘉被看得心跳乱了乱，凝滞了两秒，抿了抿唇，好不容易才重新找回自己的声音。

她的目光落在他的鼻尖，又略略向上，落在眉目，专注地注视起男人的眼睛，深吸吸一口气。

"我只是觉得，现在我们应该待在一起。"

尚嘉仍然保持着刚刚的坦诚，脸颊和脖颈还残留着红和热，目光如水，仍不改初心，主动伸手抚住男人的侧脸，认真地低声道："明明好不容易才见到面。"

她的感触总是来得很直接，表达也并不遮掩。徐见鹤是大忙人，这是事实，但同样的认知放到现在，感触是完全不同的。尚嘉只是少话内向，但并不傻，她知道自己对他的想念，更知道自己对于感情经验的欠缺，于是只能学着最笨的办法，坦率地拿出一颗真心。

她的指腹落在隐隐的胡楂上，目光也越来越温柔。

徐见鹤看着她，视线开始烧得热烈，怀的全是乱七八糟不可言说的心思,听着她的声音,目光却越沉越静,变成柔软的湖面。

四目相对,沉默间,最终还是他托住她的手,猛地半站起身,凑了过去。

尚嘉下意识地紧闭双眼,咬紧下唇。徐见鹤凝视一秒,最终认栽,临时刹车,薄唇轻飘飘地吻在她的眼角。

"有道理。"徐见鹤低低地感叹,替她轻柔地理过碎发,"是我个人的觉悟不够了。"

岂止是不够?温香软玉在怀,明明都被她说得心里全是悠然暖意了,一颗心都还不得不唾弃自己。这么一个小而封闭的房间,一张柔软的床,两个人就这么面对面地侧躺下,明明应该全是情意绵绵,温情暖意……

徐见鹤猛地呼出一口气,低头将人抱得更紧,喊她:"尚嘉。"

等了这么多年的人,在他怀中乖乖巧巧地任人搂抱轻抚,身体紧密地贴着他,不是虚无缥缈的梦,也不是想象。

"我在。"

她贴住他的脖颈,声音发瓮。

尚嘉的后背腰身全在掌控范围,徐见鹤还是没忍住,安静两秒,又低头略亲了亲她的耳朵。

橘子和香根草的气息混合弥散,两个人开始都还清醒着,渐渐也因为难得的安宁变得迷蒙。

徐见鹤忙了一整天,一开始没觉得有多累,这会儿抱着人,却因为轻松安心而后知后觉地觉出怠懒。他放她去洗漱,又全凭最后意志迅速冲了澡。这回他们两个人的头发都是被彼此吹干的。重新躺回床上,尚嘉在极近的距离睁着眼睛认真看他,他就和她面对面,什么也不说,安静地和她对视,左手在她耳畔的碎发流连。

她轻轻地跟他说辛苦了,为什么辛苦?为了她不知道去年在什么时候住院的姑父,为了她的表弟,也为了他在学校新校区开的那两家店,为了他不声不响为她做的太多事情……

尚嘉说的是真心话,他做的也是真心事。

他不是为了让她发现才做,只是曾经觉得,认准一个人是平添烦恼,后来又觉得快乐更多,再后来,被时间反复打磨,直到今天,才算愿望实现了一半。

徐见鹤还是没忍住,尚嘉迷迷糊糊地半梦半醒,他虽然温柔地放任她睡过去,但同样把握时机,凑近她,若有似无、一下一下地轻触她。

.231.

空气中弥漫着同一款沐浴露的清香。

"好梦。"

男人的声音低低地落在耳边。

时间太好,地点恰当,月光洒落在方正的白色港湾,他放过她,也没有全部放过她。男人女人在港湾里,半梦半醒,却放任对彼此的本能吸引。两方一会儿都闭着眼,一会儿又凝视彼此,一会儿甚至真的有一方陷入梦境,却始终黏糊旖旎。徐见鹤是更直接的那方,他不保留情面,极尽肆意,舍不得这难得的机会,控制不住了,就随性惬意地低头,轻轻抬起怀里人的下巴。缠绵、吮吸、轻咬……另一方快落进梦里,他的温柔劲儿一上来,吻就游离在她的肩头、指尖、耳垂……人都有惯性,尚嘉渐渐适应,本能之间,闭着眼也能偶尔给出微小的回应。

最后不知道什么时候睡了过去。

日光穿过窗帘,尚嘉自梦境中的夜色挣扎过来,才发现自己还被人整个罩住,只留给了她勉强左右翻身的空间。

她愣愣地看着面前的人,一动不动,并不出声。

徐见鹤睡觉的样子,尚嘉不是没见过,但这么近的距离却还是头一次。她看了很久,忍不住伸出手,要去抚平他的眉心、乱发……

回应她的是猛然睁眼的人,沙哑的声音:"我都等了这么久,怎么不直接点?"

徐见鹤靠近了笑她,笑她还不够,还要揉捏她的脸颊。他捏住她的脸,趁着她唇齿微张,直接翻身,从容不迫地压过去。

"直接点"。

他们两个人彼此顾虑一过,谈恋爱都全凭本能行事。

时间被亲昵地消磨过去,差不多都收拾好了起身,已经到了该吃午饭的时间。

这一觉显然是新鲜体验。

尚嘉找了个理由,这会儿望着洗手间镜子里的自己,后知后觉,耳根通红,面色发窘。

出了洗手间,徐见鹤又大大咧咧地躺在床上,侧头看她,两手一摊,下巴一抬,话都没多说。

"该吃饭了。"尚嘉被人抱着,手腕动不了,终于不得不艰难地提出这个理由,语气坚定。

"我知道,也该饿了。"徐见鹤心里头勉强还算满足,淡定地接她的话,"早点适应。"

他看她的耳根,笑意更浓,颇不要脸。

04

全然陌生的城市,有了身边的人陪伴,滋味却好像突然变得完全不同。

两个人都还有学业工作要忙,不能消磨更久,那就沿着附近的河堤随意走走,随便看看。尚嘉提前买好的机票自然只能改签,两个人同行,也算是第一回并肩坐上同一趟班机,一起降落。

临南和离开之前没什么变化,尚嘉站在机场门前等车,却始终有种不太真实的感触。

她说不出原因,静静出神。

徐见鹤的那辆黑色轿车在她面前停下,她问他司机呢?他就光明正大地交代,二人世界,干脆暂时将人放走。

尚嘉欲言又止,半天没有说话,正要说话时,手机却响了。

徐见云的声音在手机对面犹疑着响起来,颇有点异样,半天没有说出打电话的缘由,她就有耐心地等,习惯性地做倾听者。

"算了算了,我不忍心。"

最后,徐见云丢下这么一句不清不楚的话挂断。

车停在 A 大门前,这回是徐见鹤的手机响了。和尚嘉相比,徐见鹤显然淡定得多,面对对方长篇大论的盘问,直接以"嗯"回应,大大方方。

徐见云愣了片刻,终于反应过来,震惊道:"你真飞去找嘉嘉了?现在你们还在一块儿?"

徐见云得出这个结论的思路其实相当简单。

尚嘉为了处理表弟在学校里的事,临时去了东北,这事儿她早就知道,而且不仅知道,还特意在工作之余,打了个电话劝小姑安心。

这是一半的事实。至于另一半……

徐见云最近和各种品牌的合作拍摄不少,自然也为汤则明时不时跟她在拍摄场合的"偶遇"心烦。她前一天去启越,就是被围追堵截得实在不行了,打算另辟蹊径找人想点办法,结果只通过助理得知徐见鹤忙里偷闲飞了外地的消息。

徐见云回公寓后,一开始没多想,后来不知道怎么灵感一来,心里有所猜测，反复琢磨纠结之下，关了录制相机，犹豫着打过去一通电话，没想到还真叫她猜了个七七八八。

她不忍心，所以放弃盘问一贯乖巧听话的妹妹，盘问不见踪影的老弟，就没那么大的心理负担。

"不是……你们俩现在真在一起？"

徐见云还在震惊，又把话重复了一遍，一时间连自己的烦恼也抛在脑后。

徐见鹤承认之后，也不接茬，用"之后再说"四个字就应付过去，干脆利落地断了通话。

他再转过头，刚好对上副驾驶上尚嘉的眼睛。她安安静静地看他，并不急着下车，又是陷入自己思绪的神色。

"不用多想，"他说得很泰然，很自觉，语气比平时要柔和一些，挑眉宽慰，"不说太多的话，她也猜不到什么。"

尚嘉欲言又止，有话想说，却没能说出口。

徐见鹤看见了也当作没看见，另起话题，主动提及她的行李箱。她要见老师同学，拿去学校太麻烦又太重，不如就放他车上，等她今天忙完了以后，他再开车送过来。

徐见鹤说得太理所当然，她省事，他自己来回折腾，也像一件小得不能再小的寻常事。尚嘉看他的眼睛，又看他的笑，和昨天相比，打理得整齐得多的头发。多神奇，和这一趟走之前相比，她明显已经习惯了他总要伸手替她理耳畔碎发的动作，习惯了他的拥抱亲昵，甚至习惯了……耳根微烫，一些画面浮现在脑海，最终还是尚嘉主动强迫自己不要再往下多想，眼皮一垂，慢吞吞地从包里翻出一把钥匙。

尚嘉做事一贯注重细节，讲究凡事要留个备用方案，居所备用的钥匙基本只有两个姐姐有。

"不用那么麻烦。"

她的思路还是自己的那套逻辑：徐见鹤专门见她，她的确开心，但如果要他一直单方面这么压缩时间忙下去，这既不是交际交往的道理，也不是男女感情的道理。他路过后放了东西，也能直接离开，并不需要事事绕着对方转……

尚嘉不习惯表达，只习惯用行动表达想法。

"也不用还我了。"

她轻声认真说完这句，下车时门开得飞快，人也走得比平时急。

徐见鹤在车里坐着，手摊开许久，目光落在钥匙上，又落在急匆匆消失的背影，来去几次，没出声，眉眼的笑却藏也藏不住。

人回了临南，该做的工作在走之前也匆匆忙忙做得差不多，一上午忙完，徐见云这一次终于在午休的时候等到了要等的人。

除了家庭聚会和周末，姐弟俩这么多年都早早离了老宅独居生活，徐见云没心情喝咖啡，杂志也翻不下去，一见到他就干干脆脆，开门见山："我是希望你直接点追求嘉嘉，但希望你讲究方式方法，没想到你还真能'直接'到追在人后面跑？不怕把人逼急了？也就是对面是嘉嘉。"

徐见云其实很有她的道理。从小到大，各种理由、各种迹象都能说明尚嘉很能让步的个性，但这个让步，等长大了回头再看，才发现其实压根不能代表尚嘉心里真实的想法。

"她愿意松口，不一定就是对你有好感，还可能是顾虑太多，"徐见云越说，思路也越清晰，"所以才希望你找对方式方法，别又是平时以自我为中心的脾气……"

徐见鹤不慌不忙，边听她的批评，边翻手里的文件，也并不解释太多，直到对方说无可说了，才慢悠悠地出声："对于她，不直接追在后面跑，才容易被糊弄过去。"

徐见鹤很淡定，眼神沉静，颇有说服力。

徐见云还要试图争辩："那也不是这么个追法。"

"那能怎么追？跟老汤那样，沉迷一天到晚跟人玩偶遇一样的追法？"

徐见鹤放下手上文件，表情不变，话也说得格外直白。徐见云脸色一变，当即背着包要走，结果才起身，又恹恹地坐下，望着他，颇有些认命的无可奈何。

没人说话，徐见鹤就任由她靠着沙发发呆，到头来，还是由徐见云主动嘟囔："一起长大又怎么样，说到底，男人和女人思路不同，逻辑不同。你们男人就是这样，考虑不多，一时兴起就能毁了以前的关系，根本不想其他人应该怎么办。要不是知根知底，明白你不是不认真的个性，我也不会支持你追人这事儿。"

她越说越沮丧,也不知道说的是自己还是别人,最后倒在沙发扶手上,整个人心烦意乱。

一时兴起……徐见鹤懒得反驳,但看她提不起劲儿的架势,终究还是在走之前松了口,挺冷酷地答应了她的请求:找汤则明谈谈可以,但结果不能保证。

下午等会议的间隙,他摩挲着钥匙,想起徐见云形容的尚嘉,能让人,习惯退让,从小到大一直习惯在他们兄弟姐妹间做调和者和倾听者。对这么个一团棉花一样的人,他的确曾经以为任何办法都已经没用,只能纯粹依靠等待,拼耐心。

他发消息约汤则明,结果晚饭时间,人没来,薛陶先来电话,跟他愤愤不平地控诉:"不是,你跟老汤说什么了?这么多年也没见这人喝过这么多酒。南街口新开的那家酒吧,是兄弟就扔了工作速来!"

"就你们俩?"徐见鹤是兄弟,但也不急着一口答应,不慌不忙。

"不然呢?"薛陶更加愤愤。

酒吧包间里灯光晦暗,外头全是热闹,里头全是沉寂。

徐见鹤到的时候,尚嘉的消息也刚巧晚一步发来。

尚嘉:[照片][照片]

尚嘉:很好看。

她终于没再道谢。

他白天路过出租屋,用那把钥匙开了门,将行李箱留下,也将新买的花瓶和百合留下。

地点不恰当,徐见鹤脸上没笑,但气势已经比平时松快许多。

薛陶又是骚包的花衬衣配墨镜,看他一副居高临下、气定神闲凝视他们两个人的劲儿,当即气不打一处来,咬牙切齿:"要不是今天撞上了老汤最近为情所困这事儿,你们俩是不是真不打算告诉我了?"

徐见鹤眼皮都懒得抬,俯身在另一个人眼睛前晃了晃手,确认对方还残留了一点意识。

"自己太迟钝就别怪别人。"

汤则明的确醉了,但也没完全醉,眼镜还戴着,只是领带摘了,领口松了,还是平时那个沉稳从容的劲儿,跟他打了声招呼。

徐见鹤不喝酒,喝了一口冰水,当然也没那个照顾人的耐心。

最后还是汤则明自己坐起来,半天无话。

薛陶左看右看，逼问半天，他才终于扔下一个惊天大雷。

"见云姐让你带什么话了？说吧。"

汤则明还很稳当，猜得很准，看起来也和平时没什么不同，说："我有心理准备。"

薛陶眼睛瞪如铜铃，说："不是……我刚刚批判了那么久的妞是见云姐？你怎么不早说？"

徐见鹤眼神瞥过去，他立刻心虚地闭了嘴，做老实知错状。

"你觉得呢？"

半晌，包间里重归沉寂，徐见鹤不答反问，淡淡出声。

"我觉得？"汤则明揉了揉太阳穴，不笑也不闹，一贯温和平静，"我不想猜。"

他顿了顿，又出了口气："你应该懂我才对。"

喜欢一个人，喜欢了很多年，近了怕太近，远了怕没可能。他从前的身份是徐见云弟弟的好朋友，对方也自然而然，同样把他当成普通的弟弟。但即便如此，他对徐家的家庭变故也不能说太多，只能远远地看着，想着都长大了就好了。等长大了，都是成年人，就没那么多顾虑。可等真的长大了，又有无穷无尽的问题摆在面前，阴错阳差，什么时机都错过。

"我不信你对尚嘉也能永远等下去。"

汤则明喝醉了，借着酒劲儿，平时的成熟稳重劲儿不见了，话也很直白，对薛陶因为震惊瞪得更大的眼睛也不怎么在乎。

尚嘉和徐见云的情况还不太一样，尚嘉对感情是纯粹的没有兴趣，徐见云则是有兴趣机会也从不会想到他……

"她让你传话又怎么了，"汤则明越说好像越清醒，望着天花板似笑非笑，侧头看向来人，"我不想听。你要是朋友，就别说出口，惹人生气。"

"老汤！"薛陶叫了一声。

"让他说。"

徐见鹤挺从容，他从来不介意别人的看法，也并不在乎别人是否说出口。汤则明这样的情况，无非是努力太久无果，总要有一个感情的发泄点，而且是清醒时从不敢想，不敢做的，他也有过相似的瞬间。

汤则明没说太多，只是一字一句，回忆着他这些年的经历。直到最后，声音渐渐沉下来，他将眼镜擦了擦，重新坐好，恢复到平时的样子了，徐见鹤才平静出声："我之前就说过，我们不一样。"

他摆弄了一下面前的叉子，像说平常事："我早就告白过。"

05

徐见鹤的成长经历大体上顺风顺水，但也不是没有诸事不顺的时候。

高二的那次运动会，最终的结局是他的好心情连半个小时都没挺过去。

教室里，尚嘉当着邢严的面，婉拒了吃那顿饭，认真地说她提前和人约好了，挺礼貌，挺妥帖。把徐见云当宝押上也没用。

和谁约好也是显而易见的事。她跟门外风度翩翩的人走得潇洒，徐见鹤当时留在教室里，半天没动，最后电话也没接，连午饭也忘了吃的什么，一个人面无表情地站着，想了挺多。

这个世界上，有些事情不能勉强。他知道这个道理，却是第一次直面道理本身。

徐见鹤一贯自视甚高，当然不可能接受自己一直为了同一件事反复纠缠，频繁陷入同一种情绪。他给自己找的调节办法既简单也直接，有人约就赴约，没约就出去闲逛，看各种运动球赛资讯，关注喜欢的歌手乐队的消息，基本是以转移注意力为核心，其他的都可以慢慢调整。

这思路开始还算有效，后来却越来越有点白用功，就像尚嘉对他的态度缓和的表现之一就是总是道谢，他最初还觉得算是好事，越往后，就越不太耐烦。

谢来谢去，别的话没一句算什么？

运动会结束后，过了一个月，深秋临近初冬，尚嘉单独在周末出了门。他还以为她又是去买什么要看的书，或者要用的东西，并没有往心里去。结果第二天，尚嘉起了个大早，破天荒穿上一条白色收腰连衣裙，头发扎成马尾，说今天要和同学出门一趟，晚饭不一定能回来吃。

四个人在早饭餐桌前坐着，姜女士夸她的眼光好，徐见云更是眼前一亮，问她要不要下次跟自己一起逛街，只有他，头也懒得抬，摆出冷冰冰的"欠钱脸"，叉子在手中转了一圈，好像仍然在发起床气。

高一个年级的，还能算什么"同学"？

家里不想待，唱片行、游戏店也都没意思，马场、滑雪场都不是季节。

徐见鹤懒得约人，干脆一个人在暑假住过的那条巷子附近转了一天。周围的小店都让他看遍了，转到黄昏沉沉，天边日暮才回了家，高兴说不上,痛心当然更说不上,人懒洋洋的,郁闷得提不起劲儿最准确。

等他终于有心思回家了,结果尚嘉比他更早到家。

少女头发放了,坐在沙发上,认真地看着手机回消息。她面色带笑,头也不抬,安安静静,他眼不见心不烦,径自回了房间,"砰"一声将门关上!

晚上,穿白色连衣裙的人莫名入梦。梦里的人要识趣得多,他问什么答什么,说什么是什么,笑意盈盈,看着他如秋水粼粼……于是一觉睡得好,也睡得不好。平时的好睡眠没了,变成他四五点就睁眼瞪着天花板。

期末后的寒假,徐见鹤破天荒地重拾小时候因为"没兴趣"放弃的西语,甚至还托表哥找了专门一对一、有西班牙旅居经历的语言老师,每天早出晚归。徐见云看了都啧啧称奇,说他简直是转了性,但装刻苦有什么用,不到一个月就得露馅儿!

不过她也管不了太多,升学压力在身,又有尚子欣珠玉在前,有家里刻苦学习的医学生做榜样,徐见云本身有心气,干脆一心投入文化课和舞蹈专业课的提升上,每天早出晚归,忙得脚不沾地。

全家上下,一时间反倒是尚家姐妹成了相对空闲的人。

尚子欣对自我要求严格,大一第一个学期结束了,回到临南也是书不离手。

和她相比,尚嘉变化不大,但也不是没有丝毫的迹象。

尚嘉像是突然在某些方面开了窍,比以前在日常穿着方面要讲究不少,原本就头小脸小,天生的笑眼弯弯,简单收拾过,干干净净也够惹眼。

尚子欣和她一起长大,看在眼里,没说别的,直接送了她一对耳钉,私下还要给她转一份"私房钱",就当是这个阶段能用得上的开销。

尚嘉当然没用,钱也被一直好好地留存着。她从来都是做大于说,说闲也并没有太闲。英语学得不算好,邢严把他的重点笔记借给了她,寒假里,她就老老实实留在房间里闷声地学。

冬季寒冷,别墅里地暖充足,室内室外天差地别。

日光正好,尚嘉拿着笔记,腿脚盖着毯子,安静地坐在餐桌前,慢慢地翻。姜女士主动问起她最近的学业情况,尚嘉也是老老实实地说,什么好,什么不好,哪科又拖了点后腿……

徐见鹤刚回家,还没来得及坐,戴着耳机从玄关冒出来,正要直接往楼上走,却被姜女士随手拉在原地。对着姜女士,不耐烦也得耐烦,他"哎哟"一声,只能两手一摊,问人来意。

姜女士果然还是那套温和的、兄弟姐妹之间要互帮互助的说辞。

"你英语不是挺好?平时可以帮嘉嘉多看看。"

徐见鹤最近人挺怪里怪气,扯了扯嘴角:"她需要'我看看'?不见得吧,真要看,您不是也能当个权威,帮忙看看……"

他悠悠地、冷酷地说完,趁姜女士手一松,当即往楼上溜得不见踪影。

姜女士拧着秀眉,对着楼上紧闭的房门看了半天,跟刚巧从厨房出来的阿姨聊起徐见鹤最近的脾气,总结出"叛逆期"三个字。聊完也没生气,继续悠然地去后花园看两眼自己的花卉。

尚嘉习惯了他们母子之间的相处模式,更习惯徐见鹤的阴晴不定,面色不变,继续低头安安静静地写手里的作文。

结果句点才点下,身边的椅子"吱"一声,被人拉开,阴影大大咧咧地投下,有人不耐烦地俯身,朝她摊手。

一座之隔,尚嘉抬头,对上那双沉沉冷冷、黑白分明的眼睛。

来的人冷心冷肺,看起来挺横。

"不是说要看看?"徐见鹤不声不响,抬了抬下巴,轻轻地扫了一眼她手里的纸页,"看什么?"

时间越久,徐见鹤越觉得自己有病。

说到底,从几个月前开始,生活突然变得没滋没味。有人搅得他心情不得安宁,他却还要上赶着给人补习英语,什么语法,什么词汇……这些玩意儿分明更没滋没味!

尚嘉不会拒绝人,更会看眼色,从来都顺着姜女士的说法来。他说给她看看英语,就真是板着张脸看英语。一开始,看她写的作文试卷,后来看她的课本练习册,最后看她手边摆着的笔记本,上面写着邢严的名字,他板着的脸色变得更黑。

这个秋冬,他反常地把头发理得很短,没好脸色,但也没把事情敷衍过去。

尚嘉和去年一样,老老实实地留在别墅里,每天看书打发时间。徐见鹤也像转了性,不怎么往外跑了,平稳地揽下"帮她看看英语"的活。

他感兴趣的极限运动赛今年在瑞士举办,表哥约他一起去看,再顺路去一趟外婆那儿,看看老人家的近况和身体……

他拒绝表哥的邀请，说要学西语。

表哥比徐见云还直接，笑着说这不是他的风格，又说他这德行，怎么也这么纠结来去，不有话直说了？

"心里有事就别憋着呗，多难受啊。"

表哥和他一向有不少共同话题，很乐意在他面前扮演"知心哥哥"的角色。

憋？哪里来的事儿他都不知道。

徐见鹤是面冷心冷，说话也冷。

今年过年，大概因为全家大的小的都已经磨合了一段时间，气氛明显比去年要融洽不少。徐启大忙人一个，前一天，人还在各大新闻标题上，回来才一天就要走，但这次是带了一大家子人一起走。

徐家今年找了个温暖的海岛过冬，除夕当夜，大概是为了迎合当地的国内游客，漫天的烟花放个不停。一侧的窗外，又是烟花，又是海浪，还有时不时的笑声，徐见云忙活了一整个学期，坐是坐不住，收拾得花枝招展，扭扭捏捏地纠结了半天，还是叫上了尚嘉和尚子欣姐妹两个一起出门逛夜市。

徐见鹤懒得看姜女士非要看的晚会，也懒得和慢悠悠翻书的徐启搭话。他一开始在客厅里坐着，后来搬了把椅子，去阳台上一个人躺着，躺也不是真躺，其实就是纯粹戴着耳机放空。

二楼的阳台，往下就能看见连片的私人海滩和椰子树。

徐见云提着满满两大袋从夜市收获来的东西上了楼，把东西一放又飞速走人。姐妹三个在海滩上待着，朦胧月色，应该有不少话题可聊可谈。三个人坐在一块儿，片刻后，身形最小的尚嘉悄悄起身，把空间静静地留出来，头也不回，一个人回了院子，安安静静地在泳池边站着。

月色打在她身上，朦朦胧胧，绵延成一条长长的线。

线被拉扯，视线也跟着飘摇。他摘了耳机，耳边是阵阵翻涌的海浪声，眼前是落在月色中的单薄身形。

尚嘉穿了一条海蓝色的吊带长裙，这是徐见云亲自挑选，非得要她穿的。他远远地看，对手机里薛陶耍宝似的、花样百出的拜年消息视而不见。视线尽头的人似有所感，静静转头，仰头对向他的目光。徐见鹤抿了抿唇，脸色不变，毫无反应。

对视半响，还是下面的人主动有了动作。因为背光，看不见尚嘉的表情，只看到她朝他抬起手，轻轻挥了挥，又点了点头，若有所思，指了指头顶的墨色。

冬日，难得月亮高悬，亮在天上，他顺着抬头扫了一眼，没别的动静，转身走人。

院子里的灯不算亮，尚嘉心里有事，安静坐着，不在意某些人的冷酷。

"她们没吵吧？"

长椅一沉，身侧重量往下压。

尚嘉有点意外，但也没出声，只是摇头，想了想，说："应该只是想单独聊聊。"

徐见鹤没看她，目光落在粼粼的池面，漫不经心。

"给你奶奶打了电话？"他又问。

"打了。"

"嗯。"

按道理来说，他们俩这段时间其实单独相处不少，但基本都是停留在补习上，可说的话题反而比之前少了很多。

跨年夜，本来随处都可以找到可说的才对。

尚嘉的手机响了，新消息，也需要人慢慢地看，慢慢地回复。他看见她微微上翘的嘴角，因为什么都不用多想，余光也懒得再往旁边投。恰巧薛陶电话打来，他按下免提，对面的人扯着嗓子祝哥们儿新年快乐，然后是汤则明、汤小优……电话对面，少女声音带笑，说话时小心翼翼，颇为用心，没透露任何多余的情绪。

尚嘉多看了他一眼，他把手机放下，挺冷淡地和她对视，问："怎么了？"

"没什么。"

尚嘉摇头，有些无言。

大概只有同为女生，才能听得出对面汤小优的意思，但说出去显然没什么必要。一方有意，一方又回应，应该不太需要她的指点……

"尚嘉。"

他依旧冷淡，喊她的名字。

尚嘉看向他，他仍是那个态度，从容不迫，淡定自若："你觉得我是怎么样的一个人？"

她愣了愣，很快要给出答复，又被徐见鹤轻巧打断："你不用说那些客套话，不招人喜欢就说不招人喜欢，讨厌就说讨厌。"

他的视线从她身上移开，重新落在水面，语气平稳无波："假的好的都没意思。"

身边人一时无话。

或许不该问，但不问，反而更容易多想，不如当断则断，不受其乱……徐见鹤闻到一股淡淡的香，属于海岛，也属于少女。

尚嘉的声音还是如水一般的静，在浪声中，在心间，她说："好的不一定就是假的。"

她话很少，夸人更少，所以真概括起来，也是言简意赅。第一次见面，她觉得他很有距离感，但现在看来，可能是因为冷脸，又不常笑，两个人彼此之间有误会，所以才显得不太愉快。

"可以多笑笑？"

她弯了弯眼睛。

姜女士把徐见鹤这段时间以来的不正常定义成叛逆期，其实说不定也不算说错。整个高二，他的问题得不到解决，但自从去海岛过年后，状态还是比之前好了不少。

俗话说，解决不了，那就适应，聪明人总得要有办法才叫聪明人。他的心理工作反反复复自行做完，又得知他在某些人心中的定位，烦闷过后，也慢慢不急不躁起来。至少尚嘉对他的印象听起来没那么讨人厌，还算在可以让人接受的范围。

何况以尚嘉的个性，注定了她对别人不可能倾吐心声和秘密，说点好话也够难得。

十几岁的年纪，青春正好，意识到异性只是一瞬间的事情。

从高二下学期开始，尚嘉在收拾自己有了注意力以后，她的名字好像突然开始以另一种形式在班内拥有了存在感。夸她可爱的、清纯的……薛陶消息灵通，偶尔聚会的时候提一嘴，徐见鹤无话可说，但回回总能找到点办法打断。

"有点萌妹那味儿。"

在他面前不能讨论，那就私下聊聊。薛陶那会儿沉迷动漫番剧，各种流行语信手拈来。

徐见鹤提着一袋子饮料回来，冷冰冰地把东西往他怀里一扔，薛陶也是委屈巴巴得很，有口难辩："又不是我说，贴吧说的！我对这类型不感兴趣！"

他是不感兴趣，虽然已经对大洋彼岸那个姐姐不再念念不忘，但欣赏的风格还是大差不差。

"这小子对自己家里人也太护短了吧！"

薛陶愤愤不平地嘀咕。汤则明在旁边欲言又止，眼神左右一瞥，还是微微一笑，什么话都没说出来。

薛陶没心眼，少根筋，看不出来的事情，不代表他看不出来。

他不是没长眼睛，专门找徐见鹤聊这事儿，但周末在徐家别墅聚会，汤则明还是抽空从游戏中抬起头，状似无意，多问一句："尚嘉呢？不在？"

汤则明不仅问，态度还很从容，对着徐见鹤冷冰冰的眸子笑，不慌不忙地补充："替人问的。"

至于人是谁，他俩之间都不用多说。

徐见鹤话很简单，平平静静，眼皮子都不抬，让人"专注自己想专注的，少管闲事"。

但学生时代能有什么闲事？尚嘉是真不在，她有约，出去找人，至于找的什么人，徐见鹤当作不知道。

高二下学期的学业繁重，尚嘉是听话的好学生，整个寒假补完课，又加上平时徐见鹤的个人辅导，英语成绩的确有了一定程度上的提升。

她从来讲求实际，在饭桌上当面感谢了徐见鹤，又用一个小礼物当作道谢的心意。

那个时候，学校里女生中正流行各种各样稀奇可爱的摆设陈列，她预算不高，更知道他见多识广，什么都不缺，但也是经过精挑细选，送了某游戏的萌宠挂件。徐见鹤开始嫌小，后来嫌丑，最后翻来覆去，没舍得挂，愣是直接摆在了床头，每天一睁眼就能看见。

睁眼能看见，心情就挺不错。

何况自从姜女士提出补课要求以后，他也有了正大光明地敲门后，出入她房间的理由。

孤男寡女，徐见鹤考虑周全，门开着不关，灯也是透亮。其实这些除了他都没人在意，尚嘉学习的时候从来专心致志，不像旁人心里有鬼，琢磨又琢磨。

对于那些时不时比较刺眼的东西，比如谁的笔记本，谁的诗集，谁的书，他现在也有了一套应对之法。不能当作没看见，那就当作寻常的东西。尚嘉更是大大方方，渐渐把他当成了自己人，在他面前从没藏过这些，不仅没藏，甚至还私下轻轻地向他咨询过送男生什么礼物比较好，也不知道是怎么想的！

明明送他礼物就没那么多讲究。

徐见鹤第一时间没答，她就又问了一遍。

他的脸色更不好，偏偏还要不耐烦地、轻巧地答她："心意到了就行，送东西的人是谁比较重要。"

很有道理，也很成熟。

他烦躁之余，干脆一不做二不休，直接说破："你那邢师兄又不是什么挑三拣四的人。"

尚嘉有些意外，意外过后，又看着他若有所思，摆出一副受教后的神情。

徐见鹤当时不知道原因，但很快就知道她这个受教的状态从何而来。

又一次寻常的聚会，汤则明和薛陶出去取订好的甜品外卖，客厅里只剩汤小优和他安静坐着，一个低头画画，时不时抬头和他搭话，他不走心地答，看屏幕上的比赛。直到一楼卧房的门开了，他第一时间视线追过去，尚嘉却就地一愣，目光在他们身上一扫，很快"砰"的一声，关上了房门。

徐见鹤迅速明白她误会了什么，这误会不能多延续一秒。当天晚上，他替她看完英语作文，不免有点此地无银三百两，解释一句白天的事情。

"别用你那脑子东想西想，"他尽量让自己显得够自然，"现在最重要的是学习，什么事儿都得等高考后再说。"

这话说出来够好笑的，他哪里在意过这些，嘴里什么时候又跟学习两个字能扯上关系了？

尚嘉听完这话，点了点头。他心里隐隐舒爽，结果舒爽过了，她给他的结论是临睡前发过来的消息：抱歉，我明白了。

"不是，你又明白什么了？"

他躺在床上，扫了一眼旁边的摆件，心情不错。

几分钟后，消息回过来：我们大概是一样的，谢谢你。

什么一样，什么大概……

他没搞懂意思,但因为心情不错,琢磨着也渐渐睡了过去。

他们是高二,徐见云是高三。所谓高三,意思就是再过半年,有很大可能离开临南,离开本地。

尚嘉对此心知肚明,受人点拨过后,对于自己的规划也更加笃定。

有些不能说的事情,的确应该等到对方高考后再说,再不说,时间也不太来得及。

下学期期末考试后,第二天她就起了个大早,穿上之前和两个姐姐在海岛上买的衣裙,有些紧张地出了门。

姜女士当时不在,就只有一个打着呵欠下楼的徐见云。她经历了艺考和高考两道关卡,现在是全家上下最闲最清静的人。

"嘉嘉一大早就出门了!看起来还挺高兴挺兴奋,漂漂亮亮的,说是晚饭也不回来吃,估计和同学逛街去了呗。"

她目送人的背影离开,在早饭桌上顺口一提,提完就有人没再动筷子。

徐见鹤喝完一整杯冰水,又吃完吐司,胃里翻江倒海。

他一整天难得什么事儿都没能做。游戏没意思,比赛不好看,约人?约什么人,心里都是别的事儿。

徐见鹤愣是在客厅里坐了几个小时,一直坐到晚饭后天黑。他没胃口,饭没吃,全用冰箱里的黄油饼干和面包对付过去。

"别管他,又饿不死人。"

姜女士仍是那种豁达的态度,宽慰阿姨,也宽慰自己,朝着沙发上的人轻飘飘地叮嘱:"要真饿了,你就自己做点饭吃。"

天气预报说外面要下雨。徐见鹤面无表情地对着笔记本电脑坐着,最终还是没坐住,看外面夕阳渐落,抓着手机,戴上耳机就出了门。

他不管下不下雨,纯粹就是想散散心,随便跑跑……别墅外的路上没人,天色阴沉沉地暗下来,压过落日。

慢跑过大门时,经过小区内喷泉,他面色冷凉,脚下一顿,愣是硬生生地停了下来。

和徐见云描述得差不多,坐在长椅上的人穿了身碎花长裙,头发绾成发髻,甚至还戴了一串手链,安安静静地看着天边发呆。

雨开始一滴一滴地往下打了,也不见她动弹,仍是一动不动。

什么德行!

他面色冷峻,本来想转身就走,结果才回头跑了两步,又"啧"了一声,几步到了她面前。

还好雨小,两个人都没伞。他把腰间的运动外套对她一扔,看她懵然抬头了,又是很平常的语气:"都下雨了,不回去在这儿坐着,等着感冒?"

他没说什么,更没问其他的。

他一直对她的身体情况挺有意见,嫌她娇气。

尚嘉抬头看着他,目光也像被雨水打湿了,清澈、水润、盈盈的光……

她要把外套还给徐见鹤,果不其然,被他一个眼刀阻止。徐见鹤走在前面,刻意远离她两步,心里头不爽,再回头,也是如常嫌弃起她的动作慢。

尚嘉安安静静地跟在他后面,慢慢地走,无声又寂寥。前面的人却突然很长地出了口气,不耐烦地转过头,就地一停,似乎要对她说点什么,可话没出口,又全被吞了回去。

他看着她的脸,微微眯眼。

雨变得更大了点,她懵懂地被人抓住一只手,拽着带进附近的凉亭内。

云雾迷蒙,男生的声音也是迷蒙的。

徐见鹤微微躬身,看了眼她的眉眼,似乎蹙了蹙眉,忍住想说的,变成一句:"哭了?出去的时候不还高高兴兴的……谁惹你了?"

他问,声音更冷地跌落在地。

// 第八章
烟 火

01

和家里的其他人都不同，尚嘉个性中执着的一面非常明显，凡事不到万不得已，绝不诉诸语言。

她解决了表弟的事情，跟着徐见鹤从东北回到学校，除了感情方面，生活还是一如既往，没什么大变化。

师姐特意留的那份特产到了她手上，还问了她家里的事情怎么样。这个工夫，导师正好路过，也顺嘴问了一句。尚嘉对于这两人，通通用"没事"回应过。

"说句老实话，在一起这么久，根本就没见你这个小妮儿主动说过有事。"

师姐在旁边笑她，给她塞完水果潇洒走人。

尚嘉听着一愣，安静地望着手上沉甸甸的苹果发怔。

从小到大，她主动表达自我情感的确就那么几次。她回忆起以前的许多事——最近尚嘉总是会想起那些，大多数都与两个姐姐和家人相关，剩下的一些，总绕不开同一个人。

她这些天，也总是会想到这一个人。

这个人的脸在脑海中起伏伏，尚嘉难得走了好几次神，最后不得不强迫自己把注意力放在手里的活上。

晚饭时间，其他人都点了外卖，学姐最近减脂，主动约她一起去食堂随便吃点。出来时，天边日落，本科女生宿舍楼下聚集了一大片学生，男男女女，青春飞扬，大家笑着闹着起哄着，有男生摆了一整个大爱心的蜡烛，捧着一大束玫瑰花，举着喇叭，仰头对着楼上喊话。

"我喜欢你！"

师姐一字一顿地说出，随后在铺天盖地的笑闹声，轻声感叹："这才叫青春嘛。"

师姐拉着尚嘉的手笑，说她的青春相比这个要无趣多了，为了考个能对父母交差的大学，高中就已经尽了全力，所以哪怕当时有那么一个有好感的男生，也是有贼心没贼胆。后来上了大学，基本就是跟无穷无尽的代码项目绑定了，现在的男朋友也是通过相亲认识，两个人奔着家庭条件相当，以结婚为目的发展，更别说什么自由恋爱，告白……

夕阳西下，尚嘉安安静静地听，安安静静地想。对方把男女朋友的话题抛给了她，她却没有一如既往地附和，而是顿了顿，重新另找了个话题，说起刚刚那个男生手里花束的数量。

"不是，你这是……有情况啊。"

师姐盯着她的眼睛，人很敏锐，但不勉强她。

等重新回到教研室坐下，尚嘉托着下巴发了会儿呆，最终还是早一步背上背包走人。

换成以前，坐一整晚其实都不成问题。

徐见鹤的消息一早就发来，情况说得非常清楚，今晚他有约，要和朋友吃一顿饭，估计要等完了才能再联系。

尚嘉以前从不觉得有什么，现在一个人缩在茶几前坐着，却总觉得心情微妙。她不自觉去看相框里的照片，照片里姜女士没怎么变，其他人却都脱去了稚嫩。除去前面的姐姐和长辈，他们俩站在最后。

现在回忆起同一件事，感触却是完全不同。

外面下起小雨，她也想起一场曾经的雨。

此时尚子欣的电话打来，问及表弟的情况，她一五一十地有条不紊地说完。话音一落，尚子欣电话不急着挂，反而静了几秒，悠悠问她："怎么了，有心事？"

尚嘉原本想说没有。

雨声中，夜色连绵，尚嘉抿了抿唇，有点犹豫地开口："姐……"

直到电话挂断，两边道尽，她也是心跳飞快，好半天才慢慢平稳。

手里的手机又振了振。

"在干吗？"

徐见鹤的车行得平稳，声音同样平稳，连"喂"都省了，开门见山。

尚嘉老老实实交代："在家里，无聊看看书。"

徐见鹤笑起来，夸她从来用功，无聊都看书。

他的这一顿饭终于结束，但吃得不顺利。汤则明看起来清醒，其实人不清醒，对于别人说什么劝什么，都是似笑非笑，不松口的劲儿。

徐见鹤没那么多耐心，根本懒得应付他，也就留了一丝面子和耐心，才继续坐着没走。身边两兄弟都这样，薛陶急得抓耳挠腮也没办法，最后还是把脚一跺，叫汤小优来救场。

四个人上回聚在一块儿，已经是挺久之前了。汤小优一路安安静静，直到车在汤则明的住处停下，薛陶扛着人送上楼，又回来"哼哧哼哧"重新坐下，她才抬了抬眼，抱紧不离手的平板，问徐见鹤是否顺路，继续捎她一程，她正好要去他公寓附近的展馆取一幅买下的画。

徐见鹤没应声，但他不拒绝，一般就算是答应。

薛陶一天内受到的冲击太大，得知太多消息，又操心太多，已经累得眼皮子都抬不动。后座上的汤小优侧头看着霓虹，薛陶就只能看驾驶座上的徐见鹤。他嫌徐见鹤是全车唯一明面上心情还算不错的当事者——真没良心，都不跟兄弟哥们儿一条心！

"一条心解决不了任何问题。"

徐见鹤在展馆前把车停了，一通电话打完，挺淡定，颇沉静："不如跟我心上人打个电话问候问候。"

汤小优正要开门下车，身形一顿，在薛陶连续不断的聒噪中，半晌未动。

车内氛围微妙，半晌，她终于抬头，脸色发白，看徐见鹤的眼睛，目光闪闪，语气却很平静："我明白了。"

车门一关，只剩下两个人。

"不是，她又明白什么了……你们这都打什么哑谜呢！"薛陶更加发蒙。

徐见鹤真的是懒得考虑太多，他从来都是这样，直来直往，直截了当，保全面子已经算交情。

车最终停回公寓。

他在书房转了一圈，又开始琢磨起换规格更大的书柜，估计以后才够用。他自己的器材吃灰了，也该更新换代……好吧，只有给自己找点事

.250.

情做,他才能够按下总要时不时去找心上人的冲动。

第二天是周末,一早徐见鹤前几天忙得脚不沾地,自然没起大早,但架不住有人提着东西登门,说来就来,平平静静的。

"方便进去聊聊吗?"

尚子欣挺淡定,看着还睡意朦胧的他,冷冷清清。

说来也奇怪,血缘上的亲姐弟,但真要说关系的亲近程度,其实反而属于在老宅生活过的兄弟姐妹四个人中离得最远的。

徐见鹤半眯着眼,静气宁神,认出了来人的身份。

他不慌不忙地让开,侧身做了个请的手势。

尚子欣点了个头,自行利落地换上拖鞋走到了客厅。

"水就不用了。"她人冷,说的话更冷,但问的话却不算冷,"东西放冰箱?"

一些水果、一些饮品,都属于很实际的上门礼物。

徐见鹤的行动都被预测中也不急,他点了头,又想了想,说了个"稍等",花几分钟回房间洗漱,换了套衣服。

毕竟是亲人,姐弟俩的眼睛长得很像,气质其实也有某些方面相似,所以做事风格也不免有相同的地方。

尚子欣颇有耐心地等,等人到面前坐下了,也是用平静审视的眼神抬头看人。

徐见鹤喊她:"子欣姐。"

她点头,仍是不说话。直到沉思完毕,才略略往后一靠,和人开门见山:"我来是为了你和嘉嘉的事。"

她挺淡定,平地扔下一颗雷:"她把情况告诉我了。"

徐见鹤心口一滞,流动的血液却骤然热了不少,微微扬眉,不急着出声。

"思来想去,我觉得还是要当面听一听你这边的说法。"

尚子欣工作风格直接,在重要的事情上尤其不含糊,剖析问题也绝不遮掩:"你们两个人之间的情况,和一般的情侣不一样。普通的情侣,做不成爱人,或许还能做朋友,但是你和嘉嘉……"

她顿了顿,微微垂眼又抬起,说:"就算有再多的异议,也能算作家人。关系一旦破裂,就不可能走得了回头路。"

尚子欣很冷静,透亮如冰。她在医院工作,见过太多病人,也见过太

多有求于人的人,更见过太多人后悔的泪和痛苦。

"这些你都想好了吗?"

徐见鹤没有立刻接话,对面的人直接,他也只有更讲求高效的方式。

"我知道。"

徐见鹤并不避讳,甚至浅浅笑了笑,颇镇定:"子欣姐,你的意思其实是想问,我这个人心血来潮的次数很多,会不会在感情上也是一时兴起?"

可是"一时兴起"这四个字跟他对于尚嘉的看法哪里扯得上关系?但其中的道理曲折,时间长短,在现在这个时间节点摆出来给人看反而毫无意义。他这会儿正是有些震动的时候,尚嘉分明之前还要守口如瓶,怎么会跟她眼中最亲的亲人交代这些?而且交代了,又是代表着什么……

徐见鹤压低声音,弯了弯眼睛,整个人不自觉流露出适度的柔和,静静道:"其实我完全可以立刻给出保证,说我对她是天荒地老,真心不悔。但我也知道,这些都不是你想听到的,我们都是只看过程和结果的人。"

他和自己的亲姐姐,几乎可以算得上是头一次推心置腹,其实也不算不愉快。

徐见鹤很平静:"所以我能给出的答复是,你可以随时监督我的行动。如果之后这段关系有不对的地方,可以把今天这番话录下来……至于是找到老头子那儿,或是以启越本身的名头发布,还是另有别的处理办法,都可以随你的意。"

尚子欣看着他,并不反驳,而是略略沉默,又沉思着出声:"你很有信心会一直在她身边?"

徐见鹤神情不变,指腹却摩挲了一下,说:"如果她愿意的话。"

尚子欣没有漏掉他的动作,微微一怔,又垂了眼,好半天没有说话。

"嘉嘉她,为了照顾别人,吃了很多苦。"

良久,她的声音才缓缓落在两人之间,很细。

客厅之大,回忆起来,连声音也是细小、柔软的:"从小到大,她一直都是优先满足别人的期待,又不断地为了家人让步。小的时候,其他小孩儿都吵着闹着要过生日,她不过,也从来都不问。无论家里人给的是什么,都是开心地接受……我那个时候,因为母亲难产去世的事情和她闹别扭,她作为妹妹,还要无限地包容我。再后来父亲车祸去世,她从病床上醒过来,第一句话又是让我不要难过,说她……"

尚子欣难得一口气说这么多话，声音顿了顿，深吸了一口气："说她很快会好起来，让我别难过。后来搬去了老宅，我和见云很多意见都不同，偏偏又都拉不下脸沟通，也全是靠她从中默默调和，嘉嘉其实从来都比我坚强。"

她目光很凉，语气却很轻柔："所以我那个时候就想，等以后两个人相依为命都长大了，无论她想做什么，都一定要无条件地支持她。最好是有足够的能力，让她能想做什么就做什么。偏偏她在电话里说，觉得她自己应该是真心喜欢你。"

尚子欣忽然轻轻笑起来："其实只要面对面看到你的态度，无论你今天说什么，我都不会插手做什么……说到底，一起生活了一段时间，我也不算对自己弟弟的个性全无了解。我没兴趣棒打鸳鸯，只要你们想好了，身边其他人怎么看，都不重要。"

正午时分，尚子欣主动走人。

徐见鹤不会主动挽留。

人走以后，他仰躺在沙发上，出了会儿神，又拿起手机，反反复复地对着聊天页面看，脑子里仍是刚刚和尚子欣的对话。莫名其妙，脑袋晕得发沉。

他坐了一会儿，打开聊天页面，发去一个惯例的表情。发表情其实也不够，他干脆利落地抓起外套出了门。车行在路上，路遇几个司机不遵守规则的喇叭声，心跳也仿若跟着嘈杂喧嚣起来。

等红灯间隙，徐见鹤撑住下巴，缓缓出了口气。

周末的大好时光，从没有觉得时间流动得这样缓慢焦心。

这条路走过不知道多少次，但没有一次这样特别。

他到了熟悉的小区，熟悉的楼层，静默地站了片刻，还是选择了摸出钥匙。打开门，他第一时间没找到人，可要打电话，又打不出去，干脆安安静静地在沙发上坐下了。

一侧的扶手上，还有一本书书页未合。尚嘉不在家——也挺好猜的，她这个人从来专注学业，不是在学校，就是在与之相关的其他地方。

他还在想上午的对话，想得整个人都冷静了，沉默了，门锁响动的一瞬间，却还是迅速反应过来。

尚嘉从门外进来，隔着书架和人对视，微微一愣，刚要发话，先被人截断。

骤然的重量压下来，男人的拥抱将她整个人罩住。他像是溺水的人，找到救命稻草，得以畅快地呼吸，也得以肆意地宣泄，贴住她的头发。

"累了？"

尚嘉的适应能力从来事不过三。

头顶的人闷闷地摇头，她就又问起身体情况，心情状态……他仍是以热烈的磨蹭回应。

"尚嘉。"

徐见鹤咬牙，又笑："我很高兴，特别高兴。"

02

不高兴的时候实在太多了，徐见鹤都懒得回忆，但仍有许多记忆，自行从脑海深处跳出来折磨人。

高二凉亭的那一场雨，其实问出问题的一瞬间，就知道问错了话题。

所谓的聪明人，那就是能从蛛丝马迹推断出许多东西，才叫聪明。

尚嘉出门高高兴兴，回来冷冷清清，压根不用多想，脑子里就有无数种可能性。但这个可能性，多半是围绕一个让人嫉妒不爽且不高兴的人……

徐见鹤声音冷，心情更冷。

尚嘉没答话。

凉亭内，两个人一站一坐，少女披着他的外套，他躬身也等不到答复，干脆凉凉地"啧"了一声，在她旁边坐下。

尚嘉捏紧了外套，千头万绪不知道从何说起。迷蒙雨帘之间，凉亭外面是无尽的水声、"沙沙"声。精心挑选的裙子湿了裙摆，湿了衣角，湿了领口。心情也湿漉漉的，很像小时候睡不着才会有的心情。

尚嘉侧头看人，身旁的人侧脸冷峻，一如既往。

"吃饭没？"

徐见鹤低头看手机，又冷冷看她。尚嘉愣了愣，点了下头，下意识朝他弯了弯眼睛。

"不想笑就别笑。"

他挺淡定，晚饭吃过了，那就直接问她奶茶要几分甜，跳过了问她要不要。做完这些，徐见鹤一通电话打回家里，是徐见云接的电话，他也不说别的，只淡淡地说，自己和尚嘉在一块儿，马上就回来。这个"马上"是多久,全看他的想法。

徐见鹤冒雨跑出去,又提着两个袋子回来,一里面有一杯柠檬水和一杯雪顶奶茶。

雪顶奶茶是她的,尚嘉有点愣,她很少吃甜的,安静地抿了一口,甜味儿腻人,几乎从舌尖渗入五脏六腑。

"什么时候想回去再叫我。"

徐见鹤比她自在得多,交代完了,摸出手机,随便开了局游戏。

偏偏外面的雨还在下,他安然地陪她坐着,她侧头看他,安安静静,好像心也跟着回归平静。

"徐见鹤。"良久,她终于低低出声,看向他,忽然心头也跟着松快起来,"我们回去吧。"

她说谢谢,这一次的谢谢是发自肺腑。尚嘉从前不是没有这样烦恼的时候,但大多数情况下,都是一个人能消化就尽量消化。那会儿日子已经够难,总是下意识不给家人添麻烦。徐见鹤从没说过他是她的朋友,但做得却比朋友还多。

徐见鹤总比她坦荡,哪怕是在喜欢人这件事情上。

她问他,外套能不能不急着还。徐见鹤盯着她的眉眼,又不自觉看她的耳朵、下巴、脖颈……真见了鬼了!这么多愁善感的时刻,他缓缓出了口气,颇冷硬地"嗯"了一声。

两个人单独走在路上的次数其实已经不算少,但这一次好像尤其特别。

夜深雨停,徐见鹤睡得不好,梦里梦外都是微润的浅色衣裙摇摆,他翻来覆去,干脆黑着脸挂上耳机,隔绝一切外界声响。

第二天日上三竿,徐见云奉命叫他起床,一把摘了他的耳机,扯着嗓门一惊一乍:"不是……怎么一句话都听不到?我以为你人没了!"

徐见鹤连白眼都懒得翻。

他心里有了决断,干脆冲了澡,饭也不吃了,头也不回,背上包和耳机往马场去。

太久没去,骑马喂马都够人消遣一下午,刚好静气凝神。

下午回家,客厅没人。徐见鹤特意留意了一下一楼卧室,丝毫动静也无。他摩挲了一下手机,皱了皱眉,到底没有任何行动,又径自回自己房间冲澡换衣。

出来时，才发现桌上多了东西。

徐见鹤半眯起眼睛，两根手指挑起那张纸，捋平，按好。洁白的纸，隐隐的香，字如其人，尚嘉的字规规矩矩，乖乖巧巧。

没找到你人，直接放着了。感恩陪伴了，下次请你喝东西。

她的语气比以往近了太多，还特意画了个简单的笑眼。

徐见鹤无声站着，揉捏纸张不成，表达心绪不成，索性将字条夹进书里，第二天，又折成小块，压在她送他的挂件下面。

所谓少年情思萌动，往往一点小的进步都能叫人高兴，不承认也得承认。

按照徐见鹤的成绩，其实直接出国也未必不可，结果也不知道怎么了，他和相熟的青梅竹马也没提前商量，愣是没有选择出国，而是留在国内参加高考。

徐见云考上了上海的舞蹈院系，邢严则顺利进了首都TOP2，学了计算机，这事儿被一中用红榜大肆在校内宣传。徐见鹤看见的时候没上心，看见尚嘉的目光在红榜上停留，却上心了。

时间越长，徐见鹤越适应。显而易见，得不到回应是一码事，冷眼旁观自己的可怜是一码事，总时不时地雀跃又是另一回事。这是对人有所求的必经之路。

高三这一年相比高一高二，都要无趣得太多。

一中再开明，也不至于拿人生大考当儿戏，整整一年，徐见鹤也不得不正式回归到学习当中。西语暂时上不了，那就放到高考后的暑假。

尚嘉和他可聊的话比之前变得更多。他替她看英语，她就总能通过生活中的其他细节回报他。这些细节是值得开心，值得雀跃的。徐见鹤想得明白，越明白，就越蠢蠢欲动。

直到她给他的东西已经够填满小的收纳盒，他才静静沉思许久，下了决心。

反正人都走了，一切皆有可能！离开的哪有现在的强？

反正他从来厚脸皮，没道理到她这儿还能例外的！

行动显然得放在高考后的暑假。他想透彻了，也就越能心安理得地面对她。尚嘉的个性，决定了她吃软不吃硬。挺好办。家里两个姐姐不在，徐见鹤这一年光明正大犯错的机会便尤其多了，什么通宵学习后第二天感冒，语文作文突然没了灵感……有人作为他的朋友，总不会袖手旁观。

只要等，等到只属于他们两个人的暑假就行。

徐见鹤咳嗽着，一边喝她替代阿姨递过来的水，一边从她手心拿过药片，指尖点在手心，发烫发热。少女眼睛如水，他也心安理得。

唯独天有不测风云。

高三暑假，尚嘉守在老家的奶奶去世了。

长辈去世是大事。

临南的夏天炎热又潮湿，尚嘉西北的老家却是完全相反。和几年前一家大小去的那次相比，这一次的路途，最大的变化就是通了高铁，省了时间，也省去了舟车劳顿的烦恼。尚子欣和徐见云一个大学在北京，一个大学在上海，原本都还没有放假，也都二话不说立刻请了假，预备在目的地直接会合。

姜女士行动迅速，这次仍是果断地做了领头人，带着还在身边的两个孩子坐上列车。

一路上，尚嘉闷闷地发呆，没掉眼泪，好像也并不痛苦。

她一路发了多久的呆，旁边的徐见鹤就斜着眼睛用余光看了她多久。尚嘉好像并不痛苦，但乘务员送来的饭一口没吃，一路的车程，眼睛也始终睁着，好像连睡觉养神的本能都失去了。

姜女士开始还劝了几句，小姑娘还是和平时一样，乖乖巧巧招人疼，说吃饭，那就拿着筷子，但吃不吃又是一回事；说休息，也行，可是靠着靠背不闭眼，只看着窗外也算休息。

姜女士叹了口气，终于不再勉强。

徐见鹤对着平板坐着，看似无动于衷，实际心情早也跟着沉沉起伏。

尚奶奶其实算是寿终正寝。八十多岁的人，按照周遭邻居的说法，梦里走的，已经算是最平稳的离开方式。小姑先他们一步到的老家，整个人哭得眼睛红肿，躺在床上起不来，没有哭天喊地，没有悲痛欲绝，但心如死灰已然写在脸上。

"你小姑一直都多愁善感的，现在就是有点想不开。"

姑父嫌她这么多年还不争气，但嫌完了，又叹了口气，偷摸着跟尚嘉交代："她以后在尚家，可就只有你一个最亲的人了。"

尚嘉点点头,望着老照片,目光如一尊空壳。

老人家走前没交代,小姑又铁了心要按传统,让老人家回到村里下葬,于是一切流程都请了镇上的丧葬商家操持。

葬礼当天雾蒙蒙的,尚嘉麻木地跟着大人走完流程,又找了个凳子呆呆地枯坐。直到小姑强行打起精神,让她们几个小的先回去。等回到小院,见到姜女士和徐见鹤了,尚嘉整个人才恍然回过神。

这座院子比起从前变化更大,除了那两棵一直保留的杏树,该换的换尽,只有更方便老人生活。但老人现在去了,人去楼空,这地方也不知道为了谁存在。

尚子欣心情不佳,冷着脸,只有一双眼睛通红;徐见云情绪最外露,整张脸哭得发肿,头发也不打理了,乱成一团。姜女士带着三个女孩儿到酒店安排吃食房间,以前住过的招待所改造成的老酒店已然不见,变成了一栋崭新的高楼,名为某某中心大酒店,颇时髦。

这座县城看起来没什么变化,实则方方面面的细节都已经改变。

尚嘉洗完澡,勉强喝了几口粥,躺在床上。夜深人静,她和黑暗对视作伴,好半天翻了个身,终于低低地啜泣起来。

小时候,很多人都说过她可怜。可怜她的身世,可怜她母亲难产,可怜她父亲介意这一点,才不把她带在身边……但因为有奶奶,才算有亲人陪伴,有值得纪念的快乐回忆。

她无声地哭,放肆地流泪,咬着牙没发出一点动静。

手机响了,尚嘉头一次不想去接,外头的喧闹声更是和她无关。她哭够了,发泄够了,才慢慢爬起身,到洗手台,有条不紊地将脸擦净,头发重新扎好。

第三天回临南。家里的女孩子们都心情不好,徐见云干脆领头,主动跟姜女士请示起意见:她和子欣已商量过了,想回巷子的老房子看一看。

说是看,其实只有住的份儿。之前有过先例,这一回也有缘由,成行也很简单。

两个房间三个姑娘,这一回徐见鹤没去,没去是一回事,登不登门又是另一回事。

他先斩后奏,也没跟谁打招呼,直接打车到了巷口。熟悉的水果店另并了一家店面,做起超市生意,有人正巧出来。尚嘉看着他,既没发愣,也没出声,自然而然地将塑料袋往身后掩了掩,冲他勉强笑着点了下头。

.258.

两人面对面站着，徐见鹤眉头皱得能夹死蚊子，对着她上下一扫，说气也不气，纯粹不爽，不爽也淡定。

"别藏了，"他很直接，眼睛在她手上一瞥，挺冷的，"你们仨这是要借酒浇愁？"

尚嘉轻轻摇头。

徐见鹤更淡定了，眼皮子一抬，再次虚虚扫过，说："哦，那就是你一个人要借酒浇愁？"

这回尚嘉没否认。

高三毕业，成年人，这会儿做什么都合理。

他冷笑，笑完很轻巧地从她手上接过袋子，说："那正好，走呗，凑个酒搭子。"

亏她想得出来……一个人借酒浇愁，要在家里还好说，但看她朝巷子外面走，还打算去哪儿？

徐见鹤冷静地叫了个车，给表哥打了个电话，于是俱乐部的包间有了，酒搭子凑一块儿消愁的地方有了。

只有两个人的包间安静得过分。

因为尚嘉奶奶的意外离世，他们俩都没去成班级组织的毕业会，这会儿倒是像一场特殊的聚会。

徐见鹤单手开了两罐啤酒，喝了两口，看身边人抿了一口。尚嘉和平时没什么不同，但几口酒安安静静地抿完，眼神已经迷迷蒙蒙，飘着烟，笼着雾。

什么人哪，就这酒量，还敢一下买这么多……说一句服了都不够！

少女垂着脑袋，昏昏沉沉地盯着膝盖发蒙。徐见鹤气性更大，当即从她手里夺过酒罐，话都已经在嘴边了，愣是一句没说出来，全卡在了喉咙里。

头顶霓虹，冷气阵阵，尚嘉目光如水，看着他，整个人像软绵绵的一朵云，就差化开。

"徐、徐见鹤。"她叫他的名字，水做的珍珠跟着就滚落在腮边，"我很难过。"

徐见鹤眼神静谧，喉结滚了滚，颇镇定："我知道。"

"你不知道。"

她这会儿的哭和说，都是出自本能，说两个字都磕磕绊绊的："难受。"

徐见鹤的气性霎时没了。

他看她站起来的架势，心像被人打了一拳，立刻两手伸出去，虚虚地在空中做保护状。

他第一次看尚嘉这样落泪，不是安安静静，也不是无声无息，而是像小动物一样，有一下没一下地耸肩啜泣。

"小时候他们不在，我一直是跟着奶奶的，"尚嘉站起来，自上而下地看着他，哭得更厉害了，"我不想失去她。"

徐见鹤手没收回，声音温柔，仰头看人，目光像绸缎般柔软。

"嗯。"

"是我的错，明明应该常常回去看她，但是、但是……"

尚嘉扶住头，泪一颗一颗地往下掉，人也摇摇晃晃，舌头打结，一边摇头，一边啜泣："我太自私了。"

她往前跟跄，徐见鹤反应很快，"唰"一下站起身，要给她当扶手。

她脚步晃悠，摇摇欲坠，结果愣是跟个不倒翁一样，晃来晃去就是没倒，风中飘摇的枯草似的。徐见鹤心头本来发涩，时间久了，又渐渐潮湿，烧出微热。头顶昏黄的灯打着，他也跟着氤氲、浸染……最后一不做二不休，咬牙做起坏人，将人一拉，不倒翁就柔顺地坠进他的怀里。

少女的额贴着他的肩，整个人如水一样陷进掌控范围，乖巧得很。

夏日炎热，薄薄的T恤隔绝不了热度，头贴在少年的肩头，微妙旖旎。

梦里无数次的裙摆摇曳，这会儿终于如枯叶般任人依偎。他心头又热又痛，热的是私心，痛的是怜惜。

他个头比她高太多，连线条都是坚硬的。浸润的泪将他整个人也打湿，徐见鹤胆子一大，干脆将她抱得更紧，整个人埋头贴住她的耳郭。

好像梦，但不是梦。

"我其实一直都很难过……"

尚嘉喃喃，声音发颤。

他跟哄小孩似的，心里万般滋味，嘴上仍是冷静的，声音低低的："为什么难过？都说出来，我听着，嗯？"

尚嘉忽然又不出声了。酒精的作用，脑子里糨糊似的，什么事情都是片段乱凑，于是只能想到哪儿是哪儿，想到哪儿说到哪儿。

她说自己送葬的时候，心口发痛，也说她小时候偷偷摸摸收藏父母的照片，还说知道姐姐的难处，所以无所谓姐姐对她的态度，说她车祸醒过来，其实就想大哭一场，但忍住了，也说她为了不离开姐姐，才厚着脸皮跟到徐家……还有，还有。

尚嘉喃喃："我也不怪邢叔叔，他说的都是真话。"

万般滋味化成利刃。

好在，徐见鹤还有长久以来做好的心理准备和厚脸皮。

"什么真话？"

尚嘉沉默了片刻，摇了摇头，颤颤巍巍："都过去了。"

徐见鹤从不认为自己算好人，他同样默然，尽量使自己冷静，继续以哄小孩似的语气出声："你之前难过那次，是不是因为跟你师兄告白失败了？"

尚嘉摇头，含混地说，没能说出口……

徐见鹤静了静，抬手揉了揉她的头发。

天色晚了，又像一年前的夏日，傍晚下起雨。

只是这一次，一方清醒，一方不清醒。

徐见鹤背着人走在雨里上车，又背着人在家附近下车。

尚嘉举着伞，昏昏沉沉地靠着他，半梦半醒。于是伞变成小天地，小天地里，一对刚成年的男女，雨水又湿又冷，身上的人剔透柔软，连同千头万绪，像钝刀子割肉。

03

尚嘉第一次喝酒的体验当然不算好，没有料想到自己的酒量是一方面，彻底断片不记事是一方面，第二天一大早头痛欲裂也是一方面。思绪差不多清醒了，她呆呆地望着天花板，回忆了半天，只记得自己肯定心情不好地哭骂一场，其他说的、做的、同行人的反应……全成消散的泡影。

尚嘉心里没有答案，性格又从来诚实，思来想去，干脆拖着慢腾腾的步子去问前一天的同行人。餐桌前，徐见鹤对着她看了半天，看她面色如常，血色红润，精神劲儿又恢复到了往日，愣是什么也没说，只留下一句淡淡的："没怎么，就随便聊了聊天。"

看起来不是实话实说，就是压根不怎么在乎这事儿。

可再不在乎，也是他把她带了回来。尚嘉嗓子还哑着，小声和徐见鹤道谢。

徐见鹤仍是把头一点,眼皮不抬,递给她一杯鲜榨冰橙汁。

家里几个孩子中最乖巧的尚嘉突然间醉酒,姜女士自然把这事看得很重要。

她很快弄清了前因后果,确认不是徐见鹤从中作梗后,就耐心等了几天,挑了个时机和尚嘉谈心。谈心也不谈不开心的,说她高考成绩不错,只等着填报志愿,不如干脆出去散散心。出国不出国,想去哪儿都可以。

"实在没想法的话,可以去和姐姐们商量商量?"

姜女士不仅耐心,看她没有想法,善解人意地提出相当实用的建议。

老房子老地点,亲人离世,走出来并不容易。

熟悉的客厅,姐妹三个人干巴巴地枯坐良久,最后还是徐见云恹恹地靠着沙发出了声,说是很久之前他们一起去的城外山庄不错,地方近,安静,适合放松心情。

结果姜女士闺蜜家的酒店比预想中还要夸张,距离他们上回去不过一两年,活动项目已经拓展到不少当下正红的热潮,什么亲子活动,热气球,观星露营……

"去不去露营?"

家里的女性全体出行,徐启还是没人影儿,跟着的就只能是徐见鹤。

他一跟来,那就绝无全程老老实实的可能性。经理颇有耐心地跟他介绍,他看着手里的单子,想也不想,干脆扬声问起蔫了吧唧坐着的几个人。

"真要想不开,不如接触接触自然。"

徐见鹤仍然维持着把好话说得不动听的本事,分析道:"你们三个住一起,还能在大自然里互相开导开导,多好。"

天气预报说这几天都是好天气,何况夏季白天浮躁烦闷,的确是晚上要舒适得多。

有人有了想法,其他的也不算反对,姜女士自然同意。

山庄开辟出的露营区,说是露营,其实比起标准的露营区还是要惬意得多。帐篷变成所谓的星空房,但如果有需要,也有真帐篷可供使用。

夏日傍晚,热意开始褪去,坐在房间前,仰头就可见余晖的灼红与墨黑烧在一处。

尚嘉独自安静地坐在顶棚下,靠着躺椅,静静地发呆。

冲动喝一次酒,好像未必有什么不好。心头长年压着的担子的确好像松了点,缘由说不明白,但结果看起来还算不错……

"砰!"

身边另一侧的躺椅一声响,徐见鹤个高宽肩,随性倒下,侧头扔给她一瓶冰水。徐见云跟姜女士烤肉去了,尚子欣去散步,他过来看看,理由同样很充分。

尚嘉认真地听,认真地点头,这次的笑不算勉强,眼睛弯弯,说知道了。

徐见鹤凝视着她,转过头,缓缓呼出一口气:"心情好些了?"

"嗯。"

"就你那酒量,以后要喝酒的话,别一个人喝。"

"好。"

"想好报什么专业了吗?"

"还在看。"

徐见鹤顿了顿,几秒后才继续出声,慢悠悠荡在夜空中:"别那么重的思想包袱,人就活一辈子,凡事多看重自己。你总对别人好,什么都要想别人别人的……要是没人一直为你好,那不是亏了?想做什么就去做,思前想后没意思。"

尚嘉同样沉默片刻,好半天,她才郑重地转头和他对视,重重点了点头:"嗯。"

月亮升起来了。

当天的烤肉其实不算好吃,烤的人是新手,火候掌握不好,不是煳了就是太生。最后,还是姜女士大手一挥,一通电话找来酒店的服务人员帮忙,才算把徐见鹤这个正是胃口大的少年给喂饱了。

吃饱喝足的人心里头畅快,扯着嗓子要全体人员稍等,回去从房间里拿出带了一路的相机,主动要对此顿大餐做总结。

"都露营了,不留个纪念等于白来!"

徐见云这会儿也算有了精神,有了点真心实意的笑:"你小子,是不是早就计划好了啊?"

计划不计划无所谓,徐见鹤想做什么的时候,总能最快达成目的。于是来烤肉的小哥被他说服成为这一行人的摄影师,山野星空,唯一的长辈站在中间,两个姐姐被长辈拉着,留后面两个人并肩而立。快门按下之前,他配合地躬身,拉近身高差,也方便他握住她的手腕。

尚嘉目光落过来,他没说话,少女安安静静任由他拉着,看向前方的镜头,徐见鹤不出声。

"家庭大合照,得保持一致。"

直到拍完,他才给出了个说法。

星空夏夜,少年松开手,声音压低,冲她眨眼笑得肆意,飞扬得很。

家庭……尚嘉默默念着两个字,微怔,看他的笑,睫毛扑闪。

好在还有这一趟短暂的行程。

几天后的志愿填报,尚嘉终于得以平复好心情,回归到大事上。她从来认真仔细,事关未来的发展方向,资料都收集了不知道多少。因为分数还算不错,选择也多,做决定耗费的时间也就更多。小姑给了意见,尚子欣支持她的个人选择,姜女士同样如此。思前想后,她到底还是选择参考了邢严的思路,报考了当下最热门的计算机。

她的想法纯粹,只觉得可以避免一定程度上找不到工作的可能性,也可以尽早独立。

这事没什么好遮掩的,第二天起床出房间,被徐见鹤第一时间问起,她也很坦诚地交代了自己的选择。

本地学校,计算机专业。

听的人听到第二个答案,问话时兴致明显没了,只是停了几秒,低了眉眼,淡淡回她:"哦,挺好。"

那个暑假,是他们俩最后一起共同生活在徐家老宅的一段时光。

尚嘉进入大学,从不适应到适应,其实也就花了一个月。她从来做事专心,追求目标更专心,心思都在学业上,所以全然没有意识到,再和徐见鹤见到面,已经是新一年寒假的冬天。

这半年,他们两个人之间除去节日问候,几乎没有任何多余的联系。

徐见鹤曾经相信过时间无所不能的说法。

大学的第一年,他刻意离开了临南,同样去了首都。这对他来说,当然不算什么挑战,顶多算是做个抉择,只需要意念上足够果断。

高三暑假,决定的事情在最恰当的时间没做成,又偶然得知,有人还要继续追寻师兄的步调,在同一专业领域奋斗,灰心丧气也应该算情理之中。

徐见鹤其实不算特别追求仪式感的人,比起仪式感,自由舒适最重要。从小到大,他对于自己的生日都属于随意安排的状态,过就过,不过就做自己的事。姜女士从不勉强,徐启当然更没时间管他。结果大一的第一学期，生日那天，他却久违地接到一个惊喜，薛陶与汤家兄妹商量好了，特意在当天飞到他所在的城市，美其名曰给他惊喜。老朋友相见，请吃饭，聚聚会都很正常。

薛陶偏偏还得寸进尺，跟他勾肩搭背，不死心地盘问："不是……兄弟姐妹几个这么用心，你怎么不掉几滴泪啊？"

徐见鹤不答，汤则明却在旁边悠悠地笑。

"来的不是我们就好了。"

他故弄玄虚，斜斜地看着人笑。

汤小优沉默不语，跟在自家哥哥旁边安静地走着，只留听不懂的薛陶继续批判寿星。

徐见鹤双手揣兜听歌，兜帽戴着，人没一点反应。

他觉得自己长进了，应该算是长进了。大学的学业相比高中压根不算重，人生地不熟，但他也很快在陌生城市给自己找到了一些乐趣，比如找地方闲逛、书店唱片店乱转、淘淘中古店的好玩意儿……他在宿舍里安生待了一个月，很快就搬出去单独住了。好在因为人够大方，和室友关系也算不上差。

有室友替女生跟他传过话，目的大差不差，都是要联系方式之类。

徐见鹤一概果断拒绝，虽然没解释，但久而久之，在别人眼里渐渐就成了非单身的形象。到后来，他心里渐渐有了要不要干脆出国读书的打算，传着传着，不知道怎么就成了"那个估计要和女朋友出国留学的高富帅"。徐见鹤听说过也不解释，干脆顺水推舟，省去了更多麻烦。

将青梅竹马送回酒店，徐见鹤也不拖泥带水，立刻毫不留情地离开，叫车回了租住的公寓。直到临睡前，大刺刺地倒在床上，他反复地看了好几次信息和短信，仍然没有动静，不得不戴着耳机强迫自己入睡。第二天一大早，起床气满腹，心情低沉，翻来覆去偷了会儿懒，拿起手机，才发现等的人姗姗来迟的消息。

尚嘉：*生日快乐。*

徐见鹤冷笑。冷笑之余，又想起有些师兄捷足先登，知道她过往经历的一切，但仍然体贴地送书，祝她生日快乐……

见了鬼了——想这些，只会更不高兴！

送走朋友们，安生上了两天课。第三天，快递到达的消息到了他手机。徐见鹤最近没买什么东西，反复跟快递小哥确认没送错后，拆东西的时候，

也是本着看完就算，丢掉也行的打算。他拆得粗鲁，冒出来的东西却让人动作越来越轻——土里土气的粉色包装盒，配一张贺卡，字体秀气，工工整整，英语的"生日快乐"莫名有些眼熟。高三的时候，他在某个人的英语作文和卷子上见过无数次。

　　生日快乐，万事如意。

　　尚嘉给他的祝福——万事如意。
　　她的个性，从来不说累赘缥缈的话。
　　包装盒拆开，是一张他喜欢的乐队唱片。她习惯观察，记下家里人的生活细节，也应该很正常自然。
　　自然吗？
　　徐见鹤僵硬地站了一会儿，陪着的只有窗前明月，床头灯光。
　　唱片看了多久，灯就亮了多久。
　　夜半入梦，又是同一个人反反复复地纠缠。徐见鹤醒来，皱着眉注视半晌天花板，快速冲了个冷水澡，出来时，顶着湿漉漉的头发，买好了回临南的机票。
　　在他这儿，肯定是不会有什么近乡情怯的感慨。徐见鹤到了A大，进校门也是干干脆脆、毫不犹豫。一路问计算机系的宿舍，就一路花了多少时间。他仰头站着，扫了一眼，但没什么等人的意图，又去图书馆看了一圈，在A大外的小店吃了碗面就算。
　　一碗面吃完，也认了命。
　　譬如大雁归巢，冷风入春，有些事情和倔强性子撞上了，改变不了。

　　首都的冬天干燥刺骨，寒假第一天，徐见鹤落地临南。
　　有人还没放假，他倒不慌不忙，拿着自己高三暑假拿到的驾照练上了。徐启没给他买车，想开车就得自己想办法，徐见鹤厚脸皮去外公那里转了一圈，未果，直到转到第三圈，终于让外公松了口，借了一辆车——沃尔沃，他表哥淘汰下来的外公送的成年礼物。那会儿年纪小，也宝贝似的开了两年。
　　尚嘉是四个人里回来最晚的那个。她也有很多理由：认识了一个搞竞赛的师姐，她跟人学了点东西，也跟有兴趣的科目老师关系不错，就多留了一会儿……

尚子欣个性冷,徐见云爱往外跑,徐见鹤三棍子打不出一句分享的话,姜女士对尚嘉主动乖巧的汇报就格外欣喜。

不仅欣喜,听完之后满足地笑,还要跟路过的人开玩笑。

她隔着面膜数落起人:"你怎么不学学嘉嘉?"

徐见鹤盯着屏幕上的游戏主角,两耳不闻窗外事,好像压根没一点兴趣。

"您也不差我一个!"

过年,一家老小久违地聚在一块儿。说久违,其实也就过了几个月,但上一次见面的时候个个伤心欲绝,现在才算日常的。除夕夜,仍是由徐启举杯,对每个孩子表达了期望。未来皆有可能,他们只需要本着内心,做出选择,做对选择,做想要的……其他人乖乖巧巧,只有徐见鹤昏昏欲睡,被当典型。

屏幕上的晚会作背景音,过了零点,徐启和姜女士去楼上过二人世界。各人回房,徐见鹤睡不着也不稳当,索性一条消息发给几个人:有车有烟火,来不来?

徐见云来不意外,意外的是尚子欣竟然也来。尚子欣来,尚嘉跟着。

尚子欣的理由很简单,城里看不到烟火,能看看也算好的。

她是回忆往昔,伤感过往,想起了在老家过年看烟火的日子。尚嘉自然听得出。

夜深人静,一辆轿车载着四个年轻人在深夜的大街上往城外飞奔。

这山徐见鹤小时候来过几次,那会儿都是跟着表哥,看表哥跟几个"没正行"的朋友飙车,比谁的技巧高,车够新。后来不知道怎么被家里发现了,表哥从此再没来过,但他记住了这是个好地方……徐见鹤一边从容有余地开车,一边淡淡地解释。

"赏景的好地方。"他平静地补充。

山峰的顶点,朝下望去,可以见到如河流奔腾的霓虹海洋。街道高楼,像贯穿城市的血管,光是流淌的血液。

徐见鹤挑了个地方把烟火摆放好,从容跑开的一瞬间,火星冲天,在霓虹海洋的上方炸开,绚烂瑰丽。

山顶风大,徐见云臭美,仰头"哇"了一会儿,就要回车里拿衣服。

尚子欣安安静静地站着，用手机拍下几张照片，什么话也没说。

同样没说话的还有徐见鹤，或者说，从烟火绚烂的一开始，他就已然沉浸在了自己破罐子破摔的思绪当中。他蠢蠢欲动，胸中的火远比头顶的灿烂还要炽烈，既痛又惧，只能全靠一腔热血和意志，强迫自己冷静。

尚嘉今天穿了红色的羽绒服，她很少穿这样鲜艳的颜色，挺巧。

少女站在风里，脸颊通红，鼻尖通红，仰头时，眸子里是星光璀璨，火光点点……她在笑。

尚子欣的手机响了，她转过身，接一通电话。

"尚嘉。"

徐见鹤挺平静，语气淡淡。他听到风声、心跳声、叩问声，或许还有更多……

"嗯？"

尚嘉回头看他，红色的衣衫被风吹得飘飘摇摇。

徐见鹤平淡至极："我喜欢你。"

风太大了。

"嗯？"尚嘉仍然带着笑，善解人意地朝他走近，"刚刚没听见……你说什么？"

她比他矮不少，抬头看他，目光此刻全是他。

"我说，"半晌，徐见鹤呼出一口气。年末翻腾的冷意间，少年人重复起自己的心意，"我喜欢你。"

04

尚嘉对于"喜欢"这个词的概念，其实很模糊。

她情窦初开的暗恋，没说出口就被人画上了句号，再往后的求学生涯，大多是安安静静的一个人的旅途。不是没有男生跟她表露过好感，毕竟形象清秀，气质安稳，只是她仍是那种如雾一样的态度，没有任何变化，时间长了，对方也就知情识趣地主动离开。

但之后的时间里，她的确会时不时地想起一个人。

这个人在寒冬腊月，夜半山峰，绚烂烟火下，目光灼灼，跟她说喜欢。她当时其实愣了很久，还没来得及面露难色，对方就已经顺着话继续往下，有一种不太自然的从容。

"我只是想让你知道，"徐见鹤目光灼灼，语气却听起来很平静，"我也知道你没那个意思。"

他垂了眼睛,又抬起,眼神仍是炽热,又说了一遍:"尚嘉,我喜欢你。"

风把少年的鼻尖吹红,声音卷成低垂的呼啸。

尚子欣接完了电话,徐见云穿好了衣服,都渐渐回到了原地。徐见鹤说完就继续抬头,抱着双臂,好像无事发生。

"咚、咚……"剧烈心跳是他一个人的秘密。

回去的路上,徐见鹤目不斜视。

尚嘉坐在后侧斜对角,她大概在看他,但他不介意,表白之前,胸口的痛已经渐渐被充实替代,成为冰湖下独自燃烧的烈火。

婉拒是在几天后。

跨年夜山顶的风太大,家里姐妹三个直接倒下了两个,尚嘉就是其中之一。

他总说她娇气,但实际上,尚嘉生病在床,这么多年,这也就是第二次。第一次是他翻窗闯进去,她可怜巴巴一个人躺着,整个人白得像一张纸。第二次他充当起热心家人,从阿姨那里端了热水和药,送了楼上又送楼下。人生多难料?

尚嘉的拒绝也很符合她的做事风格。

吃过饭的午后,姜女士不在,姐姐们不在,只有他们两个人在客厅,她拖着刚好的病体,在他面前停了许久,想了许久,还是他主动开口,问她什么事。

尚嘉难得显出一丝不知所措,咬了咬嘴唇,声音极小:"是上次的事。"她的声音还有点沙哑。

"哦。"徐见鹤大爷似的坐着,书页一合,将热水递给她,"那你说。"

他看着面前的人,听她说谢谢他的好意,说她没想到他的意思,也说她没那个意思。他一边听,一边"嗯",好整以暇,想的却是这人生病乖乖巧巧躺在床上安静睡着的样子,娇小可怜,好像伸手一碰就能碎,随便一掌就可握。

"我明白了。"

他答完又眼皮子一掀,问:"今天体温测过没?"

得不到回应是预想中的事情,其实就连她说的话,都跟他预计的差不多。难过是难过,但最痛苦的时候其实已经过去了,总比一个人被情绪拉扯着，反复磋磨更好。

开学以后，大一下学期，徐见鹤果然还是如学校传闻里说的一样，选择离开去往美国。

他去了大洋彼岸读书，独自一个人漫步街头，把生活过得更加充实。上课、打球、四处旅行……在学校里，他结识了一个性格比较合拍的西裔，他们曾经两个人单独开车，从芝加哥一路横穿到洛杉矶，又去圣地亚哥潜水，去现场看被对方诟病水平太低的大联盟。西裔说他的西语不错，什么时候带他去西班牙看看，他父亲是巴塞罗那人。徐见鹤怔了怔，又笑，没说他的故事。

他定期回家，当然也定期会去一去A大，但从来不去见人，只是围着学校看一看，再在附近随便哪家店吃点东西。同样远在他乡，汤则明偶尔听说消息还笑，说A大的草皮估计都被他一块一块数清楚了。他也不急，只是提一句徐见云，对方也就偃旗息鼓闭了嘴。

大二那年，他在老宅后院种下一棵杏树。

情绪其实很奇妙，最开始是平静的，后来波动着烦躁，最后又回归平静，跟大海波浪差不多。徐启不干涉他的生活，但还不至于故意要用吃苦教育锤炼他。读完MBA又回国，进了启越，在别墅里，也能时时以家人的身份见到想见的人。

只是随之而来的少东家身份曝光，大学附近的面再也吃不了了。

尚嘉没什么变化，她好像被时间冻住了，整个人总维持在一个节奏上，面对他时，也绝不会不自然。

显然，她并不知道他还没死心。

徐见鹤挺淡定的。他从小到大以自我为中心，没有耐心，这会儿报应也就来了，好在装一装人模狗样也很简单。

租的公寓离A大就十几分钟车程，空间够大，空一间属于预想中对象的书房也很简单。其实挺像一个臆想症病患，但属于是冷眼旁观自己的病患，尚存理智。

尚嘉硕士毕业后继续读博，后院里的杏树已经长到有二楼高。

他越来越忙，工作时，渐渐变成徐启的样子，但跟她说话的时候，总会觉得莫名平静，好像谁也没变，他也还是那个少爷脾气的少年人。

尚嘉读博去伦敦交换的这一年，他开始往返伦敦。

切尔西换了老板,成绩不佳,他却主场看得比从前要勤快得多,好像纯粹找虐受。偶尔心情一来,发张照片,还要被支持不同主队的薛陶嘲笑。他当然是要骂回去的,但骂完了,就会去她常去的书店转一圈。这一年,他的运气比之前好,但或许也不只是运气。徐见鹤弄到一份她的课程安排,偶尔去露脸,总能看见尚嘉和她的南美室友的身影。

她对于性格热情的人没有抵抗力。他看她被高挑的女人搂着、笑着,脸上一本正经,身体语言无所适从,想笑也忍住。

临近交换结束的前夕,和尚嘉同学校的某个人在朋友圈发出照片:临南老乡会。

地点定位在一家酒吧。

其中果然有她,坐在一个角落,只是跟着大家一起举了杯子,笑眼弯弯,乖巧安静。

如果是往常,他大概只会存下照片,截图后了事,当天却一时兴起,打去一通电话。酒吧离他挺近,也算缘分。

他很久没跟她通电话,炼就了跟她通电话时不动声色的本事也不容易。

徐见鹤问她好,又淡淡地说,自己在伦敦。

"哦。"电话对面的人一怔,又笑,"那你是……"

"来出差,明天有个会,"他往后一瞥,神情淡定地编着谎话,"在薛陶这儿蹭住一晚。"

出差会不带助理?

尚嘉在对面"嗯"了一声,果然老老实实交代起她的行踪:交换要结束了,学校里的同乡聚一聚……

徐见鹤被人叫"小徐总"叫久了,偶尔也会不自觉地流露出居高临下的姿态,说:"注意安全。"

偏偏她也笑,说好。

这么个笑法,应该是喝了酒。他想起高三那会儿她抿几口就醉倒,又想起照片里人数还不算少的男生,其中有一两个挺眼熟,应该是和她一起交换过来……徐见鹤早八百年想得明白,自洽过后全是光明正大,酸就酸了。

他对着笔记本的光坐得沉稳,俨然已经很能安抚自己。

结果,手机再次振动的时候,一杯冰水慢悠悠地没喝完,听了两秒,

就飞速抓起外套出了门。

真服了！不是在所谓的"临南老乡会"，还能碰上这事？

车被开成"火箭"。目的地一到，其他都没看见，只看见被砸的车、尚嘉烂醉如泥的南美室友、南美室友的男友……警察正在跟一方记录情况，尚嘉坐在街边，安安静静地垂着头，只差一阵风就能倒。

"对，"男人没喝酒，还清醒着，"是几个戴兜帽的人砸的，年纪不大。"

"真不走运。"警察叹了口气，明显心里已有了数。

伦敦青少年肆意妄为是平常事。

徐见鹤眉头轻蹙，上前跟正在交谈的两个男人打了招呼，表明自己是尚嘉朋友的身份，三言两语就弄明白了情况。

他听得认真，听完也挺冷静，转身几步，在坐着的人面前站定，心里气性正起，看人悠悠地、满身酒气地抬头，却又都散了。

"徐见鹤？"

醉鬼一个，偏偏还能一眼把他认出来——够能安抚人的！

尚嘉醉酒，那就是不记事的白纸一张。

徐见鹤绷着脸没出声，他低头弯腰，装模作样的意思终于没了，一手插在风衣兜，一手干干脆脆朝着人的脸颊伸去。

人不胖，手感倒挺好！

"你怎么不气死我算了。"他咬牙切齿，声音既低又沉。

人被他强行带走。

她昏昏欲睡，睡了一路，但下车还能自己乖乖巧巧地等着。

两间房间，只隔了一堵墙，很像他们曾经每一次家庭聚会时候的安排。

徐见鹤将人安置好，冷静下来，关灯走人。可走也走得不痛快。这人老好人的本性真有那么强大？这边跟老乡喝了几口酒，明明知道自己的酒量，那边接到室友电话，还有胆子去接人。说她没理性，还知道打电话给室友的男友。三个人上车，车被砸了，还知道被警察一问，打电话给刚刚通过话的人。

要是自己今天没在呢？

徐见鹤将电脑合上，一支烟没抽到头就被掐灭。

他重新回到隔壁房间。夜深人静，黑灯瞎火，床上的人动也不动，藏在被子里，一张红通通的脸，纤细的脖颈，睡得安然。

小徐总修炼多年，也算人中龙凤，精英做派，脾气大，名声大，手段也厉害,典型的大佬做派——传言都这么说。

眼下,小徐总站在窗前,低头看了许久。

月光如霜,洒进来,轻轻跃动着。

人被霜雪覆盖,波动的心也渐渐沉稳。

床上的人翻了个身,侧身睡得香甜。

徐见鹤看她的眉眼,呼出一口气。

这会儿,架子没了,脾气也没了,做派也没了。他干脆就地坐下,穿着衬衫,盘着腿,托着下巴凝视起眼前人。

酒精味道仍缭绕着,鼻息间存在感十足。目光所及,眉眼紧闭,精巧的鼻子,红润的唇,每一处都是他心上人的模样……

实在可恶,要是她不长成这样多好,省得让人惦念。

尚嘉大概是做起了梦,原本她闭着眼睛平平稳稳,突然皱眉,好像遇见了什么不快,表情挺孩子气。

徐见鹤嘴角牵了牵又压下,看得不够,索性朝前挪了挪,坐得更近。他靠着床沿,单手托腮,盯了良久,终于起身,朝着她微微俯身,越来越近,越来越近……

男人身上的香根草气息既冷又暖,呼吸停滞的一瞬,最终,有气息凉凉地凑了过来。

尚嘉没动,心跳顿了顿,动作却全然不是预想里的。

有声音喃喃,低沉轻缓,像自言自语:"快变成美梦吧。"

滚烫的指腹静静划过,抚平眉头,点在眉间,轻轻巧巧。

羽毛划过一般温柔。

05

尚嘉也有秘密。

此刻搂着她的人体温极高。徐见鹤不说话,在门口如释重负似的搂着她靠了一会儿,这会儿到了沙发上,也仍然半步不离。尚嘉的腰被他抱着,脖颈处仍是一片滚烫的皮肤。徐见鹤揉了揉她的头发,她就乖乖巧巧严丝合缝地靠着他,化身成"人形抱枕"。

时间长了,动作也发僵。

尚嘉现在学聪明了,不会说一些扫兴的话,略略思索,轻轻出声:"真的这么高兴?"

"不是明知故问？"

男人的语气听起来凶狠，实则没舍得用力，靠得更紧了。

"你不是都跟子欣姐说了？也不知道是谁说要躲着点、藏着点……"徐见鹤用手抬起她的脸，低垂着眼睛看人，眉眼带笑，"挺会瞒的嘛。"

既然是光明正大的情侣，那更不用顾忌太多。他想起尚子欣的话，五脏六腑都是热的，只是仍保留了理智，克制着俯身，有一下没一下地轻啄。尚嘉闭上眼，不退不进。分离的间隙，聊天是要聊的，聊她表弟现在的情况，聊尚子欣的态度，再聊聊一侧扶手上没来得及合上的书。反正不聊工作，只聊彼此，亲昵无间。

"你不会还有事情瞒着我吧？"

徐见鹤托住她的脸，没忍住，伸手捏了捏。

尚嘉微微一怔，有一瞬间的犹豫，明晃晃地落进徐见鹤的视野范围内。

"还真有？"

他又捏她另一侧的脸颊。

尚嘉微微沉默，被他捏着脸，声音含糊："不知道算不算……"

她有点心虚，心虚之余，声音更轻，顿了顿才开口："伦敦的那天晚上，我没醉。"

哪里只是没有醉？

尚嘉对自己的酒量心知肚明。她做事从来谨慎，不熟的地方，不熟的群体，老乡会里大部分都不是相熟的人，压根就只沾了一小口酒。醉意都没来得及上头，她就不得不主动告辞，穿上外套，要去另一间酒吧接真醉了的室友。回去的路上，不巧遇见本地青少年吆喝着砸车，人蒙蒙的，昏沉了好一会儿，跟着徐见鹤到酒店时，也差不多醒了。

尚嘉犹豫了一下，没有全醒。

她和徐见鹤自从大一山顶告白之后，也算安生做了几年的家人朋友。徐见鹤工作繁忙，身影只在新闻视频里出现，面对她时，也总是距离不远不近，妥帖恰当。

可是当天的徐见鹤，好像和之前几年的都不一样。

可能是觉得她醉了不记事，也可能是看出了事，人着急了，对她的态度骤然又回到了山顶那个夜晚，喜欢着都要执着地说上两三次。他穿着风衣衬衣，还是高高在上的样子，人却没有平时那股劲儿，笑她，捏她，怜惜她……她平生还没经历过这样的事情，脑子里思绪混乱，他就坐在地上,盯着她看了许久。男人俯身,她因为紧张,差点本能地要动弹,他却只是伸出手,点了点她的额头眉间,祝她好梦。

喜欢是什么感觉?

她高中时情窦初开,模模糊糊地领略过一次,后来又忘了,再后来……再后来,她意识到,原来有人的喜欢被包装成了另一种存在。他不远不近地看着她,而她在感情的事情上太迟钝,因为契机,隐隐琢磨出一点不对,一点在意,都算是进步巨大。

她慢悠悠地想,想的时候,已经自觉留下相机里他的照片,主动请他吃饭,梦里偶尔会回忆起两个人之间的过往……

相处久了,心动的感觉不可能会掺假。

徐见鹤动作停住了,他的手渐渐松开,目光灼灼地盯着她。直到有人耳根又开始变红,脸颊发烫,他才畅快地笑了一声,俯身抵住她的鼻尖。

"难怪!"他说,"难怪呢。"

难怪她交换结束回来以后,态度总隐隐地有些变化,只是说不上来,他从来也有那个耐心。

"徐……"

尚嘉没来得及叫出他的名字。

她总会把自己的住处打理得井井有条。房子狭小,但该摆花的地方摆花,重要的人的照片也要仔仔细细地挑选地方摆好……"啪"的一声,扶手上的书掉了,跌落在地,但没人有心思再管,铺着的沙发毯皱了、耷拉了。心跳"咚咚",徐见鹤搂抱着她,吻她的眼睛、鼻尖、唇瓣。

不同于上一次在东北,这一次的气息更热,唇齿舌尖全是压迫。

尚嘉无声地呜咽,皱眉又舒展,喘不过气时,气息被传了过来。她上次觉得自己快融化,这一次……这一次却渐渐地好像清醒了。

年轻男女,有想法才是正常自然,符合人类生理反应。理科生的思路从来直接,尚嘉伸出手,抱住他的肩膀,试探性地回应。很轻微的动作,瞬间被人捕捉到,纠缠住。男人哼笑了一声,似乎说了一句什么,应该是夸奖的话……全被山呼海啸的热烈碾过。

"继续?"

尚嘉听不太清楚了,说话也要靠本能。她个子娇小,去哪儿都要任由他摆布。

周末白天,都不到黄昏时分,尚嘉连点头的劲儿都没了,最后用一点

理性思维提醒他:"抽屉……"

徐见鹤的恶劣性格一上来,惯能折腾人。

"准备这个干什么?"

"不干什么。"

"哦,那是我自作多情了。"

"不是自作多情……"

"不是?那是什么?是情侣,是恋人,是……"

彼此喜欢的人。

尚嘉声音颤颤:"徐见鹤。"

"我在。"声音响在她的头顶。

"我应该当面跟你说的……"她这段时间想清楚了。

"我听着,你说。"

"我、我是喜欢你的。"

徐见鹤只在她这里有耐心,什么时候都不例外。

窗外的光洒进来,一半窗帘严严实实遮着,光影交错,人影晃悠。他直起身摘了手表,松了衬衫领口,目光灼灼地看着她。第一次还算是探寻,留有温柔,第二次……她有些头晕,请求停息片刻,汲取空气和冰水,只换来本性毕露的人的混账话。不用找别的,他不是在吗?亲吻交缠,她支撑不住要往下跌,被人强行从后背揽住腰支撑好。

天色最黑的时候,他们挤在窄小的床上,小声地说着悄悄话。

汗湿了又干,纠缠牵扯,有人多年得偿所愿,有人常年迟钝慢热,但终究两情相悦。

"不怕有分开的可能了?"

耳边的人声音低沉,尚嘉嗓音沙哑,想了想,说:"不怕。"

"也不怕身边人怎么想?"

"不。"

她那时没想明白,就像她在生活里做的每一个决定,只要想清楚了,就会坚定走下去。

"选什么都是我自己想要的。"

她转过身,面对着他,无声地说:"选了你也是。"

徐见鹤笑起来,他摩挲她的手背指尖,声音懒懒的:"你一直都厉害。"

他又说:"不过分开是不可能的,我没那么心大。"

说永远在一起没意思,也虚幻。

"每一天,我都会陪着你。"后半句话,他等了很多年。徐见鹤半眯了眼,额头贴住她的,"你也会陪着我。"

夜色浓重,情绪翻涌,沉淀的全是爱意。

谈恋爱是一门学问,要学陪伴,学磨合,学习彼此忍让。

从一问三不知到渐渐得心应手,以尚嘉的个性,但凡对一门学问感兴趣,那逐渐弄明白也只是时间问题。譬如在学校,之前那个跟她有过误会的师弟借故找茬,如果换成以前,她大多也就是冷处理过了,仍是尽量独自解决,解决不了就绕着走。但换成现在,有了伴侣,她也渐渐学会所谓依靠的说法,会和人主动商量,不再像小时候那样,永远独来独往。

她逐渐适应,自然有人心情极好。

启越的小徐总日理万机,每天如沐春风,左手突然多了一枚戒指,这放在哪个八卦圈都是大事。但大事归大事,知道消息的人却异常嘴严。比如汤家那两个一定知道,薛陶也知道,但他们张口说一句都难,其他人想打听那就更难。

"主要尚嘉还是学生。"

姜女士偶然问起此事,徐见鹤的态度也很坦然。

所谓公开,在他们俩眼里,本来就是只向身边重要的人公开。两个人商量的结果,更没什么可遮掩的。

对于一个从来随心的家长,姜女士接受他们俩在一起这件事几乎没多花一分钟,以至于当时两个人在沙发上坐着,本来预备了一番长篇大论,也不得不全吞下,迎战姜女士的各种八卦问题——什么时候开始的?谁先开口的?有没有磨合不好的……问得多了,尚嘉渐渐也回归了从前的沉默状态,自觉将问题丢给身边人。

"倒也是。"姜女士没那么多的想法,一边剪手里的花枝,一边瞥了眼气定神闲的徐见鹤,"你平时别欺负嘉嘉。"

"我欺负她?"徐见鹤嗤笑一声,扫了一眼手机,不解释渊源,只说结果,"她不随意拿捏我就不错了。"

他们俩在一起这件事,全家上下,尚子欣是第一个知道的,反应还算正常;姜女士是第二个,也勉强说得过去;徐见云是第三个,那简直就是鸡飞狗跳。

"那你们俩不就是合起伙来骗了我?"

徐见云联想起之前差点洞悉真相,人格外委屈。

徐见鹤不把这当回事,尚嘉却听进了心里。周末,特意抽出时间,请两位姐姐一起吃了顿饭。地点仍是一中附近的那家网红店,只不过这一回的餐桌、座位变了变。

一对情侣坐中间,两人没什么多的话,添茶的添茶,点餐的点餐,对彼此之间的偏好了解到位,谁爱吃辣,谁偏好清淡,默契十足。

"怎么跟谈了十年恋爱一样?"

徐见云评价完毕就认了命,她是认命,看他们俩琴瑟和鸣,又想到自己的感情生活,不免陷进怅惘的情绪。

至于长辈那边,徐启对他俩很无所谓,尚嘉的小姑是极高兴,徐见鹤外公则第一时间表示反对,也不是什么般配不般配的问题,老人家观念守旧,还想着当年的那一出纠葛,总觉得名不正言不顺,心里还梗着事儿。尚嘉倒也不觉得有什么,无非时间长短,态度让人看见,总胜过千言万语。

学校最终还是搬了校区。

之前找她合租的师妹当然只能遗憾拒绝,因为尚嘉有了新的室友。徐见鹤但凡要做一件事,总是效率极高。他们俩的新居所仍是离新校区十多分钟的车程,以徐见鹤个人挑剔的劲儿,选的地方自然不差,仍是落地窗,顶楼,每个房间大得能打滚。

两个人休息繁忙的时候一人一间房,情到浓时,哪里方便就挑哪里。书房比从前徐见鹤安排得更大,办公的时候,两个人的桌子靠在一起,谁也不说话,但氛围很到位。

尚嘉时常会去校区外那间书店坐坐,也不觉得远离市中心有什么不好,安静安稳一直是她偏好的。

她快毕业了,出路也考虑得差不多,老师建议她留在高校,尚嘉也觉得挺符合自己的个性。

时至今日,她仍旧觉得,普通不是贬义词。

只不过,好像她的感情看起来稍微显得不那么普通了些。

公寓顶楼是一处花园,尚嘉以前对园艺没什么兴趣,后来回老宅,被姜女士熏陶的次数多了,竟然也鬼使神差,从网上购置了一批应季花苗。

这个时节,风还没冷,仍是适宜的凉。

花苗种下,她坐在台阶,仰头就是星空。

手上的手套没摘,一只手从后面突然伸过来,紧紧扣住。有人倒是不嫌她脏,上来就是一个吻。

"不冷?"

男人在她唇边轻啄,她往后挣了挣,果然换来更大的力道。

"算了……"

她干脆放弃。

他一身西装革履,是真不嫌弃她一身的泥土。

关系稳定后,徐见鹤越发本性毕露。黏人是一方面,总有说不完的话是一方面。

腻歪过后,两个人肩并肩,坐在台阶上。

他的指尖滑过她的眼角,替她仔仔细细擦掉泥土,挑了挑眉,颇有兴致:"怎么有的人年纪越长,好像越幼稚了。"

"好事!"

徐见鹤又微微眯眼,捏她的脸。

他曾经劝她多为自己考虑,要是没人为她着想,那不是亏了?那时他就想,其实无所谓,总还有他看着、念着,却没想到,她也有看着他的一天。她会提起自己的喜欢,记下他的偏好,也会自然而然地跟他聊以前不会主动提起的往事,譬如她那段都称不上成功的暗恋,怎么因为对方家长的发现而草草结束;小时候羡慕别人总有父母陪着,难过的时候,就会一个人安安静静坐在杏树下发呆……

秋夜的风中,徐见鹤视线灼热,呢喃着,喊心上人的名字。

尚嘉理智丢了,失神间,全凭下意识应声。

"我喜欢你。"他喘息着,咬她的耳垂。

可能喜欢也不够。

"不,我爱你……"

如果,每一天都一定要和她度过就是爱。

尚嘉耳边是沉沉的男声,心口是滚烫的热。十指紧扣,她安静惯了,此刻心里也是安然的。

她颤颤巍巍,声音自喉咙发出,既沙又哑:"我也是。"

那还有什么可说的呢?

她的确觉得徐见鹤很好,从心底喜欢着他。要是小时候的自己知道未来会有这样一个人,是不是就能不那么带着苦楚,总是压抑着自己的情绪生活?

  这也都是假设,但无论如何,能彼此遇见就是好的。

  "徐见鹤……"

  她叫他的名字,在口中,在心间。

  徐见鹤静静低头,含住她的唇,全是索取与炽热。

  人生太长,大多都是平凡,少有曲折,未来也未可知,可好像和他在一起,未可知也没什么可怕的。

  "你说。"

  因为他总会听她说。

  在每一个夜晚,在每一天。

  尚嘉笑起来,伸手揽住了面前的人。

—正文完—

番外一 //
七 夕

　　尚嘉从小到大多是典型的好学生，所谓"好学生"，即是学习上不要人操心，生活上听话懂事，善解人意。从小到大，不仅不惹麻烦，甚至还主动为人解决麻烦。性格不能说是绝对意义上的好或不好，只能说，这使得她大多时候是循规蹈矩，多一事不如少一事，比起自己的生活，她总是习惯性地为他人考虑。

　　"考虑他人……怎么到我这儿，你就不考虑了？"

　　徐见鹤冷笑，第一次觉得好学生这个说法有时候也不太靠谱。

　　也不怪他生气，七夕佳节，鹊桥搭好，牛郎织女尚且相聚，这本来也该是凡人情侣相伴的时候。

　　新的一年，启越的人工智能项目搭上政策顺风车，开展得如火如荼，名气越来越大，政府也越来越重视。这样的背景下，他天南海北脚不沾地地忙，这边正式在新闻上露脸，那边接受主题采访，"空中飞人"做得更胜从前，精力大半耗费在工作上，好在今时不同往日，心里也算有一点甜头在。助理虽然也跟着他忙，但很有眼力见，主动替他压缩并调整日程，总算抽出了七夕一整天的空。

　　从个人角度而言，徐见鹤自然不算特别有仪式感。

　　二十几年的人生，他的人生座右铭说到底就是"随性"两个字。随性的人，很多事情都没那么讲究，连自己的生日都是随意过了，最重要的除夕春节也只是配合长辈行动，其他节日更是有需要再看，不需要就算。可今年，就连薛陶都说他变了个人，元旦要过，情人节要过，连纪念日也要过。

薛陶跟着凑热闹，看他西装革履，精英做派，淡定从容地大包小包往车里塞各种食材，目瞪口呆，比出了一个大拇指。

"七夕还要亲自下厨啊……徐帅，算你狠，你不脱单谁脱单？"

徐见鹤懒得理他，车一发动，连人都不载。

这一年的变化说大不大，说小不小。住的房子里多了个人，徐见鹤的厨艺也颇有长进。他属于别人绝对勉强不了的那一类人，他要做的事，当然得是发自内心，纯粹的主观意愿。

所谓同居，说到底，其实就是情侣之间磨合的过程。可尚嘉没什么脾气，要说磨合，最多也就是他单方面花心思，多多注意她的习惯和想法。如果遇见问题，和以前一样，闷声解决就算了。至于对方察觉与否，这对他来说都不太重要。

尚嘉喜欢书，书房里堆满了各种类别的书。过一段时间，书柜快被塞满，第二天就换了更大更新的。后来索性又腾出一间房，健身的地方被换到二楼。他本来以为尚嘉不会注意，结果晚上就收到一碟她亲自烤的小蛋糕，说是跟师姐学的，笑眼弯弯。他和人对视，看起来冷冷淡淡，平平静静，实际半眯起眼，动了情侣之间名正言顺的歪心思。

即将到来的七夕据说对情侣来说意义特殊，那抓准时机展示下心意也无妨。

计划本来很恰当，尚嘉不喜欢场面太夸张，不夸张也有贴心过节的办法。他亲自下厨，做两份简餐，然后红酒玫瑰，烛光晚餐。晚餐后，两个人一起窝在沙发上聊聊天，看看电影，翻翻书，或者花前月下，开车去河边成双成对兜兜风，在月色的见证下，送上准备好的礼物，就该是情意正浓时。

徐见鹤想得挺美挺透彻，结果事到临头，他这边万无一失，忘了另外一个人是大忙人。

尚嘉因为学业问题不得不被迫失约，他那久违的阴阳怪气劲儿就冒了出来。

"我没事，你走吧。"他说完上半句，又半低垂着眼说下半句，"不是不考虑……"

尚嘉对他的阴阳怪气挺习惯，将手里的咖啡放下，又在他面前坐下，目光依旧认真。当然，但凡她这样的时候，总是很有道理的。的确不是不考虑他，而是学校有安排，导师接了政府任务，要出差做个项目，她是得意门生，不能临近毕业了就撒手不管。

徐见鹤看她一眼，目光淡淡，说："那你就撒手不管我呗。"

他说完又冷静下来，两手一摊，直到对面的人心领神会，主动坐在他怀里了，才语气轻飘飘地继续说："行吧，我善解人意。"

最后岂止是善解人意？

尚嘉的导师这几天都忙，发来消息，让尚嘉第二天一大早直接在机场跟他会合。这倒好了，刚好给徐见鹤提供了机会难得的开车送人的便利。

这也叫便利？

徐见鹤觉得自己简直大度得过分，节日被人抛下，还要眼巴巴地送人走。可他要送人，尚嘉话没说两句，但行动却很坦率，穿的裙子，他送的；鞋子，他挑的；就连头顶的发饰，都是她之前选择困难时，参考了他的意见买的。

徐见鹤似笑非笑，明明心满意足，临要走了，才对着她上下一扫，装模作样地扔下一句："算你厉害。"

他不让人轻易下车，替人别了碎发，又气性一上来，逼迫尚嘉多耽误了一会儿，不得不临下车前匆忙重新补了晕染的口红，理了理乱七八糟的衣领。

七夕佳节，徐见鹤从前没觉得，这天有什么值得庆贺的，当晚看着头顶弯月，平生头一次体会到什么叫怅惘难耐。

唱片听得都算无聊，柠檬水喝得没滋没味，电视上新闻放着，翻来翻去都只能面无表情地看。好在某人还算有良心，一通电话打来，嘘寒问暖，问他今日心情，用餐用饭……

"都好，"徐见鹤淡淡道，仍是这么个说法，"就是老好人老操心他人，却不想着关心关心我。"

电话对面的人顿了顿，慢吞吞地说："也不是。"

"不是什么？"

"你不是'他人'，"尚嘉只说老实话，"你是自己人。"

徐见鹤确实拿她没辙。

他自认算是原则明确的那类人，脾气怪，性格更怪，也明确清楚自己不好伺候，但从来没有改正的打算。

早些年，刚刚进入启越的时候，徐启当着面不说他什么，可私下也对他有过一些不满意，说他在有些事情上，不免太过任性，在考虑问题时，又容易过于刚硬,总不够柔和折中,太过理想化,学生气太重。

徐见鹤不同意这个说法,也听不进耳里,轻轻巧巧打一通电话,让他那个刚硬了一辈子的外公来说。矛盾转移了,徐启在他这儿也就无话可谈。

可他刚硬了一辈子的外公也有克星,今年外婆生日时,老爷子终于低了头。老两口分居多年,是上上下下众所周知的事儿,出于脸面,老爷子不好打电话给亲女儿,只打给他,让徐见鹤替自己搞定一趟私下单独去瑞士的行程。

"既然都有事儿要我办,那您还为难我?"徐见鹤耍赖惯常有一套,借势跟老人家卖惨。

老爷子在对面气得够呛,骂他:"臭小子,我哪里为难你了?"

徐见鹤也不回他的话,只把键盘敲得噼里啪啦。

老爷子沉默了片刻,慢慢明白他的意思,当即就急了,怒道:"我又没给我外孙媳妇摆脸色,不就是有点不高兴嘛!哦,当年你爸整的那些破事儿,还不允许我不高兴一下了?"

当时"真假姐妹花"这事儿,不说出去都挺愁人。虽然结局算是好的,两个小姑娘也个顶个的懂事,姜女士本人更惬意自在,专注于自己的生活,他却是老古板一个,总绕不过弯子。

"那倒没有。"徐见鹤挺淡然,"只不过,您要是不高兴,对着我和我爸不高兴就挺好。"

"行行行,我算是听懂你小子的意思了。"

老爷子彻底没辙,在电话那头叹气:"不就是护短嘛,我保证以后不给你夫人甩脸子不就行了?"

他又别扭地说:"快送我去见我夫人!"

"夫人"两个字,还算听得人通体舒畅。

这么一看,对内人没辙这事,大概在他身上有传承。

七夕计划没能成行,尚嘉给他打了个电话,说了一句好话,作为"自己人"的徐见鹤,就勉强有了喝红酒的心情。过了一个小时,尚嘉又打来电话,她刚刚和同门结束了饭局,才从餐厅出来,正在外面乱转,拍下一轮影影绰绰的明月,附送给他两个字——"嘿嘿"。

同一片天空,同一轮明月。

不用多说,徐见鹤懂她的意境心情,回了她一张一杯红酒的照片。回照片还不够,他立刻自得其乐上了,颇有情调,落地窗前,只开头顶一盏灯,捧一本书，昏黄灯光氤氲，如梦似幻。除此以外，还特意给她也留了个空位置。

徐见鹤从小到大几乎从不自拍。他读书时还算空闲，满世界乱飞时，也被薛陶嫌弃，说他人倒是四处跑了，见识长了，也没见留个影、晒个照。非要他拍，也不是不行，但都是风景照居多，最多拍个食物照片，顶了天了！

眼下美景孤影，他背对着落地窗，破天荒自拍了一张，只露出一只眼睛半张脸，又颇有耐心地等了半天，却迟迟没等来评价和回复。

尚嘉属于绝对坦诚真实的性格，一件事情想明白了，就绝对不会拧巴。这少根筋的性格从前惹人烦闷，恋爱后好处却多得很。刚确立关系那会儿，她也不知道哪儿学来的所谓恋爱秘法，还特意陪徐见鹤熬夜看过几场球赛，哪怕她其实压根分不清什么欧冠、英超、西甲……

徐见鹤干脆糊弄人，谈完球星，教她几句西语，又剖析肺腑，状似无意地提他高中时学习西语的事儿，说学这个，纯粹出于私心。

尚嘉问他，什么私心？

他答，总想着带她去看看她那时向往的地方的私心，哪怕她向往的原因让人听了就烦……

尚嘉愣了愣，又想了想，还是慢吞吞地交代，她其实都快忘了那个原因了，现在回味，才知道徐见鹤之前故意问她的由头。后来，她倒是特意空出时间，在他生日时，在抽屉里留下一张机票。她和师姐去过巴塞罗那，那一趟旅行就当起了导游，什么这儿的历史，那儿的小店里的果酒好喝，哪里的海滩阳光醉人。

徐见鹤乐得配合，干脆装作从没来过，连英语都不会说，前前后后，每天一句尚老师。两个人没有谈过婚姻的事，那一趟旅行正好似度蜜月了。

在恋爱里这样直接的人，面对对方破天荒的、主动献殷勤的表现毫无动静，本身就不正常。

徐见鹤用手机支着下巴，在灯光下，靠着沙发看了一会儿老电影，仍没动静，就打开电脑看了会儿文件。这边事情顺利，那边方案正常，一切都好。最后，还是没沉住气，电话打过去，不见人接，他差点直接跟A大那边联系了，一条短信又发过来：稍等我一下。

等什么？

他和尚嘉通上了电话，听见对面的声音，睡意浓重，嘶哑怠懒，心瞬间像是被人拿拳头一砸,软了。

"算了,不用聊了。"

他说话还是硬邦邦的语气,但气势已然柔和,叹了口气:"真的困了就睡,以后记得跟我说一声就行。"

"哦……"

对面的人还是一股朦朦胧胧的劲儿,反应了一下,才带着鼻音回他。

徐见鹤终于没忍住,眉头一扬,笑了,低声祝她:"晚安。"

"晚安。"

听起来是在下意识模仿他的话。

情侣之间,安稳也算情趣,没什么不好。安然谈话间,电话对面却忽然传来细微的电台声响。徐见鹤微微一怔,心头一动,刚要出声,电话却"啪"一声,突兀地挂断了。

他如有所悟,更有灵感,霎时间,什么懒散劲儿都烟消云散!

临南地处南方,入秋却很早,只需要一场雨、一阵风,然后就是连绵的阴天。

酒店内怎么会有电台的声音呢?这应该是深夜出租车上的标准配备,如果是在临南,还会有一个健谈的司机跟你聊天搭讪,聊起最近不算喜人的天气。

大门被人偷偷摸摸打开的一瞬间,屋内是沉沉的黑。

尚嘉手里拿着一瓶冰水,眼皮还是刻意敷过的凉,刻意振作起来,目光在室内睃巡、流转……落地窗边却不见人。她傻呆呆地立着,一时间忘了那个道理——螳螂捕蝉,黄雀在后。

腰间一热,有呼吸喷洒,有人靠住她的脖颈。尚嘉先是下意识地紧张一瞬,随后渐渐放松,自然地往后一靠。身后的人稍微用力,她就转过了脸。

四目相对,男女面对面。

徐见鹤眼底的光远比照片里的月亮更缠绵。

他低头,捏了捏她的耳垂,又捏她的鼻尖,啄吻她的唇瓣。

"好啊你,逗我是吧。过节小天才,早就计划好了?"

"不算的。"

尚嘉睡意全无,被人扣住纤腰,直接轻松抱起,鞋也跌落在地,"啪嗒"两声响。

"我都这样了,怎么不算?"

徐见鹤干脆懒得遮掩。他拦腰把人抱起，带进房间，将她扔在床上，力度头一次没那么柔和。尚嘉却还要挣扎，她说，抽屉就是那个她送过他机票的抽屉——里面还有礼物，不如先看，看了再说。

礼物？什么礼物，不知道，不清楚，不在乎……

月光澄澈，徐见鹤倒是很耐心，一颗颗的扣子慢慢地解，半跪着居高临下，好似猛兽一般，整个影子将她笼罩。

尚嘉实在是没办法，才要后缩，就被他擒住，滚烫的手抓住她的脚踝猛然拖回去。

夜色浓墨重彩，时间长了，她颤抖地喘息，还想着解释："不是计划好了，是……"

"那是什么？"

"是我想见你。"

鹊桥相会，他们没有鹊桥，她就连夜忙完自己那部分的活，自己搭好鹊桥回来见他。

尚嘉难得说了谎，其实没有那顿饭，月亮也是陪她加班的月亮。

"说你是小天才，你还不信。"

男人心下了然，轻笑低喃，扶着她的腰坐好，攻势不停。如雨打芭蕉，风吹落叶。她满脸通红，颤抖着，感觉不好，他不信；她就又皱着眉，撒着娇，说感觉太过，他就故意顺势而为，装聋作哑，只有声音像被磨过的低哑。

日光落进来，尚嘉早如散落在地的床单，发丝都是乱的、湿润的。

有人还要故意黏着她，压着她，不肯起床，说各种不能摆在台面上的流氓话。后来却又忽然化身天使，替她擦过脸、擦过手，又带她去细心地洗过……总之全不用她操心。

回来时，才听徐见鹤声音低沉，两人对视，他仍旧坚持昨日观点，小天才就是小天才——哪有主动送男人戒指的？虽然是一枚素戒，她倒挺会宣示。

尚嘉蒙蒙地看他的眼睛，只觉得他睫毛浓密，数也数不过来了。

"我很开心。"

启越的小徐总，从小到大气性很大，什么没见过，什么礼物没看过，放在心上的却只这一件。

他倒是很得意："我们俩不愧是一起长大，青梅竹马，默契十足……

只不过高中才在一起住,也算是青梅竹马吗?"

事实已经不重要了,徐见鹤嘴里,从来都是他说是就是。

尚嘉低头,看见自己手指上多了一枚戒指,眨了眨眼,慢慢地笑了。

"嗯。"

她想起在伦敦的那个夜晚,他伸出手,点在她的额头间。她鬼使神差地伸出手,同样轻轻地揉了揉他的眉心。

"我也希望你一直这么开心。"

徐见鹤没了昨天夜里的执意,用脸颊蹭她,无赖又直接。

恋爱恋爱,既有大波澜,也有平常日。

只要两人都在,那的确、的的确确,都是开心的好时光。

番外二 //
徐见云日记

"从一段恋爱关系的本质来说,如果两个人能谈到类似于老夫老妻的相处模式,那至少可以从客观的角度证明,它存在一定的正确性。"

徐见云听到这句话的时候,刚刚结束完一场直播,她披着助理送来的外套,从镜头前退到幕后。短视频内的情感博主三言两语,轻轻巧巧地为人剖析男女关系的本质。身后路过的摄影师一边确认照片,一边嗤笑,像极了过来人似的轻飘飘地说:"这也就哄哄喜欢网上冲浪的小孩。"

只能哄小孩吗?

徐见云皱着眉不做搭理,只继续面不改色地往下听。

她现在仍是单身,身边算得上朋友的人里,感情稳定的没几个。徐见云在感情上的观念偏向享乐主义,但凡是不感兴趣的人,绝不会多浪费时间;哪怕是感兴趣的人,相处下来觉得不开心了,也会迅速快刀斩乱麻。

老夫老妻……非要绞尽脑汁地去想,能用得上这四个字的,好像也只有她的弟弟和妹妹。

这说法其实挺有意思——

最开始的时候,她其实相当不适应弟弟妹妹的关系转变。

说到底,一个是一起长大的家人,另一个则是她亲生的妹妹。徐见云知道徐见鹤有那个心思的时候,恰逢一群兄弟姐妹凑一块儿吃饭,她帮了点忙,本身也是出于对两个人都了解的基础上,结果等两个人都成了,她又花了点时间,才适应身份的改变。

徐见云十几岁时,接受自己的身世,其实花了很长一段时间。继母本就已经不是自己的母亲,结果没想到连父亲也不是父亲,自己只是占了别人的身份家庭。现在回头看，虽然已经不如当年那样心情犹如天崩地裂，但仍然会有一些感慨。

感慨身边的人都是好人。

时间越久，她对这些好人就越发看重。

爱情不会不变，但亲情却不一样。譬如，她就挺难理解为什么一个人会对另一个人长长久久地惦念喜欢。汤则明对她的感情，她心中不是没有波动，但波动和动心完全是两码事。

直到她的弟弟妹妹度蜜月归来，家里老老少少在老宅家庭聚会时，徐见鹤才如平常人一样，云淡风轻地提了一点当年往事。

"这么说，"徐见云相当震惊，"你小子暗恋了嘉嘉这么久？"

"这么惊讶干什么？"徐见鹤挺淡定，将剥好的橘子塞到身边人的手里。

徐见云更加震惊："这还能不惊讶？"

徐见鹤更加云淡风轻地接受尚嘉分给他的一半橘子，眼角挂上笑，淡淡道："其他人不就挺淡定。"

是挺淡定的。徐启翻着手里的书本，抬头若有所思地看了眼小夫妻；姜女士先是愣了一下，后来就捂着嘴调笑起小夫妻；至于子欣……尚子欣只是安安静静地看着他们，眼中带笑。

晚饭过后，各回各家，她拉着尚子欣去花园散步。

"你早就知道？"

尚子欣想了想，平静地回她："也不算早。"

做医生的人，这些年在职业路上走得越久，性子好像比起以前越发温柔，跟寻常人倒完全是反着来。

徐见云"哦"了一声，踩了一脚小径边的泥土。

回到公寓后，她倒在床上，回忆起从前种种，反而也渐渐平静下来。

蛛丝马迹不是没有，但直到有人说破，这才算是没了秘密。

她翻了一圈朋友圈：一直跟着她的助理，晒出和男朋友的烛光晚餐；关系好的姐妹，身边又换了新面孔，看起来像是有点眼熟的演员，帅但脸生；徐见鹤新婚蜜月，难得发了几张二人照片，下面眼熟的、不眼熟的，都在说恭喜恭喜，用各种词汇夸赞夫妻的般配程度；至于汤则明……汤则明去了东南亚。

汤家的兄弟姐妹多,他主动申请去忙海外业务,不怎么发照片,发的也是热带风光,海边风浪。

徐见云倒并不觉得愧疚。时过境迁,当年的事情,最后还是以她主动约汤则明面谈告一段落。那一顿饭吃了很久,市内的最高点,她同他推心置腹,说明自己的感情观念,又祝他再遇他人。

他人吗?当时汤则明并没多说,只望着她笑笑,像是已经放下,举杯略点了点头。

喜欢一个人很多年,究竟是什么样的感受?徐见云不知道,但已经目睹过身边的两个人,偶尔想起来也会有些迷茫。

弟弟妹妹新婚后就正式搬了家,两个人的家仍在郊区附近。尚嘉博士毕业以后,经由导师的推荐,进了大学城旁边的研究所。她打着蹭吃蹭喝的旗号去过不少次,每一次都是被徐见鹤赶回来。直到后来家里多了小孩子,她开始研究起小孩子究竟是叫她姑姑还是姨妈,情况才好了些。

"不是,你家小崽子你不带,就送过来烦我?"

徐见鹤挺镇定,说:"我俩工作都忙,好不容易过二人世界,子欣姐没时间,爸妈也去了欧洲养老,也就只有你这个亲人了。"

徐见云咬牙切齿:"别卖惨啊你!想黏着老婆就直说,搞得这么冠冕堂皇算什么。"

的确不算什么。比如她自己,生活自由,现在仍然不知道对一个人动心多年是什么感受,但也没觉得有什么不好。

好在小崽子虽然被他爸爸扔来扔去,但还算懂事。弟弟妹妹的儿子性格不像弟弟,更像尚嘉。话少却聪明,从四岁开始就有和曾经的尚嘉一样的小大人气息。

这时她已经不再出镜做博主,开了一家工作室,开始做起背后的老板。

尚子欣在临南医院工作多年,忽然申请了援外派助项目,离开了本地,去南美外派一年。似乎还有她的同行一路同去,是挺俊朗的男医生,年纪比尚子欣略小一些,性格却很沉稳——这是尚嘉的说法。

她好奇地前去八卦,问及尚子欣的意思,只看到尚嘉若有所思地想了想,做出总结:"没听说过有没有意思,但应该是不讨厌。"

尚子欣的性格如此,凡是讨厌的人,就连接近的机会都不会给。

时间越久,徐见云心中的迷茫反而越弱了。

小崽子进了小学,性格中像徐见鹤的那一面渐渐冒了出来,小人精一个,喊她"姑姑",又喊她"姨妈"。

徐家嘉的第一个烦恼非常简单,捧着一本字典,对她义正词严:"我觉得我的名字不好听。"

徐见云乐了:"那你跟你爹妈说说嘛。"

结果后来也不知道他爹妈做了什么工作,等下一次再来,小崽子的口风已经变了,又变成"我爸说我的名字是一家三口永远在一起的意思",头仰得高高的,神气得很。

徐见云没忍住掐了一把小崽子的肉脸,乐了:"行行行,你说得都对。"

或许她以后也会遇见心动的人,也或许她仍旧感情洒脱,和家人就能度过一生。但无论如何,都是她的选择。

"送你回家?"

"再等会儿吧,"徐家嘉看了眼时间,仍是小大人一样的早熟态度,"这会儿正是我爸和我妈黏糊的时候。"

他又皱眉想了想,略做修正:"不对,是我爸黏我妈的时候。"

徐见云笑了,她看了一眼窗外的云,又看了看桌子上的全家福,笑容更加明显。

"好,那听你的。"

出版番外 //
如果在那一天

　　徐见鹤眼高于顶惯了，从没有想到自己还有称得上倒霉的时候。

　　对，就是倒霉——他认为是。如果非要审视，自己前十几年的人生顺风顺水，要什么有什么，从来没有遭遇过大的挫折，家庭也无论如何都不能算不和睦，然而就是这样和睦的日子，也仍然迎来了意想不到的波澜。

　　他发现徐见云一个人躲在学校音乐室大哭的那天，恰巧赶上天也在下雨。

　　临南大雨倾盆，潮湿迷蒙，搞得人心情不佳。徐见云一个人趴在钢琴上，哭得凄凄惨惨戚戚，不上课不说话，仍然怎么问都问不出究竟是什么情况，搞得他也心里不耐烦，只能干脆扔下一句："算了，你要么就一辈子不说，把死人都憋活！"

　　他们姐弟俩从小一起长大，掐架掐惯了，算不上互相谦让，了解彼此性格是什么德行。

　　徐见云哭累了，这会儿终于肯抬头，哑着嗓子怼他："你以为是我不想说吗？"

　　"那不然呢？"

　　那还不是个中曲折的戏剧化程度堪比电视剧，最烂俗的剧情都没有她眼下的烦恼和故事烂俗——徐见云张了张嘴，到底没能说出一句话，只说让她一个人静一静。

　　徐见鹤下午还有课，当机立断，果断潇洒地成全了她。出门前，恰逢汤则明来给他送买好的奶茶。他拿了自己的加冰柠檬茶，简短地交代："没消息没内情，你能劝就劝，劝不了就算了，让她静一静。"

.293.

他倒不是不担心，更不是不关切，只是实在没有办法的时候，何必搞得自己也心情不佳，还不如静观其变，先看看情况。

更何况，徐见鹤坐了一中午，也不算是全无思路。

当天晚上，姜女士时隔几天，再次提着大包小包归家，他就抱了本最近看的书，跟着摸去了书房，先问旅程如何，再问心情状态，最后汇报自己的阅读心得。说到最后，才被对方看透，悠悠笑着问了一句："是为了你姐姐吧？"

"差不多。"徐见鹤不含糊。

姜女士看他一副不耐烦的模样，也不说其他，只是叹了口气。不是她不愿意告诉他，只是这件事情的确有关徐见云的个人隐私，但她已经想好了处理办法，要他不必担心。

徐见鹤开始还有耐心，听着听着，脾气上来了。

"说得那么好听，"他把书往桌子一放，少爷脾气来了，六亲不认，"不就是都不把我当自己人嘛。可以！"

说罢，他把门一甩，迅速离去。

这显然已经能算得上他人生中倒霉的波澜。

好在徐见鹤早想到凡事都要做两手准备，他在自家父母这里问不到答案，干脆就第二天偷偷摸摸地打了个车，去看望独居的外公。老人家年轻的时候，在生意场上杀伐果断，老了后脾气怪，唯独徐见鹤拿他有办法。他老人家平时被人捧惯了，只对两件事情最在意：一件是与发妻异国分居，另一件则是对自家女儿的婚姻状态。老爷子但凡是心情明显不佳，基本只与这两件事有关。

徐见鹤上门时带了一瓶从徐启的收藏柜里拿的酒、一张自己最近练的字，观察了片刻老爷子的动静，果然发现对方情绪的确有些不佳。最终，酒被老爷子坦然收下，字则被一顿狠批，什么行外人看着好，实际人太浮躁……

"我是浮躁。"徐见鹤坦坦荡荡，"家里头一个两个都愁云惨淡的，就瞒着我，我能不惨淡吗？"

"惨淡？"

对方乐了："你一个十几岁的臭小子，不愁吃不愁穿，惨淡什么？"

老爷子眉头一动，明白过来："哦，你发现了是吧？"

"您要是说的是发现异常，我是发现了；但要是说发现真相，那我没有。"他大大方方地回话,"您要不就给我个痛快。"

"痛快?"老爷子冷笑,"我倒是也想痛快,就是你那个爹啊……"话到最后,欲言又止。

徐见鹤见事情有门,立刻了悟对方知道什么,当即再接再厉,眼睛一亮,继续巴着追问。

老爷子哪里招架得住,被人跟个狗皮膏药似的缠问,到底没办法,还是照实透露了些消息——他的亲姐徐见云,从血缘上来说,原来不是亲姐,血缘上的姐姐另有其人,听说还生活得不怎么好。

"要我说,那谁就会给你妈找不痛快!"

"要是真不痛快,那您当年怎么答应他俩的婚事?"

徐见鹤得知了真相,当即一点时间不耽误,奔赴门口换起了鞋,背起了包。老爷子还要留人,他飞速把门一开,道:"老话还说一报还一报呢,这麻烦我替您解决!"

徐见鹤从来说到做到。毕竟小的时候上房揭瓦,稍大一点就开始叛逆作妖,已经有了十足的经验。况且十几岁的年纪,虽然办法不多,但也知道根源在哪儿。

他没打电话给一起长大的薛陶和汤家兄妹,而是直接一通电话打给了徐启的秘书。对方问及他来意,他就干干脆脆给家里人甩锅——不是说亲姐姐找回来了?他这里有点礼物,姜女士委托他一并带过去,就当是提前见面。

秘书果然以为他已经知晓了全部情况,略一犹豫,就将对方的家庭住址和学校发了过来。

徐见鹤对着地址看了片刻,冷笑一声。翌日一早,只说是和汤则明约去马场骑马,实则是出门打车到了对方的家庭住址。

徐小少爷见多识广,自认为对世界上的万千规律了解颇多,然而等了一天都没等到人,再是从容不迫也脸黑了。他索性转场,直奔学校,可惜学生太多,想见到一个人,哪有那么容易?

第二日再战。

徐见鹤下课放学,家也不回,直奔地址中的老巷子。

他穿得自认没什么显眼的地方,但仍然时不时有路过的小孩投来羡慕的目光。

他等得烦了,干脆绕到单元楼大门处,戴着耳机站着。幸好天不算热,

否则光是这么凄凄惨惨地立着,就能让人火冒三丈,气得心里头烦闷……不过等了片刻,终于等到了来人,但不是照片里的人,而是两位身穿制服的人民警察。

徐见鹤开始还有些蒙,直到被请进附近派出所坐着了,才缓缓顿悟。他这一连两天的等待,原来是被有心人注意到了,还成了心怀不轨的罪证!加上他年纪不大,但身高已远超同龄人,不免更坐实了所谓的"心怀不轨"。

倒霉的事儿果然只有一件接着一件!

他心里烦躁,但也有话直说,来找失散多年的亲姐,证据皆在,身份证明也在,说法也毫无保留。片刻后真相大白,误会解开,警察还在对着他做思想工作,方法要得当,行为要适度……

徐见鹤盯着对面报警的人,表面看似听得认真,脑子里实则早琢磨开了。

年纪不大,胆子挺大。

少女端端正正地坐着,身着校服,和人对视,好像完全不怕他。天生的笑眼,不笑也在笑。

两人出了派出所,少女转头就走,全然把他当作云烟,还是他按捺不住,出声叫人。

"这么大一场误会,你就没什么要说的?"他似笑非笑。

对面的人转过来,微微一怔,似乎是思虑了一下才开口:"抱歉。"

她的态度诚恳得出乎意料,徐见鹤一顿,还没来得及反应,她又接上一句。

"我知道具体的情况,但就算你和姐姐的关系是真的……我也不觉得一个陌生人在门口等了两天的情况算是正常。不过归根结底,是我对不起你。抱歉。"

她说完便点了点头,之后也不多做停留,又是一声道歉。

徐见鹤目送人离开,怔然片刻后才觉得气愤恼怒,偏偏发泄不了,只能全然咽下。

当天回去后,他寝食难安。反正睡不着,不如和姜女士摊牌,但隐去了进派出所的额外故事。姜女士摸得准他的脾气,猜得透他的心思,听他已经登过门,索性问他是否见到了人,又见没见过对方的家人?他说没有,姜女士才又继续往下,无非是他亲姐学习好、性格不错、过往经历曲折,以后多半是要一起生活……

"子欣的妹妹也挺懂事的,她们两个小姑娘不容易。"

她微微叹气,最后说出这句话,才让他知道了对方的名字叫尚嘉。

徐见鹤扯了扯嘴角,得偿所愿,当晚的梦里又出现那张"懂事"的脸。

梦里仍是两个人对峙的场景,可如果她要真是僵持,倒是能让他光明正大地讨厌人,偏偏她不,直接道歉,可道完歉,又让人气不顺……

有了心理准备,一家人正式相见,也就没那么大的波澜。

亲姐现在的小姑着姐妹二人上门,他和传说中的"子欣"一对视,才知道血缘从相貌上就骗不了人。徐见云躲去了国外,他作为唯一的小辈代表,之后目光则一直对着那双笑眼细瞧。

徐见鹤波澜不惊,"笑眼"也挺波澜不惊。

她个头不高,身材娇小,还是和第一次见面一样,但说话做事却不像外表那样柔弱无力。临走前,徐见鹤拿出姜女士准备好的礼物,送了尚子欣一本书和一串手链,顺手也送了她一本书。她就向他道谢,眼睛眨了眨,笑容竟不像装出来的。

"谢谢你。"

他想,世界上怎么会有这种人?忘事忘得快,也当别人和她一样不记仇。

亲姐搬回家里,隔了几天,她也跟着搬了进来。

尚嘉由她的亲小姑送上门,他隔着门板,无意间听到两人关于他们一家的对话。原本该一如既往地对趋炎附势的人厌恶至极、避如蛇蝎,可等她真开门出来了,他看见她手上抱着他送给她的那本书,不知道为何,竟然冒不出一句刻薄的话。

奇了怪了!

薛陶说他奇了怪了,汤则明也笑他最近有异。两个人都以为是家里头风波的后果,只有他知道个中详情。

人心绪不宁,恹恹提不起劲的时候,最容易让感冒趁虚而入。于是,当天和人约好的高尔夫也玩不下去,他一个人倒在沙发上,昏昏沉沉地发蒙出神,最后沉沉跌入梦境。再醒过来,身边多了一个人,面前多了一杯热水、一杯冲剂。

夕阳西下,余光里,少女捧着书静静地看,只有身形被落地窗透进来

的光照着，影影绰绰，动人心弦。

他醒过来，她自然地把书合了。她看他不舒服，请管家帮忙量过温度，好在是没发烧，干脆先照着自己平时感冒准备的药，如果还有需要的……

还有需要的？

徐见鹤看着人，心中积攒多天的奇异劲儿没了，只剩下隐隐的了悟。

原来如此。

原来是这样。

徐小少爷天不怕地不怕，聪明伶俐，最能认清事情的本质，自然也包括自己。

他看着她的眼睛，视线又落在她的鼻尖，最后才微微坐正，老神在在地说："都交给他们就行，怎么还亲自操心？"

少女一愣，不明所以："这样不对吗？"

同在一个屋檐下，她以为他们现在勉强能算是所谓的"亲戚"。

"当然对。"

徐见鹤将药一饮而尽，不觉得苦，反而品出几缕甜。昏昏沉沉间，思路却渐渐清明，并不给她细想的机会。起身时，只略略扬眉，忍了又忍，到底没忍住，将她的书抽过来看了一眼——挺好的故事，缺下册，明天刚好能给她补上，再多给几本也无妨。

"你回房间看书吧，我也去睡会儿。对了，忘了说了……"

他上了楼，分明脚步轻巧，心里有鬼，仍悠然道："谢谢。"

少女的身形落在他的眼里。

徐见鹤渐渐明了，于是连笑也越发真心实意。总归日子还长，还能徐徐图之，慢慢计划，但首先……

"但我们不是真正的亲戚。"

—全文完—